U0933924

PRIDE AND PREJUDICE

傲慢与偏见

PRIDE AND PREJUDICE

[英]简·奥斯丁◎著

王晋华◎译

青岛出版社
QINGDAO PUBLISHING HOUSE

图书在版编目（CIP）数据

傲慢与偏见 /（英）简·奥斯丁著；王晋华译. --
青岛：青岛出版社，2018.5
（小羊皮卷名著）
ISBN 978-7-5552-6900-7

Ⅰ.①傲… Ⅱ.①简… ②王… Ⅲ.①长篇小说—英国—近代 Ⅳ.①I561.44

中国版本图书馆CIP数据核字（2018）第092354号

书　　名　傲慢与偏见
著　　者　〔英〕简·奥斯丁
译　　者　王晋华
出版发行　青岛出版社
社　　址　青岛市海尔路182号（266061）
本社网址　http://www.qdpub.com
邮购电话　13335059110　0532-68068026
策　　划　马克刚
责任编辑　郭东明
封面设计　余　微
印　　刷　北京德富泰印务有限公司
出版日期　2018年7月第1版　2018年7月第1次印刷
开　　本　32开（880mm×1230mm）
印　　张　11
字　　数　276千
印　　数　1-20000
书　　号　ISBN 978-7-5552-6900-7
定　　价　38.00元

编校印装质量、盗版监督服务电话：4006532017　0532-68068638
建议陈列类别　文学名著

风格的再现是名著翻译的精髓

文学风格如人的气质和风貌，一部作品缺少了它就失掉了其赖以存在的独特性。如果在一部世界名著的译本中没有完整地再现原作的风格，那么这部世界名著的价值将会受到损害，它将会失去“这一个”区别于“那一个”的个别性，即它自己的别样的风采会被平庸的翻译所掩埋，从而完全失去了其原有的光彩和力量。它就好像是换了一副面孔，已经不是原来意义上的它了。所以我以为在世界名著的翻译中应该把原作风格的再现摆在最为重要的位置，这就要求我们的翻译家们要有较强的文体意识，对原作的风格做精到的研究，将原作用词用句的特点谙熟于心，然后调动一切语言手段，旨在最大限度地去再现原作品的风格。

既然风格的再现如此重要，在这里我想就我所翻译的《傲慢与偏见》与国内影响较大的几个译本做些比较，看一看在这部作品风格的移植方面，各有什么短长、得失。

这部作品描写的是体面人家的生活和交往，看似平凡而琐屑，作者的风格却能雅而不俗。她的这种优雅精美的风格，可以从以下三个方面得到证明：一，这是作者刻意追求和保持的一种风格，奥斯汀把自己的艺术比作是在“两寸象牙上细细地描写”，要想在两寸象牙上做文章，那显然是一种精雕细刻了。所以我们译者在翻译这部作品时，也须用极细腻的笔触去再现她的这一风格。二，书中描写的都是上流社会人物的生活、举止和言谈，虽也提及用人奴仆，但只是一带而过，鲜有对他们言行的描写。唯有达西先生家的那位老女管家赞美达西先生的那一番话例外，而那也主要是为了给伊丽莎白感情的转变和发展提供一个合理的依据，作品所描写的人物群决定了它现在的这一高雅闲适的风格，三，每个主要人物的言谈都极富其性格上的特征，而且也都符合他们各自的社会地位和身份，对话栩栩如生，呼之欲出，单凭他们的说话，你就不会认错了人。而贯穿全书字里行间的作者的嘲讽，也正是从这些各具特点的人物谈吐之中得到了最充分的体现。

译例比较：

1. “I admire the activity of your benevolence,” observed Mary, “but every impulse of feeling should be guided by reason; and, in my opinion, exertion should always be in proportion to what is required.”

王科一译文：

这时曼丽说道：“你完全是一片手足之情，我很佩服，可是你千万不要感情用事，你得有理智一点；而且我觉得尽力也不要尽得过分。”

孙致礼译文：

“我佩服你的仁厚举动，”玛丽说道，“但是千万不能感情用事，感情应该受到理智的约束。依我看，做事总得有个分寸。”

王晋华译文：

“我很赞赏你的这一出于疼爱之情的举动，”玛丽说，“不过，任何一种感情上的冲动应该受到理智的支配才是；我的看法是，一个人尽力应该尽得恰到好处。”

玛丽是一个不问时事、很少参加社交活动、一味死啃书本的女孩子，她说话咬文嚼字、堆砌词语而很少有内容可表达。作者模仿她的口吻，正是对这一类人的一种嘲讽。笔者前面已经提到过，作者细腻的文风也表现在人物的谈吐恰似人物的性格这一方面，因此笔者认为尽可能多地再现玛丽说话的句式和其堆砌的词语，是于体现原文细腻的风格有益的。在这段译文里，王晋华直译过来原文的一些句式和词语，就是想要多传译原作的一些风格，在这里数王晋华的译文最长，在可读性方面也许要受到一些影响，这就要看译者是如何取舍了。王科一和孙致礼选择了可读性，王晋华选择了细腻性。

2. With this answer Elizabeth was forced to be content; but her own opinion continued the same, and she left him disappointed and sorry. It was not in her nature, however, to increase her vexations, by dwelling on them. She was confident of having performed her duty, and to fret over unavoidable evils, or augment them by anxiety, was no part of her disposition.

王科一译文：

伊丽莎白听到父亲这样回答，虽然并没有因此改变主张，却也只得表示满意，闷闷不乐地走开了。以她那样性格的人，也不会尽想着这些事自寻烦恼。她相信她已经尽到了责任，至于要她为那些无法避免的害处去忧闷，或者是过分焦虑，那她可办不到。

孙致礼译文：

听到父亲这番回答，伊丽莎白不得不表示赞同，但她并没有改变主张，便心灰意冷地离开了父亲。然而，她生性不爱多想烦恼的事，省得越想越麻烦。她深信自己已经尽到了责任，决不会为那些不可避免的不幸而烦恼，或者因为忧心忡忡而增添不幸。

王晋华译文：

听了这番回答，伊丽莎白只能作罢了；可是她并没有改变她的看法，她失望而又怏怏不乐地离开了。不过，再去想这些事来增添她的烦恼，也不是她的性格。她自信她已经尽到了责任，去为无法避免的危害担忧，或者是用过分的忧虑去浇灌它们，可不是她的天性。

在王科一和孙致礼的译文中，都分别有几个原文的词语没有在他们的译文中表达出来，如原文中的“increase”“augment them”“no part of her disposition”等，还有两个对称结构“not in her nature”和“no part of her disposition”也没有移植过来，这样子译来，原文那一素雅细腻的风格就难免要有所丢失了。这样又难免会影响到意思上的略微改变，伊丽莎白是那种顺应自然的性格，她就没有想着那样去做，而不是“办不到”。

3. “But why should you wish to persuade me that I feel more than I acknowledge?”

“This is a question which I hardly know how to answer. We all love to instruct, though we can teach only what is not worth knowing. Forgive me; and if you persist in indifference, do not make me your confidante.”

王科一译文：

“可是，你为什么偏要逼我，认为我没有把真心话全说出来呢？”

“这话可叫我无从回答了。我们都喜欢替人家出主意，可是出了主意，人家又不领情。算我对不起你。如果你再三要说你对他没有什么意思，可休想叫我相信。”

孙致礼译文：

“那你为什么要让我承认，我没有把心里话全说出来呢？”

“这个问题简直让我无法回答。我们人人都喜欢指指点点的，然而指点的东西又不值得一听。恕我直言，你要是执意要说你对他没有意思，可休想叫我相信。”

王晋华译文：

“可是，你为什么非想要说服我，让我承认我没有说出我的心里话呢？”

“对你的这个问题，我几乎也不知道该如何回答了。我们每个人都喜欢劝导别人，尽管我们说出来的话都不中听。请原谅我的率直，如果你一味地摆出一副若无其事的样子，那就不要想让我做你的知己了。”

吉英和伊丽莎白是情深意笃的一对姐妹，又是知己，现在在这件极为微妙的情事上，吉英一时难以启齿，伊丽莎白出于对姐姐的关心，想引导她说出真情，她们对话的基调仍然是温婉的。这里的前两个译文中的句子的语气，较之原文有点重了。这里就又提出了直译和意译的问题，凡能直译处则坚持直译（不能直译处则放手意译），是我所坚持的翻译原则。综观王科一和孙致礼的译文，他们基本上遵循的是意译的原则。两种翻译的方法各有所长、各有所短，不过就这段文看，他们的意译较之原文的语气有些重了。笔者认为直译能较好地再现原文的语言、形式和风格上的特点，如果译者处理得不好，就会使译文显得不那么生动活泼。

4. And she condescended to wait on them at Pemberley, in spite of the pollution which its woods had received, not merely from the presence of such a mistress, but the visits of her uncle and aunt from the city.

王科一译文：

尽管彭伯利因为添了这样一位主妇，而且主妇在城里的两位舅父母都到这儿来过，因此使门户受到了玷污，但她老人家还是屈尊到彭伯利来访问。

孙致礼译文：

尽管彭伯利添了这样一位主妇，而且在城里的舅父母也多次来访，致使这里的树林受到了玷污，但凯瑟琳夫人还是屈尊来探望这夫妻俩。

王晋华译文：

她放下架子来到了彭伯利，也顾不得这庄园由于接纳了这位主妇和经她城里舅父母的几次访问，而变得污浊了的空气了。

凯瑟琳夫人是一个非常高傲自负的女人，她依仗着自己的财产和地位，到处对人发号施令，作者对她是极尽了嘲讽之能事的。作者的嘲讽渗透在字里行间，即这种嘲讽是通过词语的选择和句式的组合安排表现出来的。在这里我觉得，按照原文的语序译来，似乎是能较多体现出一些作者嘲讽的口吻。在词语的翻译上也是如此，“pollution”一般是指具体环境的污染，这儿将此词直译出来，即译出它的本义较能体现原文的风格和口吻。译为“玷污”好像失掉了原文在这里的一个隐喻了。

限于篇幅，我不能再举更多的例子来加以比较了。希望读者能从这一斑窥见出我想要表达的思想的全貌来。笔者认为，总的来说，我们的作品翻译在再现原作的“风姿”方面做得不够，并不是说我们的翻译家们水平不高，而是因为我们的翻译家们过多地关注译文的通俗性和可读性，而没有对这个问题引起足够的重视。我们知道，特定的艺术内容总是有形式于其自身，或者说内容之为内容，就是由于它包括有特定的形式在内。因此在文学作品的翻译中，如果我们忽视了对原作语言组合上的特征的再现，那么在译作中受损害的就不仅是从这一特定的语言组合中表现出的艺术形式（比如色彩、气氛、对称、节奏、气势、格调、各种修辞手法等），而且必然会影响到原作独特内容的再现，从而最终影响到在“内容和形式的统一中表现出的独特风貌”，即风格的再现。基于这样一种认识，我觉得我们对原作的用词用句是应该倍加留意的，不仅要研究作品在词句上的特点，而且要尽可能地再现出原作者在词语使用和句式组合上的特征。这是再现原作风格的前提，当然译者的文学素养、语言修养、美学理论等修养对于风格的再现也是非常重要的。

总之，在翻译实践中，我基本上遵循的是一条尽可能地保留原文用词用句特点的翻译原则。我认为，由于我的翻译原则和王科一、孙致礼二位先生的有所不同，因此我的译本在整体风貌上似乎与他们的是不太一样的。当然他们的译本也各有所长，王科一的翻译细腻而传神，孙致礼的翻译通俗而上口。

王晋华

中北大学人文社会科学学院外语系

2016年8月16日

目　录

第一卷

第二卷

第三卷

第一卷

第一章

一个富有的单身汉，一定得娶一位妻子，这已是一条举世公认的真理。

这条真理还真够根深蒂固的，每当这样一个单身汉新搬到一个地方，新邻居们尽管对他的性情和见解完全不了解，却总是把他看作自己某个女儿的理所应得的财产。

有一天，班纳特太太对丈夫说："班纳特，我亲爱的，你听说尼塞费尔德花园被租出去的消息了吗？"

班纳特先生说他没有听说过。

"真的租出去啦，"班纳特太太接着说，"郎格太太刚刚来过，她告诉了我那边的情况。"

班纳特先生没有吭声。

"难道你不想听听是谁租下了这个花园？"班纳特太太有些沉不住气了。

"你想要告诉我，而我也并没有表示反对。"

这话足以鼓励班纳特太太讲下去了。

"嗨，亲爱的，你得知道，郎格太太说是一位从英国北部来的阔少租下了尼塞费尔德。他是在星期一乘着一辆驷马高车看过花园的，他非常满意这个地方，当下就和莫里斯先生谈妥了，计划是在米迦勒节前搬进来，他的一些用人们在下周末就到。"

“这个年轻人叫什么名字？”班纳特先生问。

“彬格莱。”班纳特太太回答。

“他是单身还是成家了？”

“噢！亲爱的，是个单身，这一点也错不了。一个拥有不少财产的单身汉，每年有四五千英镑的收入。这可真是咱们女儿们的福气！”

“你这话怎么讲？那财产和我们的女儿有什么关系？”

“唉，我的班纳特，”班纳特太太回答说，“你怎么这样扫人的兴！你也一定知道，我正寻思着让他娶我们的一个女儿呢。”

“这也是他住到这里来的打算吗？”

“他的打算？你真能瞎说！不过，他倒也许真的会爱上咱们的一个女儿呢，所以等他搬来以后，你一定要尽快去拜访他。”

“我看不出有这个必要。你带女儿们去就行了，或者你可以打发她们自己去，这样或许更好些，因为你和女儿们一样漂亮，在这中间彬格莱先生说不定会喜欢上你的。”

“亲爱的，你尽拣好听的跟我说了。我当然也曾年轻漂亮过，不过，现在我可不愿夸耀自己的美貌了。当一个女人已经有了五个长大成人的女儿，她就不该还惦记着自己的容貌了。”

“在这种情况下，一个女人也不会有多少美貌值得去想了。”

“不管怎么说，亲爱的，在彬格莱先生住进来以后，你一定得去见见他。”

“确切地说，这超出了我应该做的。”

“可是，你总该考虑考虑你的女儿们吧。你且想一想，这会给你的一个女儿带来什么样的幸福。威廉·鲁卡斯爵士和他的太太就冲着这一条，已经决定要去了，你也知道他们一般是不拜访新邻居的。你无论如何得走一趟，你不去，我和女儿们就没有理由拜访人家。”

“你无疑是有点儿过分谨慎了。我敢说彬格莱先生将会很高兴见你们的，我愿意写几句话给你带上，向他保证无论他选中的是哪一个女儿，我都会十二分地赞成。不过，对我的小丽萃，我一定会添上点儿美言的。”

“我不愿意你做这样的傻事。丽萃一点儿也不比别的几个女儿强，我敢肯定，她没有吉英一半的漂亮，也没有丽迪雅一半的活泼性子。可你却总是偏爱她。”

“她们中的哪一个也没有什么值得夸耀的，”班纳特先生说，“她们像别人家的姑娘一样，又蠢又无知；不过，丽萃倒是比她的几个姐妹们脑子伶俐一些。”

“班纳特，你怎么能用这种话来数落你的孩子？你总是喜欢这样来气我。你对我可怜的神经没有一点儿同情心。”

“你错怪我了，亲爱的。我对你的神经是非常尊重的。它们是我的老朋友了。我洗耳恭听你提到它们至少已经二十年了。”

“啊，你不知道我所受的痛苦！”

“不过，我还是希望你战胜这痛苦，活着看到许多每年有四千英镑收入的小伙子们住进这里来。”

“那对我们有什么用，即使这样的人搬来二十个，你也不去拜访人家。”

“你可以相信，亲爱的，当这里有了二十个，我愿意一一地拜访他们。”

机智、诙谐和幽默，不苟言笑和变幻莫测是那么奇特地融汇在班纳特先生的身上，以致他的妻子跟他生活了二十三年了，还难以摸透他的性格。而班纳特太太的思想却不难揣摩。她是一个智商不高的女人，懂得很少，性情又不是很稳定。在她一不高兴的时候，便自以为是神经出了毛病。她活着就是为了把女儿们嫁出去，她生活中的慰藉就是访客拜友、打探消息。

第二章

尽管班纳特先生在自己太太面前一直说，他不会去拜访彬格莱先生，其实，他和别人一样，早就在等候着彬格莱先生的到来。只是在他拜访后回来的那天傍晚，班纳特太太对此仍是一无所知。不过，就是在那天晚上，这件事情用下面的方式给公布于众了。班纳特先生看着二女儿在整饬着她的帽子，突然对她说：

“我希望彬格莱先生会喜欢这顶帽子，丽萃。”

“我们无从知道彬格莱先生到底喜欢什么，”班纳特太太不无抱怨地说，“既然我们都不打算拜访人家啦。”

“可是，你别忘记，妈妈，”伊丽莎白说，“我们将在舞会上见到彬格莱先生，朗格太太已经答应为我们引见了。”

“我不相信朗格太太会做这种好事。她自己还有两个待嫁的侄女呢，而且她自私、虚伪，我对她可没有什么好印象。”

“我也是这么认为的，”班纳特先生说，“我很高兴，你没有对她心存幻想。”

班纳特太太现在无心与丈夫斗嘴，可是又控制不住她的情绪，只好借女儿来撒气。

“不要咳嗽个没完没了的，吉蒂，你行行好！也稍微可怜可怜我的神经。你要把我的神经咳裂了。”

“吉蒂咳嗽不看时候，”班纳特先生说，“她没选对时机。”

“我咳嗽可不是觉得它好玩。”吉蒂气恼地说。

“你们下一次的舞会是在什么时候？”班纳特先生问。

“从明天算起，再过两个星期。”

“噢，那么，”班纳特太太嚷着说，“朗格太太也不可能为我们引见了，因为她在举办舞会的前一天才能回来，到那个时候她还不认识彬格莱先生呢。”

“哦，亲爱的，这样的话你就可能占上风了，你可以把彬格莱先生介绍给她了。”班纳特先生说。

“这不可能，班纳特，不可能，我自己还不认识他呢。你怎么老是逗我生气？”

“我对你的周到、慎重表示理解。两个星期的相识当然算不了什么。人们不能用两个星期就真正了解个人。不过，如果我们不冒这个险，别人就会这么做了。朗格太太和她的两个侄女毕竟不会坐失良机。如果你拒绝做这一引见——朗格太太当然会因此对你十分感激的，那么，我可就自己把它承担下来了。”

女儿们都瞪大了眼睛看着父亲。班纳特太太只是说着：“瞎扯，简直是瞎扯！”

“你这表示强调的感叹语气是什么意思？”班纳特先生大声说，“你是不是觉得重视例行的介绍礼仪是胡说八道？对这一点，我可就不能完全赞同你了。玛丽，你对此怎么看？你是一个思想深刻的女孩，饱读经典名著，还颇有心得。”

玛丽很想发表点高见，但却不知从何说起。

“在玛丽整理她的思想的当子，”班纳特先生继续说，“还是让我们回到彬格莱先生的话题上吧。”

“我现在讨厌听到彬格莱这个名字。”班纳特太太喊起来。

“听到你说这话，我可就感到遗憾了，你为什么不早点告诉我？如果我今天早晨知道是这样，我就一定不会去拜访他了。你看这有多糟？不过，既然我已经的的确确做过这次造访了，我们现在可就避免不了和人家结识了。”

妻子和女儿们惊讶的程度正像班纳特先生事先料到的那样，或许班纳特太太的惊讶更胜女儿们一筹——尽管在一阵惊喜过后，恰恰是班纳特太太开始宣称，这一切都早在她的预料之中了。

“班纳特，我亲爱的，你真好！我早就知道我最后总会说服你的。

你对女儿们疼爱有加，我不信你会放弃这样的机会。噢，我真是太高兴了！也亏你能开出这样的玩笑，早晨你就去了，可到刚才你还只字未提。”

“喂，吉蒂，你现在可以想怎么咳嗽就怎么咳嗽了。”班纳特先生说着便离开了房间，妻子的狂喜已经弄得他有些疲惫了。

“女儿啊，你们有一个多么体贴你们的父亲啊，”在门被关上以后班纳特太太说，“在这件事情上，我不知道你们将来怎么才能报答我们做父母的对你们的关心。在我们这把年纪，我可以老实告诉你们，一天到晚地去结交新相识可不是一件快意的事；不过，为了你们，我们什么都愿意做。丽迪雅，我的宝贝，尽管数你的年纪小，我敢说在下一次舞会上彬格莱先生准会和你跳的。”

“噢！”丽迪雅满不在乎地说，“那我才不怕呢，虽然我年龄最小，可个子数我高。”

在那天晚上剩下的时间里，母女们都在揣测着彬格莱先生几时会对她们的父亲做回访，计划着她们多会儿请他吃饭最为合适了。

第三章

不过，尽管班纳特太太有五个女儿的帮腔，还是没能从丈夫那里得到一个对彬格莱先生的较为满意的描述。她们用了种种方法对付班纳特先生，赤裸裸地提出问题，巧妙的设想，不着边际的猜测，可是这些方法都未能对班纳特先生奏效。最后，她们只好满足于从邻居鲁卡斯太太那儿听到间接的消息了。邻居们的报道很是令人心动。威廉爵士对彬格莱先生很有好感。彬格莱先生非常年轻，出奇的英俊，对人格外随和，而且最令人兴奋的是，他有意带很多朋友来参加下一次舞会。再也没有比这更好的消息了！喜爱跳舞，这就意味着朝坠入爱河的道路上迈出了坚实的一步！姑娘们跃跃欲试，都希望自己能赢得彬格莱先生的好感。

“要是我看到我的一个女儿能欢欢喜喜地嫁到尼塞费尔德，”班纳特太太对丈夫说，“其他的女儿也都能嫁个好人家，我这辈子也就心满意足了。”

几天以后彬格莱先生回访了班纳特先生，与他在书房坐了有十多分钟。彬格莱先生对班纳特先生几个女儿的美貌早有耳闻，只是见他的只有班纳特先生。小姐们倒是比他幸运一些，因为她们已从楼上的窗子里看到了他穿着一件蓝外套，骑着一匹黑色的马。

饭局的邀请随后便发出了。班纳特太太已经在计划着准备她拿手的几道菜，这时突然从那边传来回话，于是这请饭的事也就搁下了。彬格莱先生第二天要进城，所以不能接受他们的盛情款待，班纳特太太为此感到很不自在。她简直想象不出彬格莱先生刚刚来到哈福德郡就要回城里去干什么。她开始担心他会不会总是这样跑来跑去，永远不会像他所打算的那样在尼塞费尔德安顿下来。鲁卡斯太太说，她想彬格莱去伦敦只是为了带回大批的客人来参加舞会，这才稍稍安定了班纳特太太的情绪。不久消息传来，彬格莱将领十二名女士、七个男士前来参加舞会。这里的姑娘听说有这么多的女士要来，不免有些沮丧，不过到了举办舞会的前一天，她们的心情又好了起来，因为她们又听到消息说，彬格莱先生从伦敦只带回了六个人，他的五个姐妹和一个表妹。当他和他的客人们走进舞厅的时候，他们一共只有五个人：彬格莱先生，他的两个姐妹，他的姐夫和另外一个男人。

彬格莱长得仪表堂堂，很有绅士风度；他的面庞惹人喜爱，言谈举止平易近人，毫无造作。他的两个姐妹也都十分靓丽，行为装束都很风雅。他的姐夫赫斯特先生看上去只是个普通的绅士而已，可彬格莱的朋友达西却很快引起了满屋子人的注意，只见他长得眉清目秀，身材匀称魁梧，举止高贵典雅。在达西刚刚进来的五分钟里，他一年有一万英镑收入的消息已经在四下传开。男士们称颂他是男人中的佼佼者，女士们夸赞他比彬格莱先生要帅气得多。在前半个晚上，达西一直沐浴在人们景仰钦羡的目光里，但后来他的行为开始引起人们的反感，使他的声誉在刹那间一落千丈，因为舞会上的人们看出他孤傲不群，人们无法接近和取悦他。这样一来，不管他那德比郡的庄园有多大，也不能使他免遭人们的非议了：人们说看他的面孔有多么冷峻，仿佛要拒人于千里之外，与他的朋友彬格莱相比，他简直就什么也不是了。

彬格莱先生很快就熟悉了所有在场的头面人物。他生动风趣，落落大方，每一场舞必跳，最后还遗憾地说这舞会结束得太快了，说他自己也将在尼塞费尔德举办舞会。如此和蔼平易的品性为他增色不少。这使彬格莱与他的朋友达西之间形成了鲜明的对照！达西先生仅跟赫斯特夫人和彬格莱小姐两人分别跳了一次，就再也没有跟别的女人跳过，剩下的时间他都是在屋子里来回地走动，偶尔与跟他一块来的那伙人聊上几句。对他的性格，在场的人们已经给他下了评断：说他是世界上最高傲、最令人讨厌的那种人，大家都希望他再也不要出现在这里才好。这中间最为反感达西的，要数班纳特太太了，由于他轻蔑地对待了她的一个女儿，班纳特太太对其行为举止的泛泛的不满变成了一种特别的恚愤之情。

因为晚会上男舞伴们少，伊丽莎白·班纳特有两场舞不得不空坐着。在这期间，达西先生就站在离她不远的地方，后来彬格莱先生离开舞池几分钟，走到达西这里，于是，伊丽莎白听到了他俩之间的这场谈话。

“来吧，达西，”彬格莱说，“你也来跳吧，我真不愿意看到你就这么傻站着。你还是跳起来吧。”

“我不跳。你也知道我讨厌跳舞，除非是和我特别熟悉的人。在现在这样的场合跳，我简直受不了。你的姐妹们都没闲着，让这屋子里的其他任何一个女人做我的舞伴，我都会觉得是活受罪。”

“我可不像你那么挑剔，”彬格莱说，“无论如何也不会！说句真心话，我从未在一场舞会上碰到过这么多漂亮的姑娘。你瞧，有几个可说是貌若天仙。”

“跟你跳舞的那一个，是这屋子里唯一长得好看的。”达西先生说，一边用眼睛望着班纳特家的大小姐。

“噢，她是我所见过的最漂亮的姑娘！不过，在你身后坐着她的妹妹，我敢说，也很漂亮，很招人喜爱。来，让我请我的舞伴给你介绍一下。”

“你指的是哪一位？”达西扭过头去瞅了瞅伊丽莎白，待他们的目光相遇后，便把视线移开了，只是冷冷地说，“她长得还凑合，可是还没有漂亮到能让我动心；而且，我眼下也没有那样的兴致，去青睐受到别的男人冷落的女子。你还是找你的舞伴去吧，她笑得很甜，你不要再在这儿浪费时间了。”

彬格莱先生听从了他的劝告，达西先生随后也走开了。伊丽莎白对达西委实没有什么好感。不过，她还是兴致勃勃地把这件事讲给了她的朋友听。伊丽莎白生性活泼调皮，能从任何可笑的事物中得到乐趣。

整个晚上，对于班纳特一家来说过得都很快活。班纳特太太留意到，她的长女吉英备受来自尼塞费尔德那群宾客们的赞赏。彬格莱先生前后跟她跳了两次舞，她妹妹们的在场更加烘托出她的美丽出众。吉英虽然没有像班纳特太太那样喜形于色，可也跟母亲一样为此感到庆幸。伊丽莎白也为吉英自豪。玛丽听到有人向彬格莱先生提起自己，夸她是邻近一带最有才气的女子；凯瑟琳和丽迪雅也很幸运，一直都没少了舞伴，她俩早已把这看作舞会上最大的一件幸事了。

这一家人因此高高兴兴地返回了他们住着的那个村子浪博恩（他们一家是这个村子里的主要住户）。到了家中，她们发现班纳特先生还没有睡。只要一看上书，班纳特先生就忘记了时间。在今晚这样的场合，他对事先曾激起妻子和女儿美好憧憬和期望的这个舞会，当然是颇有些好奇之心了。班纳特先生倒宁愿妻子觉得这个新邻居处处不尽如人意。可是他很快便发现，他现在听到的和他所希望的完全不同。

“噢，亲爱的！”他的妻子一进门就喊道，“我们度过了一个多么愉快的晚上啊，一场棒极了的舞会。要是你也在场就好了。吉英得到了那么多赞扬，谁也没法跟她比。人人都说她长得漂亮。彬格莱认为她非常动人，和她跳了两次舞！想想吧，我亲爱的，跳了两次！她是舞会上唯一受到他两次邀请的姑娘！一开始，他请的是鲁卡斯小姐。看到彬格莱跟鲁卡斯小姐站在一块儿，我心里真不好受！不过，彬格莱对鲁卡斯小姐并不欣赏。没有人会欣赏她的，你知道。可是吉英刚一走下舞池，我敢说彬格莱就被迷住了：又是打听姓名，又是请人介绍，又是邀她跳下一轮舞。彬格莱第三轮是跟金小姐跳的，第四轮是跟玛丽雅·鲁卡斯，第五轮又是跟吉英，第六轮是跟丽萃，还有布朗谢家的……”

“要是彬格莱先生稍微同情一下我的话，”班纳特先生不耐烦地喊道，“他就不会跳这么多的舞了，天哪，甭再提彬格莱的这些舞伴了。啊，真想他在跳第一场舞时就把脚给崴了！”

“噢，亲爱的！”班纳特太太继续说下去，“我很喜欢彬格莱。他长得帅极了！他的姐妹们也很迷人。我平生还没见过她们那么高雅的衣着。我敢说赫斯特太太礼服上的花边是……”

说到这里她又被打断了。班纳特先生不愿听到任何有关穿着方面的细节描述。于是，班纳特太太不得不另找话题，她愤愤地不无夸大地讲述了达西先生令人吃惊的无礼行为。

“不过，我相信，”在一番讲述之后，班纳特太太补充道，“达西不喜欢丽萃，这对丽萃没啥损失；因为他是最令人憎恶的那种人，根本不值得人们去讨好。他高傲自大，目中无人，叫人无法忍受！他一会走到这儿，一会走到那儿，自以为有多了不起！没有人能配得上和他跳舞！亲爱的，当时你要在场给他一顿教训就好了。我非常讨厌这个男人。”

第四章

当只留下吉英和伊丽莎白两个人的时候，在此之前一直对彬格莱先生不多赞美的吉英，便开始向妹妹表达她对彬格莱的无限爱慕之情了。

“一个年轻男子就该是他那个样子，”吉英说，“通情达理，活泼风趣，我以前还没有见过这么令人喜爱的举止仪态！这么平易随和，而且又有十全十美的教养！”

“他长得也很帅气，”伊丽莎白说，“只要可能，这也是一个青年男子应该具备的。所以他的性格是完美无缺的。”

“彬格莱第二次又请我跳舞时，我心里真是美滋滋的。我并没有料到他这么看得起我。”

“你没想到吗？我可替你想到了。这就是我们两人之间的一个大的不同了。青睐和赞美降临到你头上时，你总是感到意外和惊喜，而我从来也不。彬格莱再次邀请你，那是再自然不过的事情。他当然看到你比屋子里其他的女人漂亮十倍。所以一点儿也不必为他的献殷勤而感谢他。哦，毫无疑问，他很随和，你喜欢他我没有意见。你已经喜欢过不少不怎么样的男人了。”

“哎呀，亲爱的丽萃！”

“噢，你心里也很清楚，总的来说，你太容易对人们产生好感了。你从来看不到别人身上的缺点。在你的眼里，整个世界都是美好可亲的。我还从没有听你说过哪个人的不是。”

“我不想过于草率地去批评一个人，不过，我所说的话却也都是发自内心，是真诚的。”

“我知道你是这样，正是这一点让我感到惊讶。你这么聪明善良，却全然看不到别人身上的愚蠢和无聊！假装坦诚太容易了——这种人随处可见。但是坦诚得毫无矫饰和心机，说出每个人性格上的优点，使它变得更加美好，对缺点只字不提，这只有你能做得到。那么，你也喜欢那位先生的两个姊妹了，不是吗？她们的举止言谈可比不上他。”

“乍一看，的确如此。不过当你和她们交谈起来时，你就觉得她们是那种非常叫人喜欢的女人了。彬格莱小姐要来和她哥哥一起住，为他打理家务。我相信她一定会成为我们的好邻居的。”

伊丽莎白虽然静静地听着没有再说什么，可是她心里并不信服。彬格莱姐妹俩在舞会上的表现，总的来说，并没有取悦于人的意思。因为伊丽莎白的观察力比姐姐敏锐，性情没有姐姐的柔顺，她做出的判断任凭别人怎样对她奉迎，也不会轻易改变，所以打心眼儿里讲，她对那姐妹俩并没有什么好感。平心而论，她们也都是非常高雅的女士。高兴时，不缺少生动和风趣；乐意时，也不缺乏随和、迷人的魅力。但她们的禀性却是高傲自负的。她们长得年轻貌美，曾就读于伦敦一所上流的私立专科学校，拥有两万英镑的财产。平时已经养成了阔绰的花钱和交结上层人物的习惯，因此时时处处都理所当然地认为自己高贵而别人卑微。她们出身于英格兰北部的一个颇有声望的家族，这一点深深地烙在她们的记忆里，至于他们兄弟姐妹的财产都是靠做生意赚来的，这姐妹俩可似乎不大愿意记得。

彬格莱先生从他父亲那里继承了将近十万英镑的财产，他父亲原本打算购置一座庄园，却未能活到办成这件事。彬格莱先生也有这样的打算，并曾几次计划在他的故乡置办庄园；不过，现在既然他已经租下了一所上好的房子，而且还有一座庄园任他使用，在那些对他的安逸随和的秉性稍有了解的人看来，他后半生就这样在尼塞费尔德住下去，把购置庄园的事留给下一代去做，也不是没有可能。

彬格莱的姐妹们都非常希望他有一座自己的庄园。不过，即便他现在只是以一个租户的身份居住，彬格莱小姐也还是十二分地愿意在这里做家庭主妇，他的姐姐赫斯特太太（她嫁给了一个追求时尚却没有什么财产的男人）也愿意把彬格莱的家当作她自己的，只要住着舒服。在彬格莱快要二十三岁时，他偶尔听到人们的推荐，便禁不住跑到尼塞费尔德来看了这所房子。他里里外外地查看了半个小时，所处的地段和里面的一些主要的房间都很合他的心意，房东对这所房子的一番夸赞也令他满意，于是当场便把它租了下来。

虽然彬格莱先生和达西先生在性格上有很大的差异，可他们两人之间却存在着一种非常牢固的友谊。彬格莱的平易、率真、温顺的性情在达西的眼里都显得可贵，尽管他们俩的性格之间有强烈的反差，达西也从未对自己的个性表现出丝毫不满。彬格莱非常看重和达西的友情，对他的见解也十分钦佩。在理解力方面，达西更胜一筹，当然啦，彬格莱也一点儿不笨，只是达西有点聪明过人罢了。但达西又有着高傲、不苟言笑、挑剔苛求的一面，虽然举止言谈很有教养，却给人以拒之门外的感觉。在这一方面他的朋友远胜于他。

无论走到哪里，彬格莱都有人喜欢，达西却处处得罪人。

从他们俩提及麦里屯舞会时的态度上，便足以清楚地看出上述这一点。彬格莱说，他平生还从未遇到过这么快乐的人们和这么漂亮的姑娘，每个人对他都那么友善，那么关照。这里没有繁缛的礼节，气氛生动活泼，他很快就和大家熟络了。至于班纳特小姐呢，他简直想象不出还会有比她更美的天使。与此相反，达西在这儿看到的，只是一群既无美感也不懂时尚的村夫俗子，他对这群人没有丝毫的好感，反过来也没有谁去注意和亲近他。他承认班纳特小姐长得漂亮，不过，她笑得却太多了点儿。

赫斯特太太和她的妹妹彬格莱小姐也觉得班纳特小姐是笑得多了点——不过，她们还是赞赏和喜欢她，说她是个可人意儿的姑娘，她们愿意和她有更多的交往。班纳特小姐就这样确立了她的名声，她们的兄弟听到这番话，便觉得以后可以爱怎么想就怎么去想班纳特小姐了。

第五章

距离浪博恩不远的地方住着一户班纳特一家非常熟悉的人家，即爵士威廉·鲁卡斯府上。爵士从前在麦里屯做生意，在那儿他赚了一笔财产，并在当市长期间上书国王，获得了爵士头衔。这一显赫的地位使他倍感荣幸，让他开始讨厌起做生意，也讨厌起再住在那个小市镇上，于是停了生意，告别小镇，全家搬到了一个离麦里屯大约一英里[①]路的宅邸，从那以后这块地方就叫鲁家庄了。在这里，他可以尽兴地享受自己的显耀，不再有生意缠身，可以全身心地去处好与世人的关系。尽管他为自己的地位感到十分自豪，却并未变

---

① 1 英里 =1609.344 米。

得倨傲，反而对每个人都倍加关照。他生性善良，待人友好、体贴，自从觐见国王以后，愈发变得彬彬有礼了。

鲁卡斯太太是那种心地善良的女人，为人不耍什么心眼儿，因此成了班纳特太太的好邻里。鲁府上有几个孩子，最年长的是一位知书达理的姑娘，大约二十七岁，是伊丽莎白的闺阁知交。

鲁府和班府上的小姐们聚在一起，对舞会上的事来一番评头论足，是绝对必要的。于是，舞会开过的第二天早晨，班府小姐就把鲁府的小姐召到浪博恩来交换意见了。

"你开了个好头，卡洛蒂，"班纳特太太神色从容、客气地对鲁卡斯小姐说，"你是彬格莱先生选中的第一个舞伴。"

"是的。——不过，他似乎倒是更喜欢他的第二个舞伴。"鲁卡斯小姐说。

"噢，我想你说的是吉英吧！因为彬格莱跟她跳了两回舞。他好像真的对吉英有意思——我是这么想的——我听到了一些议论——我还没有完全弄清楚——好像是关于鲁宾孙先生（指达西先生——译者注）的。"班纳特太太说。

"你说的莫不是我无意间听到的彬格莱和鲁宾孙先生的那场谈话吧，我没有跟你提起过吗？鲁宾孙先生问彬格莱喜不喜欢我们麦里屯的舞会，他是不是觉得这舞会上有许多漂亮的女人，还问他谁最漂亮。彬格莱立即回答了最后一个问题：'噢，当然是班纳特家的大小姐了！在这一点上谁也不会有异议的。'"丽萃说。

"千真万确！——哦，那的确早已成了定论了——看上去的确像是——不过，你也知道，这一切也许会什么结果也没有的。"班纳特太太说。

"我听到的比你听到的更有意思呢，伊丽莎白，"卡洛蒂说，"当然啦，达西先生的话不像他朋友的那么中听，不是吗？ 可怜的伊丽莎白——他说你长得只是凑合。"

"我求你别再拿昨天达西对丽萃的奚落和冷落来惹恼她了。既然他是个那么讨厌的人，让他喜欢上才算倒霉呢。朗格太太昨天晚上对我说，达西挨在她旁边坐了半个小时，竟连一句话也没跟她说。”

“你那么肯定，妈妈？这话会不会有出入呢？”吉英说，“我明明看见达西先生和朗格太太说话来着。”

“哼！那是朗格太太最后问他喜不喜欢尼塞费尔德这个地方，他迫于无奈，才回答了一句。而且朗格太太说，为此达西似乎还很生气呢。”

“彬格莱小姐告诉过我，”吉英说，“达西从来不多说话，除非是在他非常熟悉的人们中间。对熟人、知己他还是挺随和的。”

“我可不相信，我的女儿。如果他有那么随和，他就会跟朗格太太聊上几句了。我能猜出这其中的原因。人们都说他骄傲透顶，我敢说，他一定是从什么地方，听说了朗格太太连马车也没有一部，是雇了个车子来参加舞会的。”

“达西没跟朗格太太搭话，这我倒觉得没有什么，”鲁卡斯小姐说，“我只是希望他当时跟伊丽莎白跳个舞。”

“如果我是你，丽萃，”班纳特太太说，“下一回我也不会跟他跳了。”

“我认为，妈妈，我可以万无一失地向你保证，我永远不会和他跳舞的。”

“达西的骄傲，”鲁卡斯小姐接着说，“并不像一般人的骄傲那样让我感到厌恶，因为他有骄傲的理由。这么英俊潇洒的一个年轻人，有那么好的家庭，那么多的财产，事事顺遂如意，他把自己看得高一点儿，也不足为怪。不妨这么说吧，我觉得他有权利和资格骄傲。”

“这话一点儿也没错，”伊丽莎白回答说，“要不是他伤了我的自尊心，对他的这种骄傲，我是蛮可以原谅的。”

“骄傲，”玛丽说，她觉得她找到了一个夸示自己深思熟虑的机会，“我以为，是一般人的通病。我读过的所有书籍都告诉我，它是非常普遍的，人性特别地容易俯就于它，我们中间很少有人不为自己具有这样的和那样的品性——不管它们是真实的还是我们自己想象出来的——而感到沾沾自喜。虚荣和骄傲是两种不同的品质，虽然这两个词语常常被当作同义词来使用。一个人骄傲而可以没有虚荣。骄傲是和我们对自己的看法有关，虚荣是与我们想让别人来怎么看我们有关。”

“如果我像达西先生那么富有的话，”随同他的姐姐一起来的小鲁卡斯大声说，“我可就不会在乎我有多么骄傲了。我会养上一群猎狗，每天喝上它一瓶酒。”

“那样你会喝过头的，”班纳特太太说，“要让我看见了，我就当下夺过你的酒瓶子。”

小鲁卡斯反驳说她不应该这么做，班纳特太太一再坚持说她就要这么做，直到访问结束，这场争论才算终止。

第六章

浪博恩的小姐们不久便拜访了尼塞费尔德的女士们。后者也按照礼节做了回访。班纳特小姐惹人喜爱的举止赢得了赫斯特太太和彬格莱小姐的好感。尽管她们的母亲令人难以忍受，她们的几个妹妹不值得人去攀谈，两位彬格莱小姐还是表示了要和班纳特家两位大女儿进一步交往的愿望。吉英极其高兴地接受了人家的这番美意。伊丽莎白却仍然觉出了她们待人的高傲，就连对她的姐姐几乎也不例外，所以她无法喜欢这两位彬格莱小姐。她们对吉英的友好，尽管其中也有俯就的意味，却由于受到她们兄弟爱慕之情的影响，极有增长的可能。每当他们俩在一起时，彬格莱对吉英的倾慕是人人可以看得出来的；伊丽莎白知道吉英也是如此，她从一开始对彬格莱就有好感，而且正在不断地加深，也可以说是爱上他了。不过，伊丽莎白也不无庆幸地想到，姐姐这番爱意是不大可能被世人察觉的，因为在吉英身上，巨大的感情力量、性情的恬静和行为举止的欢悦是完美糅合在一起的，即便她真的恋爱了，人们也很难看得出来。有一次，伊丽莎白跟她的女友鲁卡斯小姐谈起了这一点。

“这或许是件好事，”卡洛蒂回答说，“能在这类场合下给众人一个假象；但是将爱隐藏得很深，有时却难免带来不利。如果一个女人对她爱的对象一点儿也不透露出她的情感，她也许会失去得到他的机会；如果那时仍然以世人都还蒙在鼓里的想法来安慰自己，那就未免太可怜了。在恋爱时，感恩图报和虚荣的心理几乎每个情人都有，如果不借助这些而听其自然，是很难成功的。情爱的事，开始的时候都好说——对某人有些偏爱好感，那是很自然的事；可要是得不到对方的鼓励，很少有人敢真正地去爱的。在这种情况下，女人们最好还是感觉到了七分的爱，就表现出十分。毫无疑问，彬格莱喜欢你姐姐，但是如果她不主动地去推他一把的话，他也许永远只能是喜欢喜欢她罢了。”

“可是，姐姐的确是在尽力朝那方面帮彬格莱了。如果我能察觉出姐姐对他有情，而他却发现不了，那他一定是个十足的傻瓜。”

“请记住，伊丽莎白，彬格莱可并不像你那样了解吉英的性情。”

“不过，如果一个女人钟情于他，又不是有意地加以隐藏，他一定会发现的。”

“或许是这样的，如果他对她有足够了解的话。但是，你也清楚，尽管彬格莱和吉英在一起的次数并不算少，可是每次待的时间都不长；而且总是在人多的场合下会面的，所以不可能把每一分钟都用在他们私下的交谈上。因此，吉英应该充分利用每一次与彬格莱在一起的机会。只要她总能把他吸引到自己这里来，就不愁他不坠入情网。”

“你的这个办法不错，”伊丽莎白说，“如果不去考虑要有一个美满幸福的婚姻的话；如果我已决定要找一个阔绰的男人，或者是随便一个什么男人的话，我敢说我是应该照你说的去做的。可是，你说的这些并不适合吉英的性情，她为人处世不耍心眼儿。而且，她对自己感情涉入的程度甚至还不能确定，是不是合理也说不准。他们认识只有两个星期。她跟他在麦里屯跳了四次舞，有一天早晨她在家里见过他一回，后来同他在一起吃过四次饭。这些还不足以使吉英了解他的性格。”

“事实并不像你说的那样，如果吉英仅仅是和彬格莱吃了几次饭，或许只能发现他是否有个好胃口；可是你必须记着，饭后的那四个晚上他们俩都待在一起——四个晚上的作用可不能小视。”

“是的，这四个晚上至少能使他们俩肯定一点，那就是他们两人都喜欢玩二十一点，不喜欢玩‘康梅司’（一种法国牌玩法）；但是就性格方面来说，我想他们彼此之间还是了解甚少的。”

“呃，”卡洛蒂说，“不管怎样，我是衷心希望吉英成功。如果吉英明天就嫁给了彬格莱，我会认为，她这样做所获得的幸福，不会比她认认真真对他的性格研究上一年所获得的幸福少。如果双方对彼此的脾性都摸得很透，或者生来就非常相似，那两人就一点儿也不会有幸福可言了。以后，两人总是想方设法地去使他们之间有所不同，并为此而苦恼了。较好的办法是尽可能少地了解你要结为伴侣的那个人的性格缺陷。”

“你的这番话叫我听得很开心，卡洛蒂，可并没有什么道理。你心里也很清楚，你自己是绝对不会这么做的。”

就这样将全部心思用在了彬格莱先生对姐姐的关注上，伊丽莎白一点儿也没有想到，她自己正在成为彬格莱朋友眼中的关注对象。起先，达西先生几乎不认为她长得漂亮。在舞会上看到她的时候，对她毫无赞赏之情；在他们第二次遇见时，达西注视过她，也只是为了找出她的缺点。可是，就在他刚刚对自己和他的朋友们说过，她脸上几乎没有一处长得动人时，他却开始发现，她的那双美丽、富有灵气的黑眼睛把她的整个面庞衬托得聪颖伶俐。紧跟着他又发现其他几处同样令他心动的地方。尽管达西早已用批评的眼光，找出了伊丽莎白在身材优美匀称方面的诸多不足，可是他不得不承认，她体态轻盈而且楚楚动人；他声称她的举止缺少上流社会的种种优雅，却又被她的活泼风趣、毫无扭捏作态给打动了。对所有的这一切，伊丽莎白一点儿也不知晓。在她看来，达西只是一个处处不受欢迎的人，而且还认为她不够漂亮，不配做他的舞伴。

达西先生开始希望更多地了解伊丽莎白，为了将来有机会能与她交谈，他注意地听着她和别人的谈话。他的这一做法引起了伊丽莎白的注意。那是在爵士威廉·鲁卡斯的府邸，当时正举办着一场盛大的晚会。

“达西先生在听我和弗斯特上校谈话，不知道他是何用意？”伊丽莎白对卡洛蒂说。

“这个问题只有达西先生自己能够回答。”

“如果他下一次还这么做，我一定要让他知道一点儿我的厉害。他很会挖苦人，如果我自己不先给他点颜色看，我很快就会变得怕他了。”

没过一会儿，达西先生又走到了她们这边，尽管他看上去好像并没有任何想要攀谈的企图。鲁卡斯小姐见此情状，便怂恿她的朋友向他提及这个问题，这一激将法果然奏效，只见伊丽莎白朝达西转过身说：

“达西先生，我刚才缠着弗斯特上校要他在麦里屯给我们举办一场舞会，你不觉得，我话说得机巧又有说服力吗？”

“表达得很有力——不过，在谈及这类话题时，小姐们总是很起劲的。”

“你又在讽刺我们了。”

“马上便该轮到她（指伊丽莎白——译者注）被人缠了，”鲁卡斯小姐说，“我这就去打开琴盖，伊丽莎白，你也知道，后面跟着的该是什么。”

“你真是一个非常奇怪的朋友！——总是想叫我在人前弹琴唱

歌，也不管是在什么人面前！如果我真有音乐天赋，我当然会对你感激不尽的，可是，既然这并非事实，我实在不愿意在这些听惯了一流演奏家的人们面前献丑。”无奈，经不住鲁卡斯小姐的一再坚持，伊丽莎白只好说道：“好吧，既然如此，我就恭敬不如从命啦。”同时她一本正经地瞥了达西先生一眼说：“有句在场的人都熟悉的谚语说——‘留着你的气儿，吹凉你的粥’。我呢，将用我的气儿来唱我的歌。”

伊丽莎白的表演虽说不上精彩，却也怡人动听。在她唱了一两首歌之后，有几个人要求她再唱几首，她还没来得及作答，她的妹妹玛丽便迫不及待地走了上来，坐到琴旁去了。玛丽是她们家中唯一一个长得相貌平平的女子，为此她只得刻苦求知和锻炼才情，遇到露脸儿的场合，她总想夸示夸示她的本事。

玛丽既没有天分，也没有鉴赏力。虽说虚荣心促使她刻苦用功，可这却也给予她一种学究气和自负的做派，即使达到较高造诣的人也会受其损害，更何况于她呢。虽说伊丽莎白的琴弹得还不及玛丽的一半，可是由于她平易大方，毫无造作，听起来倒让人觉得更加惬意一些。玛丽在弹完一首长长的协奏曲之后，又应她的几个妹妹的请求弹起了苏格兰和爱尔兰的小曲，她高兴博得人们的赞扬和羡慕，而她的那几个妹妹们呢，正和鲁卡斯家的几个女儿，以及两三个军官在舞厅的另一侧尽情地跳舞。

达西先生此时就站在她们附近，正为没有任何攀谈的机会就这样度过一个晚会生着闷气，他自己心事重重，竟没有察觉威廉·鲁卡斯爵士站在他的旁边，直到威廉爵士跟他说话，他才抬起了头。

“对于年轻人来说，跳舞真是一项迷人的活动，达西先生！——说来说去，什么也比不上跳舞。我认为这是上流社会中最为优雅的娱乐之一了。”

“的确如此，爵士。不过，跳舞的优点还不止于此，它现在在并不高雅的社会中也很流行。每个野蛮人都会跳舞。”

威廉爵士只是笑了一笑。“你的朋友跳得不错，”看着正在跳的彬格莱先生，他说，“我毫不怀疑，达西先生，你自己就是这方面的一个行家。”

“我想，你曾在麦里屯看到过我跳舞，爵士。”

“是的，是这样，而且我颇感自己那一回眼福不浅。你常在宫里跳舞吗？”

“从来没有过，爵士。”

“你不认为，在那里跳舞对你自己、对宫廷都是一种荣誉吗？”

“只要我能避开，这是一种我对任何一个地方都不会给的荣誉。”

“你在伦敦城里有房子吧？”

达西先生点头表示承认。

“我曾经有过把家安在城里的想法——因为我很喜欢上流社会；只是我担心鲁卡斯太太会不适应伦敦的气候。”

威廉爵士停了一下，想得到一个回答，谁知对方根本无心回话。这时正值伊丽莎白朝他俩这边走过来，威廉爵士倏然想到一个绝妙的主意，便向伊丽莎白大声地招呼：

“亲爱的伊丽莎白小姐，你干吗不跳舞呢？达西先生，请允许我把这位年轻的小姐介绍给你，她是一位非常理想的舞伴。我敢肯定，有这样的一个美人儿在你面前，你是不会拒绝跳舞的。”说着，便拉着伊丽莎白的手，想将它递给达西先生。达西先生固然吃惊不小，可也并非不愿意拉住伊丽莎白，谁知道就在这时伊丽莎白突然抽回了自己的手，神色略显不自然地对威廉爵士说：

“噢，爵士，我根本不想跳舞。我希望你不要以为，我到这边来，就是为了乞讨个舞伴的。”

达西先生非常正式有礼地请求她赏光，却也是枉然。伊丽莎白主意已定：就是威廉爵士想要劝说，也一点儿动摇不了她的决心。

“你的舞跳得那么好，伊丽莎白小姐，如果不让我一睹你的舞姿，那真是太遗憾了。虽然这位绅士通常不喜欢这项活动，但我敢肯定，他也不会反对为我们跳上半个钟头的。”

“达西先生真是太客气了。”伊丽莎白笑着说。

“的确是这样——不过，考虑一下你的美貌给人的诱惑，对达西先生现在表示出的这一股勤，我们也就不足为奇了；因为谁会舍下这样的一个舞伴呢？”

伊丽莎白调皮地瞧了达西一眼，转身走开了。她的拒绝并没有让达西感到难过，在达西正有点美滋滋地想着伊丽莎白的时候，彬格莱小姐走过来了。

“我能猜出你正在想什么想得出神。”

“我谅你也猜不出。”

“你在想：在这样的社交圈里，用这种方式来消磨掉许多个晚上，真叫人不可忍受。的确，我也有同感。我从来不曾这样烦闷过！这乏味无聊，这吵人的喧闹。这些人们什么也不是，可个个觉得自己了不起！我现在最高兴的，就是能听你痛快淋漓地调侃他们一顿！”

“我可以向你保证，你完全猜错了。我脑子里想着的事，可要比这愉快得多。我刚才一直在回味着，一位漂亮女人的脸蛋和她那双充满灵气的眼睛，所能给人的那份快乐。”

彬格莱小姐的目光马上盯住他的脸，显然是希望达西告诉她什么样的美人儿能有本领激起他这样的感慨，达西先生毫不迟疑地回答说：

“是伊丽莎白·班纳特小姐。”

“伊丽莎白·班纳特小姐！”彬格莱小姐禁不住重复道，“这太令我吃惊了。她是你的意中人已经有多长时间了？请问，我几时可以向你们贺喜呢？”

“我已料到你会这样问我的，女人的想象力真是太急速了。它一下子便能从倾慕跳跃到爱情，从爱情跳到结婚。我早就知道你会向我道喜的。”

“呃，若你对此事这么认真，倒要让我认为这件事已经是完全决定了的。你会得到一位有趣的岳母大人，当然啦，这位岳母大人也会一直同你住在彭伯利的。”

在彬格莱小姐这样由着性子讲下去的当子，达西无动于衷地听着。后来，他那镇静的神情使她放下了提着的心，于是，她的话儿越发滔滔不绝了。

第七章

班纳特先生的全部财产都在一宗产业上，他为此每年获得两千英镑的收入。说起这宗产业，真是他女儿们的不幸，因为家中没有男性继承人，产业将由一个远亲来继承；至于她们母亲的财产，虽然足够她自己这一生用的，却也弥补不了班纳特先生这方面的不足。班纳特太太的父亲曾在麦里屯当过律师，给她留下了四千英镑的遗产。

班纳特太太有个妹妹，嫁给了一个姓菲利浦的先生，这位先生曾是她父亲手下的一名职员，后来继承了她父亲的行当。班纳特太太还有个兄弟，住在伦敦，做着受人青睐的生意。

浪博恩这个村子离麦里屯只有一英里，这段距离对于班纳特家的小姐们来说是最便利不过了，她们一个星期总得往麦里屯跑上三四趟，看看她们的姨妈，捎带逛逛那边的一家卖女帽的商店，其中年龄最小的两个女儿凯瑟琳和丽迪雅跑那里跑得最勤。她们俩头脑空空，也不像姐姐们有事可做，每当感到无聊时，就得到麦里屯走上一趟，一则可以消磨白天的时光，二则也给夜晚增添了话题。不管平素乡间的新闻轶事多么匮乏，她们总能设法从姨妈那儿打听到一些。眼下，因为有部队的一个团新近开到了这附近，她们的生活骤然间平添了许多的新闻和乐趣。这个团要在这里驻扎一个冬天，麦里屯就是他们的指挥部。

现在，每次从菲利浦太太那边回来，凯瑟琳和丽迪雅都能带回好多趣闻。每天都有军官们的名字和他们的消息传到她们耳朵里。不久，他们住的地方对凯瑟琳和丽迪雅来说已不再是个秘密，到后来她们自己便开始与他们相识了。菲利浦先生已经拜访了所有的军官，这真是为这姊妹俩打开了一道她们前所未知的幸福之门，凯瑟琳和丽迪雅现在整天谈的就是军官。至于彬格莱先生和他的大宗财产，尽管班纳特太太一提起仍是眉飞色舞，在她的两个小女儿眼里却算不上什么了，简直无法和那些军官们的制服相提并论。

一天早晨，听着两个小女儿滔滔不绝地谈论着这个话题，班纳特先生冷冷地说：

"从你们俩谈话的神气上，我能看出你们是乡间最蠢的两个女孩子了。以前我只是这样怀疑，现在我完全相信了。"

凯瑟琳被说得局促不安起来，再没吭声；丽迪雅却毫不在乎，继续倾诉着她对卡特上尉的仰慕之情。她希望今天白天能见到他，因为明天早晨他就要去伦敦了。

"亲爱的，你太让我吃惊了，"班纳特太太说，"你竟然会认为自家的孩子愚蠢。不管我想要说谁家的孩子，也不会说到自己孩子的头上。"

"如果我的孩子愚不可及，我必定希望我对此有所明察。"

"说得不错，不过，事实上是，她们每一个都很聪明。"

"我自认为，这是我们两人在认识上的唯一不同点。我曾希望我们的见解在任何方面都是一致的。不过，到目前为止，在对两个小女儿的看法上，我们不得不各持己见了。"

"亲爱的，你不能指望女儿们都有她们父母亲的见识。等到了我们这把年纪，我敢说她们就会像我们一样，不再对这些军官感兴趣了。我记得我年轻时也曾非常喜欢一个军官——确切地说，现在我心里还记挂着他呢。假如有一个年轻英俊的上校，一年有五六千英镑的收入，向我们的一个女儿求婚，我绝对不会说半个不字。我觉得弗斯特上校在爵士威廉家举办的晚会上，穿着他的军官服，就显得十分潇洒。”

“妈妈，”丽迪雅嚷着，“我听姨妈说，弗斯特上校和卡特上尉已不像他们刚来时常去沃特森小姐家了。姨妈常见他们站在克拉克图书馆里。”

班纳特太太还没来得及回答，就见一个男仆走进来，手里拿着彬格莱小姐写的一封信。这封信是从尼塞弗尔德那边送来的，仆人还等着取回信。班纳特太太眼里露出喜悦的光彩，见吉英在读信，急不可耐地问：

“哦，吉英，是谁来的信？信上说什么了？喂，吉英，快告诉我们，快点儿，我的宝贝女儿。”

“是彬格莱小姐写来的。”吉英回答说，然后大声地读了出来：

我亲爱的朋友：

如果你今天不肯发发善心，来跟露易莎和我一块儿吃晚饭，我们姐妹两个今后可能就会永远地相互怨恨对方啦，因为两个女人成天在一起谈心，到头来没有不吵架的。请接到这封信后就尽快地赶来。我哥哥和他的朋友们都要上军官那里吃晚饭。

永远忠实于你的

伽罗琳·彬格莱

“和军官们一起吃饭！”丽迪雅大声喊，“奇怪，姨妈怎么没跟我们提起呀？”

“你要出门，”班纳特太太说，“这太不凑巧了。”

“我能用车吗，妈妈？”吉英问。

“不，亲爱的，你最好还是骑马去吧，看样子快要下雨了，这样，你便可以晚上也待在那里了。”

“这个主意不错，”伊丽莎白说，“如果你确信他们不会主动提出用车送吉英回来。”

“噢！彬格莱先生的马车，男人们乘着去麦里屯吃饭了；而赫斯特夫妻俩又是有车无马。”

“我还是乘车去得好，妈妈。”

“可是，亲爱的，我想你爸爸肯定是要用车的，农田里的活儿需要它们，班纳特，不是吗？”

“农田里常常需要用车，不过轮到我用的时候却并不多。”

“可是，如果你今天要用，”伊丽莎白说，“妈妈的目的就达到了。”

最后，伊丽莎白总算逼着父亲说了句车已经派了用场的话。这样，吉英便只好骑着马去了。她母亲将她送到门口，高高兴兴地说了许多巴望天气变坏的话。她的愿望应验了：吉英刚走不久就下起了大雨，几个妹妹们开始为吉英担心，而她母亲则高兴得不得了。雨一直下到晚上没有间断，吉英肯定是回不来了。

“幸亏我想出了这个好主意！”班纳特太太把这句话来回说了好几遍，好像这天降大雨的功劳全都是属于她的。不过，直到第二天早晨，她才知道这一妙算到底造成了多大的“幸福”。饭刚刚用过，一个仆人从尼塞费尔德给伊丽莎白送来了下面的信笺：

我最亲爱的丽萃：

今天早晨我醒来时，感到身体很不舒服，我想，这可能是我昨天淋了雨的缘故。我的这些好心的朋友在我好起来以前，坚决不肯让我回去。他们还执意要请琼斯先生来给我看病。因此如果你听说了他上我这儿来过时，也不必感到惊讶——除了喉咙和头有些疼痛外，我没有什么大碍。

你的姐姐

“哦，亲爱的，”听伊丽莎白大声读完信，班纳特先生对他的妻子说，“要是你的女儿得了危险的重病，要是她死了，倒也值得安慰了，因为这全是为了追求彬格莱先生，全是遵循着你的命令去做的。”

“噢！我可不认为这就能送了吉英的命。人不会因为得了点儿小感冒就死去的，她会得到很好的照顾，只要她待在那儿，就不会有事的。要是马车在，我能去看看她就好了。”

伊丽莎白可真的为姐姐担心了，虽然车子不在，她还是决定要去看吉英。她不会骑马，只能走着去。她把她的打算说了出来。

“我说你这孩子怎么这么傻呢，”她母亲喊起来，“在这遍地的泥泞中，你想要走着去尼赛费尔德！等你到了那里，你满身是泥的怎么见人呢。”

“我去看看吉英，这没有什么不合适的——这是我现在唯一的念头。”

“你是不是在暗示我，丽萃，”她的父亲说，“想叫我派人去把马牵回来。”

“不，当然不是这个意思，我并不怕走路。当一个人决意做某件事的时候，这点距离算不了什么。只是三英里的路程，在晚饭前我就赶回来啦。”

“我很赞赏你的这一出于姐妹之情的举动，”玛丽说，“不过，感情上的冲动应该受到理智的支配才是，我的看法是，一个人尽力应该尽得恰到好处。”

“我们陪你一块走到麦里屯那儿，”凯瑟琳和丽迪雅说，伊丽莎白表示赞同，于是三位小姐便一齐上了路。

“如果我们走得快一点，”在走着的路上丽迪雅说，“也许我们还能赶在卡特上尉动身之前，见他一面。”

到了麦里屯时，她们分了手。两个妹妹朝着一个军官太太的家里走去，伊丽莎白一个人继续前行。她快步走过一片又一片的田野，跨过沿途的围栏，连蹦带跳地过了无数个水洼，后来终于望见了那所房子，这时她已经是双脚乏累，鞋袜上溅满了泥浆，脸蛋儿由于出力而变得绯红。

她被带进了早餐厅，除了吉英，正巧所有的人都在那里，她的这副模样儿使得满座皆惊。她竟然会在大清早这么泥泞的路上，独自走了三英里的路程，这在赫斯特太太和彬格莱小姐看来简直难以置信。伊丽莎白也感觉到了她们对她表露出的轻蔑神情。不过，她还是受到了姐妹俩客客气气的接待。在她们兄弟彬格莱的举止里有一种比礼貌更好的东西，一种善意的幽默和关爱。达西先生没有说什么，赫斯特先生更是连口也懒得开。前者是一种矛盾的心情，他为她一路跋涉后脸上现出的红晕和光泽而动情，又为她这么远独自跑来的做法是否妥当表示怀疑。而后者却一心在想着他的早饭。

她向他们询问了姐姐的病情，得到的回答并不十分令人满意。班纳特小姐觉睡得不好，现在虽然起来了，可还在发着高烧，不能走出屋子，伊丽莎白很快被领到姐姐住的房间。吉英见到妹妹进来，心里很是高兴，她多么盼望有个亲人能来这里看她，只是因为怕引起家里人的担心或是不便，才没敢在她的信里提及。她身体还很弱，不能多说话，在彬格莱小姐走了留下她们两个人的时候，吉英只是为她所受到的无微不至的照顾说了些感激的话儿。伊丽莎白默默地服侍着姐姐。

吃过早饭后，彬格莱小姐和她姐姐也来到吉英这里。伊丽莎白见她俩那么喜爱吉英，对她的病情深感焦虑和担心，不由得也开始对她们产生了好感。医生来了，在检查了病人的情况后，像她们猜测的那样，说吉英得的是重感冒，要她们好好照顾病人，建议她上床休息，并为她开了药。医生的建议很快就被执行了，因为发烧的症状又加剧了，吉英的头痛得厉害，伊丽莎白一刻也不曾离开房间，彬格莱家的姐妹俩也很少走开过。男人们都出去了，她俩到别处也无事可做。

在钟表敲过了三下后，伊丽莎白觉得她该回去了。虽然非常不情愿，她还是这样说了。彬格莱小姐要用马车送她，在她几近于稍加推辞就接受下这份人情的时候，吉英却为妹妹的离开流露出依依不舍的神情，彬格莱小姐只得改变了用马车送伊丽莎白的主意，邀请她暂时留在尼塞费尔德。伊丽莎白非常感激地同意了，于是一个仆人被打发到了浪博恩，去告知家人她在这里留住的消息，顺便捎回一些换洗的衣服。

第八章

在下午五点时，主家的两位小姐离开去更衣了，到了六点半钟有人唤伊丽莎白去吃晚饭。大家都关切地问起她姐姐的病情，她高兴地发现，这其中最担心姐姐的还是彬格莱先生，只是她还不能给大家一个宽慰的答复——吉英还没有好起来。主家的两姐妹听了吉英的情况，只是反反复复地说：她们感到多么难过，得了重感冒多么吓人，她们自己是多么讨厌生病，说完后就不再想着这件事了。看到吉英不在眼前时她们这种淡漠的态度，重新勾起伊丽莎白先前对她们的不喜欢来。

这个家里最令伊丽莎白满意的还是彬格莱先生。他对吉英的担心和焦虑是显而易见的，对伊丽莎白的照顾是亲切怡人的，这让她不再觉得自己是个闯入别人家的外来者，而这里的其他人，她以为显然是这样看她的。除了彬格莱之外，很少有人再注意到她。彬格莱小姐正缠着达西先生，她的姐姐也没有什么两样。至于坐在伊丽莎白旁边的赫斯特先生，则是个好吃懒惰的人，成天就是吃喝、玩牌，当他看到伊丽莎白宁愿吃桌上的素菜而不吃烩肉，更是和她无话可说了。

晚饭一用完，伊丽莎白就马上回到吉英那儿去了，她刚刚步出餐厅，彬格莱小姐便对她奚落起来。说她的举止太不得体，言行既傲慢又无礼；她不会和人攀谈，没有气质，没有鉴赏力，长得也不是很漂亮。赫斯特太太也如此认为，并且补充道：

“用一句话说，她除了擅长走路，简直一无所长。我永远忘不了她今天早晨的模样。她当时的样子真像是个乡下的野丫头。”

“的确是这样，露易莎。我当时诧异得都有点儿不知所措了。她这趟来得太不知趣了！就因为她姐姐得了个感冒，她就非得一路跋涉地赶来吗？瞧她当时那蓬头垢面的样子！”

“噢，还有她的裙子！我真希望你那时看到她的裙子了，下摆上沾满了泥浆，我敢肯定足足有六英寸。她想用外面的衣服遮住泥浆，可也无济于事。”

“你的描述也许十分准确，露易莎。”彬格莱说，“不过，你说的这些我当时可都没有留意。我只觉得，伊丽莎白今天早上走进来时，样子很美。至于她的裙子很脏，我可没有注意到。”

“我想你一定见到了，达西先生，”彬格莱小姐说，“而且我还认为，你一定不希望看到你妹妹弄成那副模样。”

“当然不。”

“走上四五里的路，或许更长，整个脚脖子都陷在泥里，而且还是自己独自一个人！她这样做能意味着什么呢？依我看，这不过表现了她令人憎厌的自负和倔强，还有乡下人对礼仪的全然漠视。”

“这体现了她对姐姐的一片令人感动的情谊。”彬格莱说。

“我担心，达西先生，”彬格莱小姐压低了声音说，“伊丽莎白的这次冒险行为，该让你对她那双漂亮眼睛的赞美，受到影响了吧？”

“一点儿也没有，”达西回答说，“经过一番跋涉之后，她的眼睛显得更加明亮了。”跟着的是一阵短暂的沉默，后来赫斯特太太又开了口：

“我对吉英·班纳特小姐的印象非常好，她真是一个可人意儿的姑娘，我衷心希望她能嫁个好人家。不过，遇上这样的父母亲，这么一些不争气的姊妹们，我怕她是没有这样的机会了。”

"我好像听你说过，她们有个姨夫在麦里屯当律师。"

"是呀，她们还有个舅舅，住在伦敦齐普赛街[①]一带。"

"这太妙了。"彬格莱小姐附和了一句，跟着姐妹两个都开心地笑起来。

"即便她们的舅舅多得能把齐普赛街挤满了，"彬格莱激动地说，"她们的可爱之处也不会有丝毫的减损。"

"可是，这必定会实实在在地减少她们嫁给一个有身份的男人的机会。"达西说。

对这句话彬格莱没有多说什么，他的姐妹们却表示了由衷的赞同，随后，又不惜拿她们亲密朋友的鄙俗亲戚逗了半天的乐子。

不过，当这姐妹俩离开餐厅走向吉英房里的时候，她们对朋友的那份柔情便又在脸上了，她们在那儿一直坐到喝咖啡的时间。吉英仍然很虚弱，伊丽莎白片刻不离地守护到傍晚，直到放心地看着姐姐睡着了，同时也怕不下楼去有点不太好，这才离开了房间。她走进客厅的时候，大家都在玩牌，他们随即邀她也来玩，但她怕他们玩得输赢过大，便推辞了，她借口说还要照看姐姐，在下面只能待一会儿，她想找本书看看。赫斯特吃惊地望着她。

"你宁愿看书也不玩牌吗？"他说，"这真是稀罕。"

"伊丽莎白·班纳特小姐讨厌打牌，"彬格莱小姐说，"她是个出色的读者，对其他的东西，她都没有什么兴趣。"

"我不配得到这样的夸赞，也不该受到这样的指责，"伊丽莎白大声地说，"我算不上一个出色的读者，也能从许多其他的东西中获得乐趣。"

"我相信照顾你的姐姐对你来说就是一种乐趣，"彬格莱说，"但愿这种乐趣随着她的好转而与日俱增。"

伊丽莎白向彬格莱表示了衷心的感谢，随后走到一张上面放着

---

① 这是一条商业街，以珠宝商和绸缎商著称。

几本书的桌子旁边。彬格莱立刻要另外再拿一些书给她，甚至把他的书都拿过来。

“我真希望我收藏的书再多一点儿，这样既满足了你的需要，也能为我争回点面子；可是我一向疏懒，我的书虽然很少，却还是比我看过的要多。”

伊丽莎白告诉他，这间屋子里的书足够她看的了。

“我有时真感到纳闷，”彬格莱小姐说，“我父亲只留下这么一点儿书。达西先生，你在彭伯利那里的藏书可真是丰富极了！”

“它理当如此。”达西回答说，“这可是好多代人努力的结果。”

“你自己也为它们增添了不少，你随时都在买书。”

“我对现在疏忽家庭藏书的行为是不敢苟同的。”

“疏忽？我相信，你没有疏忽过任何能给你那个高贵宅邸锦上添花的地方。查理斯，以后你自己建宅邸时，但愿有彭伯利一半的好就行了。”

“我希望能如此。”

“我可是当真建议你在那附近置一块地，就按彭伯利的样子盖一所住宅。在英国，再没有哪一个郡能比上德比郡的了。”

“我十二分地赞成你的想法，如果达西肯的话，我愿意把彭伯利全都买下来。”

“查理斯，我现在跟你说的是你可能办到的事情。”

“我也不是开玩笑，伽罗琳，我认为，要想得到一个彭伯利，仿制是很难做到的，唯有把它买下来，才有可能。”

伊丽莎白听兄妹俩这场对话，听得出了神，几乎就没有看进去她手中的书。后来，她索性把书撂在一旁，走到牌桌边，站在彬格莱和他姐姐之间看他们打牌。

“达西小姐比今年春天时又长高了许多吧？”彬格莱小姐问，“她将来会长成我这么高吗？”

“我想会的。她现在已经差不多和伊丽莎白一样高了，也许更高一点儿。”

“我真想再见到她！我从来没有遇到过这么叫我喜爱的女孩。模样儿那么俊，举止那么优雅，小小年纪就有那么了不起的才艺！她的钢琴真是弹得棒极了。”

“这点真叫我惊奇，”彬格莱说，“年轻小姐们怎么有那么大的耐心，把自己锻炼得多才多艺，所有的小姐们都是如此。”

“所有的小姐们都是如此！亲爱的查理斯，你这话是什么意思？”

“是的，我认为她们个个如此。她们都会装饰台桌，点缀屏风，编织钱袋。我敢保证，我每次最初听说一位小姐时，总有人在告诉我她非常的多才多艺。”

“你列举的这些才艺有着很广的范围，”达西说，“这一点千真万确：许多女人都只是会做一些编织钱袋或点缀屏风之类的事，便赢得了有才艺的美名。不过，就总体而言，我不能同意你对小姐们的这种评价。我不敢说大话，在我所认识的女人里，真正有才艺的不到半打。”

“我也有同感。”彬格莱小姐说。

“那么，”伊丽莎白说，“在你们的所谓才女的概念里，一定包含了许多内容啰？”

“是的，我的确认为应该包含了许多的条件。”

“噢，这是当然的啰！”达西先生忠实的支持者（指彬格莱小姐——译者注）放大了声音说，“没有一个人可以被真正认为是富于才情的，如果她不能够远远超出常人的水平。一个女人必须对音乐、唱歌、绘画、跳舞和各种现代语言都有全面的了解，才配得上这一称号。除此之外，她还必须在仪表和步态、说话的声调、谈吐和表达方面，具备高雅和独到之处，否则她也只够一半的标准。”

“所有这些都是她必须具备的，”达西补充说，“另外，她还必须有很高的素养，而这唯有通过广泛的阅读，不断丰富自己的头脑，才能做到。”

“经你这么一说，我对你只认识六个有才艺的女子，一点儿也不奇怪了。我倒是怀疑像这样的才女，你是否认识过一个。”

“难道你对你的同类如此严厉，以至于怀疑有这种可能性吗？”

“我从没有遇到过这样的女子，从没有见过这样的才能、这样的情趣、这样的优雅和这样的造诣，能集于一个女人身上的。”

赫斯特太太和彬格莱小姐都大声嚷着，反对伊丽莎白表示出的不公正的怀疑态度，两人异口同声地宣称，她们认识许多符合上述条件的女子，赫斯特先生不得不喊着让她们保持安静，连声抱怨说她们把牌局给搅了。争论随之平息了，伊丽莎白也很快离开了房间。

“伊丽莎白·班纳特，”当门关上后，彬格莱小姐说，“像有些年轻女子一样，借贬低自己的同类，来达到在男性面前抬高自己的目的。这套做法我敢说，对许多男人都是奏效的。不过，在我看来，这纯属雕虫小技，非常鄙俗。”

“毫无疑问，”达西回答道，因为这话主要是冲着他讲的，“在女人们为了赢得异性而屈尊使用的一切手腕中，的确有卑劣的成分，只要和狡黠沾上边儿的东西，都应该受到鄙视。”

彬格莱小姐似乎并不满意这一回答，话题也就撂开了。

伊丽莎白不久回来说她姐姐的病情加重，她不能再下楼来了。彬格莱极力主张马上去请琼斯大夫。他的姐妹们觉得乡下的医师根本不顶用，建议立即到城里去请名医。伊丽莎白没有同意，倒是觉得她们兄弟的建议，还可以考虑考虑。大家最后商定，如果班纳特小姐今夜还不见好转的话，明天一大早就去把琼斯大夫请来。彬格莱心里十分不安，他的两个姐妹也声称她们很心烦。不过，在吃过晚饭之后，她们还是合唱了几支曲子以减轻忧烦，而彬格莱则发现自己只有不断地给用人们发命令，叫她们尽心尽力照顾好病人和她的妹妹，才能稍稍平定情绪。

第九章

伊丽莎白几乎是在她姐姐房间里度过了整个晚上，第二天早晨当彬格莱吩咐一个女佣，稍后又是两个服侍他姐妹们的、体态优雅的女人来探问病情时，伊丽莎白总算能够高兴地给她们一个较为满意的答复了。不过，虽然病情略见好转，她还是要求他们差人到浪博恩捎个信儿，最好是叫她的母亲来看看吉英，亲自判断一下吉英的病情。信即刻就送出了，信上的事也很快照办了。班纳特太太吃过早饭后，便带着她的两个小女儿朝尼塞费尔德赶了过来。

如果班纳特太太发现吉英病得严重，她一定会很伤心的。但当她欣慰地看到吉英的病已不太要紧时，就不再希望女儿快快地好起来，因为一旦康复，吉英也就该离开尼塞费尔德了。当吉英提出要母亲带她回去时，班纳特太太置之不理。而和她差不多同时赶来的大夫，也认为留下养病较为妥当。在班纳特太太和吉英小坐了一会儿后，彬格莱小姐进来请她们下去吃早饭，于是这母女一行四人便随彬格莱小姐一同来到早餐厅。彬格莱先生在那儿等候她们，说他希望班纳特太太觉得班纳特小姐的病情并没有想象的那么严重。

“可是，的确比我想象的还要严重呢，先生，”班纳特太太回答说，“她病得太厉害了，可不能挪动地方。琼斯大夫也说不能挪动。因此我们还得多劳你们照顾几天。”

“挪动地方！”彬格莱着急地大声说，“这绝对不可以。我相信，我妹妹也不会叫她现在就回去的。”

“你放心，夫人，”彬格莱小姐礼貌而又有点儿冷淡地说，“班纳特小姐和我们在一起，是会得到最好的照顾的。”

班纳特太太连连表示感谢。

“我相信，”她接着补充说，“要不是有你们这么好的朋友照料，吉英还不知道会怎么样呢。她确实病得很重，受了不少苦，虽然她那样强的忍耐力这世上少有。她的性格可是那种从未见过的温存性子。我总是跟我其他的几个女儿说，你们和姐姐相比，简直什么也不是。你这所房子很可爱呢，彬格莱先生，鹅卵石铺道那边的景致也很迷人。我不知道乡下还有哪个地方能比得上尼塞费尔德的。我想，你不会很快就离开这个地方吧？虽然你的租期并不算长。"

"我做什么事都是匆匆忙忙的，"彬格莱回答说，"如果我决定离开尼塞费尔德的话，也许会在五分钟以后就搬走。不过，在眼下，我想我是在这儿住定了。"

"我也是这样认为的。"伊丽莎白说。

"你已经开始了解我了，是吗？"彬格莱转向伊丽莎白吃惊地问。

"唔，是的！我完全了解你了。"

"希望我能将此看作是对我的恭维，不过，这么快就让人家看透了，也真是可怜。"

"这要视情况而定。一个内心深沉、性格复杂的人，未必就比你这样性格的人更值得尊敬。"

"丽萃，"她的母亲大声说，"别忘了你是在什么地方，你不能在这儿也像在家里一样，由着性子来。"

"我以前可没有发觉，"彬格莱紧接着说，"你还是个研究性格的行家。这种研究一定很有趣吧？"

"是的。尤其是对复杂的性格，研究起来更为有趣。可以说，至少它们在这一方面是占有优势的。"

"乡野之地，"达西说，"一般来说很少能够提供这样一种研究的对象。在乡下的邻里之间，你活动的社会圈子非常有限，而且单一。"

"但是，人总是在很大的程度上改变着自己，因此在他们身上永远有新鲜的事物可供观察。"

"噢，这话千真万确。"被达西提到乡村邻里时的那种态度所激怒，班纳特太太大声说道，"我可以向你保证，乡下值得看的一丁点儿也不比城里面少。"

大家都吃了一惊。达西在盯着班纳特太太看了一会儿后，一声没吭地走开了。班纳特太太以为自己已经完全占据了上风，便乘胜追击：

"我个人觉得，伦敦比乡下并没有什么优越的地方，除了商店和活动的场所多一点儿。乡下比城里头更舒适、更怡人，不是吗，彬格莱先生？"

"当我待在乡下的时候，"彬格莱回答说，"我从不想离开乡下，当我待在城里的时候，也同样地不想离开城里。它们各有各的长处，无论是待在乡下还是城里，我都一样快活。"

"啊——那是因为你的性情纯正。可是那位先生，"班纳特太太瞧着达西先生说，"却似乎认为我们乡下连一文也不值呢。"

"妈妈，你弄错了，"伊丽莎白为她母亲感到脸红了，"你完全误会达西先生了。他只不过是说乡下不像城里那样，可以遇到各种各样的人，这一点你必须承认是事实。"

"当然啦，亲爱的，谁也没有说不是这样。可是要说我们这个邻里还碰不到许多的人，我不同意，我相信比我们这个邻里再大的可很难找到了。据我所知，跟我们来往吃饭的就有二十四家。"

只是为伊丽莎白着想，彬格莱才没笑出声来。彬格莱的妹妹可不像她哥哥那么考虑，她拿眼睛瞟着达西先生，脸上露出富于意味的笑。伊丽莎白为了转移母亲的思想，便问她在她离开的这几天，卡洛蒂·鲁卡斯是否到过浪博恩。

"哦，昨天她和她母亲一块儿来过。威廉爵士真是个和蔼可亲的人，不是吗，彬格莱先生？那么风流倜傥，那么高雅和平易随和！——他跟每个人都谈得来——我觉得这才是所谓的好教养。那些自以为了不起而金口难开的人，却完全不明白这一点。"

"卡洛蒂在咱家吃饭了吗？"

“没有，她急着回家。我想，可能是她家里等着她回去做肉饼吧。”

“在我们家里，彬格莱先生，我总是叫用人们把各种家务活儿都干得好好的。我们家女儿的教养可与别人家的不一样。不过，这应该由各人自己去评判，鲁卡斯家的姑娘都是些好孩子，我敢保证。只可惜她们长得都很一般！当然并不是我认为卡洛蒂长相平平——毕竟，她是我们家最要好的朋友。”

“她看上去是个好姑娘。”彬格莱说。

“噢！亲爱的，你说的不错。不过，你不得不承认她的相貌很平常。鲁卡斯小姐自己也常常这么说，而且很艳羡我们吉英的美貌。我并不喜欢夸赞自己的孩子，不过，提到吉英——比她再好看的可难找啦。每个人都是这么说的，不是我对她偏袒。在她十五岁那年，在城里我兄弟嘉丁纳的家里，有一位先生爱上了她，我的弟媳妇甚至说，在我们临走之前他就会向她求婚啦。不过，他后来却没有提亲。也许他觉得她太年轻。可是他写了一些诗来赞美她，那都是些很好的诗。”

“他的这场恋情就这样结束了，”伊丽莎白有些不耐烦地说，“我猜很多人的恋情都是以这样的方式完结了的。真不知道，是谁第一个发现诗歌有这种赶跑爱情的功效的！”

“我一直习惯于认为，诗歌是爱情的食粮。”达西说。

“对于健康、坚贞而又美好的爱情来说，是这样的。任何事物都滋养那种已经是很强壮的东西。但是，如果那爱情只是一种微不足道、弱不禁风的意向的话，我相信，一首好的十四行诗就能把它的营养完全榨干了。”

达西听了只是微笑，随后屋子里的沉默让伊丽莎白的心又跳得快了起来，生怕母亲会再弄出有失体面的事情。她想说点儿什么，可一时又想不出该说什么。在片刻的沉默之后，班纳特太太又开始对彬格莱先生反复致谢，感谢他对吉英的照顾，同时也为丽萃的叨扰表示歉意。彬格莱先生坦诚有礼地回答着班纳特太太的话，并敦促他妹妹也礼貌地讲些在这类场合下该讲的客套话。虽然他妹妹应酬得实在有些敷衍，不过班纳特太太看见倒是满意了，随后不久就叫人预备车子。就在这当子，班纳特太太最小的女儿走向前来。在整个来访的时间里，这两个小女儿一直在相互地窃窃私语，这番交头接耳的结果便是，由顶小的女儿要求彬格莱先生履行他初到乡下时所许的诺言——在尼塞费尔德举办一场舞会。

丽迪雅虽然才十五岁，可已经出落成了一个健壮、丰满的姑娘，肤色白里透红，脸上一副快乐的无忧无虑的神情。她最受母亲的宠爱，小小年纪就进入了社交圈。她有动物般充沛的精力，而且天生的有点儿不知天高地厚，加之由她姨夫的好饭好菜和她的轻浮举止招来的年轻军官，对她不断地献上殷勤，她的这种自以为是更是变成了妄自尊大。所以，她现在是站在完全平等的位置上，跟彬格莱先生谈起举办舞会的事情，她唐突地提醒他实践自己的诺言。而且还说，要是他不能遵守诺言，那就是天底下最丢人的事了。彬格莱先生对这一突然袭击的回答，让班纳特太太听了很是高兴。

“我可以向你保证，我随时乐意去实践我的诺言。等你的姐姐身体痊愈以后，你尽可以挑选举办舞会的日子。不过，你总不希望在她还病着的时候，就跳舞吧？”

丽迪雅感到满意了，“噢！可以——等到吉英病好再举办，好处会更多，到那时候，卡特上尉很可能返回麦里屯了。等你办完舞会，”她补充说，“我要让他们也举办一个。我会跟弗斯特上校说，要是他不肯那就太丢脸了。”

班纳特太太和她的两个小女儿就这样动身离开了，伊丽莎白随后也回到吉英那里，任凭主人家的姐妹俩和达西先生对她自己和她家人的行为去评头论足吧。不过，尽管彬格莱小姐一再地拿伊丽莎白“美丽的眼睛”开玩笑，达西却没有受怂恿去参加到她们对她的批评当中。

第十章

这一天差不多是跟前一天一样度过的。赫斯特太太和彬格莱小姐在上午陪了病人几个小时，病人尽管恢复得很慢，却在继续好转。傍晚的时候，伊丽莎白来到了大家都在的客厅里。不过，这一回却并没有人玩禄牌（法国的一种赌钱的牌系）。达西正在写信，彬格莱小姐紧挨他坐着，一边看他写一边不断要求他添些问候的话给他妹妹，这样一来不免分散了达西的注意力。赫斯特先生和彬格莱先生在打皮克牌，赫斯特太太看着他们俩玩。

伊丽莎白在做针线活儿，听到达西和彬格莱小姐之间的对话，不免觉得有趣和好笑。彬格莱小姐对他的字体，或是字行的整齐，或是信的短长都不断地发出赞叹，而对方则对这种赞扬全然无动于衷，在此基础上形成的这场奇妙的对白，正应和了伊丽莎白对他们两个人的看法。

"达西小姐收到这封信时该会有多么高兴啊！"

达西没有吭声。

"你写信的速度真快。"

"你错了，我写得相当慢。"

"你一年到头得写多少信啊！还有那些生意上的信函！写那种信，我想该是多么枯燥乏味啊！"

"那么，真值得庆幸，那些乏味的信得由我来写，而不是你。"

"请告诉令妹，我非常想念她。"

"遵照你的意愿，我已经在前面告诉过她了。"

"你的笔恐怕有点儿不太好用了吧？让我给你修一修，我修笔是很内行的。"

"谢谢你——只是，我的笔总是由我自己来修的。"

“你是怎么做到把字写得这么工整的呢？”

他没有言语。

“请告诉她，听说她的竖琴弹得又进步了，我很高兴，另外，告诉她看到她设计的漂亮的台布图案，我十分惊喜，我认为它比格兰莱小姐的那一个不知强上多少倍。”

“你能允许我在写下一封信时，再转告你的惊喜吗？这封信里实在是放不下了。”

“噢，那没有关系！反正我一月份便能见到她了。达西先生，你总是给你妹妹写这样又长又迷人的信吗？”

“它们一般来说都很长。但是否总是迷人，这就不是我能判定的了。”

“在我看来，这是一条规则：只要能不费力气就写出长信的人，他写的一定赖不了。”

“你的恭维对达西不适用，伽罗琳，”她哥哥大声说，“他写起来可并不轻松。他在使用四个音节的词上面刻意地推敲。不是吗，达西？”

“我的写作风格和你的完全不同。”达西说。

“噢！”彬格莱小姐叫起来，“查理斯写信有多草率，你真想象不到。一封信里他能漏掉一半的词，再涂掉另外的一半。”

“我的想法变化得太快了，简直来不及把它们表达出来——就因为这个，我的信有时候让人看了觉得不知所云。”

“你如此谦逊，彬格莱先生，”伊丽莎白说，“一定可以抵消了对你的责备了。”

“再也没有比这种表面上的谦逊态度更叫人容易上当的了，”达西说，“这常常只是一种不愿明辨是非的轻率行为，有时候则是一种间接的自夸。”

“那么，你觉得我刚才那小小的谦虚是属于这两者中间的哪一个呢？”彬格莱问。

“间接的自夸。因为你实际上是对你写作上的缺点颇感自豪的，你认为它们是头脑快速思考和表达粗心的结果，即便它们没有什么值得称道的，至少是非常有趣的。做事迅速的人总是为他们拥有的这一能力感到骄傲，而对他们做起事来的敷衍马虎则常常忽略不计。今天早晨你对班纳特太太说，一旦你决定了离开，你会在五分钟以后就从尼塞费尔德搬走。你说这话时，心里是把它看作对你自己的一种称赞，或者恭维的——可是，这样急于行事有什么值得称道的呢？它会使每一件该做的事情半途而废，无论对人对己都没有一点好处。”

“啊，”彬格莱嚷起来，“把早上说过的一些不沾边儿的话，晚上又重新提起，是不是有点太过分了？不过，话说回来，我相信我今天早晨说的那番话是真诚的，到现在我也这么认为。所以，我那番对自己急躁性格的表述，至少不只是为了在女士们面前夸耀自己。”

“我敢说你是这样认为的。可是我却怎么也不会相信，你会那么匆忙地离开尼塞费尔德。你的行为，像我认识的任何人都一样，是受偶然因素影响的。假如你跨上马背正要离开的时候，一个朋友说：‘彬格莱，你最好还是到下个星期再走吧。’你很可能就会照他的话去做——如果你的朋友再说上一句，你也许又会待上一个月的。”

“你的话正好证明了，”伊丽莎白大声说，“彬格莱先生乐于考虑别人的意见，并不只是由着自己的性子来。你对他的夸奖远远超过了他对自己的夸赞。”

“我真是不胜感激，”彬格莱说，“经你这么一解释，我朋友的话倒变成了对我性情温顺的一种褒扬了。不过，恐怕你的这种解释并不投合这位先生的本意。在这种场合下，我要是给予一个断然的拒绝，并骑着马急奔而去，那他一定会更看得起我的。”

“那么，达西先生是不是认为，你最初的草率决定可以因为固执地坚持这一决定而得到弥补呢？”

“老实说，对这个问题我也不能解释得很清楚了，这必须由达西先生自己来说明才好。”彬格莱说。

“你想叫我解释的那些见解，你一味将其称为是我个人的，但我从没有承认过。假定情形就像你说的那样，你也一定须记住，班纳特小姐，请彬格莱先生留下来再住些日子的这位朋友，仅仅是希望他这么做，而并未在提出这一请求时，给予一个有必要这么做的恰当理由。”

“在你看来，欣然地接受、轻易地听从朋友的劝告，根本就不是什么优点啦。”

“无主见地听从，对于两个有见解的人来说，都不能算是一种恭维吧？”

“我觉得，达西先生，你看上去似乎根本不承认有友谊和情感的影响存在。对请求者本人的尊敬，往往使一个人很乐意地就听从了请求，而不会去等待可以充分说服他的理由。我这里所说的，并不是你为彬格莱先生设想的那个具体场合。我们不妨等待，等到真有这样的事情发生，那时我们再来讨论他的行为是否妥当。但是，就一般的场合而言，朋友之间一个人想叫另一个人改变一项无足轻重的决定，你竟会因为他顺从了朋友的意愿而没有等对方提出充分的理由，就认为这个人不好吗？”

“在着手讨论这个问题之前，我们是不是应该先更为精确地规范一下这种请求的重要程度，以及这两个朋友之间相互亲密的程度呢？”

“还有呢，”彬格莱插进来大声地说，“我们要听到一切有关的细节，连他们的身高和块头也不能忘记了。这一点在讨论中也有着你想象不到的重要性，班纳特小姐。我向你保证，要不是达西比我高大魁梧，我对他的尊重会不及现在的一半。我敢说，在一些特定的场合，特定的处所，我还没见过有谁像他那么难缠的，尤其是在他自己家里，星期天晚上当他无事可做的时候。”

达西先生笑了。可伊丽莎白看得出来他有点儿生气了，于是抑制住了她的笑。彬格莱小姐对达西受到的羞辱表示出很大的不满，怪怨她哥哥干吗要讲这么无聊的话。

“我明白你的用意，彬格莱，”他的朋友（指达西——译者注）说，“你不喜欢辩论，想平息这场辩论。”

“你也许说对了。辩论往往像是争论。如果你和班纳特小姐等到我离开这个房间后再做辩论，那我就非常感谢了。然后你们想怎么说我就怎么说我好了。”彬格莱说。

“你提的要求，”伊丽莎白说，“于我没有丝毫的损失。而达西先生也最好是把他的信写完才是。”

达西果真听从了伊丽莎白的劝告，去写完他的那封信。

信写好后，达西请彬格莱小姐和伊丽莎白演奏一点儿音乐。彬格莱小姐欣然地走到了钢琴那里，先是客气地邀请伊丽莎白带个头，在对方客气地毋宁说是诚心诚意地谢绝之后，她自己便坐在了钢琴前。

赫斯特太太替妹妹伴唱，在她们姊妹俩演唱时，伊丽莎白翻看着几本搁在钢琴上的乐谱，这时她不禁发现达西先生的目光频频地落在自己身上。她几乎不存这种奢望，以为她会成为这位大人物爱慕的对象；但若认为他是不喜欢她才这样看她，就更让人难以理解了。于是，她最后只能这样想：她之所以吸引了他的注意力，是因为按照他的是非标准衡量，她也许比其他所有在场的人都更不得体，更叫人看不顺眼。这样想并没有使她感到痛苦。她几乎一点儿也不喜欢他，因此也不稀罕他的垂青。

在弹奏了几支意大利的歌曲之后，彬格莱小姐换了一种情调，弹起了活泼愉快的苏格兰曲子。不一会儿，达西先生走到伊丽莎白这里，对她说：

“班纳特小姐，你不想趁现在这个机会，跳支轻快的舞吗？”

她笑了笑，没有回答。他又把这话重复了一遍，对她的沉默略感吃惊。

“唔！”伊丽莎白说，“我早就听见了。只是一时决定不了该怎么回答你才好。我知道，你想让我说声‘我愿意’，然后你就可以饶有兴味地来蔑视一番我的情趣。不过，我总是很高兴戳穿这样的小计谋，来捉弄一下存心想轻视别人的人。所以，我已经决定告诉你，我根本不想跳舞，如果你敢，你现在就来奚落我好了。”

“我实在不敢。”

伊丽莎白本想触怒达西，所以对他表现出的大度倒感到有点意外了。其实，伊丽莎白的举止既含温存，又调皮得惹人爱，是很难得罪任何人的。达西从没有像现在这样对一个女人着迷过，他确信要不是她的家人和亲戚出身卑微，他真的就会有爱上她的危险了。

彬格莱小姐对此颇有几分觉察，不免心生嫉妒。她盼望好友吉英康复的心理，因她想要尽快地摆脱伊丽莎白而变得越发急切了。

为了激起达西对这位客人的反感，她常常在达西面前闲言碎语，说他跟伊丽莎白终将结成良缘，设想他在这一姻缘中所能得到的幸福。

“我希望，”当第二天和达西在矮树林中散步时，彬格莱小姐说，“在这一喜庆的日子到来时，你最好能给你的岳母大人一些暗示，叫她少说话为妙。另外，要是你能办得到，也得把伊丽莎白那几个妹妹跟军官们调情的毛病，给好好治一治。还有，倘若我可以谈及这个微妙话题的话，你要叫你家夫人把她介于自负和无礼之间的小毛病改一改。”

“在有关我的家庭幸福方面，你还要提什么别的建议吗？”

“噢，当然有啦！一定要把你姨丈人、姨丈母的像挂到彭伯利的画廊中去，把它们挂在你那位当法官的祖伯父画像旁边。你知道，他们做的都是同一行当，只是不同的领域罢了。至于你的伊丽莎白，你可千万不要企图给她画像，什么样的画家画得出她那双美丽的眼睛呢？”

“要想捕捉到那双眼睛的神情，的确不是件易事，不过它们的颜色和形状，它们妩媚迷人的眼睫毛，还是可以画出来的。”

就在这会儿，从另一条便道上走来了赫斯特太太和伊丽莎白，碰巧跟他们相遇了。

“我不知道你们原来也是打算出来散步的。”彬格莱小姐说，她变得有些不安起来，担心她们听到了她刚才说的话。

“你俩对我们可真是不怎么样，”赫斯特太太说，“没有告诉我们一声，你们两个就溜出来了。”

说完，她便挽起达西的另一只胳膊，丢下伊丽莎白一个人跟在后面。那条小径只能并排走下三个人，达西先生觉得这样很不礼貌，随即说：

“这条路不够宽，容不下我们所有的人。我们还是走到大路上去吧。”

可是，伊丽莎白根本就没想再跟他们继续待在一起，便大声笑着回答说：

“不用不用，你们就在这条道上走好啦！你们一行三人，就组合得很好，看上去就是一派迷人的景致。再添进去第四个，这幅画面就会给破坏了[①]。再见。”

伊丽莎白说完便欢快地离开了，她一面往回走，一面高兴地想着再有一两天也许就能回家了。吉英的病情已经大大地好转，就在这个傍晚，她还想着离开她的房间出来待上几个钟头呢。

第十一章

在女士们吃过晚饭以后，伊丽莎白跑上楼去看她的姐姐，她照看姐姐把衣服穿严实以免受凉，然后陪着她一起来到客厅。在那儿，吉英受到她的两个朋友的热烈欢迎。伊丽莎白看到，在男士们到来前这一个钟头里，她们俩对吉英的态度甭提多么亲切了。她们谈话的本领可真不算赖。她们能把一场盛大的宴会描绘得惟妙惟肖，把一段轶事讲得妙趣横生，说起一个朋友的笑话来也能叫人格外开心。

可是当男人们进来后，吉英便不再是她们首要的注意对象了。彬格莱小姐的眼睛马上落到了达西身上，还没等达西走近她这边来，她就急着要跟他说什么了。达西径直走到班纳特小姐面前，客气地祝贺她身体复原。赫斯特先生也向她微微躬了躬身子，说他“十分的高兴”。不过，要说到感情的真切和热烈，还是要数彬格莱的问候。他实在是太高兴了，又招呼这又招呼那。在头半个钟头里，他

① 威廉·吉尔平在其 1786 年出版的《对版画的解释》一书中当谈到图案的组合原理时说：“四个在组合中带来新的困难。将它们完全分开，效果不好。把它们两个两个的组合，效果也不好。唯一能将它们组合好的方法就是把三个组合起来，去掉第四个。”

忙乎着往火里添柴，担心吉英一下子适应不了这里的温度，吉英听从了他的劝告移到火炉这边，这样一来离门就远了一些。在这之后，彬格莱才在吉英旁边坐下，专心地和她说起话来。伊丽莎白在对面的角落里做着活计，把这一切都高兴地看在眼里。

在茶点用完之后，赫斯特先生提醒他的小姨子不要忘了牌局——却也是枉然，因为彬格莱小姐已私下了解到达西先生不想打牌。不一会儿，赫斯特先生甚至发现，他的公开提议也遭到了拒绝。彬格莱小姐向他确切地表明，没有一个人想要玩牌，在场的人的沉默不语似乎也在证实着这话的正确性。因此，赫斯特先生只得躺在一张沙发上，睡他的觉了。达西拿起了一本书，彬格莱小姐见此也拿起一本书来。赫斯特太太在玩弄着自己的手镯和戒指，也不时地在她兄弟和班纳特小姐的谈话中插上几句。

彬格莱小姐的注意力可说是只有一半用在了书上，另一半却是在关心着达西读书的情况。她老不闲着，不是问他读什么，就是看看他读到什么地方了。不过，她还是没有能够引起达西谈话的兴致。他只是简短地回答了她的问话，便又埋头看他的书了。本来她选了现在手中的这本书，也只因为它是达西那一本的下卷，现在她想从那本书中得到些许乐趣的耐心早已耗尽，她不由得大大地打了个哈欠，可嘴里却在说："能这样度过一个晚上真愉快啊！我敢说，这个世界上再也没有比阅读更有趣的事了！以后我有了家，一定要有一个藏书丰富的阅览室，否则就太不幸了。"

没有人接彬格莱小姐的话茬儿。跟着她又打了个哈欠，把书扔在一边，眼睛在屋子里四下瞅着，想寻找点什么乐子。听到她哥哥跟班纳特小姐提到举办舞会的事，她突然转过身来问：

"嗨，查理斯，你打算要在尼塞费尔德举办舞会吗？我劝你在做这个决定之前，先征求一下在场各位的意见吧。我们中间在座的一些人，如果认为参加这样的舞会是活受罪而非娱乐的话，那就大错特错了。"

“如果你指的是达西，”彬格莱大声说，“在舞会开始以前他便尽可以去睡觉——至于这个舞会，却已是件定下来的事情。只等尼科尔斯把一切准备妥当了，我就下请柬。”

“如果能用一种不同的方式来举办舞会，”彬格莱小姐说，“我也许会更感兴趣。现在的舞会程序，又老套又腻味，真叫人受不了。如果把主要内容改一改，用谈话代替跳舞，那一定会合理得多了。”

“我敢说，这样是合理得多了，我的伽罗琳，可这样它就不像是个舞会了。”

彬格莱小姐没有吭声。随后不久她便站了起来，在屋子里踱着步。她身材修长、苗条，举步的姿势也很好看。她这全是做给达西看的，谁知达西仍然毫无所动地读着书。失望之余，她决心再做一次努力，于是，她转身对伊丽莎白说：

“伊丽莎白·班纳特小姐，听我说，学我的样子，在屋子里走上几圈吧。我敢说，在一种姿势久坐之后，这样做是很提神的。”

伊丽莎白感到有点意外，不过马上就同意了。彬格莱小姐对伊丽莎白这番客气的目的果真达到了，达西先生抬起头来。他对伊丽莎白也愿意这么做，感到很新鲜，就像伊丽莎白对彬格莱小姐邀她踱步觉得新鲜一样，他下意识地合上了书。两位女士邀请他也参加进来，他谢绝了，说他猜测她们之所以这么做，无非是出于两个动机，如果他加入进去的话，对其中任何一个动机都会是一种干扰。彬格莱小姐急于弄清他说的意思，便问伊丽莎白是否有点儿听明白了。

“一点儿也不明白，”伊丽莎白回答道，“不过，可以肯定的是，他是存心想奚落我们，叫他失望的一个最有效的办法，就是不理睬他。”

彬格莱小姐可没有这种让达西先生在什么事情上失望的本领，所以一味地请求他说说这两个动机。

“我丝毫也不反对把它们解释解释，”她的话音刚落，达西就紧跟着说，“你们之所以选择这个方式消磨时间，是因为你们彼此亲密，有秘密的事情要商量，再不就是你们意识到，你们娇好的身材在行走中才显得最为楚楚动人。如果是第一个原因，那我就要妨碍你们两个了。如果是第二个原因，那我倒宁可坐在火炉边，来更好地欣赏你们两个人。”

“噢，真损人！”彬格莱小姐喊道，“我从来没听过这么损人的话，我们该怎样惩罚他一下呢？”

“只要你诚心罚他，没有比这更容易的了，”伊丽莎白说，“人们很容易做到彼此讨扰和惩罚对方的。逗他生气——嘲笑他。你们俩这么熟悉，你一定知道怎么做的。”

“可是，说实话，我还真不知道。我与他的熟悉可没曾教会我这一点：去逗弄这样一个性情沉稳、头脑冷静的人！不成不成——我觉得我们斗不过他。说到开他的玩笑，我们可不能凭空笑人家，反倒弄得我们自己成了笑料。你说呢？那样的话，达西先生会自鸣得意的。”

“原来达西先生是开不得玩笑的！”伊丽莎白不由得抬高了嗓门，“这可是一个不寻常的优点，我希望这样的优点永远少一些，不然的话，这种朋友多了会对我是个很大的损失。因为我是非常喜欢开玩笑的。”

“彬格莱小姐对我褒奖得名不副实啦，”达西说，“要是一个人把开玩笑当作人生最重要的目的，那么最聪明、最出众的人，最明智、最出色的行为，也会变得可笑起来。”

“毫无疑问，”伊丽莎白回答说，“世上有这样的人，不过，我希望自己不是他们中间的一个。我希望我永远不会去嘲笑明智善良的行为。愚蠢、无聊、心血来潮、反复无常，这些毛病的确让我觉得好笑，我承认，只要可能我就不会放过嘲笑它们的机会。不过，我想，达西先生是恰好没有这些毛病的。”

“或许，没有任何一个人能做到你所说的这一点。不过，因为这些弱点常常把一个聪明人置于可笑的境地，所以尽量避免犯这样的错误，正是我这一生所追求的。”

“譬如虚荣和骄傲这样的弱点。”

“是的，虚荣的确是一种缺点。不过，骄傲——如果使人真正聪明的话，骄傲总会受到很好的规范的。”

伊丽莎白转过身去，偷偷地笑了笑。

“你对达西先生的考察该结束了吧，我想。”彬格莱小姐说，“请问结果如何呢？”

“我完全相信达西先生是没有缺点的。他自己也毫不隐讳地承认这一点。”

“不，”达西说，“我可没有那么大言不惭。我的缺点很多，不过，我希望它们不是关于理解力方面的。对于我的性情，我也不敢说它完美无缺。我相信它是过于倔强了点，太不能迁就于世俗了。对别人的愚蠢和恶习，我不能像应该做的那样很快忘记，对别人得罪于我的地方也是如此。我并不曾调动起自己的情感，千方百计地去把它们从我的脑子里除去。我的性情也许可以称之为是怨恨型的。我对一个人的好感一旦失去，便永远地失去了。”

“这的确是一种缺陷！”伊丽莎白大声说，“不能消除的怨恨情绪的确是性格上的一种阴影。不过，你选择你的缺点，选择得很好。对这样的缺点，我可真是不愿去取笑。你放心好了。”

“我想，每个人性格中都有着某种消极的东西—— 一种天生的缺陷，就是接受了最好的教育，也未必能将其克服。”

“你的缺陷，就是倾向于恨每一个人。”

“你的缺陷，”达西微笑着回答，“就是随心所欲地去误解每一个人。”

“喂，还是让我们来点音乐吧。”彬格莱小姐喊道，她已经厌倦了这场没有她参加的份儿的谈话。

“露易莎，你不介意我会弄醒赫斯特先生吧？”

她姐姐没有一点儿反对的意思，于是琴盖便被打开了。达西经过一会儿的思考，不再为谈话的中断而感到遗憾。因为他开始觉得，他对伊丽莎白已给予了太多的关注。

第十二章

班纳特家的姐妹俩经过一番商量之后，决定由伊丽莎白第二天早晨给她母亲写信，请求就在当天给她们俩派一辆马车过来。可是班纳特太太已经盘算好，让她的女儿们在尼塞费尔德一直待到下星期二，到那时吉英正好在那里待足了一个礼拜。如果她们在这之前回来，班纳特太太是不会高兴的。因此，班纳特太太的回答不太令人满意，至少不合伊丽莎白的心意，因为她早就想回家了。班纳特太太信上说：在下星期二之前她们是不可能有车的，末了她又补充说，如果彬格莱先生和他妹妹要一味地留她们再住些时日的话，她非常愿意她们再多待些日子。但伊丽莎白已下定决心，无论如何不再多待了——她并不怎么指望主人再挽留她们；相反，倒是担心人家会认为她们平白无故地赖着不走。她催促姐姐马上去跟彬格莱先生借车，最后两人定下在当天上午告诉主人家她们要离开尼塞费尔德的打算，并把借车的事也一并提出来。

听到她们要走的消息，大家表示了诸多的关切，对她们再三挽留，希望她们至少也要再待上一天，末了，吉英被说服了，同意留到明天再走。彬格莱小姐却开始后悔她说了挽留的话，因为她对伊丽莎白的妒忌和不悦远远超出了她对吉英的喜爱。

彬格莱听说她们这么快就要回去了，心里很不是滋味，反复劝班纳特小姐，说她还没有完全恢复，马上走于她的身体不宜。可是，吉英既然觉得这样做对，便不再动摇。

对达西来说，这是一条好消息——伊丽莎白在尼塞费尔德已经待得够长的了。她对他的吸引力已经超过了他喜欢的程度——而彬格莱小姐对伊丽莎白也越来越不礼貌，对他自己的态度也比平时让他觉得恼火。他明智地提醒自己要加倍小心，不要让一丁点儿的爱慕之情表露出来，免得伊丽莎白会存有非分之想，以为她能左右他的幸福而洋洋得意。达西心里也明白，在伊丽莎白待在这儿的最后一天里，要是她真有求爱的意思向他表示出来，他在予以肯定还是否定的抉择中间，心情一定会变得非常沉重。他既然这样拿定了主意，便在星期六这一整天里，几乎没再跟伊丽莎白说过一句话，尽管有半个小时的时间是他们两人待在一起，他也是一心一意地埋着头看书，甚至连看也没看伊丽莎白一眼。

星期日做过晨祷以后，这一几乎令人人都高兴的分别场面终于到来了。彬格莱小姐对伊丽莎白的友好态度于这最后的时刻里急速地增长着，她对吉英的友谊也是如此。她们道别时，她先是跟吉英说非常高兴再见到她，无论是在浪博恩还是尼塞费尔德，说着便亲热地拥抱了吉英，随后，她甚至跟伊丽莎白握了握手。而伊丽莎白更是欢欢喜喜地告别了大家。

她们到家后，没有受到母亲的欢迎。班纳特太太没想到她们俩这么快就回来了，她觉得这简直是给家里添麻烦，吉英非再感冒了不可。但是她们的父亲，尽管没说什么热烈的话语，看到她们俩却是打心眼儿里高兴。班纳特先生早已感觉到，她们姐妹俩在这个家庭里的重要位置。没有吉英和伊丽莎白在，家里人晚上坐在一起聊天时，便少了许多的生气，谈话也几乎失去了意义。

姐妹两人发现，玛丽还跟从前一样，在埋头钻研她的和声学和人性的本质。她又摘录下了一些叫人羡慕的新警句，又有一些对于旧道德的新见解讲给她们听。凯瑟琳和丽迪雅说给她们俩的则是一些完全不同的消息。从上个星期三以来，驻扎在当地的军团里又发生了许多事情，有了许多新的传闻。几个军官最近和她们的姨父吃过饭，一个士兵挨了鞭打，还有人暗中说弗斯特上校真的快要结婚了。

第十三章

“亲爱的，我希望今天的晚饭你能叫厨师准备得丰盛一些，”在第二天清晨吃早饭时，班纳特先生跟妻子说，“因为我有理由认为我们家要有人来啦。”

“你说是谁要来了，亲爱的？我压根儿不知道有谁会来，除了卡洛蒂·鲁卡斯有时碰巧来串串门。我觉得我平时的饭菜便足能叫她满意了，我相信她在她家是不会常吃到这样可口的饭菜的。”

“我说的这个人是位先生，又是个生客。”

班纳特太太的眼里闪出亮光。“一位先生，一位生客！那一定是彬格莱先生。喂，吉英——你怎么一点儿也没有提起过，你真能对妈妈沉得住气！哦，我真高兴再见到彬格莱先生。不过——天呀，真糟糕！今天连一点儿鱼也买不着。丽迪雅，我的宝贝，给妈妈按按铃。我必须现在就叫希尔去准备。”

“这人可不是彬格莱先生，”班纳特先生说，“此人我到现在还从来没有见过。”

这让全家人都吃了一惊，他的妻子和五个女儿都急着向班纳特先生询问，使他颇感得意。

在逗弄了一番她们的好奇心之后，班纳特先生这样解释道：

“大约是一个月以前，我收到此人的一封来信，两个星期前我写了回信，因为我觉得这件事比较棘手，应早一点给予关注才是。这封信是我的表侄科林斯先生写来的，在我死了以后，他可以在任何时候把你们赶出这所房子。”

“啊，亲爱的！”班纳特太太喊道，“一听你说这话我就受不了，请不要再提这个倒霉的家伙。你自己的家产不能由自家的孩子来继承，这真是这个世界上最最难以忍受的事情。我要是你，肯定早就会想尽办法解决这个问题了。”

吉英和伊丽莎白试图向她解释这一关于继承权的事。她们俩以前也曾试着这样做过，可是一提起它，班纳特太太便失去了理智。她喋喋不休、愤愤不平地抱怨着这件事的不合理性：把家产从五个女儿手里活生生地夺走，而去给了一个与她们毫不相干的人。

“这的确是不公道，”班纳特先生说，“什么也不能洗刷掉科林斯先生在继承浪博恩产业上的罪过。不过，你要是愿意听一听他的这封信，听听他表达自己的那种方式，你也许就不会那么生气了。”

“不，那绝对不可能！我觉得他根本就不该写信给你，这简直是假慈悲。我平生就恨这些假朋友。他为什么就不能像他父亲生前那样，跟你公开地吵个不休呢？”

“哦，真的，他对于在这件事上如何尽孝道，似乎还做过一番考虑呢。下面你们就来听听这封信吧。”

亲爱的先生：

对你和我过世的父亲之间存在的纠葛，我一想起时总是感到非常不安。自从不幸失去了父亲之后，我常常希望着能弥合这裂痕；但有段时间我也曾为自己的疑虑所困扰，担心与先父生前作为对头的人重修于好，会对先父不尊——“请注意听这里，我的好太太。”——不过在这件事情上我现在已经拿定了主意，因为我已在复活节那天受了圣职，我有幸受到了刘易斯·德·包尔公爵之孀妻凯瑟琳·德·包尔夫人的提携和恩宠，使我成了该教区的教士，为此我将竭尽我的绵薄之力，感恩戴德地恭候夫人左右，奉行英国教会所规定的一切仪节。作为一个教士，我深深感到，就我的力之所及建立和促成所有家庭的友好和睦，是我责无旁贷之职责。基于这些理由，我自以为我现在的这番好意是值得称道的，我将来会继承浪博恩家产的这一事实，你也就不会太去计较，因而你也不会拒绝我奉上的这一橄榄枝。对将给你的女儿们带来的损失，我是深表关切的，并请允许我为此道歉，不过我向你保证，我将非常愿意给予她们尽可能多的补偿——这事容我以后再禀。如果你不反对我登门拜访，我非常愿意于十一月八日星期一下午四时去看望你们，我可能会在府上一直讨扰你们到下个星期六的晚上。这在我来说并没有什么不便，因为凯瑟琳夫人决不会反对我偶尔于星期天离开一下的，只要有别的教士主持着这一天的事务就行了。谨向尊夫人和你的女儿们致以诚挚的问候。

你的祝福者和忠实的朋友

威廉·科林斯

十月十五日写于威斯特汉附近的肯特郡汉斯福德村

“这样，今天下午四点钟，我们便可以迎来这位和平的使者了。”班纳特先生一边把信折好一边说，“我敢说，他似乎是一个非常有礼貌、非常有责任感的年轻人。我相信他将来会是我们的一位珍贵的朋友，尤其是凯瑟琳夫人要是愿意，容许他以后再来这里的话。”

“有关我们女儿的那段话，他说的倒是不错。如果他愿意为她们做些补偿，我这方面是不会打击他的积极性的。”

“虽然这很困难，”吉英说，“去猜测他会以何种方式给予我们应得的补偿，但他的愿望无疑是值得称赞的。”

伊丽莎白则对科林斯给予凯瑟琳夫人那种五体投地的尊敬深感诧异，对他竟那么好心好意地随时替教民们行洗礼、主持婚丧礼仪觉得好奇。

“他一定是个古怪的人，我想，”伊丽莎白说，“我对他还弄不明白。他的文体显得藻饰浮夸。他为将来继承财产的事道歉，究竟是什么意思？即便他有能力在这件事上帮助我们，也不要以为能指靠上他。他是个通情达理的人吗，父亲？”

“不是，亲爱的，我想他不是。我觉得我将会发现他是个极不通情理的人。他在信里表现出的既谦卑又自大的混合品质，便预示出了这一点。我倒是非常想见见他了。”

“从写文章的角度看，”玛丽说，“他的信倒是看不出有什么缺点。橄榄枝的这一说法（喻指重修于好）虽然并不新鲜了，但我觉得用在这里还是很恰当的。”

对凯瑟琳和丽迪雅来说，这封信和它的作者都毫无趣味可言。反正她们的表兄是不会穿着“红制服”来的，而这几个星期以来，穿着其他任何颜色衣服的人，她们都是不乐意结交的。对于她们的母亲来说，科林斯先生的这封信已经消除了她不少的坏情绪，她现在已经准备平心静气地来迎接他了，这让她的丈夫和女儿们都吃惊不小。

科林斯先生很守时地到来了，并受到了全家人很有礼貌的接待。班纳特先生几乎很少说话，他的妻子和女儿们看上去倒是挺能谈的。科林斯先生本人好像并不需要人家的鼓励，也不想恪守沉默。他今年二十五岁，是位个子很高、身体略显肥胖的年轻人。他做派持重、堂皇，行为举止处处要合乎礼仪。他刚刚坐定便夸赞起班纳特太太有福，养了五个多么出色的女儿，对她们的美貌他早有耳闻，不过现在看来，真是百闻不如一见啊；随后又补充说他毫不怀疑，班纳特太太将看到她们个个到时候都能嫁个好人家。这一番恭维自然并非在场的每个人都爱听，不过班纳特太太从没对赞扬的话挑过刺儿，这时喜滋滋地回答道：

“我相信你是个善人，先生。我衷心希望你所说的这一切都能应验。否则的话，我的女儿们将来便会遭受穷困了。事情这样决定，可真是有些太令人费解了。”

“你也许是指继承家产这件事吧。”

“噢！是的，先生。这对我可怜的女儿们来说，真是太不幸了，你必须承认。我并不是想和你过不去，我也知道世上的这类事情全靠命运的安排。一个人的财产一旦要限定继承人，那你就不知道它们会落到谁的手里去了。”

“我对我漂亮表妹们的这一苦衷是十分理解和体谅的，夫人。而且就这个话题，我也能说出许多见解，只是我觉得还是慎重勿躁为好。不过，我现在能向年轻小姐们肯定的一点是，我这次来是要向她们表达我的仰慕之情的。眼下我不愿再多说什么，等我们之间进一步地了解之后，也许我会——”

他的话被吃晚饭的召唤声打断了，姑娘们不免相视一笑。其实她们并不是科林斯先生唯一称羡的对象。晚餐厅以及这里的一切家具什物都被他审视、夸赞过了。他对这一切的交口称赞本来可以打动班纳特太太的心的，只是她很感伤地怀疑到，他也许是将其作为他自己未来的财产来看待这一切的。对桌上的佳肴美馔他也大大称道了一番，他恳请要知道这样可口的饭菜是出自哪一位表妹的手艺。但他的请求却得到班纳特太太毫不客气的纠正，她对他说他们家还用得起一个好厨子，她的女儿们根本没碰过厨房里的活儿。科林斯为此请求她的原谅。而班纳特太太用缓和了的语气说，她方才一点儿也没有生气。但科林斯还是一个劲儿地道了有一刻钟的歉。

第十四章

在用晚饭的时候，班纳特先生几乎什么也没有说。但当用人们退下后，他觉得这是他该跟客人谈话的时候了，便找了一个他预料科林斯先生听了一定会神采飞扬的题目作为开场白，说他碰上了这样一个女施主真是幸运，凯瑟琳·德·包尔夫人那样尊重他的意愿，照顾他的生活，实在难得。班纳特先生这个话题选择得真是再合科林斯先生的心意不过了。话一谈开，科林斯本来就严肃的表情更加郑重其事了，他非常庄重地声明，他一生还从未见过一个有身价地位的人，会有凯瑟琳夫人这样好的德行——这样和蔼可亲和纡尊降贵。他已经很荣幸地在她跟前讲过两次道，两次她都非常认真地倾听并给予了褒奖。她还请他在罗新斯吃过两次饭，就在上个星期六晚上还邀他去打了一种四人牌。许多他认识的人都认为凯瑟琳夫人非常高傲，而他在她身上看到的却只有和蔼可亲。她平常跟他谈起话来，总是把他当一个有身份的人看待。她丝毫不反对他和他的邻居们交往，也不反对他有时离开教区一两个星期去访问他的亲友。她甚至还关心地建议，要他尽可能快地解决他的婚姻大事，只要他择偶时慎重从事就行了。有一次她还到他的寒舍登门造访，对住宅里经他改修过的地方都加以赞赏，甚至还不吝赐教——建议他在楼上的壁橱里添置几个架子。

“她这一切都做得非常得体，”班纳特太太说，“我敢说，她一定是个平易近人的女人。只可惜就一般而言，贵夫人们像她这样的太少见了。她住得离你近吗，先生？”

“寒舍的花园只和夫人住的罗新斯花园有一巷之隔。”

“你好像刚才说过，她是个寡妇，先生？她家里还有其他人吗？”

“她只有一个女儿，是这罗新斯住宅和一个非常庞大的产业的继承人。”

“啊！”班纳特太太摇着头感叹道，“那么，她比许多姑娘们都要强得多了。她是一个什么样的姑娘呢？长得漂亮吗？”

“她的确是个十分迷人的姑娘。凯瑟琳夫人自己说，就真正的美貌而言，德·包尔小姐远胜过那些最漂亮的女子。因为从她那年轻的相貌里，一眼便可以看出她高贵的血统来。不幸的是，她体质较弱，这妨碍了她在许多方面达到她本来可以达到的造诣。这话是那位给她施教的女士讲的，她现在仍然和她们母女俩住在一起。德·包尔小姐待人和蔼可亲，还常常驾着她的小马车莅临寒舍。”

“她觐见过国王吗？我不记得在进过宫的女人们中间有她的名字了。”

“她的不尽如人意的健康状况妨碍了她住进城里。正是这个原因，就像我有一次曾跟凯瑟琳夫人讲过的那样，使英国宫廷里失去了一颗最璀璨的明珠。老夫人听了这话似乎很高兴，你可以想见，我是很乐意一有机会，就献上一些女人们都爱听的恭维话的。我不止一次地向凯瑟琳夫人说过，她的女儿是一位天生的公爵夫人，甚至最高的地位也不能再增添她的光彩，而只能因为她增加它的显耀。——这些中听的赞美话儿叫老夫人听了美滋滋的，何况这种殷勤也是我觉得自己理应献上的。”

“你的评断很恰当，”班纳特先生说，“有这种会说奉承话的世故和才能，你真是有福了。我可以问一下，你的这些奉迎是出于一时的兴致，还是由于你一直留心注意的结果呢？”

“它们多半是因当时的场合而引发的。我有时虽然也蛮有兴致地私下操练一些小小的赞美词，以备在实际的场合中使用，不过，我总是希望尽可能地赋予它们一种自然的品质。”

班纳特先生预先想到的都被充分地证实了。他的这个表侄子正像他所想象的那么荒唐，他饶有兴味地听着侄儿的讲述，同时脸上却也保持着一种超然的神态，除了偶尔向伊丽莎白投去一个会意的眼神，他只是独自默默地享受着这份愉悦。

到了喝茶的时间，这幕戏已经演得差不多了，班纳特先生高高兴兴地将客人带到了客厅，等喝完了茶，又高兴地请他给女士们读点儿什么。科林斯先生立刻就答应了，书马上就被取来了。可是当他把书拿在手里的时候（一眼便可以看出，这本书是从流通图书馆里借来的），却不由得吓了一跳，连忙请求原谅，说他从来也没有读过小说之类的东西。吉蒂惊异地瞪着他，丽迪雅不由得喊出了声——其他的书又被拿来了，经过一番挑选，他拿起一本弗迪斯的《讲道集》[①]。丽迪雅见他打开这本书，不禁目瞪口呆，还没等到他用他那单调刻板的声音读完第三页，便打断他说：“你知道吗，妈妈？菲利浦

① 弗迪斯（1720—1796），是英国长老会的牧师和一位诗人。他的这部作品很受欢迎，曾一版再版。

姨夫说是要辞退理查德先生，要真是这样的话，弗斯特上校就会雇用他了。这是姨妈星期六告诉我的。我明天走到麦里屯去，再把这件事打探一下，顺便问问登尼先生多会儿从城里回来。”

两个姐姐嘱咐丽迪雅不要说话，可是科林斯先生已经生气了，撂下了他手里的书说：

“我经常说，年轻姑娘们对那些内容严肃的书总是很少有兴趣的，尽管这些书完全是为她们的利益写的。坦白地说，这叫我很吃惊，因为毫无疑问再没有什么比教诲更对她们有益啦。不过，我可不愿意再拿这些东西来勉强我最年轻的表妹了。”

末了，他转向班纳特先生，说他愿意陪他玩十五子游戏。班纳特先生接受了他的提议，一面说他让姑娘们自己去消遣娱乐，不失为明智之举。班纳特太太和她的女儿们都为丽迪雅的无礼向科林斯先生极有礼貌地道歉，并保证说如果他愿意继续读的话，这样的事情一定不会再发生了；而科林斯先生却一再申说他一点儿也不怪罪小表妹，也没有把她的行为看作一种冒犯，说完后便坐到了班纳特先生的对面，准备玩十五子了。

第十五章

科林斯先生不是一个通情达理的人。他天生的缺陷并没有由于所受的教育和社会的交往而得到什么改进。他这二十多年的生涯大部分是在一个既吝啬又是个文盲的父亲的教养下度过的。虽然他上过一所大学，可只是例行公事式地在那儿住了几个必要的学期，没有交结下一个有用的朋友。他在父亲屋檐下的逆来顺受，给予他一副几乎是与生俱来的卑躬举止，不过这一卑恭的态度现在却被他大大地抵消了，这一方面是由于头脑愚蠢、生活闲适而形成的自负，另一方面则归之于他年纪轻轻就得到意想不到的财富而造成的高傲自大的心理。一次幸运的机会使他得以见到凯瑟琳·德·包尔夫人，适值那时汉斯福德有个空缺的牧师位子。他对她高高在上的地位的崇拜，对她作为他的庇护人的尊敬，与他的自以为是、自以为做了教士所享有的权威和做了主管牧师所拥有的权力等因素融为一体，使他完全变成了一个既骄傲又猥琐，既自视甚高又卑躬屈膝的人。

现在既然有了一所像样的房子和充裕的收入，科林斯便打算着想要成一个家了。他与浪博恩家求和、修好是想着在那儿找一位太太，只要他发现浪博恩家的女儿们果真像人们说的那么漂亮可爱，他就从中选上一个好了。这便是他为将来要继承她们父亲的财产所安排好的一个补偿——或是赎罪的计划。他自以为这是一个十全十美的方案，既可行又适宜，而且显示了他这方面非凡的大度和无私。

科林斯的计划在他看到他的表妹们时并没有改变。班纳特小姐可爱的脸蛋更是坚定了他的主张，想到一切应当先从年长的开始，头一天晚上班纳特小姐便成为他选定的意中人。可是到了第二天早晨，这个计划便不得不做些改变了。原来早饭前科林斯跟班纳特太太私下亲密地交谈了一刻钟，谈话从他的那所牧师住宅开始，进而讲到他想在浪博恩为他的住宅找个女主人的愿望。听到这话，班纳特太太堆起满脸鼓励和满意的笑容，只是在他提到吉英的名字时她给了他一点儿忠告。说到她的几个小女儿，她虽不能代她们做主，不能给予他肯定的答复，不过她却知道她们还没有对象呢。至于大女儿吉英，她认为她有责任提醒他，很可能不久就要订婚了。

科林斯先生只好把他的意中人从吉英改成了伊丽莎白——这是他在一瞬间做出的决定——在班纳特太太拨旺炉火的那一瞬间。伊丽莎白在年龄和美貌上都接近于吉英，当然是替代吉英的最佳人选了。

班纳特太太得到这个暗示后非常高兴，她深信很快便可以将两个女儿嫁出去了。这个在前一天她听到名字都不能忍受的科林斯先生，现在一下子成了她的座上宾了。

丽迪雅并没有忘记要去麦里屯的打算。除了玛丽，所有的姐妹们都同意和她一起去。科林斯先生也要同行，这是班纳特先生建议的，他极想摆脱一下这个表侄，好能自个儿在书房里清静清静——因为自从早饭后科林斯先生便跟他到了书房，名义上是在看一本最大的对开本，实际上是在和班纳特先生喋喋不休地谈论他在汉斯福的房子和花园。这让班纳特先生简直受不了。在他的书房里，他总是能得到清静和消遣的。正如他曾对伊丽莎白讲过的，虽然他有在其他的房间里面对愚蠢和妄自尊大的精神准备，但书房这儿却是他的一块净地。于是，他立即客气地请科林斯先生和他的女儿们一起出去走走。而科林斯先生实际上更适于做一个散步者而不是读者，所以他非常高兴地合上了那本大部头的书离开了。

一路上科林斯大话、废话连篇，他的表妹们客气地随声附和，他们就这样打发着时间一直走到了麦里屯。几位年纪小的表妹这时已不再注意他。她们在街面上四处瞅着，寻找那些军官们，此时唯有商店橱窗里的极漂亮的女帽或是最时新的花布，才能让她们稍稍收回视线。

不久，姑娘们的注意力都被一个年轻男子吸引了，这位男子她们以前从未见过，长得极有绅士风度，此刻正与一位军官在马路另一边走着。那个军官正是登尼先生，丽迪雅此次来便是打探他从伦敦回来没有，她们经过时登尼向她们鞠了一躬。姐妹们都为那个陌生人的翩翩风度动心了，都想知道他到底是谁，吉蒂和丽迪雅下决心尽一切可能打听清楚，装作要到对面商店买东西，领头穿过了马路，她们刚刚来到便道上，正巧他们俩也踅回来走到这里。登尼先生马上先跟她们搭话，并请求允许他介绍他的这位朋友威科汉姆先生，威科汉姆先生昨天和他一起从城里回来，他还高兴地补充说，这位先生已经被任命为他们团里的军官。这真是再好不过了。因为这位年轻人只需再配上一身军服，就会非常迷人和十全十美了。他的长相十分讨人喜欢，他面庞英俊，身材魁梧，谈吐也格外动人，整个人儿简直没有一处不美。相互的介绍结束后他便主动愉快地先谈起来——这种主动显得完全得体而且毫无造作。他们一群人站在那儿正谈得投机，忽然听见一阵马蹄声，接着便看见达西和彬格莱骑着马沿街走来。他们俩认出了姑娘们后，便径直朝她们骑过来，开始了有礼貌的寒暄。这场寒暄的主角是彬格莱，而他寒暄的对象则主要是班纳特小姐。他说，他正要去浪博恩看望她，达西先生也点头附和，一边拿定主意不去看伊丽莎白，就在这时他的眼睛停在了那个陌生人身上，在他们对视的瞬间，伊丽莎白碰巧看到了这两个人的脸上，不觉为他们俩极不自然的神情大为诧异。两人的脸都变了颜色，一个变白，一个变红。不一会儿，威科汉姆先生动了动帽子以示致意，达西先生只勉强回了一个礼。这到底是怎么回事？——要想象出其中的原委不大可能，要不去了解清楚也不大可能。

但彬格莱似乎并未看见刚才发生的那一幕，寒暄过后，便和他的朋友一起向她们道了别，骑着马走了。

登尼先生和威科汉姆先生陪着姑娘们一块儿走到菲利浦先生的家门口，尽管丽迪雅一再恳请他们进去坐坐，菲利浦太太也打开客厅窗户，大声地邀请他们，他们还是鞠躬告辞走了。

菲利浦太太每次见到她的姨侄女儿们总是很高兴，尤其是两位大女儿，因为有段时间没来，更是备受欢迎，她说她对她们俩从尼塞费尔德突然回来，也没等家里的马车去接，感到很是意外，如果不是她偶尔在街上碰到了琼斯医生药铺的小店员，告诉她班纳特家的小姐们已经回来，用不着再往尼塞费尔德送药了，她还不知道她们回来了呢。这时吉英向她介绍了科林斯先生，菲利浦太太的寒暄又转到了他身上。她极其客气地表示欢迎，科林斯先生更是极其客气地回礼，说素不相识就来叨扰，甚为抱歉，好在他可以告慰自己的是，这些为他引见的年轻小姐们，是他的表兄妹。菲利浦太太被这样一套隆重的礼节吓了一跳，正待仔细打量这位生客，姑娘们却又把另一位生客的事提出来，大呼小叫地询问，她只得又忙着回她们的话，而她能告诉她们的，和她们自己已经知道的也差不了多少，登尼先生刚把威科汉姆从伦敦带回来，他将在某某郡担任一个中尉的职位。又说她刚刚在这儿望了一个钟头，看到他在街上来回散步。如果这时候威科汉姆先生再在马路上出现，吉蒂和丽迪雅肯定也会张望一番的，只可惜窗外现在只有很少的几个军官走过，他们与那个陌生人一比，便一下子显得“又蠢又讨厌”了。几个军官明天要来菲利浦家共进晚餐，她们的姨妈答应说，如果她们明天晚上能从浪博恩赶来，就让她丈夫去访问威科汉姆先生并向他发出邀请。大家一致同意了，菲利浦太太又补充说到时候还要来上一次有趣的抓彩票的活动，然后再吃一顿热腾腾的晚饭。想到会有这样的一场欢乐真叫人高兴，大家欢欢喜喜地道了别。科林斯先生临出门时又再三道谢，房主人也不厌其烦地回礼，说他不必太客气。

在回家的路上，伊丽莎白告诉了吉英发生在达西和威科汉姆之间的那一幕。要是他们两人之间真有纠葛，吉英会为他们中间的一个或是为两个人同时辩解的，然而她也像妹妹一样，对这件事毫不知情。

科林斯先生回来后，对菲利浦太太的举止仪态赞不绝口，令班纳特太太听了很是满意。他说除了凯瑟琳夫人和她的女儿，他还没有再见过比菲利浦太太更有风范的女人。尽管他们素昧平生，她却极其殷勤有礼地接待了他，甚至还特别邀请他明天晚上也去吃晚饭。他想这一切可能都是因为他和妹妹们连亲的缘故，即便如此，他还是生平第一次受到这样的照顾。

第十六章

由于姑娘们与姨妈的约会没有遭到反对，而科林斯先生对只留下老两口在家里会感到孤寂的担心，在班纳特夫妇看来也纯属多虑，马车便载着科林斯和他的五个表妹准时到达了麦里屯。一走进客厅，听说威科汉姆接受邀请已经先到了，姑娘们甭提有多高兴啦。

得知这个消息后，大家各自都落了座，科林斯先生开始四下悠闲地打量着并发出赞叹，屋子的宽敞和家具的精美让他十分惊羡。他声称自己好像是在罗新斯的那间消夏的小饭厅里了。这个比喻起初并没有受到主人家的注意。直到菲利浦太太从科林斯那儿了解到罗新斯是一个怎样的宅邸，谁又是它的主人，又听他说起凯瑟琳夫人会客间里的一个壁炉架就值八百英镑时，她才觉出了这句夸赞之辞的分量，现在就是把它比作人家那里的女管家的房间，菲利浦太太也不会有怨言了。

科林斯津津有味地向菲利浦太太描绘凯瑟琳夫人的光彩照人和其府邸的富丽堂皇，还不时地插进一些对他自己那一小小住宅的夸赞及其正在进行的改进、装修等，在那些男客们进来之前，他就这样愉快地打发着时光。他发现菲利浦太太听得很专心，而且越是听越是觉得他了不得，越是想立即把这些话拿到左邻右舍中间去传扬一番。姑娘们听不进去表哥讲的这一套，只是指望着有什么乐器弹一弹，或是将壁炉架上的那些瓷器临摹一番，这段等待的时间可真够漫长。不过，总算结束了，男人们进来了。在威科汉姆走进屋子里来的那一瞬间，伊丽莎白觉得她心中无端地涌出一股爱慕之情，这种情感无论是以前见到他，还是以后再见他时都再也没有过。某郡的军官们都是一批名声不错，颇具绅士风度的年轻人，其中最优秀的今天都到场了。但是威克汉姆先生在人品、相貌、风度、举止步态等方面又远远地超过了他们，正像他们与跟在他们后面进来的大脸、宽身、满口喷着葡萄酒味儿的菲利浦姨夫相比，远在其上一样。

威科汉姆是这间屋子里最幸福的男人，几乎所有的姑娘们都在朝他看，伊丽莎白是最幸福的女人，威科汉姆最终在她身边坐下了。他很快就和她攀谈起来，尽管谈的只是一些今晚空气很潮和雨季就要来临的话儿，可是他的随和亲切的态度让伊丽莎白觉得，即便是最平凡、最乏味的老套话题从他的嘴里说出来，也能变得有趣。

有像威科汉姆先生和这样的一些军官们作为对手，科林斯先生在漂亮姑娘们的眼里便逐渐变得无足轻重，甚至是毫无意义了。但他仍不时地有菲利浦太太作为他的一名好心的听众，也多亏她的照料，总是有丰盛的咖啡和松饼给他端上来。

在牌桌摆好以后，科林斯先生有了回报她的机会，随她坐下来一起玩惠斯特（类似桥牌的一种牌戏）。

"眼下我对这种玩法还了解甚少，"科林斯先生说，"不过我很乐意在这方面提高一下，因为我所处的地位……"菲利浦太太很感谢他的赏光，可是却等不及他申述他的理由。

威科汉姆没有玩惠斯特，他到了另一张桌子旁边，在那儿他受到了伊丽莎白和丽迪雅的欢迎。起初丽迪雅看上去似乎要把他的注意力完全吸引过去了，因为她可是个十分健谈的姑娘。不过，她对摸奖也非常喜欢，不久便完全沉浸在了其中，她一股脑儿地下注，中奖后又兴高采烈地叫嚷，再也分不出心来去对哪一个人好了。这种游戏要玩的人很多，所以威科汉姆先生能有闲跟伊丽莎白说话，她也很乐意听他聊天，尽管她最希望听到的是那件她不好启齿问的事情，即他与达西先生相识的经过。她甚至都不好意思提到达西的名字。谁知她的好奇心却出乎意料地得到了满足。威科汉姆先生自己主动谈起了这个话题。他先是问尼塞费尔德离麦里屯有多远，在得到她的回答后，踌躇了一会儿，便问起达西先生在那里待了有多长时间了。

“大概有一个月了吧。”伊丽莎白说。她很想再继续这个话题，因而补充道：“我听说，他是德比郡的一个富豪。”

“是的，”威科汉姆说，“他在那儿的财产很可观。每年有一万英镑的收入。要说他的情况，你再也不会碰到一个比我更了解他的人了，因为从孩提时代起我就和他们家的人有着一种特殊的关系了。”

伊丽莎白不禁露出惊讶的表情。

“你一定对我的话深感吃惊，班纳特小姐，因为你可能已经看到，在昨天我们俩相遇时彼此那种冷淡的态度。你跟达西先生很熟吗？”

“比我所希望的还要熟，”伊丽莎白热烈地大声说，“我和他在同一幢房子里一块儿待了四天，我觉得他这个人很讨厌。”

“谈到他是不是叫人讨厌，”威科汉姆说，“我可就没有发表意见的权利了。我无法形成一种正确的见解。我认识他时间太长，相处也太熟了，已难以做出一个公正的评断。要我做到没有偏颇是不可能的。不过，我相信你对他的看法肯定会令人们惊讶的——你要是在别的什么地方，或许就不会说得这么硬气了。这里不一样，你是在你自己家里。”

“我在任何一个邻居的家里都敢这么说，除了在尼塞费尔德。他在我们哈福德郡一点也不受欢迎。每个人都讨厌他的骄傲。你在我们这里找不到一个说他好话的人。”

“我是这样认为的，”威科汉姆在稍事停顿以后说，“无论是达西先生还是任何一个别的什么人，都不应该得到超出他们实际情况的评价。但是对于他来说，我以为情形就往往不是这样了。世人们不是被他的财富和地位蒙蔽了眼睛，就是被他那盛气凌人的举止吓住了，大家对他的看法都是投其所好罢了。”

“尽管我和他相识很浅，我还是认为他是一个脾气很坏的人。”听到伊丽莎白说这话，威科汉姆只是摇头。

“我不知道，”在停了一会儿以后他又问，“达西在乡下会住很久吗？”

“我也一点儿不清楚。不过，我在尼塞费尔德时，可没听说过他要走。我希望，你因喜欢这个郡而为自己制订的计划，将不会因为他也在这里而受到影响。”

“噢，不会的！达西先生怎么能把我给吓跑了呢？如果他不想看到我，那他走好啦。我们俩的关系弄僵了，一遇到他总使我感到痛苦，但我可没有什么见不得人的理由要躲开他，我的苦衷是可以昭告世人的，我心中充满的是一种受到极不公正对待的愤懑和对他现在这个人所感到的万分遗憾。他的父亲——已故的达西先生，是一个天下最好的人，也是我最真诚的朋友。每当我同现在的这位达西先生在一起时，总会勾起我无数温馨的怀念，使我从心底里感到痛苦。达西对待我的行为是令人发指的。不过，我真诚地相信我能够在任何一件事情上原谅他，只要他不辜负他父亲的期望，不辱没他父亲的名声。”

伊丽莎白对这一题目的兴趣明显增加，她悉心地倾听着。只是因其有微妙处，才没有进一步追问。

威科汉姆先生开始谈起更为一般性的话题，如麦里屯、这儿的邻居们、社交活动，他好像对他迄今来到这里所见到的一切都感兴趣，尤其是在谈到后者的时候，他更是表现出温柔和殷勤。

“正是这儿社交圈里的友好和淳朴风气，”威科汉姆补充道，“吸引我来到了该郡。我知道这支部队名声不错，与当地人的关系也很好，我的朋友登尼又说到了他们目前营地的情况和麦里屯真诚好客的朋友，更是打动了我的心。我承认，社交活动对我来说是必需的。我是个失意潦倒的人，精神上忍受不了孤寂。我必须有事可做和有社交活动才行。当兵并不是我一向的夙愿，只是因为环境使然。牧师才应该是我的职业——我从小到大都是受的这种熏陶，若是我们刚才所说的那个人高兴这么做的话，我现在早就有一份收入可观的牧师工作啦。”

“噢！”

“已故的达西先生在遗嘱上说，把下一个最好的牧师职位留给我。他是我的教父，非常喜爱我。他对我的恩情我怎么也报答不完。他想让我衣食充裕，满以为已经为我做到了。谁知待到牧师的位置空下来时，却给了别人。”

“天啊！”伊丽莎白叫道，“可是，这怎么可能呢？——他的遗嘱怎么能不执行呢？——你为什么不依法诉讼呢？”

“遗嘱上讲到馈赠条款时不是那么正式，使我无望从法律那儿得到帮助。一个诚实有信的人是不会怀疑先人的这一意图的，可达西先生却硬是要怀疑它——或是毋宁认为那只是他父亲的一个有条件的推举，并且声明说因为我的挥霍和行为不检，我已经丧失了这一权利，总之，欲加之罪，何患无辞。可以肯定的一点是，两年以前在牧师的位置空下来时，恰是我到了能接受这份位置的年龄，而达西先生却把它给了另外一个人。还可以肯定的是，我实在未曾犯过任何该让我失去这份工作的过失。我生性耿直，不顾及面子，也许是我有时说出了对他的看法，或是跟他说话时太随便了一些，仅此而已。事实证明我们俩是完全不同的两种人，而且他非常恨我。”

“这太令人震惊了！——他应该在大庭广众下受到谴责才对。”

“在将来的某个时候，他会的——不过，谴责他的人不会是我。我忘不了他的父亲，我决不会跟他作对或是去揭露他。”

伊丽莎白对威科汉姆有这样的情感表示尊重，听了他这番表白，伊丽莎白觉得他更英俊了。

“可是，”停顿了片刻，伊丽莎白又问，“达西这样做的动机是什么呢？是什么诱使他做事如此不近情理呢？”

“是他对我的那种完完全全的、坚定不移的嫉恨——这恨我不得不在某种程度上把它归咎于忌妒。如果已故的达西先生不是那么喜欢我，他的儿子也许会对我好一些的。我想，他父亲对我的格外疼爱在他孩提时就叫他恼火了。他不能够忍受在我们俩之间出现的这种竞争——这种常常是我占据了优势的竞争。”

“我真没想到达西先生会这么坏——尽管我从未喜欢过他，却不曾料到他会这么差劲——我认为他不太看得起他周围的人，可不曾怀疑到他竟会做出这样恶意的报复，做出这样不讲道理、这样没有人道的事情来！”

在沉思了几分钟后，伊丽莎白接着又说，“我的确记得，他在尼塞费尔德有一次曾吹嘘说，他和别人一旦结下了怨就解不开，他生来对人不能宽恕。他的性情一定很可怕。”

“我不愿意在这一问题上发表意见，”威科汉姆回答说，“我几乎很难做到对他公正。”

伊丽莎白又思忖起来，过了一会儿后她大声说道：“对父亲的教子和心爱的朋友，他竟会如此对待！”她本来还想接着说：“何况是像你这样的一个英俊小伙子，你的那张脸便表明了你是个和蔼可亲的人。”——可她说出的却是，“何况你从小就是他的朋友，而且我想正如你所说的那样，是那种亲密无间的朋友。”

“我们出生在同一个教区、同一个庄园里，我们青少年的大部分时光是在一块儿度过的。生活在同一幢房子里，一块儿玩耍，受着同样的父爱。我父亲起初所干的，就是你的姨夫菲利浦先生现在做得很好的这个行当——可是他却最终放弃了这一切去为老达西先生效力，把他的时间和精力都倾注到了对彭伯利财产的料理上。老达西先生非常看重我父亲，视他为最亲密、最知己的朋友。老达西先生常说，我父亲管家理财很精心，功不可没，在我父亲临终之前，老达西先生主动承诺他要抚养我，我深信，他对我父亲的感激之情正如他对我的钟爱之情一样，是非常真挚的。”

“多么不可思议，”伊丽莎白激动地喊道，“多么龌龊！我真想不到这位骄傲自尊的达西先生竟对你这么不公正！如果没有更好的理由，他的骄傲也应该不至于使他这么背信弃义，我一定要说这是背信弃义。”

“这一点很奇妙，”威科汉姆说，“他的所有行为几乎都可以追溯到他的骄傲。骄傲常常是他最要好的朋友。骄傲比其他任何情感都能使他与善行离得更近一些。可是我们每个人都会有前后矛盾的时候，在他对待我的行为里，便有一些比骄傲更强烈的冲动在起作用。”

“像他这样的一种可憎可厌的骄傲，也能对他有任何的好处吗？”

“是的，它常常使他变得慷慨大度，大方地布施他的钱财，好客，赞助佃户，救济穷人。对他家庭和对他父亲的自豪感——他深以他父亲为荣——促使他这样去做。至少在表面上不要有辱家风，不要与其相忤，不要失掉了彭伯利家族的影响和声望，这样的一个动机有着它不可小视的力量。他还有一种作为兄长的骄傲感，其中夹杂着几分兄妹之情，使他成了他妹妹的非常体贴友好的保护人。你以后会听到众人对他的称赞的，都说他是最会教导、最懂体贴的好兄长。”

“达西小姐是个什么样的女孩呢？”

威科汉姆摇了摇头说：“我希望，我可以称她是个和蔼的女孩。说达西家的人不好，总使我感到痛苦。可是她的确太像她哥哥啦，非常非常骄傲。小时候，她很讨人喜欢，对我也非常喜欢——我花了不少时间陪着她玩。但现在她在我眼里已经无足轻重了。她是个漂亮的女孩，十五六岁的年纪，我知道，她也很有才华。自从她父亲去世后，便住到了伦敦，一位女士陪伴她，负责她的教育。”

这以后他们又谈了许多别的事情，中间也有停停歇歇的时候，不过到了后来，伊丽莎白还是情不自禁地又一次回到了开始的话题：

“我很惊讶达西竟能和彬格莱先生相处得那么好！彬格莱先生看上去心地善良，而且我真诚地相信他待人也好，他怎么会跟这样的一个人交上朋友呢？他们彼此之间如何相处呢？你认识彬格莱先生吗？”

“不认识。”

“彬格莱先生是个性情温和，善良可爱的人。他不可能知道达西先生的底细。”

“也许是这样。不过，只要乐意，达西先生是能叫人喜欢上他的。他并不缺少才能。只要他认为这样做值得，他会是一个很谈得来的朋友。他在那些地位与他相似的人们中间和在那些地位卑微的人们中间，表现得判若两人。他的骄傲固然从未离开过他，可是对于富人，他还是能够豁达公正、真诚守信、友善理智的，他对财富和地位还是顾及的。”

打惠斯特牌的人散场了，打牌的人都分散到了其他的桌子上，科林斯先生坐在了伊丽莎白和菲利浦太太的中间。菲利浦太太随口问他赢了没有。他说没有，他输光了。她于是向他表示惋惜，他非常郑重地对她说，这根本算不上什么，他并不把钱看得很重，恳请她心里不要不安。

“我非常了解，夫人，”他说，“一旦坐到了牌场上，那输赢就全靠运气了，幸运的是我生活并不拮据，不至于把两个先令看成个事儿。毫无疑问，很多人是不能这么夸口的，多亏了凯瑟琳·德·包尔夫人，我现在才远远摆脱了需要靠精打细算来生活的日子。”

这话引起了威科汉姆的注意。他看了科林斯先生一眼，压低声音问伊丽莎白，她的这个表兄是不是和德·包尔这家人很熟。

“凯瑟琳·德·包尔夫人，”伊丽莎白回答说，“最近给了他一个牧师的职位。我不太清楚科林斯先生最初是如何得到她赏识的，不过他认识她一定不会太久。”

“你应该知道，凯瑟琳·德·包尔夫人和安妮·达西夫人是姐妹俩。所以她正是我们谈论的这位达西先生的姨妈。”

“不，我的确不知道。对凯瑟琳夫人有什么亲戚，我压根儿不了解。直到前天，我才第一次听说有凯瑟琳夫人这么一个人。”

“她的女儿，德·包尔小姐将来会得到一大笔财产，大家都相信她和她的表哥（指达西）将要联姻，从而把这两家的财产合二为一。”

这让伊丽莎白想到了彬格莱小姐，她不禁笑了，彬格莱小姐所有的殷勤都必定会付诸东流，她对他妹妹的夸赞，对他的奉承都会是枉然和徒劳的，如果达西的心已注定另有所属。

“科林斯先生，”伊丽莎白说，“对凯瑟琳夫人和她女儿都是倍加赞扬的。不过从他讲的有关这位夫人的一些细节里，我有理由怀疑他的感激的情绪误导他啦。尽管她是他的庇护人，她却是个又高傲又自负的女人。”

“我在很大程度上相信，凯瑟琳·德·包尔夫人是这两者兼而有之的。”威科汉姆说，“我有好多年没有见过她了，可是我仍然清楚地记得，我从来没有喜欢过她，她做事专横而又傲慢。她有个知情达理、足智多谋的好名声，不过我倒宁愿认为，她这些才能一部分来自她的地位和财产，一部分来自她那权威式的派头，余下的则归功于她对她侄儿的引以为荣，凡与达西沾亲带故的人似乎都有一流的智力和理解力。”

伊丽莎白承认威科汉姆的这番解释很有道理，他们继续愉快地聊天，直到牌局散场晚饭端了上来，只是在这个时候，别的姑娘们才有幸得到威科汉姆先生的一份青睐。在菲利浦太太的吵吵嚷嚷的饭桌上是没人能够交谈的，可是威科汉姆只凭着他的翩翩风度便赢得了每一个人的好感。凡是从他嘴里说出来的话儿，都说得生动风趣；凡是他所做的，都做得风流倜傥。伊丽莎白离开的时候，脑子里装满了对他的印象。整个回家的路上，她只想着威科汉姆，想着他告诉她的一切；但她甚至都没有空儿提到他的名字，因为丽迪雅和科林斯先生没有一刻的安静。丽迪雅滔滔不绝地说着抓彩票的事，历数她输了哪几个，又赢了哪几个。科林斯先生又是夸夸其谈菲利浦夫妇如何有礼好客，又是声明他根本不在乎玩惠斯特牌时输掉的钱，又忙不迭地列举晚饭席上的菜肴，还一边不住口地抱歉说恐怕他挤着了表妹们。他要说的太多了，要不是马车停在了浪博恩的房门口，他还得喋喋不休地说个没完。

第十七章

第二天伊丽莎白告诉了吉英发生在她和威科汉姆先生之间的那场谈话。吉英关注而又吃惊地倾听着。她怎么也不能相信达西先生会有负于彬格莱先生对他的尊重。然而，要去质疑像威科汉姆这样一个外貌和蔼可亲的年轻人，也不合她的本性。威科汉姆会受到这么不公正的对待的这种可能性，已足够引发她全部的温柔情感。因此留给她现在做的，只能是把他们两人都往好处想，为他们每个人的行为辩护，把目前这些不能解释清楚的事情都归结为是发生了意外和误会。

“他们两个，我敢说，都是受到了这样或那样的蒙骗，对此我们还无从知晓，”吉英说，“当事人双方有时也会造成相互的误解。总之，我们在臆测那些可能使他们彼此疏远、互不友好的原因时，不可能不对某一方进行指责。”

“说得很对，的确是这样。那么，我亲爱的吉英，对于可能跟这件事有关的双方的利益，你现在能说些什么呢？你得给他们俩都洗清冤屈，否则，我们就不得不认为其中的一方是有过失了。”

“你尽管取笑我好啦，可你不能让我改变我的看法。我最亲爱的丽萃，你设身处地地想一下，如果认为达西会如此对待他父亲生前所喜爱的人——一个他父亲许诺要赡养的人，那么我们会把达西先生置于一种多么不光彩的境地呀。事情不可能是这样的。任何一个有着起码仁爱之心的人，任何一个多少还对自己的人格有所尊重的人，都不会这么做的。他最知己的朋友们难道会被他蒙蔽到这种程度？啊，这不可能！”

“我倒是倾向于相信彬格莱先生受了欺骗，而不愿认为威科汉姆先生昨天晚上竟会为自己编造出这样的一个故事，人名、事实，样样都叙述得清清楚楚。如果并非如此，那就让达西先生提出反驳。何况，从威科汉姆的脸上我也是看出了真情的。”

“这事的确很难——叫人费解。真不知道该如何想才好啦。”

“不对，我们都确切地知道该如何去想。”

可是，此刻的吉英只能肯定地想到这一点：假如真是彬格莱先生受了朋友的蒙骗，待到这件事被众人知道后，彬格莱会遭受多大的痛苦啊。

姐妹两个正在矮树林里这样谈着心的当子，家仆来通告有客人到了，来客中正有她们刚才谈论的人——彬格莱先生和他的两个姐妹，亲自来邀请她们去参加下个星期二在尼塞费尔德举办的那场期待已久的舞会。彬格莱家的姐妹俩又见到了她们的好朋友很是开心，叫嚷着说自从上次见面以来，恍如隔世，又不住地问吉英，自分别后她都在干什么。对家里的其他人，这姐妹俩几乎很少去理会，她们尽可能地躲开班纳特太太，跟伊丽莎白也不多言，对别的人更是不理不睬。她们坐了一会便从椅子上一骨碌站起来，让她们的兄弟也惊了一跳，仿佛急于要避开班纳特太太那番客套的礼节似的，匆忙告辞了。

尼塞费尔德将要举办的这场舞会，对班纳特家的每个女性来说都是件极其愉快的事。班纳特太太满心认为舞会完全是为她的大女儿举办的，对彬格莱先生亲自前来邀请而没用请柬，也十分得意。吉英为自己勾画着一个美好的夜晚，有她的两个女友的陪伴，还有她们的兄弟对她的青睐。伊丽莎白高兴地想着她将和威科汉姆先生尽情地跳舞，将从达西先生的神情和举动上，使一切都得到证实。凯瑟琳和丽迪雅憧憬的快乐可不是局限在哪一件事或哪一个具体的人身上，虽然她们像伊丽莎白一样，也想着要和威科汉姆先生跳上半个晚上，但能让她们满意的舞伴绝不止他一个，舞会毕竟是舞会嘛。甚至连玛丽都对她的家人说，她也并不反对去参加一下。

“我能把每天上午的时间留给自己使用，”她说，“也就够了。我觉得有时候偶尔出去参加一些晚上的活动并不是浪费时间。我们每个人都是社会的一分子，我承认自己也是其中一员，也像他们一样认为间或的娱乐和消遣对每个人都是需要的。”

伊丽莎白这会儿欣喜无比，以至于平常很少跟科林斯先生搭话的她，竟忍不住问他是否也打算接受彬格莱先生的邀请，如果接受，他这样做合适吗？她惊奇地发现在他脑海里全然无所顾忌，对自己贸然参加舞会，根本不怕受到主教或凯瑟琳·德·包尔夫人的指摘。

“老实说，我一点儿也不认为，”科林斯先生说，“由这样一位品德高尚的青年人举办又是一些有身份的人参加的舞会，会有什么不好的地方。我非但自己不反对跳舞，还希望届时我漂亮的表妹们能和我牵手起舞，趁此机会，我特别恳请你，伊丽莎白小姐，头两场舞跟我跳，我想我的这一偏心，吉英是不会见怪，不会把这看作是对她的不礼貌的。”

伊丽莎白感到自己彻底上当了。她本来盘算好这两场舞是要跟威科汉姆跳的，结果倒让科林斯先生抢了先！她从来没有拿自己的愉快心境像现在这样自讨没趣过。但事情已无法挽回。威科汉姆先生和她之间的快乐只得往后推了，对科林斯先生的请求伊丽莎白尽可能礼貌地接受了。她对他的这一次献殷勤，心里很不以为然，因为她觉出了这里面有更多的意味，她蓦然想到，可能她已经被他从她们几个姐妹当中选了出来，去做汉斯福德牧师家里的主妇了，在罗新斯庄园缺少宾客时去凑足人家三缺一的牌局。她的这一想法很快就得到了证实，她察觉到了科林斯对自己的那股越来越亲热的劲儿，听到他不断地夸她聪明伶俐，活泼可爱；尽管她迷人的魅力带来的这种效果更令她吃惊而不是欣喜——她的母亲很快告诉她，如果他们俩能结成姻缘，她将会非常高兴的。伊丽莎白没有接母亲的这个话茬儿，因为她知道她的任何回答都会造成严重的争执。科林斯先生也许压根就不会向她求婚，在他只字未提之前因他而大吵一架，完全没有必要。

如果不是有尼塞费尔德的这场舞会，让班纳特家的几个小女儿去忙着准备和谈论，她们此时便会是一副可怜兮兮的模样了，因为从发出邀请到舞会召开的那天，雨一直下个不停，让她们根本无法到麦里屯去。见不到姨妈，见不到那些军官，也没有新闻可以打听，连跳舞鞋上用的玫瑰花都是叫别人代买的。在这种天气里，甚至连伊丽莎白都有点沉不住气了，因为她和威科汉姆先生之间友谊的发展也被延迟了。唯有下个星期二要举办的这场舞会，才使吉蒂和丽迪雅觉得这星期五、星期六、星期天和星期一的日子勉强熬得过去。

第十八章

在伊丽莎白进到尼塞费尔德的大厅、从穿红制服的军官里四下寻找威科汉姆先生之前，她丝毫不曾怀疑过他竟然会没有到场。她一定会在那里碰到他的这种预感，并不曾受到那些有理由认为都是些不愉快的事情的搅扰。她比平常更着意地打扮了一番，事先做好了充分的心理准备，要把他的全部爱心都争取过来。她满怀信心地想着不到晚会结束，她就能赢得他的心了。可是，此时此刻一种忧虑蓦然涌上她的心头，她疑心是彬格莱先生为了讨好达西先生，在邀请军官们时有意漏掉了威科汉姆。这虽然只是猜想，可是他确实没有到场的这一事实却由他的朋友登尼先生宣布了。登尼告诉伊丽莎白和正急切地邀他跳舞的丽迪雅说，威科汉姆昨天有事不得不进城去了，到现在还没回来，他还带着微笑意味深长地补充道：

“我想如果威科汉姆不是有意要避开这里的一位先生，就不会那么凑巧，偏偏昨天有事离开了。”

登尼后面说的这句话，丽迪雅没听到，伊丽莎白却听见了。因为这话证实了她刚才的猜测并不是没有道理：威科汉姆的缺席与达西有关，她对达西那种一向的厌恶被这突如其来的失望感弄得越发强烈了，乃至当达西稍后一会儿走上前来向她很有礼貌地问好时，她简直不能对人家保持起码的礼貌。对达西的关注、宽容和忍耐便是对威科汉姆的伤害。她决意不肯跟达西攀谈，有点闷闷不乐地走开了。在那天晚上，她和彬格莱先生说话时都带着怨气，因为他对达西的偏袒惹恼了她。

不过，伊丽莎白是那种生性乐观的人。尽管这一晚她憧憬的快乐都不复存在了，她还是很快把烦恼从心中撇开了。在将所有的怨气倾吐给有一个星期没见面的卡洛蒂·鲁卡斯之后不久，她便能主动地去招呼她怪里怪气的表哥，给予他特别的关照了。只是，他们俩在一起跳的这头两场舞却又破坏了伊丽莎白的心情。那是两场活受罪的舞。科林斯先生既呆笨又古板，只会一个劲儿地道歉而不知道配合。频频走错了步子却毫无察觉，跟这个蹩脚的舞伴跳的这几场舞叫她受尽了难堪，丢尽了面子。因此和他跳舞结束的那一刻，让她感到了一种莫大的解脱。

她下一场舞是和一位军官跳的，这让她又能重新谈起威科汉姆，重新听到人们对他的赞扬，使她的心情恢复了许多。这一场舞跳完后，伊丽莎白回到了卡洛蒂那儿，两人正说着话，突然发现达西先生站到了她身边，请她赏光跳下一场舞，对此毫无心理准备的她，慌乱之中懵懵懂懂地接受了人家的邀请。随后达西便走开了，撇下她在那里，为她慌乱之中没有了主意而兀自生着闷气。卡洛蒂尽力地劝慰她：

“我敢说，你会发觉达西并不是那么讨厌的。”

“啊，天理不容！不幸之中最大的不幸！去发现一个我决意要憎恨的人讨人喜欢！这种倒霉事儿可别让我碰上。”

当舞乐重新奏起，达西走上前来邀请伊丽莎白跳舞时，卡洛蒂禁不住小声地提醒她不要犯傻，不要因为她对威科汉姆的好感而在一个地位和身份比他高出十倍的人面前，显出不高兴的样子。伊丽莎白一声没吭地走进舞池，能被达西先生邀请、与他面对面站在一起跳舞，她不禁又为自己所达到的这种尊贵而感到诧异了。她注意看了一下邻居们的表情，他们跟她一样，见此情形也是诧异不已。他俩跳了一会儿，谁也没说一句话，她于是想他们之间的沉默也许一直会延续到这两场舞的结束了，她决心先不打破沉默；直到后来她倏然异想天开地觉得，要她的舞伴张口说话也许是对他的一种惩罚，于是她就跳舞谈了点看法。达西回答了几句，便又不吭声了。片刻的沉默后伊丽莎白再次跟达西搭了话：

"现在轮到你说点什么啦，达西先生。我刚才谈了跳舞，你该来谈谈这舞池的规模，或者是有多少对舞伴之类的话。"

达西笑了，告诉她说凡是她希望让他讲的，他都愿意讲。

"呃，很好。就眼下看，这个回答还算说得过去。或许我还可以捎带说上一句，小型的舞会比起那种大型的要让人觉得愉快得多。——现在，我们可以沉默了。"

"那么，在你跳舞的时候，你讲话还是有规则可循啦？"

"有时候是这样。你知道，一个人必须稍稍说点什么。否则的话，两个人半个钟头在一起一声不吭，会叫别人感到奇怪的，可是考虑到还得照顾某些人的利益，所以谈话应该这样来安排，以尽可能地减少他们的说话之劳。"

"在现在这种情况下，你考虑的是你自己的情绪呢，还是认为你这是为我考虑呢？"

"两者都有，"伊丽莎白调皮地说，"因为我总是发现，我们两人在思考问题上有巨大的相似性——我们都是那种既不合群又不愿多言的性格，除非是我们能说出什么满堂皆惊的话，让人当作格言来流传后世。"

"我敢肯定，你这里所说的与你自己的性格并无惊人的相似之处，"达西说，"至于我的性格与此有多少相似，我也不能断言。毫无疑问，你自然认为你这是一副忠实的性格画像啰。"

“我当然不能对我自己的描述做评断啦。”

达西没有回答，他们之间又陷入了沉默，直到他俩又回到舞池，他才问起她和她妹妹们是不是常到麦里屯。伊丽莎白给予了肯定的回答，随后她无法抗拒那种追根究底的诱惑，又补充说：“那天你在麦里屯碰到我们的时候，我们刚刚结交了一位新朋友。”

这话的效果是立竿见影的。一种傲慢鄙视的神情浮现在达西的脸上，但他什么也没说，伊丽莎白虽然责怪自己心软，可也不便再继续这个话题。最后还是达西开了口，他抑制着感情说：

“威科汉姆先生禀有讨人喜欢的优雅举止，使他能交上许多朋友，可他是否同样能够保持住与他们的友谊，就不一定了。”

“他真是不幸，竟失去了你的友谊，”伊丽莎白加重了语气回答说，“而且，这种友谊的失去，也许要使他终身都受到损失。”

达西没有吭声，似乎想换个题目来谈。就在这时威廉·鲁卡斯爵士走近了他们，他本打算穿过舞池到客厅的另一端；可是一看到达西先生，便停了下来，彬彬有礼地鞠了一躬，称赞他舞跳得好，舞伴也选得好。

“我今天真是饱了眼福啦，我亲爱的先生。这样优美的舞姿可不是常常能见到的，显而易见，是一流的。不过，我还得说，你的舞伴也没给你丢脸，希望这种乐事天天都能有，我亲爱的伊丽莎白小姐，尤其是在一桩美事（他拿眼睛扫着她的姐姐和彬格莱先生）就快要如愿的时候。届时将会有一个多么热闹的庆祝场面啊！不过，我还是别再打搅你了吧，先生。我中断了你和这位小姐亲密的谈话，你是不会感谢我的，瞧她那双明亮的眼睛已在责怪我了。”

这后面的话达西几乎没有听见，威廉爵士对他朋友的那个暗示却似乎强烈地震撼了他，他朝正跳着舞的彬格莱和吉英望去，眼里的神情变得严肃起来。不过，他很快便恢复了镇定，转过来身子对他的舞伴说：

“威廉爵士这一打断，叫我想不起来，我们刚才谈到哪里啦。”

“我一点儿也不认为我们刚才进行过什么谈话。对于这房间里的两个无话可说的人，威廉爵士能打断他们什么呢。——我们已经试着谈了两三个话题，而毫无成效可言，我们下一个话题将会谈什么，我简直想象不出。”

“谈谈书籍怎么样？”达西笑着问。

“书籍——啊，不成！我相信我们从来没有读过同样的书，也不会抱着同样的感情去读。”

“你这样认为，我很遗憾。不过，即便如此，我们也不会缺少谈话的内容。——至少我们可以对我们不同的观点进行比较。”

“不。在舞池里我没有谈书籍的兴致，我脑子里总是装满了其他的一些事情。”

“眼前的事物总是吸引了你全部的注意力——对吗？”达西问，表情里带着疑惑。

“是的，总是这样。”伊丽莎白这样回答着，却并不知道自己在说什么，她的心思早已溜到别的地方，这一点被她随后突然激动地说出的下面一番话所证实了：“我记得，达西先生，你曾经说过你对人一向是很难原谅的，你的怨恨一旦结下就很难祛除。想必你在结下这怨恨时，一定是非常小心的了。”

“是的。”达西说，声音非常坚决。

“从来也没有受到过任何偏见的蒙蔽？”

“我希望没有。”

“对于那些从不改变他们主张的人来说，一开始就要做出正确的判断，这种责任是极其重大的。”

“可以问一下，你问的这些问题是有所指的吗？”

“只是想解释你的性格，”伊丽莎白一边说，一边努力想拂去她那一脸的严肃，“我想试着把它弄个明白。”

“你成功了吗？”

她摇了摇头：“毫无进展。我听到了许多对你截然不同的看法，叫我非常迷惑。”

“我完全相信，”达西严肃地回答，“关于我的传闻是会极不一致的。我希望，班纳特小姐，眼下你还是不要对我的性格进行描述，因为我有理由担心，这样做恐怕会让我们双方都有失体面的。”

“可是，如果我不趁现在了解你的性格，也许就再也没有机会了。”

“我绝对不愿破坏了你的这一兴致。”达西冷淡地回答。伊丽莎白没有再说什么，他们又跳了一场舞，就默默地分开了。双方都感到不太满意，虽然在程度上有所不同，在达西的心中充满了能迁就于她的感情，因此很快就原谅了伊丽莎白，把他的全部愤懑都转向了另一个人。

他们分开没多久，彬格莱小姐便朝伊丽莎白走过来，带着一副客气的轻蔑神情对她说：

“喂，伊丽莎白小姐，听说你和乔治·威科汉姆先生很是合得来！你姐姐一直在跟我谈论他，并且问了我很多问题，我发现那个年轻人忘了告诉你一点，他是已故的达西先生的管家老威科汉姆的儿子。不过，作为朋友，我劝你最好不要太听信他的话。因为关于达西先生虐待他的说法，完全是谎言。恰恰相反，乔治·威科汉姆虽然是以最不名誉的方式来对待达西先生的，达西先生却总是真诚地待他。我不清楚具体的细节，但我十分清楚达西先生绝不应该受到指责，他听到有人提起乔治·威科汉姆就受不了。我也知道我哥哥在给军官们发邀请时本来是要把他包括在内的，结果他自己很知趣地躲开了，我哥哥为此非常高兴。他跑到乡下来，真是太荒唐了，我不知道他怎么敢这么做。我很同情你，伊丽莎白小姐，因为在这里揭露了你所喜欢的人的不端行为。说真的，只消考虑一下他的出身，就不可能对他抱更多的指望啦。”

“在你看来，他的不端行为和他的出身之间，似乎可以画上等号了。”伊丽莎白生气地说，“除了听你说他是达西先生管家的儿子外，我再也没有听到你谴责他别的什么了，关于这一点，我也可以肯定地对你说，他早已亲自告诉我了。”

“请原谅，”彬格莱小姐回答道，带着一丝嘲笑转身离去，“原谅我的打扰。我可是出于一片好意。”

“一个傲慢的女人！”伊丽莎白自言自语道，“如果你以为凭这无聊的攻击就能影响了我，那你就打错算盘了。我从你的话里听出的，只是你自己的狂妄无知和达西先生对人的刻薄。”说罢，伊丽莎白便找姐姐去了，因为她也就这件事问过彬格莱。伊丽莎白来到吉英这里的时候，只见她脸上浮现着甜美而又满足的笑容，浑身闪耀着快乐的光芒，足以说明她度过了一个多么美好的晚上。伊丽莎白一眼就看出了姐姐的心情。刹那间，对威科汉姆的关心，对他的仇人的愤懑和一切别的苦恼都变得无足轻重了，只希望姐姐在迈向幸福的道路上一切顺利。

“我想知道，”伊丽莎白说，脸上的笑容并不比姐姐的少，“关于威科汉姆先生你打听到了些什么呢？不过，你也许已经深深地沉浸在幸福之中，顾不上再想到第三个人了，如果真是这样，我也一定不会介意的。”

“不，”吉英回答说，“我没忘记威科汉姆的事。但我也没有什么能令你满意的消息。彬格莱先生对威科汉姆并不了解，对他之所以得罪达西先生的原委也毫不知情。但他可以担保他的朋友品行良好，诚实正派，他还完全相信威科汉姆先生从达西先生那儿得到的关照，远比他应该得到的要多。我不得不遗憾地说，从彬格莱和他妹妹所说的来看，威科汉姆先生绝不是一个值得尊重的年轻人。我担心他对自己的行为太放纵、太不知检点了，乃至失去了达西先生的信任。”

“彬格莱先生自己并不认识威科汉姆先生吧？”

“不认识。那天早晨在麦里屯他是第一次见到威克汉姆。”

“那么，他这话都是从达西先生那儿听来的了。我完全满意了。关于那个牧师位置，彬格莱是怎么说的呢？”

“对具体情况，他并不确切地记得了，尽管他不止一次听达西先生说起过这件事，不过，他相信那位置留给威科汉姆先生是有条件的。”

“我一点儿也不怀疑彬格莱先生的真诚，”伊丽莎白激动地说，“但是，想必你也能谅解，只凭保证一类的话并不能让我信服。彬格莱先生对他朋友的辩护，我敢说，当然是有力的，但既然他不了解这件事的始末，仅知道的那点儿也都是从达西那里听来的，我仍将冒昧地像我从前那样看待这两位先生。”

随后伊丽莎白把话题转到了一件令双方都愉快的事情上，在这件事上她们是不会有不同感受的。她满心欢喜地听着吉英讲她对彬格莱先生的爱慕之情，她的既羞怯又幸福的期待和憧憬。伊丽莎白于是竭力说了许多话来增加她的信心。后来，彬格莱先生自己也来到姐妹俩这里，伊丽莎白便告辞去找鲁卡斯小姐了；鲁卡斯小姐问起她和达西跳得是否愉快，她还没有来得及回答，科林斯先生就走上前来，欣喜若狂地告诉她，说他刚刚有了一个重大的发现。

“通过一个极偶然的机会，”科林斯说，“我发现，我那位庇护人的一位至亲现在就在这间屋子里。我碰巧听到那位先生和这主人家的小姐提到他的表妹德·包尔小姐，还有她的母亲凯瑟琳夫人。这世上的事情真是太奇妙了！谁会想到我竟然会在这个舞会上遇到——或许是凯瑟琳·德·包尔夫人的姨侄！谢天谢地，我发现的正是时候，还来得及向他问候，我这就到他那边去，相信他不会怪我问候晚了吧。我根本就不知道有这门亲戚，因此我的道歉他一定会接受的。”

“你这不是要向达西先生去做自我介绍吧？”

“当然是啦。我将恳请他原谅我迟到的问候。我相信他就是凯瑟琳夫人的姨侄。我可以向他保证，上个星期他姨妈的身体还十分健康。”

伊丽莎白极力劝阻科林斯不要这么做，肯定地告诉他，这样不经人介绍就去跟人家说话，达西先生一定会认为他冒昧放肆，而不会将此看作对他姨妈的一种恭维。他们相互间根本没有必要去打这个招呼，即便有这个必要，也该是由有地位的达西先生主动来做。科林斯先生虽然在听着，脸上却是一副要我行我素的神情，在伊丽莎白说完后，他这样回答道：

“我亲爱的伊丽莎白小姐，在那些属于你的理解力范围之内的一切事情上，你的无与伦比的判断力，令我崇拜之至，但请容我说上一句，在俗人的既定的礼仪形式和规范着教士们的礼节之间，是有着很大差别的；我认为从尊严方面来讲，一个教士的身份和一个伯爵的身份是同等的——只要他同时又能保持一种适宜的谦恭。所以，在这件事情上你应该让我听凭良心的吩咐，我的良心总是在引导我去做好我应当做的事情。请原谅我没有接受你的教诲，你的教诲在其他任何事情上都将是我一贯的指南，但在眼前这件事情上，我所受的教育和平素积累的经验，使我觉得自己比你这样一个年轻小姐更适于做出正确的判断。”说着他深深地鞠了一躬，离开她去叨扰达西先生了。伊丽莎白急切地注视着达西先生对科林斯这一贸然举动的反应，显而易见，达西先生十分惊讶。她的表兄先是庄重地鞠了一躬，然后开了腔，虽然伊丽莎白在这里一句也听不到，但她从科林斯说话的口形上，好像知道了他在啰唆着“道歉”“哈斯福德”“凯瑟琳·德·包尔夫人”之类的话。看到他在这样的一个人面前出丑，叫她心中好不烦恼。达西先生用毫不掩饰的惊诧目光打量着他。当科林斯先生终于说完，轮到达西有机会讲话的时候，他以一副敬而远之的神情回答了几句。然而，这丝毫也没影响科林斯先生再次开口的勇气，由于他这两次滔滔不绝的表白，达西先生流露出极其蔑视的表情，待科林斯话音刚落，他微微鞠了一躬，便朝另一个方向走开了。科林斯先生随后又回到了伊丽莎白这里。

“我可以肯定地告诉你，”他说，“我没有理由不满意他刚才对我的接待。达西先生听到我的问候显得非常高兴。他彬彬有礼地回答我的话，甚至还恭维我说，他对凯瑟琳夫人看人的眼光十分信服，她的恩宠是向来不会给错了人的。他的这个想法的确很妙。总的来说，我很满意他。”

由于伊丽莎白不再有她自己的兴趣要去追求，她把注意力几乎全都用到姐姐和彬格莱先生身上了，她的观察给她带来一连串愉快的想法，使她变得几乎跟吉英一样高兴了。她想象着吉英就要嫁到这所房子里，生活在一种真正相爱的婚姻所能赐予的一切幸福和温馨之中。想到这里，她甚至觉得她能够努力去喜欢彬格莱的两个姐妹了。她也清楚地看出她母亲也正是像她这么想的，她打定主意不贸然走近到母亲那里，免得她又话多出丑。可到了吃晚饭时，却偏偏天不作美，她们母女俩不知怎么竟坐到了一起，伊丽莎白为此真感到懊恼和不安；她发现母亲正跟鲁卡斯夫人毫无顾忌地聊着天，谈的不是别的，正是她母亲期望吉英不久将会嫁给彬格莱之类的话。这真是一个兴味盎然的话题，班纳特太太列举起这桩婚事的好处来，简直不知疲倦：彬格莱是如此帅气可爱的一个小伙子啦，如此富有，距离她们家只有三英里路之遥啦，这些是她母亲自我道贺的开场白。随后，想到他的两个姐妹是多么喜欢吉英，肯定也像她一样希望促成这桩姻缘，一想到这，她心里就甭提有多高兴啦。再则，如果吉英能攀上一门富亲，她的几个小女儿也就有望再碰上别的阔人啦。最后，又说她很庆幸她以后可以把几个小女儿的终身大事托付给她们的姐姐，她自己不必再为她们过多地去应酬交际啦。她有必要把这称作一件幸事，因为那种应酬都是一些乏味的礼节往来。不过，让人感到可笑的是，最不愿意相信待在家里会是一种享受的人，就是班纳特太太了。末了，她对鲁卡斯太太说了许多祝福的话，希望她不久也有同样的好运来临，尽管她沾沾自喜，明显表示出她根本不相信鲁卡斯太太也有这样的福分。

伊丽莎白极力想阻止她母亲的这番滔滔倾泻，劝她把声音放低点，却也是枉然；更使她感到气恼的是，她发觉母亲这番表白几乎全被坐在对面的达西先生听去了，而母亲还在责怪她多管闲事。

“达西先生关我什么事，你说说看，为啥我非得怕他不可呢？我相信我们可没欠他的情，在他面前怎么就不能说他不爱听的话呢？”

“求求你啦，母亲，小声点吧。你得罪了达西先生，对你有什么好处呢？你这样做永远也不会让彬格莱的朋友看得起你的。”

然而，任凭伊丽莎白再怎么劝也没用，她母亲依旧用和刚才一样的声调高谈着自己的看法。伊丽莎白又羞又恼，脸上泛起一阵阵红晕，她不由自主地频频往达西先生那边看，尽管每次瞥见的都更加证实了她所担心的事情。虽然达西并不总是在注视着她的母亲，她却有理由相信，他的注意力完全集中在她母亲身上。他脸上的表情从一开始时的气愤和鄙视，渐渐变成了一种冷淡和庄重。

最后，班纳特太太的话总算说完了。鲁卡斯太太对她再三诉说的那些没有自己的份儿的快乐，早已哈欠连连，终于乐得去享用桌上的冷火腿和鸡肉了。伊丽莎白现在也开始自在了一些。只是好景不长，吃过晚饭后，有人提出了想听听歌曲，她很是不安地发现，玛丽还没等人们邀请，便准备为大家凑兴了。她又是使眼色又是暗暗地恳求，竭力想避免这场难堪的自我表现，可玛丽却不愿意理会她的用意，她很高兴能有这样一个施展的机会，她开始唱了起来。伊丽莎白用极其痛苦的目光注视着玛丽，好不容易耐着性子听她唱完了几段，可末了她这份耐心并未得到回报。玛丽一听到底下传来喝彩声和希望她能再给他们献上一首的暗示，便又唱了起来。她的才能根本不适合在这种场合展示。她嗓音低弱，表情做作。伊丽莎白真是痛苦万分。她瞧了瞧吉英，看她怎么忍受这一切。只见吉英平心静气地跟彬格莱说着话。她又看了看彬格莱的两个姐妹，她们俩心照不宣，面带嘲讽，再看看达西，只见他仍然是那副冷冷的严肃面孔。最后她不得不瞅着她父亲，恳请他来阻拦一下，免得玛丽唱个没完没了。父亲领会了她的意思，在玛丽唱完第二首歌时，大声地说：

“行了，孩子。你让我们大家开心的时间够长了。给别的小姐们也留点表演的时间吧。”

玛丽虽然装作没听见，却也有点不自在了。伊丽莎白为她难过，也为父亲的那番话难过，她觉得她刚才的心都白操了。这会儿大家正在请别人唱歌。

“要是我有幸禀有唱歌的才能，”科林斯先生说，“我也一定很乐意为大家献上一曲，因为我认为音乐是一种高尚的娱乐，完全可以和牧师的职业相媲美。当然，我的意思并不是说，我们应该为音乐花费掉过多的时间，还有许多别的事情无疑在等着我去做。一个教区的主管牧师有许多事要做。首先，他必须制定出什税的协议，使它既对他自身有益也不会侵犯到庇护人的利益。他必须自己写祷文，这样一来他做教区里其他工作的时间就所剩无几了，而且他还得照管和改善他的住宅，把它弄得尽可能舒适，这也是他不可推卸的责任。另外，他还应该用关心谦和的态度去对待每一个人，尤其是那些他所崇拜的人，而这项工作我认为也是不可以小看的。我不能替他卸掉这一责任；如果他遇到庇护人家的亲友时，放过任何一个向对方表示尊敬的机会，我认为这也是不对的。”科林斯说着向达西先生鞠了一躬，结束了他的这番演讲。他说得慷慨激昂，几乎大半个房间的人都听到了。一些人瞪大了眼睛——一些人在笑着。可是哪一个也没有班纳特先生更觉得有趣了，而他的太太却一本正经地夸赞科林斯先生讲得精彩，一边用不小的声音跟鲁卡斯太太说，科林斯是一个非常聪明、非常善良的年轻人。

在伊丽莎白看来，纵使是她的家人事先已经约定好了，要在这个晚会上大大地表露一番他们自己，也再不会比他们现在表演得更加生动、更加成功了。她为彬格莱和她姐姐感到庆幸，因为有些亮相的场面彬格莱先生并不曾留意到，即便他看到了她家人的愚蠢，以他的性情也并不会觉得太难堪。但是他的两个姐妹和达西先生竟然得到了这样一个可以嘲笑她家人的机会，真是够糟糕的了，她不能够断定出是那位先生的缄默、轻蔑的态度，还是那两位小姐的傲慢的笑容，更叫她不能忍受。

在晚会剩下的时间里，她也没能得到些许的快乐。她被科林斯先生缠得无所适从，他死皮赖脸地待在她身边不走，虽然他不能劝说她跟他再跳上一场，可也弄得她休想再和别人跳。她恳求他去找其他舞伴，并提出愿意把他介绍给这屋子里的任何一位姑娘，却也是枉然。他一板一眼地告诉她，他对跳舞是根本无所谓的；他的主要用心是周到地服侍她，以逐渐与她亲近，所以他是打算整个晚上都留在她身边的。对于这样的一个一厢情愿的计划，争论也没有用。多亏她的朋友鲁卡斯小姐给她解了不少的围，鲁卡斯小姐常常走过来，好心地把科林斯先生的话锋转到她自己身上。

伊丽莎白现在至少可以不再受到来自达西先生那边的令人不快的注意了；尽管他总是站在离她不远的地方，显得有些无聊，却再也没有走上前来跟她攀谈。她觉得这很可能是因为她提到了威科汉姆的缘故，心里不免感到一阵得意。

浪博恩家的成员是最后离开晚会的。班纳特太太使了个小小的计谋，在别的人都走了以后借口等马车又多待了一刻钟的时间，就是在这一段时间里，却使他们有机会看到了彬格莱家的一些人是如何急切地盼望他们一家赶快离开的。赫斯特太太和她妹妹除了抱怨她们多么的乏累，几乎再未开过口，显然巴望着赶紧只剩下她们自己好清静清静。她们不耐烦地打消了班纳特太太每一次想要攀谈点儿什么的企图，随之而来的沉默使在场的所有人都感到了疲惫，尽管有科林斯先生不时地发表些长篇大论，可也没能减轻这沉闷，科林斯先生夸赞彬格莱和他的姐妹俩热情好客、招待周到、彬彬有礼，给宾客们留下了深刻的印象。达西什么也没说。班纳特先生和他一样沉默不语，欣赏着眼前这幕场景。彬格莱先生和吉英两人独自站在一块儿，彼此说着话。伊丽莎白跟赫斯特太太和彬格莱小姐一样，始终保持着沉默，甚至连丽迪雅都困得不想说话了，只是偶尔地叹一声："天哪，我都快累死了！"跟着便大大地打一个哈欠。

当他们终于站起来要动身时，班纳特太太特别客气地说，希望彬格莱全家很快能来浪博恩做客。她还特别跟彬格莱先生本人说，如果他能在随便什么时候，也无须等什么正式邀请，来他们家吃顿便饭，他们全家人一定会非常高兴的。彬格莱满心欢喜和感激，答应从伦敦回来后，便尽快前来拜访，他去伦敦是明天动身，在那里只待几天。

班纳特太太完全满意了，告别彬格莱一家后，一路上打着如意算盘：就是把婚前的准备工作计算在内，譬如购置新车、置办嫁妆等等，也只消三四个月的时间就可以看到她的大女儿嫁到尼塞费尔德去了。至于她的二女儿和科林斯先生的婚事，她同样觉得有把握，也为之高兴，虽然在程度上差了一点儿。在所有的女儿里，伊丽莎白是她最不喜欢的一个。虽然新郎的人品和这件婚事本身对伊丽莎白来说，已经足够好了，可是这两者与彬格莱先生和尼塞费尔德一比，就让人觉得黯然失色了。

第十九章

第二天，在浪博恩又演出了新的一幕。科林斯先生正式提出他的求婚了。因为他的假期到下星期六就要结束，他决心要马上来办这件事，他有条不紊地遵照着他认为通常情况下这种事应有的礼仪，他胸有成竹，根本就没去想这样做可能会给自己带来的难堪。吃过早饭不久，当他发现只有班纳特太太、伊丽莎白和他的另一个小表妹在一块儿时，便对她们的母亲说道：

"我可以请求，夫人，为了你和你的漂亮女儿伊丽莎白的利益，今天早晨她赏光跟我私下谈一次话吗？"

伊丽莎白惊讶得脸都红了，没等她做出任何反应，班纳特太太就赶紧答道："噢，亲爱的！可以——当然可以啦。我相信丽萃会很高兴的。她一定不会反对的。来，吉蒂，跟我上楼去。"在她收拾起针线活计正要匆匆离开的当儿，伊丽莎白喊住了她：

"亲爱的母亲，别走开，求求你别走开。科林斯先生一定会原谅我的。他没有什么别人不能听的事情要跟我说。我这就离开。"

"不，不，丽萃，这简直是胡闹。我希望你留在这儿。"看到伊丽莎白又气恼又难堪，似乎真的要准备溜走了，她又补充道，"丽萃，我非得叫你留下来，听听科林斯先生说些什么不可。"

伊丽莎白不愿和母亲弄得太僵，在稍事考虑之后，她觉得能尽快地在更少人知道的情况下了结这件事，才是最稳妥的办法，于是她又坐了下来，努力克制着不让自己那啼笑皆非的情绪表现出来。待班纳特太太和吉蒂刚一出门，科林斯先生便开了口：

"请相信我，我亲爱的伊丽莎白小姐，你的谦虚和怕羞非但对你没有丝毫的损害，反而增加了你的美德。如果你刚才没有表现出这小小的不情愿来，你在我眼里倒不会有现在这么可爱了；请容许我告诉你，我事先已征得了你母亲的同意。我想，你可能早已猜到我跟你这次谈话的目的了，尽管你天性羞怯，假装不知；我对你的殷勤和关注是那么明显，你是不会看不出来的。在我一走进这个家的时候，我就选出了你作为我将来生活的伴侣。不过，趁我还没有沉醉于自己的这份感情之前，让我先来说说我之所以要结婚的理由以及我来到哈福德郡要择一良妻的打算——我当时肯定是怀着这种打算的——也许不是没有益处的。"

想到科林斯先生现在这副庄重冷静的样子，居然会说出怕控制不了自己情感的话来，让伊丽莎白几乎禁不住要大笑起来，结果她没能利用他停顿的间隙来对他阻止，于是科林斯继续说道：

"我之所以要结婚是因为，第一，我认为每一个生活宽裕的牧师（像我自己这样的），都应该在他管辖的教区里于婚姻生活方面给世人树立一个榜样；第二，我确信美满的婚姻生活将极大地增加我现在已有的幸福；第三——这一点或许我应该早一点儿提出来——我这样做是受了作为我的庇护人凯瑟琳·德·包尔夫人的特别的劝告和鼓励。她曾两次就婚姻问题对我说出她的意见（是主动说的）！就在上星期六我离开汉斯福德之前的那个晚上——我们正在玩牌，珍金森太太正在给德·包尔小姐安排脚凳，凯瑟琳夫人跟我说：'科林斯先生，你必须结婚才对。一个像你这样的牧师必须得成一个家——选择要慎重，为了我，你要选择一个知书达理的女人，为了你自己，她该是那种勤快会做家务活的女人，出身并不见得要高贵，但是要善于理财持家。这便是我给你的忠告。尽可能快地找到这么一个女人，把她带回汉斯福德来，我会前去看望她的。'请允许我顺便说上一句，我亲爱的表妹，我认为凯瑟琳·德·包尔夫人对我的关心和照顾是我的一个不小的有利条件。你会发现她的举止和为人是我无法描述的。凭你的聪明和活泼，我想，她是能够接受你的，尤其是她那高高在上的地位不可避免地给你的举止平添一种肃穆和敬仰的时候，她会更喜欢你的。这些便是我打算要结婚成家的一般理由；还需要说明的是，我为什么要到浪博恩而不在我的邻里选择妻子——我可以肯定地告诉你，我们那里的可爱女子并不少。事情是这样的，尽管在你的父亲逝世之后（他当然还可以活上许多年）我将是这一家产的合法继承人，可我还是会有些不安，假如我不打算从他的女儿们中间选择一个妻子的话，在她们之中选择，当这一不幸（我刚才已经说过了，它在近几年也许是不会发生的）发生的时候，对她们的损失便可以尽可能地减少一些。这就是我之所以要这么做的动机，我的漂亮的表妹，我自以为我这样做是不会降低了我在你心目中的地位的。现在，我的表妹，我下面要做的就是用最富于激情的语言向你表达我最热烈的感情了。对嫁妆和钱财，我根本不看重，不会向你父亲提出这方面的任何要求，因为我十分了解这要求是不能被满足的；我知道你名下应得的财产，不过是一笔年息四厘的一千镑的存款，还得等到你母亲死后才归你所有。所以，在这方面，我会保持缄默的；你还可以放心的是，我们结婚以后，我一句计较、小气的话也不会说。”

现在绝对有必要打断科林斯了。

“你有点儿过于性急啦，先生，”伊丽莎白激动地说，“你忘了我还没有给予你任何答复。让我现在就来回答，免得再浪费我们彼此的时间。对于你给我的褒奖，请接受我的谢意。我也十分清楚你的求婚所给予我的莫大荣幸，但是我除了拒绝，没有别的选择。”

“我不是现在才知道，”科林斯先生庄重地挥了挥手回答道，“在男人第一次向她们求婚时，年轻小姐通常总是要拒绝的，而她们心里却打算接受；有时，这样的拒绝会重复两次，甚至三次。所以你刚才的话一点儿也不会叫我灰心，我期望不久就能把你领到教堂里去呢。”

“说实话，先生，”伊丽莎白的声音大了起来，“在我正式拒绝你之后，你仍怀有这样的希望，可真太令人奇怪了。我郑重其事地告诉你，我可不是你所说的那种女人（如果世上真有这样的姑娘），竟敢拿她们自己的幸福去冒险，侥幸去等人家第二次提出请求。我的拒绝绝对是认真的。——你不能使我幸福，我确信我也是这个世界上最不能给予你幸福的女人。——呃，如果你的朋友凯瑟琳夫人也认识我的话，我相信她一准会发现，我在任何一个方面都不适合担当这个角色。”

“即便凯瑟琳夫人是这样认为的，”科林斯先生严肃地说，“我想她老人家也不会不同意我的选择。你放心，等我有幸再见到她的时候，我会在她面前极力赞扬你的谦虚、节俭和其他种种可爱的美德。”

“不必啦，科林斯先生，对我的一切赞扬都是没有必要的。你必须给予我自己做主的权利，对我所说的话给以应有的尊重。我希望你将来会非常幸福、非常富有，我拒绝了你的请求，正是在竭尽全力避免你走上相反的方向。通过这一次对我的求婚，你在我家的那件事情上也不会再觉得自责了，等将来一旦轮到你做浪博恩的主人时，也不必感到任何的内疚了。因此，咱们这件事就这样最后了结了吧。”伊丽莎白说着站了起来，正要离开房间，科林斯又继续对她说道：

“当我下一次再向你郑重地谈起这件事，希望你的回答能比现在的令人满意。对你眼下的冷漠，我并不怪罪，因为我知道，拒绝男人的第一次求婚是你们女人的一贯做法，或许，你刚才那番话，便是在不违背你们女性的那种微妙心理的前提下，给予我的一种鼓励吧。”

“啊，科林斯先生，”伊丽莎白激动地喊道，“你真把我搞糊涂了。如果我刚才的话在你看来是另一种形式的鼓励，那我真不知道究竟该怎样拒绝才能使你相信了。”

“我亲爱的表妹，请允许我理所当然地认为，你拒绝我的求婚只是嘴上说说而已。我之所以这样认为，主要是基于如下理由：在我看来，我的求婚并非不值得你接受，我富裕的家资并非不能叫你艳羡。我的社会地位，我和德·包尔府上的关系以及和你家的亲戚关系，都是极有利的条件。你应该再好好权衡一下：尽管你长得迷人，可这并不能保证你还能再得到另一位男子的求婚。你自己那份财产少得有些太可怜了，乃至把你的可爱迷人之处和许多别的美好品质都可能抵消掉了。既然我由此得出的结论是，你对我的拒绝并非存心的，我宁愿认为，你只是像许多高雅女士常做的那样，希望通过制造悬念，来增加我对你的倾慕。”

“我可以肯定地告诉你，先生，我可没有半点冒充风雅来故意折磨一个体面男子的意思。我倒宁愿你给我面子，相信我说的都是真话。承蒙你看得起我向我求婚，我将感激不尽，不过叫我答应却是万万不可能的。我身上全部的感情都在抵制它。我还能说得比这更明白吗？不要把我看作那种成心想折磨你的风雅女人，而要把我看成一个说着心坎儿里的真话的理智女人。”

“你真是表现得太迷人啦！”科林斯先生大声地说，他殷勤大度的神情中又夹杂着尴尬，“我相信只要令尊令堂做主表示了同意，我的求婚是不会不被接受的。”

对他这样一而再再而三地存心要欺骗自己，伊丽莎白不再作声了。她随即悄悄地退了出来，心里下了决心：如果科林斯坚持认为她的再三拒绝是对他的卖弄风情式的鼓励，那么她只好去求助于她的父亲了，让父亲斩钉截铁地给予他拒绝，她父亲的行为至少不会被他认为是那种风雅女人的娇嗔和多情了吧。

第二十章

科林斯先生并没有多少时间对他刚才那番成功的求爱，来自个儿仔细地思量上一番；因为班纳特太太一直在走廊里踱来踱去，想知道他们谈话的结果，一看见伊丽莎白打开门，快步地从她身边朝楼梯那边走过去了，她便赶忙走进早餐间里，用热烈的言辞对他们不久就要到来的亲上加亲的喜事儿，为科林斯和她自己庆贺。科林斯先生高兴地接受了她的祝贺，又拿这些话儿向她道贺了一番，接着把他们这次谈话的细节叙述了一遍，说他完全有理由相信结果是令人满意的，因为他表妹的一再拒绝，于她那自愧不如的谦卑脾性和天生的羞怯性格是再自然不过了。

不过，这一席话却把班纳特太太惊了一跳。她当然也愿意同样高兴而又满意地认为，她女儿拒绝他的求婚是想要鼓励他，可是她不敢存这种奢望，她情不自禁地这样说：

“你可以相信我，科林斯先生，我会叫丽萃听话的。我这就去跟她谈这件事。她这孩子又蠢又执拗，她不知道她姓什么啦。我会让她明白过来的。”

“请原谅我打断你的话，夫人，”科林斯先生喊了起来，“如若她真是性情偏执，脑子也不开窍，我便担心，她能不能做我这样一个有些地位的人的理想妻子了，因为我结婚自然是为了寻求幸福的。她要真是坚持拒绝我，那么不去勉强她接受或许更为妥当，因为假若她真有这样的性格缺陷，她对我以后的幸福就不会有多大的帮助了。”

“先生，你完全误解了我的意思啦，”班纳特太太略带地吃惊说，“丽萃只是在这种事情上执拗一些。在其他任何方面，她都是一个性情极好的姑娘。我这就去找班纳特先生，我确信，我们俩很快就能跟她把这件事定下来。”

班纳特太太不等科林斯回答，就立即去找她丈夫了，一走进书房她便大声喊道，“噢，我的班纳特先生，有件事马上需要你解决。我们已经是闹得不可开交了。你必须让丽萃嫁给科林斯先生，因为她发誓说她不嫁他，如果你不快一点儿，科林斯先生也将会改变主意，不要丽萃了。”

班纳特先生在她进来时从书本上抬起头来，安然而又毫无所动地注视着自己的妻子，他的神情丝毫也没有因为她的大喊大叫而有所改变。

“我并没有理解了你的意思，”在她喊完之后，班纳特先生平静地说，“你究竟想要说什么呢？”

“科林斯先生和丽萃的事情。丽萃说她不愿意嫁给科林斯先生，科林斯先生也开始说，他不愿意娶丽萃了。”

“在这件事上，我能做些什么呢？这看起来似乎是件没什么希望的事情了。”

“你亲自去跟丽萃谈。告诉她，你非让她嫁给科林斯不可。”

“叫她下楼来。我将告诉她我的意见。”

班纳特太太去按了下铃，伊丽莎白很快被唤到了书房。

“到这儿来，孩子，”她进来后她的父亲大声说，“我叫你来，是因为一件重要的事情。我知道科林斯先生已经向你求过婚了，是吗？”

伊丽莎白回答说“是的”。

“很好，而他的求婚已经被你拒绝了？”

“是的，爸爸。”

“很好。现在我们就来谈正题。你母亲坚持要你接受这桩婚事，是这样吗，太太？”

“是这样，否则的话，我就再也不愿意见到她了。”

“一种不愉快的抉择现在摆到了你面前，伊丽莎白。从今天起，你必定会与你父母中的一个成为陌路人。你母亲将再也不愿意看到你啦，如果你不嫁给科林斯先生的话；可是如果你要嫁给他，那我就再也不愿意见到你啦。”

伊丽莎白对这件事竟会这样开始又会如此结束，不由得笑出声来，可是对于满以为已经说服丈夫同意了自己观点的班纳特太太来说，这可真是太令她失望了。

“你讲这种话是什么意思，孩子他爸？你答应我要劝她嫁给科林斯先生的呀。”

“亲爱的，”班纳特先生回答说，“我有两件小事求你提供方便。第一请允许我在这件事情上有权使用我自己的判断力；第二让我能自由地使用我的书房。要是我的书房能尽快安静下来我会很高兴的。”

班纳特太太尽管对她丈夫感到失望了，却并没有放弃她的主张。她一遍又一遍地跟伊丽莎白谈话，软硬兼施，一会儿哄，一会儿骂。她竭力想让吉英为自己帮忙，吉英却总是好言回绝，不愿干预。而伊丽莎白时而一本正经，时而嬉皮笑脸地对付她母亲的进攻。她使用的方式虽有变化，她的决心却不会改变。

与此同时，科林斯先生也在自个儿琢磨着这刚刚过去的一幕。他把自己想得过好过高了，根本理解不了他的表妹拒绝他的动机会是什么。他的自尊心虽然受到了一些挫折，在其他一切方面却仍然感觉良好。他对她的好感或许都是他自己想象出来的；她受到她母亲的谴责，很可能是罪有应得，这样一想，他就不觉得有什么遗憾了。

正当他们一家闹得不可开交的时候，卡洛蒂·鲁卡斯小姐来串门了。她在门廊里遇见了丽迪雅，丽迪雅一见她便跑上前去，略带神秘地对她说："你来得正好，我们家这阵子可热闹啦！你能想象到，今天早晨我们家发生了一件什么事情吗？科林斯先生向丽萃求婚，让丽萃给拒绝了。"

卡洛蒂还没来得及说什么，吉蒂就跑来了，把这消息又说了一遍，她们三人刚走进早餐厅，独自待在那儿的班纳特太太马上就谈起了这个话题，并央求鲁卡斯小姐同情同情她的难处，去帮助劝说她的朋友丽萃，不要让她和全家人的心愿作对。

"帮帮忙吧，我亲爱的鲁卡斯小姐，"她用一种伤心的语调央求道，"我们全家没有一个站在我这边，没有一个帮我说话的，他们都粗暴地对待我，没有一个人体谅我可怜的神经。"

正在这时吉英和伊丽莎白走进来，解了卡洛蒂的围。

"啊，你瞧她来了，"班纳特太太继续说道，"看她那满不在乎的样子，根本不把我们放在心上，就是我们远在他乡，她也一点儿不会惦记我们的，只要她自己由着性子来就行了。可是，我要告诉你，丽萃小姐，如果你拿定主意要这样拒绝每一个求婚的人，你就永远也不会找到一个丈夫——我真不知道等你父亲死了以后，还有谁来养活你。我可没有能力养你——我郑重地警告你——从今天起我就跟你脱离关系啦。我在书房时就告诉过你，我再也不会理你了，我讲话可是算数的。我可不高兴去理那些一点儿也不孝顺的孩子。实际上，我现在跟任何人都没有兴致去聊什么啦。像我这样在神经上受着痛苦的人，哪会有谈话的乐趣呢。谁也不知道我受着多大的痛苦！事情往往是这样的，那些有苦不诉的人，从来也不会被人可怜和同情。"

她的几个女儿默默地听着这番倾诉，深知任何想要与她理论和平抚她情绪的尝试，都只会增加她的烦恼。因此，班纳特太太就这样唠唠叨叨继续讲着，谁也不去打断她。后来，科林斯先生走进来，神情比平常显得更为严肃，班纳特太太一看见他，便对姑娘们说：“现在，我让你们都闭住嘴巴，我要和科林斯先生说几句话。”

伊丽莎白悄悄走出了屋子，吉英和吉蒂紧随其后，只有丽迪雅站着没动，决心要听听他们的谈话，卡洛蒂先是被科林斯先生的殷勤问候阻留了，他询问她和她的家人，问得相当仔细，后来则为了满足她那小小的好奇心而走到窗口，装作看外面的景物而偷偷地在听。班纳特太太怨声载道地这样开始了她准备好了的话——“噢，科林斯先生！”

“我亲爱的夫人，”科林斯先生回答说，“让我们永远也不要再提起这件事啦。去对你女儿的行为抱怨，”他用一种流露出不愉快的声音继续说道，“那远不是我的作为。我们大家都应该听天由命才是；尤其是对我这样一个年纪轻轻就有幸得宠的人，更应如此；我深信我自己就是听天由命的那一种人。即便我漂亮的表妹同意我的求婚，在我怀疑到我真正的幸福可能会受到影响时，我或许也会放弃的。因为我常常发现，当被拒绝了的感情开始在我们心中失去它的某些价值的时候，及时地放弃才是我们最好的出路。我希望，我尊敬的夫人，我这样收回了我对你女儿的求婚，而没有劳你和班纳特先生的大驾，去为我动用你们的权力，你不会认为是对你们家庭的不尊重吧？我的行为，我担心，也许会遭到非议，因为我是从你们女儿的嘴里，而不是从你们那里接受了这一被拒绝的命运的。可是，我们所有的人都可能会犯错误。在这件事情上，我的用意自始至终都是好的。我的目的就是为我自己找到一个可爱的伴侣，同时，尽可能地考虑照顾到你们全家人的利益，如果在这期间我的行为应该受到指责的话，我在这里特意向你表示道歉。”

第二十一章

科林斯先生求婚一事引起的争执已经接近尾声了，伊丽莎白现在要忍受的，只是伴随这场风波必然会给她带来的那些令人不快的情感，以及偶尔从她母亲那儿给她的几句风凉话。至于那位先生本人，他情绪的发泄，既不是表现为尴尬和沮丧，也不是极力地避开她，而是板起一副面孔、愤愤地沉默不语。他几乎再也没有跟伊丽莎白说过一句话，他以前对她自诩的那股百般体贴的殷勤劲儿，在后半天里都转到鲁卡斯小姐身上去了。鲁卡斯小姐很有礼貌、很友好地陪着他，听他说话，这对她们全家，尤其是对伊丽莎白，都是一种及时的开脱。

第二天，班纳特太太恶劣的情绪或是神经上的痛苦一点儿也没有减轻。科林斯先生也还是他那副恼恨得很的傲慢态度。伊丽莎白曾希望他这一生气便会缩短他的假期，可他的计划却好像一点儿也没受到影响。他说好到星期六走，就仍然想着要住到星期六。

吃过早饭之后，姑娘们步行到麦里屯去打探威科汉姆先生回来了没有，顺便对他没能参加尼塞费尔德的舞会发发牢骚。她们一到镇上就碰到了他，于是他陪着姑娘们上她们姨妈家里，在那里把他没能参加舞会的遗憾和不安，还有他对每个人的关心都说了一遍。不过，对伊丽莎白他却主动承认说，他的不在场，是他自己出于不得已而做出的决定。

“随着时间的临近，”威科汉姆说，“我越来越觉得，我还是不和达西先生见面为好。跟他在同一个房间、同一个晚会上一起待到好几个钟头，那会叫我受不了的，我担心晚会上也许还会生出一些别的事情，让更多的人不愉快。”

她十分赞赏他能这样宽容和忍让。在威科汉姆和另一个军官跟她们一块儿回浪博恩的路上，他给予她更多的关照，因此他们俩有机会来充分讨论这个问题，而且彼此客客气气地相互恭维了一阵子。威科汉姆送她们回家可谓是一举两得：这既让伊丽莎白觉得此举是对她一个人的抬举，也为把他介绍给她的父母，提供了一个再合适不过的机会。

她们到家后不久，班纳特小姐就接到一封从尼塞费尔德寄来的信，信封里面装着一张精致、小巧、烫熨得很平整的信笺，上面是一位女士的漂亮流畅的笔迹。伊丽莎白看到她姐姐在读信的时候脸色变了，只见她的眼睛死死盯在某些段落上。不过，吉英很快恢复了平静，把信装了起来，努力带着她平日的那种欢悦，参加到了大家的谈话中间。可是伊丽莎白却为这件事感到焦急起来，甚至对威科汉姆也不再那么留意了；威科汉姆和他的朋友刚一离开，吉英便向伊丽莎白递了个眼色要她一块儿上楼去。她们一走进自己的房间，吉英便掏出信来说道：

“这封信是伽罗琳·彬格莱写来的。信的内容很令我吃惊。到这个时候，他们那一班人已经都离开尼塞费尔德，在回城里的路上了。而且也没有任何要再回来的打算。现在，你来听听她是怎么说的吧。”

随后她大声读了这封信的第一句，大意是说，他们已经决定马上动身，回城里去找她的哥哥，而且要在当天赶到格罗斯文纳街吃饭，因为赫斯特先生在那儿有所住宅。接下来是这样写的：“可以说，我对离开哈福德郡没有丝毫的遗憾，除了对你的想念，我的最最亲爱的朋友；不过，我们期待着在不久的将来，又能够像从前那样愉快地交往，同时还可以凭借经常的毫无保留的通信来减轻我们之间的分别之苦。我相信你会这样做的。”对这样的一些夸夸其谈，伊丽莎白虽勉强听着，却全然不信；尽管他们的突然离去也使她感到惊讶，但她看不出这里面有什么真正值得悲伤的。他们离开了尼塞费尔德，并不能阻止彬格莱先生再回到这里；至于说到失掉了和彬格莱姐妹的往来，她相信只要常常能有彬格莱先生的陪伴，吉英很快就会没事了。

“不幸的是，”伊丽莎白停顿了片刻说，“在你的朋友们离开乡下之前，你竟未能去送行。不过我们不是可以希望，彬格莱小姐所期盼的那个愉快的将来，会比她预料的来得更早一点吗？你们之间这种朋友的交往，会再加上一层姐妹关系后变得更加令人满意吗？彬格莱先生是不会被他们阻留在伦敦的。”

“伽罗琳肯定地说，今年冬天他们那班人谁也不会再回到哈福德郡来啦。我这就念给你听：‘昨天我哥哥离开我们时，他设想到伦敦办事只消用上三四天时间就够了，但正如我们料定的那样，他不可能那么快，与此同时，我们还确信，查理斯到了城里后便不再会急着离开了，所以我们决定追到他那里，免得他在那寒碜的旅馆里独自挨那难熬的时光。我的许多朋友都上伦敦去过冬了。我希望，我最最亲爱的朋友，能听到你也打算进城来的消息，可是我失望了。我真诚地希望，你在哈福德郡的圣诞节能充满节日的喜庆，被幸福和欢乐围绕。希望你能交上一大串男朋友，免得我们走后老叫你想念我们三人。’”

“很明显，”吉英又加了一句说，“彬格莱今年冬天是不会再回来了。”

“很明显的只是，彬格莱小姐认为他不应该回来罢了。”

“你怎么会这么想呢？那肯定是他自己愿意的，他是他自己的主人呀。不过你还不知道全部的情形呢。我要把最使我伤心的这一段念给你听。我不会对你有任何的保留。”

“‘达西先生渴望见到他的妹妹，说实话，我们差不多也同样急切地想和她重逢。我认为乔治安娜·达西在美貌、风雅和才情造诣方面，都是无人能比的；她在我和露易莎心中激起的情感，现在又得到了升华，很有趣的升华，因为我们大胆地期待着她在不久的将来就要做我们的嫂嫂了。我不知道以前曾向你提起过我对这件事的看法没有，不过，我可不愿在我离开乡下后，还对你保守着这个秘密。我相信你不会认为这不近情理吧。我哥哥对乔治安娜·达西早有爱慕之意，他以后更有机会经常去看她，与她更亲密地相处了，双方的家庭都盼望玉成这门亲事，我想，当我说查理斯能迷住任何一个女人时，我可没存一点儿做妹妹的偏心。有这么多有利的条件促成这门亲事，而没有任何因素对它加以阻挠，所以，我最最亲爱的吉英，我衷心希望这件人人都高兴的事能够实现，我这样想，你说不对吗？’”

“你对最后这句话怎么看，我亲爱的丽萃，”在读完了这一段的时候吉英说，“这说的难道还不够清楚吗？这不是充分表明了，伽罗琳既不期待也不希望我做她的嫂嫂，而她完全相信她哥哥根本就无意于我吗？如果她怀疑到我对他抱有爱的情感，她这不是在劝我（最善良地）要当心吗？在这件事情上，还能有任何一种别的解释吗？”

“是的，还有。我的观点就完全不同。你想听听吗？”

“当然想了。”

“这只需要几句话便能说清楚。彬格莱小姐发现她哥哥爱上了你，而她想让他娶的是达西小姐。她跟着他回到城里是希望能在那儿拦住他，而这边却极力说服你相信他是如何如何不爱你。”

吉英摇了摇头。

“吉英，你真的应该相信我才对。任何一个见到过你们俩在一块儿的人，都不会怀疑他对你的感情。我相信彬格莱小姐当然也不会怀疑啦。她才没有那么傻呢。如果她看到达西对她自己的爱有那么一半的话，她便会给自己操办嫁妆了。问题是在他们家看来，我们家还不够富有，不够荣耀。她巴望着能让达西小姐嫁给她哥哥，她这样想是因为在两家之间有了这么一桩婚姻以后，再成第二桩也就比较容易了。她的这一想法的确够精明的，我敢说如果不是有德·包尔小姐夹在中间的话，她也许会成功的。不过，我亲爱的吉英，你可千万别因为彬格莱小姐告诉你说她哥哥爱的是达西小姐，你就当真，彬格莱自星期二离开你以后对你的爱心不会有丝毫的改变，不要以为彬格莱小姐会有那么大的能耐，能说服彬格莱去爱她的朋友达西小姐，而不再爱你。”

“如果咱俩对彬格莱小姐的看法一致，”吉英回答说，“你的这一番劝说，就可能让我大大地安下心来了。可我知道，你这番话的依据是不可靠的。伽罗琳不会有意去欺骗任何一个人。在这件事情上，我现在能寄希望的，就是她也许是自己受了蒙骗。”

“这样也罢。既然你不愿从我的看法里得到安慰，你能想出一个更令你宽心的念头来也未尝不可。不管怎么样，就相信她是受了蒙骗好啦。你已经够为她着想了，不必再为此烦恼了。”

“可是，我亲爱的妹妹，即便是往最好的方面想，我嫁给了他，他的姐妹和朋友却希望他娶另一个人，我还能快活吗？”

“你必须自己做出决定，”伊丽莎白说，“如果你经过再三考虑，认为得罪彬格莱的两个姐妹给你带来的痛苦，远远大于做他的妻子所给予你的幸福，那么，我奉劝你还是放弃他的好。”

“你怎么会这么说呢？”吉英淡淡地笑了笑说，“你应当知道，即便她们的反对令我非常痛苦，我也会毫不犹豫地嫁给彬格莱的。”

“我也认为你不会犹豫的。既然如此，我就不必为你现在的处境过分地担心了。”

“但如果今年冬天他不再回来，我的选择便永远没有必要了。六个月的时间里，什么事情都可能发生！”

对彬格莱不再回来的说法，伊丽莎白根本不屑于相信。在她看来，这仅仅是伽罗琳一厢情愿的心思的表露，她绝不相信，这些心思——不管是公开说出来也好，还是婉转地道出来也好——会对这样一个完全独立自主的男青年产生任何影响。

伊丽莎白把自己的这些看法，用富有说服力的话语讲给姐姐听，她不久便高兴地发现，她的话对姐姐产生效果了。吉英心情不再那么沉郁，伊丽莎白的劝慰使她又渐渐看到了希望，相信彬格莱先生将会回到尼塞费尔德，相信她将如愿以偿，尽管这种希望有时也会因她感情上的缺乏自信而变得动摇。

姐妹两人商量好，这件事不宜在母亲面前多说，只告诉她这一家人已经离开的消息就好了，免得母亲为彬格莱的行为感到担心。然而，就是这点消息也让班纳特太太大惊小怪起来，她哀叹连连，仿佛彬格莱姐妹在和她们相处越来越融洽的时候悄然离开，是天底下最不幸的事情啦。不过，在伤心了一阵子后，她想到还有彬格莱先生不久便会回到浪博恩来吃饭，又觉得有了安慰，到最后她已经能够高兴地宣布，尽管邀他来吃的只是一顿便饭，她也要精心准备，上足满满的两道菜肴。

第二十二章

班纳特一家应邀去鲁卡斯家吃饭，在人家府上待着的这一天里，又是鲁卡斯小姐那么好心地在听科林斯先生的夸夸其谈。伊丽莎白找机会向鲁卡斯小姐表示感谢。“科林斯跟你说说话情绪好多啦，”伊丽莎白说，“我真不知道怎样来表达对你的感激。”卡洛蒂回答说，能觉得自己对朋友有用，她就很满足了，这远远地补偿了她为此消磨掉的那点儿时间。这话说得够甜蜜、够有情意的了。只是卡洛蒂这番好心的用意，伊丽莎白是怎么也不会想到的。卡洛蒂之所以这么做，是要伊丽莎白避开科林斯先生再次向她求婚的可能，而让她自己成为他求婚的对象。这就是鲁卡斯小姐的计划。一切看来都进行得很顺利，在他们晚上告别时，鲁卡斯小姐觉得她几乎就要成功了，如若科林斯不是这么快就会离开哈福德郡的话。但是，在这里她是低估了科林斯性格中炽烈火热和独断专行的一面了，因为第二天早晨他便很巧妙地从浪博恩家溜了出来，急匆匆地跑到鲁卡斯府上，拜在了卡洛蒂的脚下。科林斯极力避开表妹们的注意，怕她们看见了猜出他的意图，在他还没有成功的把握之前，他不想声张出去。尽管科林斯觉得有成功的希望，鲁卡斯小姐对他也不是没有情意，可是自从星期三的那场冒险之后，他的勇气和信心还是减了不少。不过，科林斯这一次倒是受到了最殷勤的接待。鲁卡斯小姐从楼上窗户里看见他朝这边走来，便马上跑了出去，碰巧是在一条小巷里和他迎了面。她怎么也没有想到，在这条小巷里，有那么多的情话和爱意在等待着她。

在科林斯这番滔滔的话儿倾泻完后，他俩之间的事便很快地定了下来。当两人走进她家时，科林斯已在非常恳切地敦请她选定婚娶的日子，好让他成为世界上最幸福的人。尽管这份请求眼下还必须搁置在一边，鲁卡斯小姐却丝毫不愿扫了他快乐的兴致。科林斯天生的那副蠢相，使他的求爱变得枯燥无味，让哪一个女人也不愿跟他深谈下去。鲁卡斯小姐之所以接受了他，完全是出于一种不动感情的、想有一个像样的家的愿望，至于这样的一个家多么快就能拥有，她倒没有太在乎。

他们俩随即便去征求威廉爵士和鲁卡斯太太的同意。鲁卡斯夫妇马上就高兴地答应了这门亲事。科林斯先生现在的经济状况，使他成为他们女儿的一位最合适的人选。而且他将来会得到的财产更是可观。鲁卡斯太太马上用从来也没有过的浓厚兴趣，盘算起班纳特先生还可能再活多少个年头。威廉爵士肯定地说，只要科林斯先生占有浪博恩的财产后，他和他的妻子要得到国王的召见便指日可待了。简言之，鲁卡斯一家为这件事都喜上眉梢了。几个小女儿们已开始有了她们能早一两年被嫁出去的希望，男孩们也不再为姐姐会在家里做老处女担心了。卡洛蒂自己倒是显得十分镇静。她已经达到了目的，她现在有时间来对这件事考虑一番了。她对她的思考大体上是满意的。科林斯先生当然是既不聪明又不讨人喜欢。他的社交圈令人乏味，他对她的感情也一定是他自己想象出来的。但尽管如此，她还是要选他做丈夫。她把男人的品行或是婚姻的美满都没有看得过分认真，结婚才是她唯一的目的；对于一个家资微薄受过良好教育的年轻女子来说，结婚是她们唯一体面的归宿，不管婚姻能不能给她们带来幸福，她们至少是衣食无忧了。卡洛蒂现在就找到了这样的一个归宿。作为一个二十七岁的老姑娘，又没有出众的姿色，她对自己的命运已经很满意了。在这件事情上，最叫她感到难堪的，是伊丽莎白将会为此事感到的惊讶，而她把与后者的友谊却是看得比和其他任何人的友谊都要珍贵的。伊丽莎白会惊异不止，说不定会指责她，虽然她的决心不会动摇，她的感情却会因这样的责备而受到触动。她决定亲自去告诉伊丽莎白这件事，于是在科林斯先生要回浪博恩吃饭的时候，卡洛蒂嘱咐他一定不要把他们俩的事情透露出去。保密的承诺当然是很顺从地做出了，不过执行起来却不是没有困难：科林斯一回到家，他这么长时间不在而引起的表妹们的好奇心，顿时都变作了问题劈头盖脸地向他袭来，没有一点儿技巧，是很难不露馅的，与此同时，他又得极力控制住自己的情感，因为他巴不得把他成功的爱情快快地公布于众。

因为科林斯第二天很早就要动身回去，来不及再见到家里的人，所以送别仪式就在女士们当晚就寝之前举行，班纳特太太极其礼貌而坦诚地说，希望他一有余闲就来浪博恩看望他们，他们全家都非常高兴再见到他。

“亲爱的夫人，”科林斯回答说，“你的邀请真是令我感激，因为这正是我所期盼的。你可以相信，我会尽快回来看望你们的。”

这叫他们全家人都吃了一惊。班纳特先生当然不希望他这么快就又要回来，于是立刻说道：

“可是，这恐怕会让凯瑟琳夫人不太高兴的吧，我的贤侄？你最好是哪怕冷落一点儿你的亲戚，也不要贸然得罪了你的庇护人。”

“我亲爱的叔叔，”科林斯先生回答道，“对于你好心的提醒，我不胜感激，你尽可以放心，没有尊老夫人的同意，我是不会贸然前来的。”

“你还是千万当心点儿好。千万不要惹她老人家生气。如果你觉得，你来这儿可能会叫她不高兴（我认为这是非常可能的），那你就安心地待在家里好啦，你尽可以放心，我们这里是决不会怪怨你的。”

“请相信我，亲爱的叔叔，你的这番疼爱和关心让我心里暖烘烘的，充满了感激。你很快便会收到一封信，对我住在哈福德郡期间你给予的种种照顾表示感谢。至于我的漂亮的表妹们，尽管我离别的日子不会太久，这样做也许没有必要，可我现在还是要衷心地祝愿她们健康幸福，这其中也包括我的表妹伊丽莎白。”

在一番彬彬有礼的寒暄之后，太太小姐们便各自回房去了；得知科林斯很快就要再次造访，她们没有一个不感到惊奇的。班纳特太太希望，他之所以这样做是要向她的一个女儿求婚，也许能说服玛丽接受他。玛丽认为科林斯先生的能力比别的任何一个男子的都强。他思考问题时那种很顾及实际的倾向，每每给她以深刻的印象，虽然比不上她自己那么聪明，可是她想只要鼓励他像她那样，去阅读书籍，提高修养，那他将会成为一个很可爱的人。但是到了第二天早晨，这方面的一切希望都化为乌有了。鲁卡斯小姐早饭后不久便来了，私下跟伊丽莎白把前一天发生的事情都说了出来。

科林斯先生自以为爱上了她朋友的这种可能性，这一两日来也曾经在伊丽莎白的脑子里闪现过。但是卡洛蒂会鼓励他这么做，似乎绝对不可能，正如她自己决不会怂恿科林斯一样，所以伊丽莎白现在感到的惊讶竟使她忘掉了应有的礼貌，不禁大声喊了起来：

“跟科林斯先生订婚了！我亲爱的卡洛蒂，这怎么可能呢?!”

鲁卡斯小姐讲述这件事情时，脸上本来保持着镇静，听到这样毫不隐讳的责备，一时间也变得慌乱起来。不过，这毕竟是在她预料之中，所以她很快便恢复了镇定，平静地回答道：

“你为什么竟会这样吃惊呢，我亲爱的伊丽莎白？你是不是以为，因为他不幸没得到你的爱情，便不能再获得别的女人的好感了呢？”

伊丽莎白现在已经冷静了，竭力克制住自己的感情，她已经能够颇为肯定地告诉卡洛蒂，对他们将来的结合她非常高兴，希望他们快乐幸福，一切如愿。

“我看得出你现在的感受，”卡洛蒂回答说，“你一定很惊讶，非常的惊讶，就在几天前科林斯先生还一直想着要娶你来着。不过，当你有时间把这件事好好想上一遍时，我希望你对我的做法会感到满意。你知道，我并不罗曼蒂克。从来也不。我想要的只是一个舒适的家。全面衡量科林斯先生的性格、社会关系和地位，我觉得我和他结婚以后可能获得的幸福，不会比大多数人结婚时所夸耀的那些幸福少。”

伊丽莎白平静地回答说：“这一点毫无疑问。”在一阵难堪的沉默之后，她们俩回到了家人那里。卡洛蒂没再多待，伊丽莎白这时独自把她刚才听到的这一切又想了一遍。只是在过了好长时间以后，她才能够对这一极不般配的婚姻少许地接受下来。科林斯先生在三天之内就求了两次婚的奇怪行为，跟现在他被卡洛蒂接受了的这一事实一比较，便算不上什么了。伊丽莎白一直觉得卡洛蒂的婚姻观和她自己的不太一样，却没有料到，当见诸行动时，卡洛蒂竟会牺牲掉一切美好的感情，去俯就于世俗的利益。卡洛蒂竟会是科林斯先生的妻子，这真是最令人感到羞辱的一幅画面了！伊丽莎白为一个朋友侮辱了她自己、降低了在她心目中的地位而感到痛苦，更为那位朋友在她所选定的命运中不可能有起码的幸福而苦恼。

第二十三章

伊丽莎白跟她母亲和姐妹们坐着，思考着她刚才听到的这件事，拿不定主意是否应该告诉她们，正在这时威廉·鲁卡斯爵士自己走进来了，他是受他大女儿之托，前来将她订婚的事告诉班纳特家的。他少不了对班纳特家的一番恭维和对自家的连连庆贺，因为他们两家就要喜结良缘了，对他的侃侃道来——大家听得不只是惊奇不已，更是难以置信；班纳特太太一再不客气地说，他一定是弄错了，一向任性和少教养的丽迪雅更是大声地嚷嚷起来：

“天哪！威廉爵士，你怎么会讲出这样的话来呢？难道你不知道科林斯先生想要娶的是丽萃吗？”

只有善于讨好奉迎的宫廷大臣才能心平气和地忍受这种对待，当然，威廉爵士良好的教养也帮了他的忙。尽管他恳请她们相信这消息的权威性和真实性，却还是极有礼貌和耐心地听着她们不逊的言辞。

伊丽莎白觉得有责任让威廉爵士摆脱这种尴尬的处境，于是走上前来，把先前从卡洛蒂那里听到的消息说了一遍，以证明威廉爵士说的都是实情。她用热情真诚的祝贺竭力平息她母亲和几个妹妹的大惊小怪，吉英也旋即参加了进来，一起述说着这门亲事可能带来的种种幸福，科林斯先生的优秀品格以及哈福德郡和伦敦之间的方便往来等。

当威廉爵士在座时，班纳特太太还实在不敢太过分，不敢说出太不敬的话来。可待他一出家门，她的满腹牢骚就尽情发泄出来了。

其一，她还是固执地不相信真有此事；其二，她断定科林斯先生是受了蒙骗；其三，她坚信他们俩在一起绝不会幸福；其四，这桩婚事多半会泡汤。不过，从整个事件中她又显而易见地得出两个推论：第一，伊丽莎白是这一恶作剧的真正源头；第二，她自己受到了全家人最不公正的对待。在这一天所剩下的时间里，她一直就这两条喋喋不休。无论什么也不能使她得到安慰，不能平息了她的怒气。整整一天也未能发完她的牢骚。一个星期过去了，一见到伊丽莎白她还是没好气地责骂；一个月过去了，她跟鲁卡斯夫妇说话还是粗声粗气，直到好几个月以后，她才原谅了鲁卡斯家的大女儿。

班纳特先生的情绪在这件事上要平和得多，他声称，最近他经历的事情是非常令人赏心悦目的那一种。他说，发现他从前认为还算得上聪明的卡洛蒂·鲁卡斯竟像他的妻子一样愚蠢，比起他的女儿就更蠢啦，这真叫他得意！

吉英也承认她为这门亲事感到有些吃惊。不过，她倒并未多提她的惊讶之情，而是衷心祝愿他们两人幸福。伊丽莎白向她说明，他们两人之间不可能有幸福，可这话劝说不了吉英。吉蒂和丽迪雅一点儿也不嫉妒鲁卡斯小姐，因为科林斯先生只不过是个牧师而已。要说这件事也影响到她们，那也只是被她们当作一条新闻在麦里屯传布罢了。

鲁卡斯太太既然有一个女儿缔结了美满姻缘，她当然不可能意识不到，现在她可以对班纳特太太进行报复了；她到浪博恩拜访得更勤了，说她是如何如何的高兴，尽管班纳特太太那满脸不悦之情和满口挖苦之辞，足以把鲁卡斯太太那股高兴劲儿扫得一干二净。

在伊丽莎白和卡洛蒂之间，现在有了一层隔阂，使她们两人对这件事都相互保持着缄默。伊丽莎白清楚，在她俩之间再也不可能有那种无话不谈的真正友情了。她对卡洛蒂的失望，使她以更深切的柔情去关心她的姐姐，对姐姐为人正直和贤淑端庄的品性她是永远不会怀疑的，她一天比一天更为姐姐的幸福担心，因为彬格莱已经走了一个礼拜了，一点儿也听不到他要返回的消息。

吉英早已及时给伽罗琳回了信，正计算着她可能会收到回信的日子。星期二那天，科林斯先生事先允诺要写的那封感谢信寄到了府上，信是写给班纳特先生的，信中写了许多堂而皇之的感激言辞，不知道的还以为他在这里住了有一年之久呢。在这样卸下了他良心上的不安以后，他继续用许多热烈的言辞告知他们，对获得他们可爱的邻居鲁卡斯小姐的爱情他感到有多么的幸福，接着他又解释说，仅仅是考虑到能与鲁卡斯小姐团聚，他才愿意满足他们想在浪博恩再次见到他的愿望，他到达府上的日期可能是下下个星期一。因为凯瑟琳夫人，他补充道，完全同意他的婚事，希望它能尽快地举行，他相信，对于这一点他可爱的卡洛蒂是不会有什么异议的，会尽早地择一良辰吉日，使他成为这个世界上最幸福的男人。

科林斯先生要重返哈福德郡，对班纳特太太来说，已不再是件值得高兴的事情了。相反，她和丈夫一样对这件事不住地抱怨起来。科林斯竟会再到浪博恩而不是去鲁卡斯先生的府上，这可真够奇怪的。这样做既不方便又十分麻烦。在她健康状况不佳时她讨厌家里有人来访，而且别人的恋人又是所有人里最不受欢迎的了。这些就是班纳特太太整天絮絮叨叨的事情，只是彬格莱先生一直未归的这件更大的烦心事儿，才让她有时住了口。

吉英和伊丽莎白对这件事也一直安不下心来。日子一天天地过去，没有彬格莱的任何消息，这阵子刚在麦里屯传开话，说是彬格莱整个冬天也不会回到尼塞费尔德来了。这一传闻大大激怒了班纳特太太，每当听人提起，她总要反驳说，这是恶意的谣言，根本不可信。

到后来，甚至伊丽莎白也开始担心——不是担心彬格莱薄情——而是担心他的姐妹们会把他给成功地支开了。尽管伊丽莎白也不愿承认这样一个既毁坏吉英的幸福又给彬格莱的忠贞蒙上阴影的想法，却仍然禁不住常常往这个方面去想。她担心彬格莱的两个无情的姐妹和他那个令人生畏的朋友从中作梗，再加上达西小姐迷人的魅力和伦敦的享乐生活，这一切也许会把他对吉英的那份情意完全吞没了。

至于吉英，她在这悬而未决的情境下的焦虑，当然是更甚于伊丽莎白了。但无论她现在是什么样的感受，她都想把它隐瞒起来，所以她和伊丽莎白之间，从未提到过这件事。可是她的母亲却没有这份细心和体贴来约束自己，她无时无刻不在谈到彬格莱，不在表达她盼望他归来的着急心情，她甚至要吉英承认如果彬格莱再不回来的话，她就是被人家利用了。吉英要用上她全部的温柔与和顺，才能勉强平静地忍受这一切。

两周之后的星期一，科林斯先生准时返回了浪博恩，但这一次他在班纳特家受到的接待却不像上次那么周到了。不过，他现在太高兴了，也无须人家太多的关照。对班纳特家来说，他忙于谈情说爱倒使他们有幸摆脱了许多的纠缠。每天大部分时间他都是在鲁卡斯府上度过的，他回到浪博恩时，常常已是全家人就寝的时间，他只简单地为他的终日未归行个道歉之礼，也就该去睡觉了。

班纳特太太现在的状况实在是够可怜的了。只要一提及这门亲事，总会使她痛苦万分，而不论她走到哪里，准能听到人们在谈论它。一见到鲁卡斯小姐，她心里就生气。作为将要对她取而代之的这所房子的未来主妇，她越发对鲁卡斯小姐充满妒忌和厌恶。只要卡洛蒂一来他们家，她就认定，她是来算计她何时能成为这所房子的女主人的，一看到她低声地和科林斯先生说话，她就以为他们是在谈论浪博恩的财产，只待班纳特先生一死，就要毫不留情地把她和她的女儿们赶出这所房子。她把这些伤心事都道给了她的丈夫听。

“唉，亲爱的班纳特，”她说，“一想到卡洛蒂·鲁卡斯将来竟是这所房子的女主人，一想到我竟不得不给她腾出位子，亲眼看到她掌管这所房子，我就觉得忍无可忍！”

“亲爱的，不要胡思乱想这些不愉快的事情啦！让我们往好处去想，让我们自个儿来庆幸，我会长命百岁的。”

这一席话并没有给班纳特太太多大的安慰，因此她没有接丈夫的话茬儿，而是继续诉着她的苦。

“我一想到他们两人会得到这所有的家产，就受不了。要不是这继承权的问题，我才不在乎呢。”

“你不在乎什么呢？”

“我对什么都不在乎呢。”

“让我们来表示感谢，你还没有落到那种不通情理的地步。”

“亲爱的班纳特，对继承权的问题，我是永远也不会感激的。哪一个人会这么狠心，从自己女儿的手里把财产拿走而去给了别的人呢，我真不明白；尤其这一切都是为了这个科林斯先生！——为什么他要得到别人的财产呢？”

“我还是把这个问题留给你自己去想吧。”班纳特先生说。

第二卷

第一章

彬格莱小姐又来了一封信，把疑虑消除了。信的头一句就说，他们所有人今年冬天都要在伦敦过冬了，信在结束的时候，是替她哥哥道歉，说他在离开乡下前来不及去问候他在哈福德郡的朋友，很是遗憾。

希望消失了，完全地消失了。当吉英勉强继续读下去时，除了写信人的那种装出来的亲切，她从信中再也得不到什么安慰了。对达西小姐的赞美占据了信中的主要篇幅。达西小姐诸多的迷人之处又被渲染了一番。伽罗琳得意地吹嘘她俩之间日益增长的亲密友谊，还大言不惭地预言，她上封信中谈到的那些希望都会实现。她也非常高兴地提到，她哥哥现在是达西先生家里的常客，提到达西要购置新家具的计划。

吉英很快把信里说的这些差不多都告诉了伊丽莎白，伊丽莎白默默地听着，心里气极了。她一面为姐姐担心，一面又对其他所有的人充满了愤懑之情。对伽罗琳说她哥哥倾慕于达西小姐的话，她根本不信。彬格莱先生真正喜欢的是吉英，关于这一点她还像从前一样的坚信不疑。不过，尽管她曾经一直很喜欢彬格莱，却不能不气愤地甚至带些鄙夷地想到，正是他的随和脾性和缺少主见，使他成了他那些有所图谋的朋友的奴隶，使他牺牲掉自己的幸福，屈就于他们那些反复无常的念头。如果牺牲的只是他自己的幸福，他尽可以由着性子，拿这幸福去做儿戏。但现在她姐姐也牵连在其中，对于这一点，她想彬格莱自己也一定清楚。总之，这是一个百思而不得其解的谜。伊丽莎白脑子里净想着这件事，可她还是不能断定，彬格莱对姐姐的爱到底是真的已经消失了，还是被他的朋友们阻挠了。彬格莱对于吉英对他的一片情意是有所察觉呢，还是没有。尽管伊丽莎白对他的看法会由于这答案的不同而有很大的不同，可姐姐的处境却是一样的：她平静的心情，总归是受到了伤害。

有一两天的时间，吉英竟没有勇气向伊丽莎白诉说她的心事。直到有一天，班纳特太太像平常一样，又对尼塞费尔德和它的主人大大地发了一顿牢骚后出去了，只剩下了她们姐妹二人，吉英才实在忍不住地说道：

"啊，真希望母亲能控制点儿自己的情绪就好啦！她根本想象不到，她这样老是提起彬格莱，多伤我的心。不过，我也不会去埋怨。这痛苦不可能长久。他就会被忘记，我们还会像从前一样的。"

伊丽莎白半信半疑、忧心忡忡地看着姐姐，却什么也没说。

"你不相信我，"吉英喊道，脸色稍稍地有些发红了，"哦，你没有理由不相信。彬格莱可能会作为一个最和蔼可亲的朋友留在我的记忆里，但仅此而已。我没有什么可希望或是可担心的，也没有什么要指责他的。谢天谢地！我还没有那种痛苦。只需要一点儿时间，我就一定能好起来了。"

很快，她用一种更为肯定的语气说："现在我就可以告慰自己说，这一切都不过是我一厢情愿的想法，它不曾伤害到任何人，除了我自己。"

"亲爱的吉英！"伊丽莎白激动地说，"你真是太好了。你那么善良和无私，真像个天使，我不知道该怎么对你说才好。我觉得我从前对你的赞美、对你的爱，跟你应该得到的相比，真是差得太远啦。"

班纳特小姐对这动情的夸赞矢口否认，随即便反过来赞扬起她妹妹的一片深情。

“不，”伊丽莎白激动地说，“这样很不公平。你希望认为，天下所有的人都值得尊重，只要我一说谁的不是，你就觉得心里难受。而我只是想把你看作一个完美的人，你就起来反对啦。不要担心我会对你过分地赞美，不要担心我会侵犯到你那普天下人皆善良的观点。你不必过虑。在这个世界上，我真正热爱的人没有几个，我心目中的好人就更少了，对这个世界我越是经历得多，就越是对它不满意。过去的每一天都更加坚定了我对人性都是表里不一的看法，都在告诫我不能轻易相信外在的优点或看似明智的举动。我最近遇到了两件事，一件我不愿意提起；另一件就是卡洛蒂的婚事。这婚事真是让人不可思议！无论从哪一方面看，都让人不可思议。”

“我亲爱的丽萃，可不要让这样的感情占据了你的身心。它们会毁了你的幸福的。你对每个人不同的处境和不同性格，没有能给予足够的考虑。你想想科林斯先生受人尊敬的地位和职业，以及卡洛蒂遇事善于思考的持重性格。你要记得，她还是位大家闺秀。说到财产方面，也是极为匹配的一门亲事。我们不妨相信，她对我们的表兄，很可能真是有几分爱慕和尊重呢。”

“为了让你高兴，我几乎愿意去相信任何事情，但是这样的一种相信，对任何人都不会有任何的好处。如果我相信你说的，认为卡洛蒂真的爱上了他，那我只会认为是她的智力出了毛病，那比我现在认为她是对爱情不真诚的看法更加糟糕。我亲爱的吉英，科林斯先生是一个自负、爱慕虚荣、思想狭隘而又愚蠢的人。他确实是这样一个人，你和我一样清楚；和我一样，你一定也觉得，要嫁给他的那个女人在考虑问题上有些欠妥，你不必为她辩解，虽说这个女人就是卡洛蒂·鲁卡斯。你不会为了某一个人的缘故，去改变原则和真诚的含义，去极力说服你自己和我，认为自私就是慎重，糊涂妄为就是幸福的保障吧。”

“我不得不认为，你在说他们两个人时，语言有些过火了，”吉英回答道，“当你看到他们将来一起幸福地过日子时，我想你就会相信我的话啦。不过，这件事我们已经谈得够多了。你刚才好像还提到一件别的事。你说过你碰到了两件事。我不会去误解你的，亲爱的丽萃，不过我也请求你，不要认为那个人就该受到谴责，不要说你对他的看法已经变坏了，免得叫我感到痛苦。我们千万不能这么快就认为，我们是受到了别人有意的伤害。不能指望一个可爱的年轻小伙子总会那么事事小心，处处考虑得周到细致。欺骗了我们的不是别人，常常是我们自己的虚荣心。女人们总以为，在男人对她们的赞美里，有着更多的含义。”

“这样一来，男人们更该觉得他们欺骗人是对的啦。”

“如果他们是存心这么做，当然不对了。不过，我却并不认为，世界上真像有些人所想象的那样，是充满了狡诈和计谋。”

“我并不认为彬格莱先生的行为里有任何预谋的成分，”伊丽莎白说，“可是，即便不是存心要做坏事或是存心让别人不快活，世上还可能会有过失，可能会有不幸。冲动鲁莽，缺少对别人感情的关注，缺乏主见，都会造成这样的后果。”

“那么，你把这件事情也归到这类原因中去了。”

“是的。我把它归咎于最后一个原因。如果我再讲下去，我就该说出我对你所尊重的那些人的看法，使你不高兴啦。所以趁现在还不晚，让我住嘴吧。”

“那么，你是坚持认为，彬格莱的姐妹们影响了他的行为了。”

“没错，还要加上他的朋友达西先生。”

“我不相信。她们为什么要试图去影响他呢？她们只是希望他能幸福，如果他钟情于我的话，别的任何女人都不可能给他这种幸福的。”

“你的第一个想法就错了。除了希望他幸福，她们还会期望许多别的东西。也许会期望他更加有钱有势；也许会期望他娶上一个家势显贵、荣耀和富有的姑娘。”

“毫无疑问，她们都希望他选择达西小姐，”吉英回答说，“可是，这也许是出于一些更好的动机，而不是你刚才想的那些理由。她们认识达西小姐的时间比认识我的时间长得多，如果她们更喜欢达西小姐，这并不奇怪。不管她们自己心里怎么想的，她们是不大可能与她们的兄弟唱反调的。要不是发生了特别令人发指的事情，哪个做妹妹的会认为自己可以肆无忌惮地去反对哥哥的意愿呢？如果她们相信他爱的是我，就不会试图去分开我们俩，如果他真的爱我，她们这样做也不会成功。你设想出这样一段恋情，使每个人的行为都显得极不自然、极不得体，让我感到无端的痛苦了。别用这种想法来烦恼我吧。我对自己误以为我俩之间是有了恋情并不感到羞耻——或者，至少这种羞耻感是极其轻微的，如果让我认为是他或是他的姐妹们不好，那会使我更加难受的。还是让我从最好的方面，从合乎情理的角度去看待这件事吧。”

伊丽莎白不可能反对这样的愿望。从这以后，彬格莱先生的名字在她们两人之间，便很少被提起了。

班纳特太太对彬格莱先生的一去不归，仍不断地表示诧异和发着牢骚，尽管伊丽莎白几乎没有一天不跟她解释其中的原委，她看起来却似乎无法摆脱对这件事的懊恼了。伊丽莎白努力用她自己也难以相信的理由去说服母亲，告诉她彬格莱先生对吉英的青睐，只是那种一闪即逝的普通的喜欢而已，一旦他看不到吉英，这种感情便不再有了。尽管班纳特太太在被劝说时，也承认情形或许就是如此，却还是要把这牢骚每天发上一顿。现在她最大的安慰，就是彬格莱先生到了夏天时一定会回来。

班纳特先生对这件事可另有一番看法。“丽萃，”他有一天说，“我发现你姐姐失恋了。我向她表示祝贺。一个女孩快到结婚的年龄时，总喜欢不时地能尝到一点儿失恋的滋味。这可以让她有事可想，使她在同伴中显得与众不同。你多会儿才能遇上这样的机会呢，你当然不想老是落在吉英的后面吧。现在你的时机来了。麦里屯这里有足够的军官，让所有乡下的姑娘们都能有失恋的机会啦。就让威科汉姆做你的情人吧。他是个外貌讨人喜欢的小伙子，是会很体面地叫你失恋的。”

“谢谢你了，爸爸，不过，一个不怎么地的男人就会使我感到满意了。我们不能都指望有吉英那样的福气。”

“说得不错，”班纳特先生说，“不过，值得庆幸的是，不管碰上什么样的运气，你有一个热爱你们的母亲，她总会给你们搞得红红火火的。”

威科汉姆先生的不时来访，对于驱散最近发生的不愉快和罩在浪博恩府上的沉郁气氛，实在是太有实际的效用了。她们经常见到威科汉姆，在他的其他优点之外，现在又开始夸赞起他的豁达和率直。伊丽莎白以前听他说过的那一套，什么达西先生对他的种种愧疚啦，什么他从达西那儿受到的种种不公正的对待啦，现在都得到了大家的认可和公开的谈论。每个人都为他们在得知威科汉姆先生的这件事情之前，就那么不喜欢达西先生而不免得意起来。

唯有班纳特小姐认为，这件事里面可能有蹊跷，还不曾为哈福德郡这儿的人们所了解。她的温柔、持重和坦诚的性格总是给事情留下余地，认为有产生误会的可能——而其他所有的人都把达西先生看作最坏的人了。

第二章

经过一星期的卿卿我我和对未来幸福的筹划，随着星期六的到来，科林斯先生到了该离开他可爱的卡洛蒂的时候了。不过，在他这方面来说，这分别的痛苦却可以由于他回去要准备迎娶的事宜而得到些许的缓解，因为他有理由认为，当他不久再回到哈福德郡的时候，婚娶的吉日就会择定，他就会成为世界上最幸福的男人。跟以往一样，他郑重其事地和浪博恩的亲戚道别，希望他漂亮的表妹们健康幸福，并允诺要再给班纳特先生写一封感谢的信函。

到了下星期一，班纳特太太高兴地迎来了她的弟弟和弟媳，他们像往常一样，是来浪博恩过圣诞节的。嘉丁纳先生是个通情达理、颇具绅士风度的男子，无论是在天分和所受的教育方面，都远远超过了他的姐姐。尼塞费尔德的小姐们会很难相信，这样一个靠做买卖为生、见闻不出他的商店货栈的人，竟会有这么好的教养和仪态。嘉丁纳太太比班纳特太太和菲利浦太太年轻几岁，是一个和蔼可亲、聪明贤淑的女人，浪博恩的外甥女们都很喜欢她。尤其是那两个年长的外甥女和她更是有一种特别亲切的关系。她俩常常进城去，陪舅母住上几日。

嘉丁纳太太到来后的第一件事，就是给她的外甥女们分发礼物，谈论最新潮的服装款式。待这一切结束，她便扮演起相对安静的角色。因为该轮到她来听了。班纳特太太有许多的委屈要诉，有许多的牢骚要发。自从她上次见到她的弟媳以来，她家的人都没有碰上好运气。她的两个女儿本来快要嫁出去了，结果都落了空。

“我并不责怪吉英，”班纳特太太继续说道，“因为吉英已经尽力了。可是，丽萃呢！噢，弟媳！要不是她自个儿成心捣乱，现在没准已经做了科林斯先生的妻子，你想想这有多气人。人家就在这间屋子里向她求婚，却被她拒绝了。结果倒让鲁卡斯太太抢了先，而且浪博恩的财产还得照样让人家继承。的确，鲁卡斯一家都是一些很会钻营的人，弟媳。他们不顾一切地捞取好处。这样说他们，我也很难过，但事实的确如此。在自己家里，我这样受女儿们的气，在外面，我又有这么一些只为自己着想的邻居，这可把我给折腾苦了。不过你能在这个时候来，对我真是个极大的安慰，我很高兴听你讲那些长袖的新款式。”

嘉丁纳太太在跟吉英和伊丽莎白的通信中，已经得知这件事情的大概，因此只敷衍了班纳特太太几句，便为她的外甥女们着想，把话题岔开了。

等到和伊丽莎白单独在一起时，嘉丁纳太太才更多地谈到了这个话题。

“看来吉英本可以有一桩美满的婚姻，”她说，“只可惜吹了。不过这样的事情是经常发生的，像你所说的彬格莱先生这样的年轻人，只消几个星期就和一个漂亮姑娘相爱如胶似漆，在他们由于偶然的原因分离后，又很快把她忘记了，这类爱情变故的事儿太常见啦。”

“这番安慰的话倒是合情合理，”伊丽莎白说，“但却安慰不了我们。我们可不是由于偶然的原因才吃了苦头。这样的事并不常常发生：几个朋友们的从中干涉便说服了一个财产完全独立的年轻人，让他忘掉了仅仅在几天之前还热恋着的女孩。”

“可是，‘热恋’这样的词未免太陈腐、太模糊、太笼统了，它不能给予我任何实际的印象。正如它常常用来指那种真诚牢固的爱情一样，它也常常用来指才认识半个小时就生发出的感情。我要问，彬格莱先生的爱究竟热烈到了什么程度呢？”

“我还从不曾见过像他那样的倾慕之情。他对别人越来越不加理会，而把注意力全都集中到吉英身上了。他们每一次的见面都使他的这一倾向变得更加明显。在他自己举办的舞会上，因为没请大家跳舞，他得罪了两三个年轻姑娘，有两次我跟他说话，他都没顾上回答，还能有比这更好的兆头吗？这种对别人的完全不顾，不正是爱情的本质所在吗？”

“噢，不错！——这正是我所想象他会感受到的爱情。可怜的吉英！我很为她难过，因为像她那样性格的人，是很难一下子把这件事忘掉的。这事要发生在你身上就好了，丽萃，你会笑上自己几次便没事啦。你说，我们能劝她到我那儿去住上一阵子吗？换一换环境可能会有好处的——或许稍稍离开家里几日，外出轻松轻松，对她会有帮助的。”

伊丽莎白听到这个建议，非常高兴，而且相信姐姐也一定会乐意接受的。

“我希望，”嘉丁纳太太接着说，“吉英不会因为考虑到那个年轻人也住在城里而改变主意。我们住在城里的另一个地区，我们所有的社交往来也和他的完全不同，而且你也知道得很清楚，我们很少外出。除非他来我们家看吉英，不然的话，他们是不可能相互碰到的。”

“确实是这样。因为彬格莱现在已经被他的朋友监护起来了，达西先生决不会容许他到伦敦这样的一个地方看望吉英的！我亲爱的舅母，你怎么会想到这上面去呢？达西先生也许听说过像天恩寺街这样的地方，不过一旦真的去了那里，他会认为，用一个月时间也洗不掉他从那条街上所沾上的污垢了。相信我，舅母，没有达西作陪，彬格莱先生是决不会出动的。”

“那样更好。我希望的就是他们不要见面。不过，吉英不是在跟他妹妹通信吗？她难免会来走访。”

“吉英会跟她完全断绝来往的。”

尽管伊丽莎白把这一点，还有他们不会叫彬格莱见吉英的话，说得那么肯定，她对这件事还是另存着一份心。这使得她在几经考虑之后，觉得事情还没有到完全绝望的地步。或许——有时候她甚至认为是完全可能的——彬格莱的爱情之火会重新点燃，吉英的种种迷人之处给予他的更为自然的影响，会最终战胜朋友们对他的阻挠。

班纳特小姐愉快地接受了舅母的邀请。对于彬格莱一家，班纳特小姐当时想到的只是，希望伽罗琳不是和她哥哥住在一起，那样的话她便可以偶尔用上午的工夫去看看伽罗琳，而不必担心碰到彬格莱了。

嘉丁纳夫妇在浪博恩住了一个星期。由于有菲利浦家、鲁卡斯家和军官们的不断邀请，他们没有一天不去赴宴的。班纳特太太对她弟弟和弟媳的日程活动做了十分精心的安排，没让他们在家里吃过一顿便饭。当宴请在家里举行时，一些军官们总是这里的座上客，在这些军官里，每次肯定都有威科汉姆先生。每当这种场合，因伊丽莎白对威科汉姆热情的夸赞而心生疑窦的嘉丁纳太太，便仔细观察起他们两人的行为来。从她看到的情形分析，她认为他们俩还没有真正地相爱，不过他们彼此之间相互倾慕的明显迹象，也足以叫嘉丁纳太太感到些许的不安了。她决定在离开哈福德郡之前，跟伊丽莎白谈一下这件事，告诫她对这样一种关系的发展可不能鲁莽行事。

对嘉丁纳太太，威科汉姆自有让她高兴的办法，这与他平日的那些本领可没有什么关系。大约十年或十二年以前，在她还没有结婚的时候，嘉丁纳太太曾在德比郡威科汉姆居住的那个地区待过较长一段时间。因此他们两人有许多共同的朋友，尽管威科汉姆在五年前（达西父亲逝世的那一年）离开那儿后就很少再回去过，可是他仍然能告诉嘉丁纳太太有关她的许多过去的朋友们的最新消息，这是她自已很难打听得到的。

嘉丁纳太太曾经去过彭伯利，对已故的达西先生的性格十分了解。于是，他们两人之间便有了一个谈不完的话题。她把威科汉姆详细描绘的情形，与她记忆中的彭伯利相比较，又把彭伯利已故主人的品德大大称赞了一番，谈的人和听的人都各得其乐，当听到现在的这位达西先生是如此对待威科汉姆时，嘉丁纳太太极力去回想，那位先生小时候的个性是否与他现在的行为相符，最后她终于自信地说，她记得曾听人说起过，费茨威廉·达西是个非常高傲、脾气又坏的男孩。

第三章

嘉丁纳太太对伊丽莎白的忠告，在她一有机会单独和伊丽莎白交谈时，便及时而善意地提出了。在坦率地讲了她心里的想法后，她这样继续道：

“你是个聪慧明理的姑娘，丽萃，你是不会仅仅因为受到了警告而执意要坠入爱河里去的，所以我也不怕把话说透。我郑重地告诫你，一定要小心。不要让你自己卷入，或是拼力使他卷入那种没有财产做基础的鲁莽爱情中去。对于威科汉姆本人，我没有什么要反对的。他是一个十分有趣的年轻人，要是他得了他应得的那份财产，我会觉得他是你最合适不过的人选了。但情况既然如此，你千万别让感情牵着你的鼻子走。你很有头脑，我们期盼着你能很好地使用它。你的父亲，我相信，对你的见解决断和好的品行都寄有厚望。你一定不要让你的父亲失望才好。"

"我亲爱的舅母，你这可真够郑重其事的了。"

"不错，而且我希望你也能够同样地郑重其事。"

"哦，你就放宽心好啦。我自己会当心，也会当心威科汉姆先生的。只要我能避免得了，一定不会让他爱上我的。"

"伊丽莎白，你现在可又不严肃了。"

"请原谅。让我来重新说说看。目前，我还并没有爱上威科汉姆先生。不，我肯定没有。不过，他的确是我所见过的最可爱的男人，没有谁能与他相比——要是他真的爱上我了——我相信他还是不要爱上我的好。我也看出了我感情的鲁莽。——噢，那个顶讨厌的达西先生！——我父亲对我的器重叫我感到莫大的荣幸；失去了父亲的看重，我会很痛苦的。不过，我父亲倒是很偏爱威科汉姆先生。总之，我亲爱的舅母，让你们之中任何一个人不快乐，我都会很难过的。但是，正如我们大家天天所看到的那样，只要产生了感情，年轻人是很少因为眼下没有财产，便不去彼此相爱和订婚的，所以一旦我也动了真情，怎么能够保证我就比我的那些同伴们更明智呢？或者说，我怎么知道去抵制这种爱情就是聪明之举呢？因此我能答应你的只是不草率行事就是了。我并不急于认为我自己就是威科汉姆追求的对象。当我和他在一起时，我将极力不去这样想。总而言之，我将尽最大的努力去避免。"

"或许，你不该让他来得这么勤。至少，不该提醒你的母亲邀请他来。”

“就像我那天所做的，”伊丽莎白说着不好意思地笑了笑，“是的，我应该明智点儿，别那么做。不过，你不要以为威科汉姆总是常来这儿。是因为你们来了，他这个星期才常常被请过来。你也知道我母亲的脾气，只要有朋友在，她就认为得经常有人陪着他们不可。真的，我以我的名誉担保，会按照我认为最明智的做法行事。现在，希望你能满意啦。”

舅妈告诉伊丽莎白说她这下满意了。伊丽莎白谢过她好心的提醒之后，她们便道别了；可以说这是一个在此类事情上给出忠告而没有生出怨言的极好例子。

嘉丁纳夫妇和吉英刚离开不久，科林斯先生就又来到了哈福德郡。这一次他是与鲁卡斯家一起住，所以他的到来对班纳特太太倒是没有多大的不便。科林斯结婚的日子眼看就要到了，班纳特太太最后也不得不死心，认为这是无可挽回了，她甚至不时地用一种幸灾乐祸的口吻说“希望他们将来幸福”。星期四是他们举行婚礼的日子，星期三那天，鲁卡斯小姐到班纳特府上来道别，当她起身告辞的时候，伊丽莎白为母亲说的那些不中听的话感到愧疚，又因为她自己真的不是无动于衷，便陪着鲁卡斯小姐走出屋子。在她们走下楼梯时，卡洛蒂说：

“我相信你会常常给我写信的，伊丽莎白。”

“你尽可以放心，我会的。”

“我还有一件事要求你。你愿意来看我吗？”

“我们会常常见面的，我想，在哈福德郡这儿。”

“我不大可能在短时间内离开肯特郡的。所以，我求你答应我，来汉斯福德吧。”

伊丽莎白不忍心拒绝，尽管她也预先料到，这访问不会有什么乐趣可言。

“我父亲和玛丽亚在三月份要来看我，”卡洛蒂接着说，“希望你也同意和他们一起来。真的，伊丽莎白，对我来说，你将跟他们一样受欢迎。”

婚礼举行了。新娘和新郎从教堂门口动身前往肯特郡，临行前，每个人都少不了照例寒暄祝贺一番。伊丽莎白不久便接到了她朋友的来信。她们之间的通信往来还像从前那样守时和频繁，不过，再像从前一样的无话不谈，却是不可能了。伊丽莎白每逢写信给卡洛蒂，都难免觉得她们之间那种舒畅和亲密无间的关系已不复存在了。虽然她下决心不疏懒了这通信，可她这样做毋宁说是为了她们过去的情谊，还不如说是为了现在。对卡洛蒂最初的来信，伊丽莎白还是急切地期盼的。虽然这期盼完全是出于一种好奇心，想知道卡洛蒂究竟会如何来描述她的新家，对凯瑟琳夫人是如何喜欢，对她自己婚后的幸福，她敢炫耀到何种程度。但每当读完这些信后，伊丽莎白感到的却是卡洛蒂对这每件事情的表达，都不曾出乎她的预料。卡洛蒂在信中显得很快活，似乎处处都被安逸包围着，凡是提到的东西，没有一样不值得她去赞美。房屋、家具什物、邻居、道路交通，都是那么合她的心意，凯瑟琳夫人的言谈举止又是那么友好和亲切。这宛若科林斯先生对汉斯福德和罗新斯的描绘，只是说得入理婉转些罢了。伊丽莎白已经意识到，要想知道情形究竟如何，只有等她到了那里后去亲身体验了。

吉英给她的妹妹写来一封短笺，说他们已经安全抵达了伦敦。伊丽莎白希望吉英再来信时，能够谈一谈彬格莱兄妹们的事情。

她对第二封信的期盼很快就有了结果，真是心诚则灵。吉英在城里已经住了一个星期，她既没有见到伽罗琳也没有听到她的任何消息。不过，好心的吉英对此解释说，也许是她上次从浪博恩寄给她朋友的那封信，偶尔在中途失落了吧。

“咱们的舅母，”吉英继续写道，“明天打算到东区去，我也将利用这个机会去格罗斯文纳街拜访一下。”

这次拜访之后，吉英又写来了一封信，说她见到彬格莱小姐了。

“我觉得伽罗琳的情绪有些低落，”她这样写道，“可是见到了我她还是很高兴，埋怨我到伦敦来也不告诉她一声。这样看，我是猜对了，我上回的那封信就不曾寄到她的手里。我当然也问了她哥哥的情况。她说，他很好，只是老跟达西先生待在一块儿，她们也很少能见到他。听说达西小姐要来吃午饭，我很希望能见她一面。我停留的时间并不长，因为伽罗琳和赫斯特夫人都正要出去。我敢说我很快便会在这里见到她们了。”

伊丽莎白一边读一边摇头。这封信使她确信上封信并未丢失，而且彬格莱先生可能已经知道她姐姐在城里了。

四个星期过去了，吉英连彬格莱先生的影子也没见着。吉英极力劝慰自己说，她对此并不难过。可是对彬格莱小姐那方面的不理不睬，她却不能再置若罔闻了。她每天上午在家中等候，每天晚上给自己编造出一个新的借口为她的朋友开脱，这样一直过了两个星期之后，她等待的客人才总算出现。可是彬格莱小姐停留的时间之短，更甚者她的态度之冷淡，都不容吉英再对自己欺骗下去了。在这种情形下她给伊丽莎白写的信，便开始吐露出她真正的感受了。

> 我相信，当我坦诚地说出在彬格莱小姐与我的友情上我是完全受了蒙骗时，我最亲爱的丽萃是不可能因为她判断的正确，便不顾我的痛苦而感到得意的。我最亲爱的妹妹，虽然事情的发展证明你是对的，你可不要以为我就是冥顽不化，如果我仍然坚持就彬格莱小姐以往的行为来看，我对她产生的信任与你对她的怀疑是一样自然。我一点儿也不明白她以前为什么希望跟我相处，不过若有同样的情形再度发生的话，我相信我还会再一次受骗的。伽罗琳直到昨天才来看我。在这之前她未能给我只言片语说她要来。当她终于露面，我看得很清楚她根本就不高兴走这一趟。对她没有能早一点来，她略微表示了点客套的歉

意，连希望再见到我的话也只字未提，她里里外外都像是换了一个人，她一离开，我便下定决心和她断绝一切往来。我很可怜她，尽管不由得我也要责备她。她选择我做她的朋友就是一个错误。我可以问心无愧地说，我们往日相处的每一步都是她先迈出的。可是我又可怜她，因为她也一定意识到自己做错了，而且我想对她哥哥的关心是她之所以要这么做的原因。我无须再为自己做进一步的解释了；虽然我们都知道她的这种担心是完全没有必要的，可是倘若她真的是为哥哥担心，她之所以要这样待我，就变得容易理解了。彬格莱在他妹妹心目中是那么珍贵，无论她怎样为他担心，都是极其自然而又可贵的。只是她现在居然还有这样的担心，这却不能不叫我感到奇怪了，因为只要她哥哥多少还对我有点感情的话，我们一定早就见面了。从她自己说的一些话里我断定他知道我就在城里。可是，从她谈话的态度上看，她却似乎也拿不大准他真的就倾心于达西小姐，这可叫我弄不明白了。如果要我冒昧地去判断的话，我便禁不住要说，在这一切中间明显有不相一致的地方。不过我将竭力摒除一切不愉快的想法，只去想那些能让我高兴起来的事情，想我们的姐妹之情，想亲爱的舅父母对我们的一往情深。真希望很快就能收到你的信。彬格莱小姐说，她哥哥再也不会去尼塞费尔德了，还说要退了那幢房子，可是说的口气又不是那么肯定。我们最好还是不要再提这件事了。我很高兴，你从我们在汉斯福德的朋友那里听到了那么多令人愉快的消息。跟威廉爵士和玛丽亚一块去看看他们吧。我相信你在那儿将会过得很舒心的。

你的姐姐

这封信让伊丽莎白感到有些痛苦。但当她想到吉英至少不会再受彬格莱小姐的欺骗时，又变得高兴了。对彬格莱先生的一切期待现在全部落空了。她甚至不希望他的爱情再度复燃。他的性格从哪一个方面看都令人失望。为了给他一定的惩罚，也为了吉英以后的利益，她倒真的希望他赶紧娶达西先生的妹妹，因为根据威科汉姆先生的描述，达西小姐会使彬格莱为他所抛弃的爱情抱憾终身的。

恰逢此时，嘉丁纳太太也来信提醒伊丽莎白，要她恪守在对威科汉姆的态度上曾许下的诺言，并问起她最近的情况。伊丽莎白回了一封信，写的内容正是她舅母可能会感到满意的。威科汉姆对她那种明显的好感已经减弱，对她的青睐也已经结束，现在他追起了别的女孩子。伊丽莎白把这一切都看在眼里，可是在她看到和写出这一切的时候，心里却没有痛苦的感觉。她只是觉得受到了稍稍的触动，她的虚荣心也因为她相信如果她有财产他一定会选择她，而得到了满足。一下子就能获得一万英镑，是威科汉姆现在所喜欢的那位女子的最最动人之处了。在威科汉姆的这件事情上，伊丽莎白可少了她对待卡洛蒂爱情上的透辟眼光，所以她并未由于威科汉姆看重钱财而与他争辩。相反，她觉得这再自然不过了，美滋滋地认为威科汉姆在放弃她时，内心一定做了不少的斗争，她倒乐于承认这样做对他们两人都不失为一种明智之举，而且她也能非常诚心诚意地祝愿他幸福。

伊丽莎白把这一切都讲给嘉丁纳太太听了，在叙述完这些情况后，她继续写道：现在我相信了，亲爱的舅妈，我根本就不曾坠入爱情之中。要是我真的经历了那一纯洁高尚的情感，我现在就会讨厌提到威科汉姆的名字，会盼望着他倒霉了。可是我在感情上不仅能够坦荡地面对他，甚至也能毫无偏颇地看待金小姐。我发觉我一点儿也不恨她，并且也愿意认为她是一个非常不错的女孩。这一切都说明我们之间还没有爱情。我的小心提防是卓有成效的。虽然我要是痴迷地爱上他，我现在早就成了亲朋好友们有趣的谈论对象了，不过，我也不为我现在的不引人注目而感到遗憾。有的时候，人的声名鹊起是会付出他极大的代价的。吉蒂和丽迪雅对威科汉姆的这些行为要比我在乎得多。她们在人情世故方面仍然显得幼稚，还不愿意相信这样的一个不尽如人意的道理：英俊漂亮的小伙子和相貌平平的年轻人一样，也得靠钱物来维持生活。

第四章

在浪博恩的家里就是发生着这样一些不大不小的事情，其间也有步行到麦里屯（有时道路泥泞，有时天气又很冷）逛一逛作为调剂的时候，今年的一月和二月便这样打发过去了。三月份伊丽莎白要上汉斯福德。她起初对访问那里并不怎么在意。可是不久她便发现，卡洛蒂把这个计划可是完全放在了心上的，渐渐地她也能较高兴、较肯定地来考虑这件事了。与朋友的离别增强了伊丽莎白要再次见到卡洛蒂的愿望，减弱了她对科林斯的厌恶。这个计划也有它的新奇之处。再说，有这样的一个母亲和这样一些乏味无聊的妹妹们，这个家自然不是那么完美无瑕的了，所以换一换环境也不能不说是一件惬意的事儿。而且趁这趟旅行还可以顺便去看看吉英。总之，随着动身时间的临近，她对任何的耽搁都会感到遗憾了。好在一切进行得顺利，事情最后都按卡洛蒂最初的想法定了下来。她将与威廉爵士和他的二女儿同行。随后，计划中又加进了在伦敦住一夜的安排，于是它便变得十全十美了。

唯一的痛苦是与父亲的离别，他一定会想念她的，当告别的时刻来临，班纳特先生显得恋恋不舍，嘱咐她要给他来信，甚至答应了给她写回信。

伊丽莎白和威科汉姆之间的道别是那么亲切和友好。尤其是他这一方面的表现更是如此。他现在另有新欢并不能叫他忘记了伊丽莎白是他所青睐的第一位女子，是第一个倾听他的冤屈也是第一个为他所崇拜的女子。威科汉姆向伊丽莎白道别，祝愿她一切顺遂如意，提醒她在凯瑟琳·德·包尔夫人身上将会看到些什么，相信他们俩对这位夫人的看法——乃至对一切人的看法——总会完全一致。从他说话的语气和态度中，表现出一种关切和对她的留恋，她觉得这一切会使她永远对他有一种最真挚的敬意。在他们分手后，伊丽莎白更加坚信，不管威科汉姆结婚也罢，单身也罢，他都永远是她心目中一个和蔼可亲、举止言谈令人倾倒的偶像。

第二天和伊丽莎白一起上路的那两个同伴，也不曾减弱了威科汉姆在她心中的光彩。威廉·鲁卡斯爵士说不出什么中听的话，他的女儿玛丽亚虽说是个性情温和的女孩，却和他一样头脑空空，拙于谈吐，他们的谈话，听在耳朵里和马车轮子的嘎吱声相差无几。伊丽莎白喜欢听一些怪诞的事儿，可是她对威廉爵士讲的那一套听得太多了，他谈来谈去总不外乎觐见国王、获得爵士称号之类的东西，翻不出什么新花样。而他所奉行的礼仪规矩，也像他的故事一样，成了陈旧老套了。

这段旅程只有二十四英里路，他们动身很早，到中午时已经抵达天恩寺街了。当马车来到嘉丁纳先生家门口时，吉英正在客厅的窗户跟前望着他们。待他们到了走廊，吉英已经在那儿迎接他们，伊丽莎白仔细地端详姐姐，看到她依然健康和充满生气，甭提有多高兴了。一群小表弟、小表妹们围在了楼梯那里，他们想赶快看到表姐，便从客厅里跑了出来，可是有一年没见面，他们又显得有些腼腆，不好意思走到楼下来了。全家一片友好和喜气洋洋的气氛。这一天过得格外快活。上午是忙东忙西地逛商店，晚上是到剧院看了一场戏。

伊丽莎白在看戏时设法坐到了舅母的身旁。她们俩首先谈到的就是她姐姐。舅母在回答她详细的问话时，告诉她虽然吉英总是竭力打起精神，还是免不了有颓唐和沮丧的时候，听到这话，伊丽莎白既有些意外，更感到悲伤。好在她有理由希望姐姐这低落的情绪不会再持续多久了。嘉丁纳太太还给她讲了彬格莱小姐来访天恩寺街的详细情形，把吉英和她自己之间的几次谈话也向伊丽莎白重述了一遍，这些话足以表明，吉英是打心眼儿里要断绝与彬格莱小姐的往来了。

嘉丁纳太太接着又跟伊丽莎白诙谐地谈起威科汉姆中途打了退堂鼓的事儿，称赞外甥女对这件事处理得很有涵养。

"但是，我亲爱的伊丽莎白，"她补充道，"金小姐又是一个什么样的女孩呢？想到我们的朋友是为了钱财这么做，我会很难过的。"

"亲爱的舅妈，请问在婚姻这个问题上，为了钱财的动机和考虑周全的动机有什么区别呢？哪儿是考虑周全止，哪儿又是贪图钱财始呢？去年圣诞节的时候，你担心威科汉姆会娶我，认为那是不慎重。现在，为他想得到一个财产有一万英镑的姑娘，你又想发现出人家是否是为了钱财了。"

"你只要告诉我金小姐是一个什么样的女孩，我就知道该如何作想啦。"

"我觉得，她是个很好的女孩。我不知道她有什么不好的地方。"

"可是，在金小姐的祖父还未去世，她还没有得到这笔财产之前，威科汉姆却一点儿也没有去注意过那个姑娘。"

"他没有——他为什么就应该那么去做呢？如果是因为我没有钱而不容许他跟我相爱，那么为什么他就非得向一个他既不喜欢又是跟我一样穷的女孩子求爱不可呢？"

"可是，在金小姐刚继承到财产，威科汉姆便把她作为追求的对象了，这样做终归有些不妥。"

"一个在困顿处境中的人，哪有时间去理会别人可能会遵守的那些体面礼节呢。如果金小姐都不反对，我们为什么要反对呢？"

"金小姐不反对，并不能证明威科汉姆就是对的。这只能说明她自己在某些方面有缺陷——在理智或是情感上。"

“噢，”伊丽莎白喊道，“那就依你好啦。威科汉姆是为了钱财，金小姐是愚昧无知。”

“不，丽萃，这正是我所不愿意看到的。你知道，去认为一个在德比郡生活过那么长时间的年轻人行为不端，我会很难过的。”

“啊！如果你是为这一点而难过，我倒要说，我对住在德比郡的年轻人印象可是糟透了。而且他们的那些住在哈福德郡的好朋友们也不见得比他们强多少。我讨厌他们所有的人。谢天谢地！明天我就要到一个地方去，我将在那里见到一个人，他浑身没有一丁点儿讨人喜欢的地方，他既没有风度，也没有值得人称道的见解。说到底，只有那些愚蠢的男人才值得让人去结识。”

“你这是怎么了，丽萃，竟说出这么消沉的话来。”

在戏还没有结束她们俩还在一起的时候，伊丽莎白出乎意料地受到了舅舅和舅母的邀请，让她今年夏天陪他们做一次愉快的旅行。

“我们还没有最后定下来这一趟旅行到底走多远，”嘉丁纳太太说，“也许是到湖区①。”

再没有比这个旅游计划更合伊丽莎白心意的了，她对舅父母的这一邀请充满了欢喜和感激。“我的最最亲爱的舅妈，”她无比高兴地喊着，“这是多大的快乐和幸福啊！你给了我新的生命和活力。再见吧，那些失望和烦恼的情绪。跟岩崖大山比起来，男人们又算得了什么呢！噢，我们将会度过多么快乐销魂的时光！当我们旅行归来时，可不会像有的游人那样，对沿途的所见所闻谈不出一点生动的印象。我们一定会记住我们去过的地方，记住我们所看到的一切。湖泊、山峰、河流，将清晰地留在我们的脑海中。在描述一处具体的风景时，我们也不会一开始便为它所在的位置争论不休。希望我们回来后的感情抒发，也不会像一些游客的泛泛而论那么令人生厌。”

---

①湖区是指英格兰北部的名湖区，是风景优美的旅游胜地。

第五章

对伊丽莎白来说，次日旅程中的一切景物都是新鲜有趣的。她的心情又快活起来，能欣赏眼见到的一切事物了。她看到姐姐的气色已经那么好，不必再为姐姐的健康担心，而且她跟舅妈已说好的今年夏天的北部之行，更是叫她一想起来就打心眼儿里高兴。

当离开大道走上通往汉斯福德村的小路时，他们每个人的眼睛都在寻找那幢牧师住宅，每过一个拐弯处，他们都觉得这幢房子就要出现了。沿着罗新斯花园的栅栏向前走，伊丽莎白此时想起了外界对这家住宅里的人的种种传闻，不由得笑了。

最后，那幢牧师住宅总算映入了眼帘。高出街面的花园，花园里的房子，绿色的栅栏和桂树篱笆，这一切都在宣布他们就要到了。科林斯先生和卡洛蒂出现在了门口，马车停在一道小门跟前，从这里穿过一条不长的鹅卵石铺道便能抵达正屋，客人们在主家这方的招手和微笑中下了车子。宾主相见，格外喜悦，科林斯太太兴高采烈地迎接她朋友的到来，伊丽莎白见自己受到这么热情的接待，便越发满意这次的做客了。伊丽莎白很快发现，她表哥的举止并没有因为结婚而有所改变，他的过分客气的礼节还像从前一样，这让她在大门口耽搁了好几分钟，倾听和回答他对她全家人的问候和挂念。之后客人们只是在他夸赞门口的整洁时稍事耽搁了一下，便被带进了屋子。待客人们到了客厅后科林斯又一次非常客气地欢迎他们，说他们光临寒舍，使他荣幸之至，并且一次又一次地把他太太端上来的点心及时地敬给大家。

伊丽莎白对看到科林斯这副春风得意的样子，早有思想准备。她不由得想在他夸示房屋的宽敞、式样以及家具陈设时，他尤其是说给她听的，像是存心要让她体味到，她当初拒绝他是个多么大的损失。可虽说这里的东西样样显得整洁舒适，她却感受不到半点的后悔懊恼来叫他得意。她倒是用不解的目光常常打量卡洛蒂，奇怪她找了这么一个男人，还能有这么欢悦的神情。在科林斯说了一些让他的妻子感到难为情的话时——这种场合无疑还不少——伊丽莎白便情不自禁地用眼睛去看卡洛蒂。有一两次她察觉出对方微微红了脸。不过，在大多数情况下，卡洛蒂总是很聪明地装作她什么也没有听到。客人们坐了下来开始夸赞起屋里的每一件家具，从食器橱到壁炉架，样样什物都点到了，跟着又谈起他们这次的旅行和在伦敦逗留期间发生的事情，在这样聊了不小的工夫后，科林斯请他们到花园里散步。花园很大，布置得也挺好，这里的植物树木都是他自己亲手栽种的。料理花园是他的一大乐趣。伊丽莎白很佩服卡洛蒂的镇定自若，在谈起这些劳作有益于健康、是她尽可能地鼓励科林斯如此去做时，脸上也毫无难色。科林斯领着客人们走进了花园里的曲径小道，一面滔滔不绝地解说，几乎容不得客人们插进去一句他想要听的赞美词，每一处景观都被他烦琐的解释减色不少。他能说出花园的每一面各有多少块地，连最远的树丛里有多少棵树他也能讲得出来。不过，他花园里的这些景观，或者说这整个乡村乃至全国可以值得称道的景观，都不能和罗新斯花园的景色相比。罗新斯庄园差不多就在他住宅的正对面，它门前有一片很开阔的地势，种满了树木。从树林过去便是花园，在花园里的一片高地上耸立着一幢漂亮的近代建筑。

从花园这里，他本来还要带大家到两块草坪走走，女士们却由于脚上的鞋子不堪踩那清晨残留下的霜露而踅了回来。在威廉爵士陪他前往的当子，卡洛蒂陪着她的妹妹和朋友回到了屋子里，也许是因为没有丈夫的掺和能让她自己有机会来夸示一下她的屋子了，卡洛蒂这时特别兴奋。房间很小，但结构精巧，使用也很方便。一切都收拾得井井有条，样样都布置得很得当，伊丽莎白夸赞这都是卡洛蒂的功劳。在科林斯能被她们忘掉时，这儿就真正有了一种非常融洽的气氛，看到卡洛蒂此时的欢悦神情，伊丽莎白心里想，他在他妻子的心目中一定不占据什么位置。

伊丽莎白已经得知凯瑟琳夫人还在乡下。当这件事在晚饭桌上被提起时，科林斯先生插进来说：

"哦，伊丽莎白小姐，到星期天你就有幸在教堂里见到凯瑟琳·德·包尔夫人啦，毫无疑问，你一定会喜欢她的。她对人极其和蔼，不摆架子，我相信那天做完礼拜之后，你会荣幸地见到她的。我可以毫不犹豫地说，在你们逗留期间，只要凯瑟琳·德·包尔夫人请我们过去，她总会同时也请上你和我的小姨子玛丽亚。她对我亲爱的卡洛蒂可真是太好了。我们每个礼拜去罗新斯吃两次饭，她没有一次让我们走着回来。凯瑟琳·德·包尔夫人总是预先准备好要送我们的马车。我应该说，是她的某一辆马车，因为她有好几辆车子呢。"

"凯瑟琳夫人的确是一位非常值得人尊重而又非常通情达理的夫人，"卡洛蒂补充说，"而且，是一位对人极为关照的邻居。"

“的确是这样，亲爱的，这正是我想说的。凯瑟琳夫人是那种人们对她怎么尊敬也不为过的女人。”

这一晚上宾主们主要是谈论哈福德郡那边的情况，也把以前信上写过的话儿重提了一提。大家散了以后，伊丽莎白回到她的房里，不由得在想卡洛蒂对自己的婚姻到底会满意到什么程度，她能理解卡洛蒂有所掩饰的谈吐，理解她在容忍丈夫的那些可笑行为时表现出的镇静，同时她也不得不承认卡洛蒂的这一切都做得很高明。伊丽莎白也不由得预想到她的这次访问将会如何度过：她们像以往那样平静地谈话和闲聊，科林斯先生惹人讨厌地插进来搅和，以及跟罗新斯的那种热闹的应酬往来。她生动的想象力一下子便把这次访问的情景概览无遗了。

第二天中午，她正要走出自己的房间到外面散步，楼下突然传来的一阵嘈杂声，似乎把整幢房子都搅扰了。在仔细地听了一会儿后，她听到有人急匆匆地跑上楼来，大声地喊着她的名字。她打开了房门，在楼梯口遇见了玛丽亚，只见她激动得气喘吁吁的，嘴里嚷着：

“噢，我亲爱的伊丽莎白！请赶紧到餐厅，那里有个了不起的场面值得看呢！我不告诉你是怎么回事。快一点儿，现在就下楼来。”

伊丽莎白想问个究竟也是白搭。玛丽亚多一句也不愿意吐露，她们俩跑到了那间临着街巷的餐厅里，去看个究竟。原来是两位女士乘着一辆低低的四轮马车，停在了花园门口。

“就是这事吗？”伊丽莎白大声地问，“我还以为有猪跑进花园里了，这不就是凯瑟琳夫人和她的女儿嘛。”

“瞧你，亲爱的，”玛丽亚听她说错了，吃惊地说，“那不是凯瑟琳夫人。那位老的是姜金生夫人，她跟她们住在一起。另外的那一位是德·包尔小姐。你瞧瞧她那副模样。她长得多么娇小。谁能想到她的身体竟会这么单薄、这么娇小呢！”

“在这样的大风天气里，她叫卡洛蒂一直待在门外，未免有点太失礼貌了。她为什么不能进来呢？”

“哦，卡洛蒂说，她很少进来过。如果德·包尔小姐进屋来，那可就是极大的恩宠了。”

“我喜欢她有这样的一副模样儿，”此时的伊丽莎白似乎突然想到了什么，不禁这样说道，“她看上去病恹恹的，脾性也火暴。呃，她要嫁给达西，那真是再好不过了。她做他的妻子太合适了。”

科林斯和卡洛蒂站在门口跟那两位女士说着话。让伊丽莎白感到更有趣的是，威廉爵士立在门廊里的那副模样，只见他聚精会神地端详着他面前的这些大人物，只要德·包尔小姐一朝这边看，他便不住地鞠躬示意。

等话说完了以后，两位女士乘车而去，别的人也都回到了房里，科林斯先生一见到两位小姐，便向她们祝贺她俩的好运。卡洛蒂上来向她俩解释说，罗新斯的主人明天要请他们全体去吃饭了。

第六章

科林斯先生从这一饭局邀请中感受到的得意心情真是溢于言表。将他的庇护人的雍容华贵显示给他的好奇的客人们看、让客人们亲眼看见老夫人对待他们夫妻俩的那种亲切和关怀，这正是他早已企盼的。这样一个露脸儿的机会竟会这么快就到来，这不能不说是凯瑟琳夫人体恤下情的又一范例，对此他真不知道该如何表达他的景仰才是。

“我承认，”他说，“要是老夫人请我星期天过去吃点茶点，在那儿消磨一个傍晚，我是不会感到意外的。从她平日待人和蔼的性情看，我倒觉得事情会是这样。可是谁能料想到，在你们刚刚到来之际，我们就会接到去那里吃饭的邀请，何况是包括了我们全部的人呢。”

“对这件事情，我倒不觉得怎么意外，”威廉爵士接上茬儿说，“因为我的身份和地位使我有机会了解到，大人物们的为人处世往往是如此。在宫廷官宦中间，这样好客倜傥的事儿屡见不鲜。”

这一天和第二天的上午，他们谈的几乎都是到罗新斯的拜访。科林斯仔细地向他们讲述他们去到那儿后将会看到什么，免得到时见到那样华贵的屋子，那么多的仆人侍女，那么丰盛的美味佳肴而不知所措。

在小姐们正要各自梳妆打扮的时候，他跟伊丽莎白说：

“我亲爱的表妹，你不必为你的衣着感到不安。凯瑟琳夫人并不要求我们穿衣服要像她自己和她的女儿那样高雅。我想告诉你的只是，你只要拣你现在最好的衣服穿上就行了，别的就用不着什么啦，凯瑟琳夫人不会因你装束朴素而认为你不好，她喜欢让人的地位等级得以保留。”

在女士们穿衣整装的时候，科林斯又到各个人的房门口去了两三次，敦促他们快一点儿，因为凯瑟琳夫人请人吃饭时最反感的就是客人迟到——这些关于老夫人本人和她的生活方式的非同一般的讲述，可吓坏了玛丽亚·鲁卡斯，她平时就很少应酬交际，这一次对被引见到罗新斯的主人那边，更是感到忐忑和不安了，正如她父亲当年进宫觐见一样。

因为天气很好，他们径直穿过花园，愉快地走了半英里多的路程。每一个花园都自有它的美妙和独特的景观，虽然她并没有像科林斯所预料的那样，为眼前的景物如醉如痴，但伊丽莎白在这里还是看到了许多赏心悦目的景色。到后来，科林斯开始数起宅邸正面的窗户，讲起这些窗户上的玻璃当初一共花了刘易斯·德·包尔爵士多大的一笔钱，可伊丽莎白对这些好像却并没有什么兴趣。

当他们踏上台阶走向大厅的时候，玛丽亚的恐慌每一分钟都在增加，甚至连威廉爵士都显得不是那么从容了。伊丽莎白却没失去她的勇气。她没听人们说起过凯瑟琳夫人禀有什么非凡的才能，或是什么惊人的美德，足以让她敬畏，单单是钱财和高贵的地位，她认为她还是能毫无畏惧地去面对的。

大家跟着仆人走过穿堂，科林斯眉飞色舞地夸示着它合理的结构和美丽的装潢，接着到了前厅，来到了凯瑟琳夫人、她的女儿以及姜金生太太正歇息的房间里。贵夫人放下架子亲自起来迎接。科林斯太太事先和她丈夫商量好了这一相互介绍的事宜由她来进行，因此这一引见的礼仪做得很是得体，免去了一切科林斯原本认为必不可少的道歉和感激之类的客套话。

尽管是觐见过国王的人，此刻的威廉爵士还是被这满眼的辉煌给完全怔住了，他所剩下的一点儿勇气刚刚够他深深地鞠上一躬，然后一声没吭地坐了下来。他的女儿，慌乱得几乎魂不守舍了，踮着脚儿坐在椅子边上，眼睛也不知道该往哪一边看好。只有伊丽莎白觉得自己倒能从容应对，能镇静地瞧着她面前的这三个女人。凯瑟琳夫人是一位身材高挑的女人，脸上五官长得很有特征，年轻时也许还颇有风韵。她的神情做派不是随和平易的那一种，她接待他们的态度也是如此，令她的客人们不能忘记他们身份的卑微。她令人敬畏的地方并不是她的沉默不语，而是她说话时的一种高高在上的权威口吻，一副自视甚高的样子，这使她突然想起威科汉姆的话来。经过了这一天的观察，她相信凯瑟琳夫人正和威科汉姆所描述的完全一样。

伊丽莎白仔细地打量着凯瑟琳夫人，发现在她的容貌举止上有与达西先生相似的地方，之后她把目光转向了夫人的女儿，只见她长得那么娇小，那么单薄，这使伊丽莎白几乎跟玛丽亚一样地感到吃惊了。在这母女俩的身材和容貌上，可以说没有任何相似之处。德·包尔小姐面色苍白，病恹恹的样子。她五官虽然长得不俗，可没有什么特征可言。除了跟姜金生太太有时低低地说上几句之外，很少讲话。姜金生太太相貌平平，只是一味地全神贯注地听小姐说话，而且常常用手遮在眼前，脸也只朝着小姐这边。

在这样坐了几分钟后，客人们便都被打发到一个窗户跟前，去观赏外面的景色，科林斯先生陪着他们，把美丽的景观一一地指给他们看，凯瑟琳夫人好心地告诉他们，这里夏天的风景才更值得一看呢。

宴席上的饭菜果然丰盛，仆人众多，盛佳肴的器具也正像科林斯描述的那么排场。而且正如他事先所料的那样，照着夫人的意思他与她对席坐下了，看他那副神气得意的样子，好像人生再也没有比这更快乐的事情。他一边动着刀叉吃着，一边兴致勃勃地赞不绝口；每一道菜端上来都是经他先夸赞一番，然后是威廉爵士献上赞词，此刻的爵士已经恢复了些许的镇静，能够应和女婿的话了，伊丽莎白心里纳闷，凯瑟琳夫人怎能忍受得了他这应声虫似的滑稽举止。凯瑟琳夫人看上去倒是对他们不住口的赞扬非常满意，脸上常常露出高贵的笑容，尤其是在一道客人们说他们没见过的菜肴端上来时。饭桌上并没能引发较多的谈话。伊丽莎白很愿意接起别人的话茬儿说点什么，无奈她坐在了卡洛蒂和德·包尔小姐的中间——前者是在专心致志地听凯瑟琳夫人讲话，后者则是自始至终没发一言。姜金生太太这阵子主要是在关照德·包尔小姐，说她吃得太少，敦促她试着吃点什么别的菜。玛丽亚则认为让现在的她说点什么简直不可能，而男客们只是一边吃一边发着赞美之词。

在女客们回到客厅以后，她们要做的就是听凯瑟琳夫人发表高论了，除了咖啡端上来的那一会儿，这位贵夫人的话可就再也没有停过，她讲到每一个话题时语气都是那么肯定，好像在表明她从来也不能让自己的见解遭到反对。她仔细而又娴熟地向卡洛蒂询问着家常，对于如何料理这些家务活儿，她给予了一大堆的劝告。告诉卡洛蒂像她这样的一个小户人家，每一件事应该如何安排才好，指示她怎么照看母牛和家禽。伊丽莎白发现，只要有这种训诫别人的机会，凯瑟琳夫人都是决不肯放过的。在与科林斯太太的谈话中间，她也向玛丽亚和伊丽莎白问了各种各样的问题，尤其是向伊丽莎白问得更多，因为凯瑟琳夫人对她的家庭知之甚少，而且她跟科林斯太太也说，伊丽莎白是一个很文静很标致的姑娘。在与别人说话的间隙，她问伊丽莎白有几个姊妹，都比她大还是比她小，她们中间有谁快要结婚了，她们是否长得漂亮，在什么地方受的教育，她的父亲乘的是什么样的马车，她母亲的女仆叫什么名字？伊丽莎白觉得她这些问题都提得欠妥，可她还是镇静地一一做了回答。接着凯瑟琳夫人又说：

“你父亲的财产将由科林斯先生来继承，是吧？为你着想，”凯瑟琳夫人把头转向卡洛蒂说，“我很为此感到高兴，可是从其他方面来讲，我就看不出有从女儿们手中把财产继承权拿走的必要啦。在刘易斯·德·包尔爵士的家庭里，就觉得没这样做的必要。你会弹琴和唱歌吗？班纳特小姐？”

“会一点儿。”

“噢，好！哪一天很高兴能听听你的弹唱。我们的琴非常好，说不定比——你改天来试试它吧。你的姐妹们也会弹琴唱歌吗？”

“有一个会。”

“为什么你们姐妹们不都来学呢？你们应该个个都学。韦伯家的小姐们就很会弹琴，她们父亲的收入还不及你们家呢。你们会画画吗？”

“不，不会。”

“哦，你们姐妹们谁也不会吗？”

“谁也不会。”

“这可就奇怪了。不过，我想也许是你们没有机会吧。你们的母亲本可以每年春天带你们去城里跟名师学学嘛。”

“我母亲对此倒并不反对，可我父亲讨厌伦敦。”

“你们的家庭教师还在吗？”

“我们从未有过家庭教师。”

“没有家庭教师！这怎么可能呢？五个女儿在一个家庭里长大，却没有请过一个家庭教师！我还从来没有听说过这种事情呢。那么，你们的母亲一定为你们的教育自己出了大力啦。”

伊丽莎白禁不住笑了，她向夫人肯定地说，情形并不像她所说的那样。

“那么，是谁来教你们呢？谁来照顾你们呢？没有家庭教师，你们的学业不就荒废了吗？”

“跟某些家庭相比，我想是这样的。可是对于我们中间想要求学的姐妹们来说，学习的路子是很多的。家里对我们的读书学习总是给予鼓励，必要的老师我们也都有。如果谁想要闲着，那她肯定就会被耽误了。”

“呃，这是毫无疑问的。不过，这也正是一个家庭教师可以防止的，要是我认识你母亲，我就会极力劝说她雇上一个家庭教师。我一再地说没有按部就班的教导，教育就不会有任何成绩，而这种教育只有家庭教师能够给予。说来也奇怪，有好多家庭都是我给他们介绍的教师，我很乐意让一个年轻人学有所用。姜金生太太家的四个侄女都是经我的手，得到了最理想的安排。就在前几天，我还向一个家庭推举了一个年轻人，她是别人在一个偶然的场合跟我提起的，那家人对她很满意。哦，科林斯夫人，我告诉过你这回事吗，麦特卡尔夫人直到昨天还在为此感谢我呢。她发现蒲波小姐是件珍宝。‘凯瑟琳夫人，’她说，‘你可给了我一个宝贝。’班纳特小姐，你的妹妹们也有出来参加社交活动的了吗？”

“是的，夫人，全都参加了。”

“全都出来交际了！哦，五个姐妹同时都被允许出来进入社交圈了？这太奇怪啦！你只是你家的二姑娘。姐姐还没有结婚，妹妹们就都出来交际了！你的妹妹们一定还很年轻吧？”

“是的，我最小的妹妹还不到十六岁。也许她还太年轻，不适于多交朋友。不过，夫人，如果因为年长的没有办法，或者是不愿意早一点儿嫁出去，便不叫她的妹妹们出来参加她们应有的交际和娱乐活动，我觉得那对她们也有点过于苛刻了吧。最后一个出生的，像第一个出生的孩子一样，拥有享受快活和青春的权利。为这样的一个原因，排除在社交活动之外，我想这是不会有助于加深姐妹们之间的感情和促进她们的思想成熟的。”

“啊，”凯瑟琳夫人说，“你这么年轻，就这么有主见。请问你今年多大了？”

“已有三个长大成人的妹妹，”伊丽莎白笑着回答说，“夫人，恐怕您很难相信我的真实年龄呢。”

对没能得到一个直接的回答，凯瑟琳夫人似乎显出了一些惊讶。伊丽莎白想，她自己也许是敢于跟这位夫人的那种命令似的无礼行为开开玩笑的第一人吧！

“我肯定，你顶多不过二十岁，所以你用不着隐瞒你的年龄。”

“我不到二十一岁。”

待男客人们也到了这里，大家喝过茶以后，牌桌便支了起来。凯瑟琳夫人、威廉爵士和科林斯夫妇坐下来打四十张。因为德·包尔小姐想玩卡西诺（一种类似于二十一点的牌系），两位小姐便有幸与姜金生太太一起为她另开了一场牌局。她们这一桌真是索然无味，除了有时候姜金生太太说些担心德·包尔小姐会觉得过热或是过冷、觉得灯光过强或过弱的话，便没有一句不是与眼下的牌局有关了。另外一桌可就热闹多了，差不多一直都是凯瑟琳夫人在说话，指出其他三人出的错牌，或是讲她自己的趣闻轶事。科林斯对贵夫人说的每一件事都不住口地表示赞同，对自己每一次赢牌都向她表示感谢，如果赢得太多还要向她表示道歉。威廉爵士不多吭声，他只顾把一桩桩轶事和一个个高贵的名字装进脑子里。

在凯瑟琳夫人和她的女儿觉得玩够了的时候，牌局便散了，然后就是凯瑟琳夫人建议科林斯太太坐她的车回去，对此科林斯太太感激地接受了，于是马上令人去套车。那时宾主们就围着火炉，听凯瑟琳夫人就明天的天气发表高见。一直待到马车来了唤他们上车，才算结束了这场受教，最后又由科林斯先生说了许多感谢的话，由威廉爵士鞠了不少的躬，客人们方才告辞离去。他们一出大门，伊丽莎白的表兄就问起她对这次罗新斯之行有何感想，为了顾全卡洛蒂的面子，伊丽莎白说了一些好听的话。尽管伊丽莎白说这番话已经是勉为其难了，可还是无法让科林斯的满意，不久他就把对老夫人的赞扬一股脑儿地揽到了自己身上。

第七章

威廉爵士只在汉斯福德待了一个星期，不过他这一个星期的造访已足以使他相信，女儿的婚后生活非常幸福，女儿的确是嫁了一个不可多得的丈夫，而且她的那个邻居也是很少能见得到的贵人。威廉爵士在这里时，科林斯每天上午驾着两轮马车带他出去兜风，让他观赏乡下的风光。在他走了以后，家里又恢复了往常的生活，伊丽莎白很庆幸地发现，这一改变并没有让她的表兄缠着她们来消磨时光，在早饭到午饭的这段时间里，他不是在花园里耕作，就是在书房里阅读写作，时而也从那扇临街的窗户向外眺望。女士们待着的起居间是在最里面。伊丽莎白起初很奇怪，卡洛蒂为什么不把餐厅兼作起居间。餐厅宽敞舒适，光线和外面的景观也比前者好得多。可是她不久便明白了，她的朋友这样做有她的道理，如果她们也待在一间同样舒适的房间里，那么科林斯先生势必在他房间里待着的时间就会少得多了。她很赞赏卡洛蒂的这一安排。

在起居间，她们看不着街巷那边，多亏了科林斯先生，她们才知道有什么样的马车驶过啦，尤其是德·包尔小姐乘着的小马车有几次通过巷子里啦，对这样的事情，他没有一次忘了来通报的，尽管几乎天天都发生着这样的事情。德·包尔小姐常常在牧师住宅前停下来，跟卡洛蒂说上几分钟的话，可很少能有把她请下车来的时候。

隔不了一两天，科林斯就要走着到罗新斯探望，隔不了许多天，他的妻子便同样觉得该到那边去走一走了。直到伊丽莎白想到他们这样做也许能得到另外的俸禄时，她才理解了他们为什么舍得花费那么多的时间。不时地他们也能荣幸地迎来凯瑟琳夫人的造访，在这样的一些访问里，屋子里发生的一切都逃不过她的眼睛。她查看他们所做的活计，看着他们做家务活儿，并且告诫他们用不同的方法去做；对家具的摆设也要挑上一通毛病，要不就是说房里的女仆在偷懒。如果凯瑟琳夫人肯在这里吃上点儿什么，那也似乎只是为了发现出科林斯太太在持家吃用上大手大脚，入不敷出。

伊丽莎白很快发现，这位了不起的夫人还是她这个教区最活跃的行政法官，教区里发生的芝麻大点的事情也会由科林斯先生汇报给她，尽管这位夫人并不在乡里的保安会担任任何职务。每当有村民们吵架闹事或是有什么不满，或是穷得活不下去时，她便亲驾出征，到村子里去解决他们的纠纷，压下他们的不平，呵责得他们怒火消尽，不再哭穷。

罗新斯的请饭大约一个星期要重复两次。尽管少了威廉爵士，晚上的牌局也只剩下了一桌，可每次的宴请还是像上一次的一样如法炮制。科林斯夫妇很少有什么别的约会，因为邻居们的生活方式一般是他们所涉入不到的。不过，这对伊丽莎白来说倒并没有什么，总的来说，她在这里过得很闲适。经常和卡洛蒂愉快地聊上半个多钟头，而且适值一年中最好的季节，她在户外的散步中也得到很大的乐趣。当别人都去拜访凯瑟琳夫人时，她便每每出去，沿着一片紧挨着花园的小树林，惬意地走一走，在小树林旁边有一条绿荫掩翳的小路，似乎很少有人注意过，可她却很喜欢，在那里她就觉得到了一处凯瑟琳夫人的好奇心窥探不到自己的地方。

她在这儿留住的头两个星期就这样平静地过去了。复活节临近了，节前一星期，罗新斯府上将要到来一个人，在乡下这么一个小天地里，这当然是一件大事啦。伊丽莎白在刚到来后不久便听说达西先生在几个星期后要来，虽说在她认识的人里达西先生是她最不愿意接近的一个，他的到来还是能给罗新斯的筵席上添上一点儿新意，说不定还是快意呢，因为她知道达西与他表妹的这种关系（凯瑟琳夫人肯定是要叫达西娶她女儿的）会使彬格莱小姐对达西的一番苦心完全落空。凯瑟琳夫人一提起达西要来，便得意得不得了，对他赞扬备至，而在听说鲁卡斯和伊丽莎白已多次见过达西时，她似乎都有点儿生气了。

达西先生到来的消息是牧师住宅这边最先知道的，那天科林斯整个上午都在自己花园临街的仆人住宅处来回走动，为的是尽早获得确切的消息。在他向来人的马车鞠了一躬看着人家拐进了罗新斯花园后，便急忙跑回来报告了这一重大新闻。第二天早晨，他匆匆地赶往罗新斯向贵宾表示他的敬意。在那里需要他献上敬意的竟是凯瑟琳夫人的两个姨侄呢，达西先生带来了费茨威廉上校，他叔叔的一个小儿子。天啊——更让她们吃惊的是，科林斯回来时把两位贵客也带了回来。卡洛蒂从她丈夫的房间里看到他们一行三人穿过了马路，便立刻跑到起居间，告诉姑娘们有莫大的荣幸要降临到她们头上啦，并且还说：

“这次有贵人登门，伊丽莎白，我应该感谢你才对。达西先生决不会刚到此地，就这么着急地来看我的。”

伊丽莎白还没来得及否认对她的这番恭维，来人已经按响了门铃，不一会儿三位先生进了屋子。在最前面的是费茨威廉上校，他三十来岁，长得并不漂亮，可从人的仪表到谈吐都可称得上是一位地地道道的绅士。达西先生还像他从前在哈福德郡时的那副样子，进来后用他那惯常的矜持态度向科林斯夫妇问好。不管心里对伊丽莎白充溢着怎样的感情，他此时见到她还是显得很镇定。伊丽莎白只是向他行了个屈膝礼，没说一句话。

费茨威廉上校很快就和大家聊了起来，他平易随和，很有教养，谈得也十分有兴致。可他的这位表兄，在跟科林斯太太轻描淡写地聊了几句房子和花园之后，便坐在那里有好大一会儿工夫没和任何人搭话。到后来，不知是什么使他想起了应有的礼节，才向伊丽莎白问起她全家人是否安好，伊丽莎白像往常那样淡淡地回答了他一两句，沉默了片刻后才又补充说道：

“我姐姐这三个月一直住在伦敦城里。你从未碰见过她吗？”

伊丽莎白心里十分清楚，达西在城里没见过姐姐。她之所以这么问，是想看看在有关彬格莱家和吉英之间的关系纠葛上，他是否知情。她觉得达西在说到他从不曾有幸碰到过班纳特小姐时，神情显得有些慌乱。伊丽莎白没有再往下追问，两位客人不久便告辞了。

第八章

费茨威廉上校的谈吐、举止受到牧师家里人大大的称赞，女士们都认为等到再去罗新斯赴约时，费茨威廉上校一定会给她们平添不少的乐趣。可是几天过去了，她们没有接到那边的任何邀请，显然罗新斯府上现在有了贵客，她们也就显得多余了。一直待到复活节那天，那时贵宾们来了已经差不多一个礼拜了，她们才有幸受到一次关照，那也不过是大家一起从教堂出来时主人要她们过去度过一个傍晚。在这一个星期里她们几乎没有见过凯瑟琳夫人和她的女儿。费茨威廉上校在这段时间到这边来过几次，而达西先生，她们仅仅是在教堂里跟他照过一面。

那边的邀请当然是接受下来了，在一个比较适当的时间她们来到了宾主都在的凯瑟琳夫人的会客室。夫人客客气气地接待了她们，不过很明显，她们并不像平时那么受欢迎。实际上，凯瑟琳夫人的注意力几乎都放在她的两个姨侄身上了，不停地跟他们俩聊着什么，尤其是跟达西先生话儿更多。

费茨威廉上校看到她们很高兴。在罗新斯这个地方，任何一点新鲜的事儿对他来说都是一种快乐和调剂。科林斯太太的这个漂亮的女友更是引起了他的兴趣。此刻他坐到了伊丽莎白旁边，愉快地跟她谈起了肯特和哈福德郡，谈起旅行和蛰居、新书和音乐，谈得十分融洽，伊丽莎白觉得，她以前在这间屋子里还从没受到过堪比这一半的对待。他们两个聊得这么起劲，以至于引起了凯瑟琳夫人和达西先生的注意。达西的目光不断地落到他们俩身上，脸上流露出好奇的神情。夫人过了一会儿也受到了感染，可她是当众大声地把它表达了出来：

“你在说什么呢，费茨威廉？你究竟在给班纳特小姐讲些什么呢？不妨让我也听听。”

“我们在谈音乐，夫人。”看见不作回答躲不过了，费茨威廉应了一句。

“音乐！那么请大声一点儿说好了，这是我最喜欢的话题。如果你们谈的是音乐，那这谈话必须有我参加才能完美。我想在全英国也没有几个人能比我更懂得欣赏音乐，或是比我的天分和情趣更高了。要是我学了音乐，我早该是一位音乐界的名家了。安妮也会是名家的，假如她的身体状况允许的话。我认为她的演奏本来是能够很动听的。达西，乔治安娜的琴练得怎么样了？”

达西先生很动情地把他妹妹的成绩夸赞了一番。

“听到乔治安娜这样有长进，我很高兴，”凯瑟琳夫人说，“请你替我告诉她，如果她不刻苦地练，她就不能出人头地。”

“我可以肯定地告诉你，夫人，”达西回答说，“她无须这样的忠告，她练得非常勤奋。”

“那样就好。琴再怎么练也不会有够的时候。待我下次给她写信时，我还要叮嘱她无论如何也不要荒废了练习。我经常跟年轻姑娘们说，没有持之以恒的练习，就休想达到音乐上的较高境界。我也告诉过班纳特小姐好几回了，如果她不更多地练，她永远不可能把琴真正地弹好。尽管科林斯太太没有钢琴，我还是常常跟她说欢迎她每天到罗新斯，在姜金生太太房间里的那架琴上弹奏。你们知道。在那儿弹琴，她是不会妨碍到任何人的。”

达西对他姨妈的这番不甚礼貌的话，感到些许的不自在，没再吭声。

喝过了咖啡，费茨威廉上校提醒伊丽莎白不要忘了为他弹琴的允诺。于是，伊丽莎白坐到了钢琴前。费茨威廉拿了一把椅子也坐了过来。凯瑟琳夫人听一支曲子听到一半，便又像刚才那样跟她的另一位姨侄说起话来，直说到这位姨侄也躲开了她，随后，达西也颇有兴趣地走到了离钢琴不远的地方，选了一个能看清演奏者整个脸庞的位置站下了。伊丽莎白看出了达西的用意，在弹到一个段落能停一停的时候，她向达西转过头来调皮地笑着说：

“你这样一副严肃的神情走向前来听我弹琴，是想要把我吓住吧，达西先生，尽管你妹妹的琴弹得非常好，我也不怕。我有一股子倔强脾气，从不肯在别人的意志下低头。每遇到威胁时，我的勇气就倍增。”

“你这不是在有意地误解我吗，”达西回答说，“因为你自己也不真的相信我有任何想要威吓你的企图。我已经有幸认识了你足够长的时间，知道你有时喜欢说一些言不由衷的话。”

伊丽莎白听到人家这样说她，不禁开心地笑了。她对费茨威廉上校说：“你的表哥将会把我好好地向你描绘一番，叫你不要相信我说的任何一句话。我本来是想在这个地方风风光光地度过一段时间，谁知道我的运气这么不好，偏偏在这里碰上一个能揭露出我真实性格的人。达西先生，你把你知道的我在哈福德郡的一些事儿抖搂出来，可真是太不大度啦。而且，我冒昧地说一句，是太没有策略啦。因为这会激起我的报复心理，我会说出一些连你的亲戚听了也会感到震惊的话。”

“我不怕你说些什么。”达西笑着回答。

“请让我也听一听你对他的指责，”费茨威廉上校大声地说，“我很想知道达西在陌生人中间是怎样行事的。”

“那么，你就听好了。不过，对要听到的骇人听闻的事你可要做好心理准备。你知道，我第一次见到他是在哈福德郡的一次舞会上，在这个舞会上，你能想象到他是如何表现的吗？他只跳了四场舞！很对不起，叫你难过——可这是事实。他只跳了四场舞，尽管舞会上的男人们很少。就我所知，当时不止一两个姑娘因为没有舞伴，在那里闲坐着。达西先生，你能否认这是事实吗？”

“那个时候，除了我们这一伙人，我还不曾有幸认识舞会上的任何一位女子。”

“是的。而且舞会上也不兴让别人做介绍。哦，费茨威廉上校，下一首我们弹奏什么？我的手指在恭候你的指令。”

“或许，”达西说，“当时较为明智的做法是请人介绍一下，我自己实在不善于向陌生人做自我介绍。”

“我们可以问一问你的表兄，这是为什么吗？”伊丽莎白仍然是对着费茨威廉上校在讲话。“我们可以问问他，为什么一个受过教育、见多识广的聪明男子会不善于把自己介绍给陌生人呢？”

“我能替他回答这个问题，”费茨威廉说，“这是因为他不愿意给自己招来麻烦。”

“毋庸置疑，我不具备某些人那样的才能，”达西说，“不能像他们那样与我以前从未见过面的人自如地交谈。我不能像某些人那样，一下子就能附和上对方的调子，或是显示出对人家所说的事情感兴趣的样子。”

“我的手指，”伊丽莎白说，“在这架琴上不能像我见过的许多女子那样，弹奏得那么熟练，那么自如。我的手指没有她们那样的力量和敏捷，产生不出她们那样的效果。不过，我总是认为这是我自己的不好——因为我没有勤奋地去练习。我可不信我手指的能力比任何一个女子的差。”

达西笑着说：“你说得完全对。你对时间的利用效率要高得多，凡有幸听到你弹奏的人，都不会认为你有什么欠缺的地方。我们两个人都不对陌生人表演。”

这时他们的谈话被凯瑟琳夫人打断了，她大声嚷着想要知道他们两个在谈什么。伊丽莎白立刻重新弹奏起来。凯瑟琳夫人走上前来，在听了几分钟后对达西说：

“如果班纳特小姐再练得勤一些，能够得到伦敦一位名师的指点，她弹奏得就不会有任何毛病了。她很懂得指法，虽然她音乐上的情趣不及安妮。假如健康状况允许的话，安妮一定会成为一个优秀的钢琴家。”

伊丽莎白抬眼去瞧达西，看他听了夫人对他表妹的这番赞扬，会不会连忙地去应答。可是无论在当时的那一刻还是在以后的时间里，她都没能从达西脸上看出他对其表妹有丝毫的爱意。从达西对德·包尔小姐的整个态度上看，她不由得为彬格莱小姐感到些许的安慰。如果彬格莱小姐是他的亲戚，达西也同样可能会娶她为妻的。

凯瑟琳夫人继续对伊丽莎白的演奏发表见解，不时地还穿插上许多有关弹奏和趣味方面的具体指示。出于礼貌，伊丽莎白极有耐心地听着，并且应两位男士的请求，坐在钢琴前，一直弹到夫人将送她们的马车备好了的时候。

第九章

第二天早晨科林斯太太和玛丽亚有事去村子里，伊丽莎白正独自坐在屋子里给吉英写信，忽然响起了一阵门铃声，把她惊了一跳，显然是有人来访了。因为她没有听到马车的声音，她想这也许是凯瑟琳夫人，这样想着便把没写完的信收了起来，免得这位夫人看到了又问三问四。正在这个时候门开了，出乎她的意料，走进来的是达西先生，只有达西先生一个人。

看到只有伊丽莎白一个人在，达西先生也略微有些吃惊，连忙为他的侵扰表示道歉，并向她说明他原以为科林斯太太和她的妹妹也都在的。

随后他们俩都坐了下来，在伊丽莎白问了他几句关于罗新斯的情况后，双方似乎都觉得要陷入难堪的沉默之中了，因此非得想出些什么说说不可，她急中生智，想起了最后一次在哈福德郡看到他的情形，她很想知道他对他们那次急匆匆地离开会怎么说，于是她开口道：

“去年十一月份，你们离开尼塞费尔德时走得好快好匆忙呀，达西先生！彬格莱先生在伦敦看到你们所有的人这么快就跟在他后面回去了，一定又惊又喜吧。如果我记得不错的话，他只比你们早走了一天。你这次离开伦敦的时候，彬格莱先生和他的妹妹好吗？”

“很好——谢谢你的关心。”

伊丽莎白发觉对方不想就这个话题再说什么，于是，在稍做停顿后补充道：

“我想彬格莱先生并没打算要再回到尼塞费尔德来了吧？”

“我没听他说起过。不过，他以后要在那里度过的时间恐怕是很少了，在他这个年龄，朋友、约会、应酬会一天比一天多。”

“如果他不打算在尼塞费尔德待的话，他还不如索性放弃这个地方，这样对他的邻居们倒更好一些，我们也许就会有一户固定的人家做邻居了。不过，彬格莱先生原来租下那幢房子，说不定主要想的是他自己，至于邻居们方便不方便，他才没有放在心上呢，我们以为彬格莱或是离开或是继续租它，都是遵循着他草率从事的原则吧。”

“只要对方提出的价钱合适，”达西说，“那他放弃这幢房子也是情理之中的事。”

伊丽莎白没有吭声。她不愿再多谈到他的朋友，也想不起什么别的话说，所以决定等达西开口。

达西领会了她的意思，不久便说：“这所房子看上去很舒适，很雅致，我相信，科林斯先生刚刚来到汉斯福德的时候，凯瑟琳夫人一定在这方面帮了他的大忙。”

“我想是这样的——而且我还确信凯瑟琳夫人的这番好心没有用错了地方，给予了一个最知道感恩戴德的人。”

“在选择太太上，科林斯先生似乎也很走运。”

“的确是如此。他能找到一个能接受他而且头脑清楚、明智的女人，或者说能让他幸福的女人，的确不容易，他的朋友们值得为他高兴。我的这位朋友是个很聪明的女人——虽然我不敢说她在嫁给科林斯先生这件事上也做得聪明。不过，看上去她倒是很幸福的，从一种实际和顾及生活的观点看，这桩婚姻她当然结得不错。”

“嫁得离娘家和自己的朋友们都这么近，她一定很满意吧。”

“你把这也能称作近吗？都几乎快有五十英里了。”

“路好走，五十英里算什么呢，只消半天多一点儿的工夫就到了。不错，我把这就叫作近了。”

“我可不认为，这桩婚姻的好处里还包括离娘家近这一点，”伊丽莎白大声说，“我才不会说科林斯太太住得离娘家近呢。”

“这只能说明你对哈福德郡的依恋。我想，只要是离开浪博恩附近的任何一处地方，你都会觉得远的。”

在达西说这话的时候，他脸上露出一抹笑容，伊丽莎白想她是懂得他这一笑的深意的，他一定以为她是想起了吉英和尼塞费尔德，她于是红着脸回答说：

“我并不是说，一个女人怎么嫁也不可能嫁得离娘家太近了。远近只是相对而言的，取决于各种不同的情况。如果生活充裕不在乎这点路费，远一点儿也无所谓。而我们现在说的这一家人却不是这样。科林斯夫妇虽然不愁吃穿，可他们的收入也经不起他们经常地回家——我相信即便只有现在一半的距离，我的朋友也不会说她是离家近的。”

达西先生把椅子朝伊丽莎白这边挪了挪，说道：“你不该有这么重的家乡观念。你不可能一辈子都待在浪博恩的。”

伊丽莎白不禁一怔。达西也觉得感情上有点儿那个了。他拉回椅子，从桌子上拿起一张报纸，泛泛地看着，用一种冷淡下来的声音问：

“你喜欢肯特吗？”

于是两个人便把这个村庄谈论了几句，彼此都显得寡言少语——当卡洛蒂和她的妹妹散步回来时，谈话也就中止了。姐妹两个看到他俩在这儿谈心都感到有些惊讶。达西先生申述说，他误以为她们几个都在的，没想到却打搅了班纳特小姐，这以后他跟谁也没再多说什么，又坐了几分钟便告辞了。

“他这次来意味着什么呢？”达西先生一出房门，卡洛蒂就说，“我亲爱的伊丽莎白，他一定是爱上你了，否则他是绝不会这样很随便地就来看我们的。”

可是，当伊丽莎白告诉了卡洛蒂达西来后的沉默寡言时，卡洛蒂纵使有这番好意也觉得这似乎是不太可能了。在左猜右想了一阵子之后，她们最后只能认为达西的这次来家恐怕是出于无事可做，这是一年中最闲的季节，所有的户外活动都过了时节。待在家里虽然有凯瑟琳夫人和书籍作陪，还可以打打弹子，可男人们总不能老待在家里呀。或是离牧师住宅这里近的缘故，或是往这边来的散步更加怡人，或者这所房子里的人更招人喜爱，这两位表兄弟在他们姨妈家住着的这段时间，几乎每天都要上这儿走一趟。他们来多是在早晨，有时候单个儿，有时候一块儿，有时还有他们的姨妈陪着。大家都看得很清楚，费茨威廉上校之所以来，是因为他喜欢跟她们在一起，这反过来也让她们更加喜欢他。伊丽莎白跟费茨威廉上校在一起时每每觉得很开心，再加上他对她的明显的好感，便让她想起了她以前的心上人乔治·威科汉姆。虽然相比之下，费茨威廉上校在言谈举止上没有威科汉姆那么迷人、温柔，却比威科汉姆更加见多识广。

但达西先生为什么也这么经常地来到牧师家里，却是叫人颇为费解。他不可能只是为了跟人聊聊天，因为他常常在那儿坐上十分钟连嘴也不张一下。当他开口时，也好像是出于不得已而不是自愿——是为顾全礼貌做出的牺牲，而不是自己有这种兴致。他很少有谈笑风生的时候。科林斯太太不知道他这到底是怎么啦。费茨威廉上校有时拿达西这副呆板的样子开玩笑，可见他平时也不是这样，凭科林斯太太对达西的那点儿了解，她当然弄不清楚这是怎么回事了。她私底下想达西的这种变化许是受了爱情的影响，而他爱的对象正是她的朋友伊丽莎白，她决意想弄个明白。不管去到罗新斯，还是达西来到汉斯福德这儿，她都仔细观察着他，然而却收获甚微。有很多时候达西先生的确是在看着她的朋友，可他目光里的神情却很难判定。那是一种坦诚贯注的神情，很难看出里面有爱慕的成分，有时这种目光似乎只是一种心不在焉的情绪的流露。

科林斯太太有一两次曾向伊丽莎白提起过，说达西可能是爱上她了，伊丽莎白总是一笑了之。科林斯太太也觉得一味地谈这个话题不太妥当，怕撩起了人家的心思，结果以失望告终。在科林斯太太看来，只要伊丽莎白以为自己已经把达西抓到手里了，那么毫无疑问，她对达西的一切厌恶情绪都会随之消失。

在科林斯太太为伊丽莎白好心打算的时候，她有时想让伊丽莎白嫁给费茨威廉上校。上校是那种最令人喜爱的男人，他无疑是钟情于伊丽莎白的，他的社会地位也很可观。不过，能把这些优点抵消掉的是，达西先生在教会里有很大的权力，而他的表弟却一点也没有。

第十章

伊丽莎白在花园里散步时，不止一次出乎意料地碰到达西先生。她觉得这是命运在故意捉弄自己，偏偏要把他而不是别的什么人送到她的面前。为了避免这样的事情再度发生，她在第一次遇到达西就留心告诉过他，说这是她喜欢来散步的一个地方。所以，这样的事情如果再次发生，那就非常令人奇怪了！可是，偏偏就有了这第二次，甚至是第三次。好像成心要跟她拧着来，否则便是对他以前的行为有所忏悔了，因为在他们俩几次的相遇中，并不只是在一两句问候的寒暄话儿说过或是片刻的难堪的沉默之后，便各走各的了，相反达西着实认为很有必要折回身子，陪她一块走走。达西从来也不多说，而她自己呢，也懒得动口或是耐心地去听。不过，他们第三次的邂逅给她留下的印象还是比较深的，达西问了她一些奇怪而又不相连贯的问题——她在汉斯福德这里是否感到愉快啦，她为什么喜欢独自散步啦，她觉得科林斯夫妇生活得是否幸福啦。在谈到罗新斯和伊丽莎白对这家人家不十分了解的情形时，达西似乎希望要是以后她再有机会来肯特，不妨也能到那边住住。他的话里好像暗含着这个意思。此时的达西脑子里是不是在想着费茨威廉上校呢？伊丽莎白想，如果他的话里真有所指，也一定是朝那个方向做出的一个暗示。这使她略微觉得有些尴尬，因此当她发现自己已经走到牧师住宅对面的围墙门口时，心头不免感到一阵轻松。

有一天，伊丽莎白正一边散步，一边再次读着吉英上回的来信，对吉英表露出低落情绪的那几段文字仔细地琢磨着，蓦然间听见有人朝这边走来，她抬起头看，这一次不是达西先生，倒是费茨威廉上校迎上前来。她赶忙把信收好，努力掬出一个笑容说：

“我以前可不知道你也来这边散步。”

“这也是我每年来到这里形成的一个习惯了，我正想着在这里溜达完了去牧师家。你还打算再往前走吗？”

“不了，我也该回去了。”

于是，伊丽莎白转过身，与费茨威廉一起朝着牧师住宅走。

“你星期六一准要离开肯特吗？”伊丽莎白问。

“是的——如果达西不再往后拖的话。我是听凭他的指派的。他办事一向喜欢我行我素。”

“即便达西不能在事情的安排上令自己满意，他至少也可以从品味自己所拥有的这选择的权力上得到很大的满足。我似乎还没有见过有谁像达西先生这样，喜欢独断独行的。”

“他喜欢照自己的方式行事，”费茨威廉上校回答说，“不过，我们有谁不是这样呢。不同的只是他比许多人更有条件这样去做，因为他富有而许多人则很穷。我是对此有所触动才这么说的，你知道，像我这样的一个家中的老小，不得不习惯于克制自己和仰仗别人。”

“照我看，一个伯爵的小儿子对这两种感情都是知之甚少的。现在，你就不妨正经地说一说，你体味到的克制自己和仰仗别人指的是什么？你多会儿有过因缺少钱花，不能到你想到的地方，或是不能得到你所喜欢的东西的时候呢？”

“这些都是家境是否拮据的问题——也许在这一方面，我不能说我受过什么磨难。但是，在更为重大的问题上，我很可能会因为缺少钱财而深受其苦的。小儿子们往往不能娶到他们中意的女人。”

“除非他们的心上人正好是个有钱的女人，我以为他们爱的常常就是这种女人。”

“我们的生活习惯使我们变得太容易依赖别人啦，像我这样家庭的年轻人，结婚时能不考虑对方的钱财的，几乎很少。”

“他这是不是指我呢？”伊丽莎白想到这一点时脸红了。不过，她很快恢复了平静，用一种活泼的语调说：“哦，请问一个伯爵家的小儿子通常的开价是多少呢？如果你的哥哥没有重病，我想你是不会开口要到五千英镑的吧。”

费茨威廉也用同样的口吻回答了她，这事便不再提起了。跟着的是一阵沉默，为了不叫人家怀疑到自己是听了这话而心有所想，伊丽莎白很快打破了沉默说：

“我想你的表兄之所以带你来，主要是为了让他有个人好支使吧。我奇怪他为什么不赶快结婚呢，那样的话他就有了一个永久性的支配对象啦。眼下或许他的妹妹便能满足了他的这一支配别人的欲望，既然她是由他一个人照管，那么他想怎么待她就怎么待她啰。”

“不是的，”费茨威廉上校说，“达西的这一权力是必须与我分享的。我也是达西小姐的保护人。”

“果真是这样吗？请问你这保护人做得怎么样呢？你干得没有麻烦吗？像她这样年龄的姑娘，有时候是不太好管教的，如果她也有达西那样的禀性，她可能会喜欢自行其是的。”

在她说话的时候，她发现费茨威廉在盯着她看，话音刚落，他便即刻问她为什么认为达西小姐可能会让他们感到头痛，他那问话的神态，使她确信她的猜想是八九不离十了。于是，她接着说：

“你不必害怕。我没有听到过任何有关达西小姐的坏话。我敢说，她一定是世界上最温顺的那种姑娘。我认识的赫斯特太太和彬格莱小姐都很喜欢她。我好像听你说过，你是认识她们的？”

“和她们我多少认识一点儿。她们的兄弟是个饶有风趣、颇有绅士风度的人——他是达西要好的朋友。”

“噢，是的！”伊丽莎白冷嘲地说，“达西对彬格莱先生是特别的好，对他的关照也是无微不至。”

“对他关照——你算是说对啦！我确信在彬格莱最需要关心的那些个方面，达西总是给予他关照的。从到这里来的路上达西跟我说的话里推测，我有理由认为达西是帮了彬格莱的大忙的。不过，我得请他原谅，我不应该以为彬格莱就是他所说的那个人。这都是我瞎猜的罢了。”

“你这话是什么意思？”

“达西先生自然不愿意让这件事传出去，如果传到了那位小姐的家里，就会弄得人家不高兴啦。”

“我不会说的，你相信我好了。”

“不过，你要记住，我并没有充分的理由认为那个人就是彬格莱，达西只不过跟我说，他很庆幸最近把一个朋友从一桩可能结成的鲁莽婚姻中解脱出来，他没有提到此人的名字，或是其他的任何细节。我只是怀疑他说的可能是彬格莱，因为我认为彬格莱是那种有时会陷入这类情事中的年轻人，而且我也知道他们俩整整一个夏天都待在一起。"

"达西先生告诉你他为什么要从中干涉的理由了吗？"

"根据我的理解，是因为有许多对那位小姐不利的情况。"

"他是用什么手段将他们分开的呢？"

"他没有跟我谈到过他使用的手段，"费茨威廉笑着说，"他告诉我的就这么多了。"

伊丽莎白没有吭声，继续向前走着，心里不由得怒火中烧。在看了伊丽莎白一会儿后，费茨威廉问她为什么这样思虑重重的。

"我正在想你告诉我的话。"伊丽莎白说，"你的表兄的行为叫我感到很不舒服。他为什么要这么做呢？"

"你认为他这是多管闲事吗？"

"我不明白，达西先生有什么权力来决定他朋友的喜好，我不明白他为什么只单单凭他一个人的判断，便要决定和左右他朋友的恋爱和婚姻。不过，"她平了平气后继续说，"因为我们一点儿也不知道具体的细节，这样说他也是不公平的。也许在这桩恋爱里，根本就没有多少真情。"

"你这样想也很合情理，"费茨威廉说，"不过，这样一来，我表兄的那一胜利者的荣耀可要减色不少啦。"

这只是一句玩笑，可在伊丽莎白听来这是对达西先生的一幅多么真实的写照啊，她没有搭话，以免暴露出自己的思想。接着她很快换了个话题，谈起了些无关紧要的事情，就这样一直走到了牧师的住宅。待他们的这位客人（指费茨威廉）一走，她便把自己关在屋里，好不受侵扰地把她所听到的这一切想想清楚。刚刚提到的事情显然和她的家人有关。在这个世界上，不可能有第二个人会受到达西先生那么巨大的影响。达西参与了拆散彬格莱和吉英的行动，对这一点她从未怀疑过。但她以前总认为这件事的主谋和步骤的安排者都是彬格莱小姐。即便达西的虚荣心还没有让他利令智昏，可是吉英已经受到的和继续要受到的痛苦则都是他一手造成的，是他的高傲和任性造成的。世界上的一个最善良、最充满爱的心灵对幸福的一切憧憬，在瞬息之间便被他毁掉了。而且谁也说不准他给别人造成的这一恶果会持续到什么时候。

“因为有一些对那位小姐很不利的情况。”这是费茨威廉的原话，这些很不利的情况可能是指她有一个在乡下做律师的姨父，还有一个在伦敦做生意的舅舅。

“至于吉英自己，”伊丽莎白禁不住自言自语地喊了出来，“她身上不可能有任何叫人指摘的地方。吉英，多么善良，多么可爱！她脑子聪慧，知书达理，举止风度楚楚动人。我父亲也没有什么可指责的，他人虽然有些古怪，可他的能力连达西自己也不敢小视，说到父亲的人品，达西也许永远赶不上。”当想到她的母亲，伊丽莎白的信心可就有些不足了，不过她不愿意相信她母亲那方面的毛病会是达西拆散这对恋人的主要动因，令她深信不疑的倒是，他的朋友跟门户低微的人结亲比跟见识低浅的人家结亲，会更加伤害了他那高贵的自尊心。临了，伊丽莎白终于做出了自己的判断：一定是达西那又臭又硬的傲慢心理，和他想把彬格莱先生留给他妹妹的动机在支使他。

这一思绪的不住翻腾使她焦躁，使她啜泣，到后来竟然搞得她头痛起来，到傍晚时，头痛得更厉害了，再加上不愿意看到达西先生，她决定不陪着她的表兄嫂去罗新斯赴茶会了。科林斯太太见伊丽莎白真的是身体不适，也就不再勉强，而且也尽可能地不让她的丈夫去纠缠她，科林斯虽然没有再去强求，可还是掩饰不住他的担心，生怕凯瑟琳夫人因为她留在家里而有所怪罪。

第十一章

在她的表兄嫂走了以后，伊丽莎白好像是成心要拿达西来给自己增添烦恼似的，把吉英自她来到肯特之后给她写的信都翻了出来，仔细地阅读。信中没有发牢骚的地方，没有再提及以前的恋情，也没有吐露她现在的痛苦。但在所有这些信件里，它们的字里行间都缺少了吉英以往惯有的那种快乐风格，这种风格源于她思想上的恬静娴适，源于她对每一个人所怀有的善良之心，在这以前它还从未曾蒙受过阴影。伊丽莎白专注地读着这些信，从第一次读它们时忽略了的句子里，她都能察觉出一种不安的情绪。想想达西不知羞耻地吹嘘说他有本领让人受罪的话，她对姐姐的痛苦心情便体会得更深了。使她感到些许安慰的是，好在达西的罗新斯之行后天就将结束，她呢，再过两个星期就能和吉英团聚，到那时她将倾注自己所有的爱，去帮助姐姐重新振作起来。

想到达西先生就要离开肯特了，便不免记起他的表兄弟也要跟他一起去了。不过，既然费茨威廉上校已经表明他绝没有什么别的想法，所以尽管她喜爱上校，也不会对他心存芥蒂。

正在这样思忖着的当子，突然听到一阵门铃声，她的心头不免怦怦地一阵跳动，想到来人也许是费茨威廉上校本人，因为他有一次来访就是在晚上，这一回可能是特地来问候她的。可这一想法很快就被打消了，当她不胜惊讶地发现是达西先生走进了屋子，她的心立刻沉了下来。达西先生一进门便急切地问起她的身体好些了没有，说他这次来主要是希望能听到她身体好起来的消息。她冷淡却不失礼貌地回答了几句。达西在坐了一会儿后，突然站了起来在屋子里来回踱着步。伊丽莎白虽然感到有些奇怪，却也没有吱声。经过几分钟的沉默之后，达西朝她这边不安地走过来，这样开口道：

“任凭我做了怎样的努力也是枉然，这些努力毫不奏效。我再也抑制不住我的感情。你必须允许我告诉你，我是多么热烈地敬慕你和爱你。”

伊丽莎白此时的惊讶简直无以言表。她目瞪口呆，变得绯红的面庞上布满疑云。达西见此情状以为是对他这一方面的鼓励，于是他现在和以往对她的种种好感马上跟着倾泻出来，他说得很激动，可是除了热烈的爱意，他也把一些别的感情给详细地道了出来，他对他高傲情感的倾诉简直和他的柔情蜜意不相上下。他觉得她身份低微，觉得这门亲事是纡尊降贵，还有来自家庭方面的种种障碍，他觉得如果考虑到自己的家庭，他的理智也会反对这一爱情，他讲得很是激昂，仿佛是受到了什么委屈，而不像是在倾吐爱情。

尽管伊丽莎白对达西有很深的厌恶感，可对这样一个男人的真情实感，还是不可能无动于衷的，虽说她的思想不曾有过丝毫的动摇，在开始时倒也为他将要遭受的失望，有过些许的不安。只是达西后来的那些话激起了她的怨恨，使她在愤怒之下把对他的那点儿怜悯之情也打消了。不过，她还是尽量使自己保持冷静，想着待他说完以后，尽可能礼貌地回答他。达西在行将结束时向她重申，这一爱情的力量实在是太大了，尽管他尽了所有的努力，还是征服不了这种情感，他希望她现在能接受他的爱，以使这一切得到补偿。在他说着这些话时，伊丽莎白看得出来他确信会得到一个满意的答复。达西虽然嘴上说着他现在的心情是既担心又急切，可流露出的却是一副稳操胜券的神情。此种情形只能是火上浇油，达西的话一停，伊丽莎白就气得脸色通红地说：

“在现在这样的场合下，我以为约定俗成的做法是，向对方表明的一片情意表示感激，尽管你很难给予同样的回报，在这儿滋生出一种感激之情是很自然的，如果我现在体味到了这样的一种情感，我此刻就会对你表示感激了。可是我没有——我从不曾想要得到过你的好评，而且你在给出它们时肯定也是很不情愿的。给任何一个人造成痛苦，都是我所不愿意的。现在若是你感到了痛苦，我也是完全出于无意，而且我希望它会是短暂的。我想经过我的这番解释之后，你的那些本来就一直阻挠着你对我产生好感的情愫，会很轻易地就把这痛苦克服掉的。”

达西先生倚着壁炉架倾听着，此时，他的眼睛盯视在伊丽莎白的脸上，他气恼的表情里夹杂着惊讶。他脸色发白，内心的烦乱从五官的每一个部位上流露出来。他极力想恢复面部的镇静，直到他觉得他能克制自己了，才又开口说话。这一阵子的沉默使伊丽莎白很是担心。末了，达西先生用勉强撑出的平静语调说：

“这便是我有幸听到的全部回答吗？或许，我可以请教一下，我为什么会受到这么一个干脆无礼的拒绝呢？不过，这已经是无关紧要了。”

“我倒也要请教一下，”伊丽莎白回答说，“为什么你显然想的是要触犯我、侮辱我，而却偏偏要告诉我说，为了喜欢我，你甚至违背了你的意志、理智和性格呢？如果说我不礼貌，难道这一条还不可以作为我不礼貌的理由吗？而且我还有其他的理由。你知道我有的。即便我的感情不反对你，对你没有芥蒂，甚至于对你有好感，即便如此，对一个毁了我最亲爱的姐姐的幸福的男人，你想一想我怎么可能会接受呢？”

在伊丽莎白讲着这些话的当子，达西先生的脸色变了。不过这一感情上的变化持续得很短，他听着她继续说下去，没有插话。

“我拥有一切理由认为你这个人不好。不管你出于何种动机，也不能抹杀掉你在这件事情上所干的无情无义的行径。你不敢也不能抵赖你是这件事情上的主谋，即便造成他们分离的不只是你一个人。你使男方被大家指责为是朝三暮四，让女方又蒙受到瞎猜妄想、梦想美事的奚落，你把他们两人都推入了最痛苦的境地。”

伊丽莎白停了下来，看见达西用一副满不在乎、毫无懊悔的神情在听，便不由得气上心头。达西的脸上甚至流露出了不相信的笑容。

“你能否认这不是你干的吗？”伊丽莎白又问了一遍。

达西做出一副镇静的样子回答说：“我并不想否认，我是尽了一切努力去拆散我的朋友和你姐姐的这份情缘的，我也不想否认我为我的成功感到庆幸。对彬格莱，我是比对我自己还要好的。”

伊丽莎白装出不屑于对这些话注意的样子，可达西的用意她当然体会到了，不过，这也平息不了她的怨气。

“不只是在这一件事情上，”伊丽莎白继续说道，“我讨厌你。在这件事之前，我老早对你就有看法。在几个月以前我从威科汉姆那里知道了你的为人。在威科汉姆这件事上，你又会怎么说呢？在这里你又该用一种什么样的罗曼蒂克的友情来为自己开脱呢？或者，在这里你又该如何颠倒是非，去影响别人的看法呢？”

“你对那位先生的事情倒是挺有兴趣的。”达西此刻说话的声音不是那么平静了，而且脸也红了。

“只要是知道威科汉姆不幸遭遇的人，有谁能对他不抱有一种同情和兴趣呢？”

“他的不幸遭遇！”达西轻蔑地重复道，“是的，他的不幸的确不能说小。”

“这都是你造成的，”伊丽莎白激动说，“是你使他沦落到他现在的这般贫困境地。你收回了你也知道已决定要给予他的种种权益。你剥夺了他一生中最好的年华，剥夺了他赖以独立生活的基础，而这些权益是你该给予他，也是他的品德受之无愧的。你把他的一切都毁了！可你还能用这样一种轻蔑和嘲笑的口吻来提到他的不幸。”

“这就是你对我的看法！”达西喊了起来，快步在屋里踱着，“这就是你对我的评价！我谢谢你把它们这样充分地表述出来，根据这些情况来看，我的错误的确是非常严重了！不过，”他停下了脚步，向她转过身来接着说，“或许，我的这些过错你都不会计较了，如果不是我坦诚地告诉你长期使我不能下决心向你求爱的种种顾虑、从而伤了你的自尊心的话。对我的这些严厉的谴责或许都可能被你抑制下去，如果我要是巧使手腕、闭口不提我内心的斗争，而是甜言蜜语地让你相信，我是多么纯洁、多么热烈地爱着你，无论从理智还是从情感、思想等等方面都是如此。但是，不管哪一种形式的掩饰和伪装都叫我厌恶，而且我对我刚才提到的那些顾虑也并不以为耻。它们都很自然、合情合理。难道你能期望我为你的那些身份低微的亲戚而感到高兴不成，难道你能期望我为将来有一些身份和地位远远低于我的亲戚而为自己祝贺不成？”

伊丽莎白觉得自己的愤怒越来越强烈。不过，当她再次说话时，她极力保持了一种平静：

“达西先生，如果你认为你刚才的陈述方式对我产生了那样的影响的话，你就错了。你的那一陈述恰恰只是免除了在拒绝你以后我对你会有的担心，如果你的行为表现得稍微得体一些的话，我也许会有这份担心的。”

伊丽莎白注意到，达西听到这话时吃了一惊却没吭声，于是她继续说道：

“其实，不管你用什么样的方式向我求爱，都不可能使我动心。”

达西的惊奇又是显而易见的，他注视着伊丽莎白，脸上是一副既不屑于相信又受到了羞辱的混合神情。

伊丽莎白接着说：“从一开始，从我见到你的最初一刻，你的目中无人、高傲自大的行为举止，你的自负，你那不顾及别人感情的自私自利，便形成我对你不满的基础，我后来对你抱有的那种不可根除的厌恶都是建立在这一基础上的，在我认识你还不到一个月，我就觉得你是天下所有男人里我最不愿意嫁的那个人啦。”

“你已经说得不少了，小姐。我完全理解你的感情了，而且此刻我不得不为我自己拥有的那些想法感到羞愧了。请原谅我占用了你这么多时间，请允许我极其真诚地祝你健康和幸福。”

说完达西便匆匆地离开了房间，稍后伊丽莎白听到了他打开前门和走出门厅的声音。

此时的伊丽莎白脑子里乱糟糟的，心里非常痛苦。她不知道怎样才能撑住自己，由于体力不支她坐了下来，恸哭了半个钟头。回想着刚刚过去的一幕，她的惊奇感越来越大。她竟然会得到达西先生的青睐！他竟然已经暗暗地爱了她这么多个月了！而且爱得如此之深，以至于不再顾及他用来阻挠他的朋友娶她姐姐的那些个理由，那些理由在阻止他自己的婚事上应该说具有同等的力量！这一切都是多么让人难以置信！想到无意之中竟然引起了一个人这么强烈的情感，心里不免感到得意。可是他的骄傲，他那令人憎厌的骄傲，他在损害吉英这件事情上的供认不讳，他在提到威科汉姆先生时的那副无动于衷的样子（他并不试图否认他对威科汉姆的残酷），所有这一切，很快便把几分钟前想到他对她的钟情时所勾起的怜悯都祛除掉了。

伊丽莎白一直处在这样一种烦乱的思绪当中，直到后来听到了凯瑟琳夫人的马车声，才意识到她这副样子会让卡洛蒂看出什么来的，于是便跑回到了自己的房间。

第十二章

伊丽莎白第二天早晨醒来时，满脑子里仍然是昨夜最后合上眼时的那些想法和思虑。她还没能从昨天她感受到的惊奇当中恢复过来。因为别的什么事情也不能想，什么事情也无心去做，她决定吃过早饭就到外面去散散步。在她正要径直走上那条她平常喜欢走的小道时，突然想起达西先生有时也来这里，便改变了主意，没有走进花园，而踅回到了那条远离开大路的小道。她仍旧沿着花园的围栅散步，不久便走过了一道园门。

在沿着这段小路踱了两三个来回后，她便被早晨悦人的景色吸引了，不由得在那一道道的园门前停下来朝花园里眺望。她在肯特已经度过了五个星期，乡下的景色也发生了很大的变化，早青的树木一天比一天葱绿起来。待她再要往前走时，她突然瞥见在与花园毗邻的那片小树林里有一个男人的身影，正朝这边走来。担心来人是达西先生，她赶紧踅了回来。可是走上前来的那个人已经离得很近，能看清楚她了，此人一边急速地往这边走，一边喊着她的名字。她本已要转身走开了，此时听到喊她的名字，明明知道是达西先生，还是朝园门这边又走了回来。达西先生这个时候也到了花园门口，掏出了一封信给她，她不由自主地收下了。达西板着一副高傲、矜持的面孔说："我在小树林散步已经有一会儿了，希望能碰到你。你愿意劳神去读读我的这封信吗？"说完微微地鞠了一躬，走进树林里消失了。

伊丽莎白并没有想着能从这封信里得到什么快乐，只是出于一种强烈的好奇心，她拆开了它，令她更为惊讶的是，信封里装着两页信纸，每一页上面都写得密密麻麻的。装着这么大的两页信纸，信封也显得鼓鼓囊囊的。她一面顺着小道走，一面开始读。信是今天早上八点钟在罗新斯写的，下面是它的内容：

> 小姐，当你拿到这封信时，请你不必惊慌，你不必担心它里面还会重新提起昨天晚上叫你厌恶之极的我的那些感情。在信中我没有再提起这件让我们难以一下子忘记的事情，免得使你痛苦，也使我自己感到难堪，本来我写这封信和你读这封信所要花费的努力，都可以省去了，要不是我的良心和性格非敦促我这样做不可。因此你得原谅我请你读这封信的冒昧。我知道，你从感情上是不愿去读的，可是我恳求你能冷静地读完它。
>
> 昨天晚上你指责我的那两件事，它们的性质完全不同，其轻重缓急也不相同。你加在我头上的第一桩罪名是，我丝毫也不顾及彬格莱先生和你姐姐这两方面的感情，硬是把他们俩给拆散了；第二桩是，我竟然不履行一系列的承诺，竟然不顾体面，不讲人情，破坏了威科汉姆先生指日可待的富贵和他的美好前程，肆无忌惮、无所顾忌地抛弃了我小时候的朋友——一致公认的先父生前的宠幸，一个除了我们的庇护再也没有什么其他依靠、在我们家长大、满心指望得到我们曾允诺的东西的年轻人。这种行径简直是一种道德的沦丧，相比之下，拆散一对刚刚相处了几个星期的男女，也就算不上什么了。不过，当你读完下面我对我的这些行为以及动机的叙述时，我希望你以后将不会像昨晚那样，对我的方方面面那般严厉地横加指责了。在对它们进行必要的解释的过程中，如果我不得已提及了有伤你的感情的话，我只能说请你原谅了。既是出于

不得已，那么一味地道歉，也就显得可笑了。在哈福德郡还没待几天，我就跟其他人一样看出来了，彬格莱对你姐姐比对任何别的乡下姑娘都好，只是到了在尼塞费尔德举办舞会的那个晚上，我才察觉到他对令姐的感情是郑重其事的。以前我有几次见到过彬格莱陷入恋情。在我有幸跟你跳舞的那个晚上，只是听威廉·鲁卡斯爵士偶然提及，我才知道彬格莱对令姐的青睐已经开始让众人觉得，他俩将会喜结良缘。鲁卡斯爵士把这门亲事说得很肯定，没有定下来的只是几时举行婚礼的问题了。从那时起，我开始注意我这位朋友的一举一动；我发现他对班纳特小姐的感情，是他对待别的女人时从来没有过的。我也注意观察了你姐姐。她的神情和举止显得坦诚、欢悦和专注，可是看不出有任何特别感情的流露，从那一晚上对她的仔细观察中我开始确信，她虽然高高兴兴地接受了他的殷勤，可她自己却没有动了真情，去怂恿他的青睐。在这里如果不是你错了的话，那一定是我错了。你对你姐姐的深切了解当然会使这一点成为可能。如果真是这样，如果真是由于我的错觉而给你的姐姐造成了痛苦，你的怨恨自然不是没有道理的。不过，我可以毫不踌躇地说，你姐姐表情和举止上的那种温和恬静，就是叫一个眼睛最敏锐的观察家见了也会得出结论说，尽管她的性情很温和，可她的心灵却是很难被触动的。可以肯定地说，我希望她的心没有被打动，但是，我在进行调查和做出决定时通常是不受愿望等因素的影响的。我不会因为我希望她没有动心就认为她是如此。我之所以这么认为是建立在公允判断的基础上的，正如我的这一希望也是有着它的理由一样。我对他们这门亲事的反对，不只是出于我昨晚对你说出的我用了极大的感情力量才丢置到一旁的那些个理由。关于门户高低的问题，我的朋友并不像我那么看重。这里还有一些别的令人发指的理由。这些理由虽然仍然存在着，而且在两件情事里有着同等的分量，可是我早就尽力地去把它们忘掉，因为它们现在毕竟不在我们眼前了。这些个理由必须在这儿简略地提一下。你母亲那方面的家庭虽说不尽如人意，可与她自己、你的三个妹妹有时是你父亲常常都不约而同地表现出的十足的缺乏礼貌相比，也就显得微乎其微了。请原谅我的直言不讳。得罪你也是我所不情愿的。不过，在你对你至亲的缺点感到忧虑、和就我对他们缺点的提及感到不悦的时候，你只要想一想你自己和你的姐姐，便可以从中得到安慰了，你们姐妹两个行为举止高雅得体，指责你们家人的那些缺点没有你俩的份，你们的见识和个性连同你们的待人处事都备受众人的称赞。我再要提到的一点是，我从那天晚上看到的种种情形中，确定下来对各个人的看法，我以前已有的各种想法越发强烈了，我觉得我必须阻止我的朋友，不让他缔结这门我认为是最不幸的婚姻。彬格莱第二天就离开了尼塞费尔德赶往伦敦，我相信你也一定记得，他原想着是很快就返回的。现在我就来谈谈我在这里所担当的角色。原来他妹妹在这件事情上也产生了与我同样的担心。我们俩很快发现在这一点上我们的意见完全一致。两人都同样地意识到，让她们的兄弟滞留在伦敦而不再归来的这件工作必须马上就做，我们即刻决定直接到伦敦跟他会合。于是，我们也动身了。到了伦敦后我立即开始劝说我的朋友，我一而再再而三地向他指出了他的这一选择的种种害处。但是，尽管我的这一劝诫也许能延搁他的抉择，可我并不认为这就能最终阻止了这桩婚姻——要不是我毫不犹豫地进一步向彬格莱说明，你姐姐那方面确实没有动什么真情的话。在这以前他认为她是以真情来回报他的感情的，即便她的情没有他的那么深。彬格莱生性谦和，遇到事情常常更是依赖于我的而不是他自己的判断。所以使他相信是他自己欺骗了自己的眼睛，并不是一件很难的事。向他说明了这一点后，劝说他不再返回到哈福德郡，就比较容易了。这些我觉得我做得并没有什么不对。在整个事件中，只有一点我今天回想起来做得令人不太满意，这就是我不惜使用了一些小小的手腕，对他隐瞒了你姐姐也在城里的这一消息。我知道，彬格莱小姐也知道，可她的哥哥甚至至今还蒙在鼓里，或许就是让他们俩见了面，也不会旧情复燃。不过，彬格莱对你姐姐的好感，在我看来还没有完全消失，他见到她来未必就能做到不动情。也许这一隐瞒，这一欺蒙，有失我的身份。不过，我之所以以前而且现在仍然这样做，却完全是为了他们好。在这件事情上我要说的就是这么多了，要做的道歉也就此为止。如果说我伤害了你姐姐的感情，那也完全是出于无意。虽说促使我这样做的那些动机在你看来自然是理由不充分的，可要让我去谴责我的这些动机，我至今还没有那个觉悟。

关于你给予我更多指责、说我伤害了威科汉姆的那件事，我只能是把他与我家的全部关系向你讲明，以此来驳回你对我的苛责。我不知道他特别指责我的是哪一点。可是对我将要叙述到的事实真相，我可以找到不止一个可靠的证人。威科汉姆先生的父亲是一个名声很好的人，他许多年来一直管理着彭伯利的产业。他在履行其职责上的忠诚和兢兢业业，自然使得我父亲很愿意给予他一些回报，所以对乔治·威科汉姆，也是我父亲的教子，我父亲便慷慨地给予了关照。我父亲供养他上学，后来让他进了剑桥大学。这是一项最重要的资助，他自己的父亲由于其妻子的挥霍无度总是很穷，没有能力让他接受一个体面人应该受的教育。我父亲不仅喜欢常常让他陪着（因为他的言谈举止总是很招人喜爱），而且对他倍加赞扬，想着在教会里给他谋个位置，希望他从事这一职业。至于我自己，我对他的看法的改变已经是好多年前的事了。对他邪恶的性情、做事缺乏原则的恶习，他总是小心翼翼地掩饰着，不让他最好的朋友们知道，可是他的这些品行却逃不过一个与他年龄相仿的年轻人的眼睛，我总有机会看到他无所提防的时候，而我的父亲则不可能有这样的机会。这里我又要让你感到痛苦了——痛苦到何种程度只有你自己知道了。不管威科汉姆先生在你心中激起的是一种什么样的感情，我却认为不能因为你有这样的感情我就不去揭发出他的真实面目。这一点甚至倒是更增加了我要揭露他的决心。我尊敬的父亲大约逝世于五年前。他对威科汉姆先生的宠爱随着时间的推移更是有增无减，在他的遗嘱里特别向我提到，要在威科汉姆先生所从事的职业范围内，极力地提携他，要是他受了圣职，俸禄优厚的位置一有空缺，就先考虑给予他。另外，还给了他一千英镑的遗产。他的父亲不久也去世了，还没待这两件丧事过了半年的时间，威科汉姆先生便写信告诉我说，他终于决定不接受圣职了，既然他将来不能获得那个职位的俸禄，他希望能得到一些直接的钱财上的利益以作补偿，还说我不会认为他这样做过分吧。他接着又说，他想学法律，想必我也知道靠那一千英镑的利息远远不够完成这一学业。我希望，但不相信，他这话是真诚的。不过，不管怎么说，我还是很乐意地同意了他的这个建议。我知道威科汉姆先生做牧师不合适。因此这件事很快就定了下来。即使他将来有可能在教堂里接受一个职位，他也不再要求这一权利，作为条件我们拿出三千英镑给他。到此为止，我们之间的一切关系似乎都已经完结了。我对他的看法太坏，不愿意邀他来彭伯利做客，也不愿意在伦敦和他来往。我相信他大部分的时间是生活在伦敦，他的学习法律只是一个幌子，现在既然没有了一切的束缚，他过的完全是一种闲荡无羁的生活。有大约三年的时间，我没有听到他的什么消息。可是当原本打算让他接替的那个位置因牧师的逝世空下来时，他便立即给我写信，要求再次推荐他。他说他现在的境况简直糟透了，这一点我当然不难相信。他发现研究法律没有什么钱可赚，所以他现在已经完全下定了决心要接受圣职，如果我还愿意推举他去接替这个位置的话——他对这一点好像是很有把握似的，因为他确切地知道我没有别的人可以推荐，而且我也不可能这么快就忘记了我父亲的遗愿了。我拒绝接受他的这一请求，或者说我回绝了他的一再请求，对这一点你不能责备我什么吧。他窘迫的处境使他的埋怨情绪变得越发强烈——毫无疑问，就像他当面无所顾忌地责骂我那样，他在别人面前也一定不遗余力地说我的坏话。在这以后，我们俩的一切交情都似乎了断了。谁知在去年夏天他却又一次非常令我痛心地侵入到我的生活中来。现在我必须提及一件我自己也但愿能够忘掉的事情，要不是现在的情势所迫，我是不愿意跟任何一个人吐露这件事的。说到这里，我想你一定能够保守秘密的。我的妹妹比我小十多岁，父亲死后由我母亲的侄儿费茨威廉上校和我做她的保护人。一年前，我们把她从学校接回来，在伦敦给她建了个寓所。去年夏天她和照管那个房子的女人一起到拉姆斯盖特去了一趟。威科汉姆先生也去了那里，这显然是有预谋的。因为后来证明他和那个名叫杨吉太太的女人早就认识，不幸的是我们没有能看出她的真实性格。凭借着她的纵容和帮助，他开始向乔治安娜求爱了，在我小妹善良的心灵里仍然保留着小时候威科汉姆对她的体贴和关心，因此竟被他哄骗得相信自己是爱上他了，同意和他一起私奔。她那年只有十五岁，这当然是可以原谅她的理由了。在说完了她的这一鲁莽的行为后，我可以高兴地告诉你的是，我能得知这件事全是小妹告诉我的。在他们计划私奔的一两天前，我出乎意料地到了他们那里，乔治安娜由于不忍心让这个她几乎是当作父亲看待的哥哥伤心悲愤，于是向我和盘托出了这件事。你可以想见我当时的心情和我当时要做出的行为。考虑到我妹妹的名誉和感情，这件事不便于公开揭露，不过我还是给威科汉姆写了一封信，他当时即刻就离开了那个地方，当然杨吉太太也被我打发掉了。毫无疑问，威科汉姆先生主要是看中了我妹妹的三万英镑的财产，虽然我也不由得想到，他那想对我报复的愿望也是诱使他这么做的一个原因。的确，他的报复要不就完全成功了。

小姐，这就是我对这件事情的忠实讲述。若你不认为它是虚假的而将其置在一边，我希望你能由此洗刷掉我虐待威科汉姆先生的罪名。我不知道他是以什么样的手段，以何种虚假的方式来欺骗你的。不过他的成功或许也没有什么可值得诧异的。你既然先前对我们双方的事情一点儿也不了解，你也就无从探查，况且怀疑别人也不是你的禀性。你抑或会觉得奇怪，为什么我在昨天晚上不告诉你这一切。因为那个时候我不能很好地控制自己，不知道哪些话能讲或是应该讲出来。关于我在这里说的一切事情的真实性，我可以特别地提出费茨威廉上校为我做证，他是我的至亲也是我的密友，而且又是我父亲遗嘱的执行人之一，所以他对于其中的详情末节自然都十分了解。如果你对我的厌恶让我的这番表白变得一钱不值，你总不会有同样的原因也不去相信我的表弟吧。为了让你还有找他谈一谈的时间，我将尽力找到一个机会，争取在早晨把这封信递到你的手里。我再要说的就只有，愿上帝赐福于你。

费茨威廉·达西

第十三章

在达西先生交给她信的时候，虽说伊丽莎白已经料到信里不会再提及求婚的事，可她对信中会写些什么还是一点也想象不出。或许我们可以想见的是，伊丽莎白在读这封信时，心情该是多么急切，在她心中激起的感情该有多么矛盾。她此时的情感几乎很难辨析。首先是她惊奇地发现，达西先生竟然还相信自己具有向别人道歉的能力；然后是她固执地认为，他根本没有什么理由值得加以解释，他在这儿表现出的羞愧感岂能掩饰了他信中的空洞无物。对他可能要说到的一切抱着一种固执的偏见，她开始看对尼塞费尔德发生的那件事情的叙述，她急切地读着，急不可待地想知道下一句的内容，结果对眼前的句子却无暇领会，她的理解力此刻似乎离开了她。对于达西认为是她姐姐这方面缺少情意的话，她一读到就认定它是虚假的，读到他的那些反对这桩婚姻的令人发指的理由时，气得她再也不愿意给他以公允的评价。达西对他的所作所为没有表示出什么遗憾，这倒是合了伊丽莎白的想法。他毫无忏悔之意，信的风格也是盛气凌人。信里充斥着他平日的傲慢无礼。

但是，在读到关于威科汉姆先生的这段文字时，当伊丽莎白用一种较为清醒的注意力来读这里的一连串的事件时——这些事件如果是真实的，必然会推翻威科汉姆在她心目中留下的一切美好印象，而且这些事件与其本人讲述的经历有着惊人的相似之处——她的感情更是感到了剧烈的痛苦，更是难以界定。惊愕、疑虑，甚至是恐惧压迫在她的心头。她希望能把这一切一笔勾销，她不住口地喊着："这一定是假的！事情绝不可能是这样！这一定是那种最蛮横的欺骗！"她把信整个儿读完以后，尽管连最后一页上写的是什么也记不起来了，可还是很快地把信收了起来，发誓她再也不理会它，永远不再去读它了。

她心烦意乱地朝前走着，脑子里什么也不能想。不过，这样也不行，不到半分钟的工夫，信又被打开了，她振作起精神，开始仔细阅读有关威科汉姆的那一段令她心碎的文字，逼着自己去玩味每一句话的意思。其中讲到威科汉姆跟彭伯利这一家关系的那一部分正跟威科汉姆自己讲得一样，过世的达西先生对他的疼爱，尽管她以前并不知道这疼爱有多深，和他自己所讲述的完全相符。到这里为止，双方所说的都可以相互印证，可是当她读到有关遗嘱的那一部分时，两人所讲的可就大不相同了。威科汉姆说到牧师俸禄的那些话，伊丽莎白还记忆犹新。她一想起他的那些话，就不免感到这里有一个人是说了假话。有一阵子，她倒颇为得意地觉得自己的想法不会有错。可是当她又极其仔细地一读再读，读到威科汉姆借口放弃牧师职位从而获得了三千英镑的款项等细节时，她又不由得踌躇起来，她收起信，想不偏不倚地把每种情形好好地思量一番——把每一方陈述的可信程度仔细地推敲一下，却也无济于事。双方都只是各陈己见。接着她又拿出信读了起来，末了，这样的一个寓意从字里行间显现出来：她本来以为任凭达西先生怎样狡辩也不可能不使他蒙受耻辱的行为，却能够出现一个转折，使他在整个事件中势必变得无可指摘。

达西先生毫不隐讳地斥责威科汉姆的挥霍无度和放荡不羁，叫伊丽莎白非常吃惊；又因为拿不出证据驳斥人家，她越发感到惊骇。在威科汉姆先生进入某郡的民团以前，她从未听说过他，何况他参加民团也纯属偶然，在城里碰上了个只有几面之交的年轻人，稍经人家劝说便进了军营。有关他以前的生活和为人，除了他在哈福德郡告诉给她的那些，她便一无所知了。至于他真实的品性，即便她可以打听得到，也从来没有想着要去探询一下。他的面容，他的声音和举止，让人一眼看上去就觉得他身上具备每一种美德。她试着想要记起一两件能体现他的美好品德的事实，想起他的一些为人诚实友善的事例，以把他从达西先生的攻击当中解脱出来。或者，至少通过他的显著的优点能把这些偶然犯的错误弥补起来，在这里伊丽莎白把达西先生称之为多年游手好闲的恶习看作偶尔犯的错误了。可却没有这样的回忆来帮助她。她能看到威科汉姆活生生地就在眼前，风度翩翩，谈吐迷人。但是，除了邻居们的泛泛赞扬和他的善于交际为他赢得的同伴们的尊敬，再也记不起他有什么实质性的优点。在这样思考了一阵子后，她又读起了信。可是天啊！下面讲到的威科汉姆对达西小姐的企图不是从昨天早晨她和费茨威廉上校的谈话中便可得到些许的证实了吗，信上最后要她就这些细节的真实性，去问费茨威廉上校本人——以前她就听他说起过他对表兄的一切事情都很了解，同时对费茨威廉上校的人格她也没有理由怀疑。有一会儿，她几乎下了决心要去问他了，可是一想到这一问会有多少的尴尬，也就打住了，最后再一想达西先生如果事先对他表弟的合作没有把握，他是绝不会贸然提出这个建议的，于是，干脆就打消了这个念头。

伊丽莎白还清楚地记得在菲利浦先生家的那天晚上，她自己和威科汉姆初次见面和谈话的情形。他的许多话现在仍然清晰地留在她的记忆里。于是她突然想到，他跟一个陌生人讲这样的事有多么唐突，她奇怪她以前为什么就没能看出来。她现在觉得他那样津津乐道地谈他自己有多么不雅，而且他的言与行又是多么不符，她记起他曾吹嘘说他根本不怕见达西先生——达西先生要离开乡下他尽管走好了，他决不离开这里；可是，接下来的那个星期，在尼塞费尔德举办的舞会威科汉姆却没敢去参加。她还记着在尼塞费尔德一家没有搬走以前，他把他的身世只告诉了她一个人。可是在那家人家一走，这件事就到处传开了。虽然他曾经向她说过，对达西父亲的尊重总是使他不愿意暴露他儿子的过失，可是他在贬低达西的人格时却是那么不遗余力和无所顾忌。

凡是有关威科汉姆的事情，现在看起来都完全变了个样儿！他对金小姐的青睐现在看来，纯粹是出于令人憎厌的金钱上的考虑。金小姐的财产不多，不再证明他的欲望适中，而是证明他想贪婪地抓住一切东西。他对待她自己的那些行为，也不可能有什么好的动机。他不是错误地估计了她的钱财，便是为了满足他的虚荣心，而故意怂恿她心中涌起的对他的情意。对他的每一点好感现在都在消减。还能进一步说明达西先生清白的是，她不禁又想起当吉英问到彬格莱时，彬格莱先生所说的达西先生在这件事情上毫无过失的话。想起自从他们认识以来（特别是最近以来他们经常见面，对达西的种种行为有了较深切的了解），她从未在达西身上看到过任何邪恶或是行为放荡的地方，尽管他的举止言谈显得高傲和令人生厌。而且，达西的亲友们都很尊敬和器重他——甚至连威科汉姆也承认他是一个好兄长，她自己不也经常听达西那么亲切地谈到他的小妹，证明人家也能有一些温柔的感情吗？如果达西先生的行为果真像威科汉姆所说的那样，他的种种胡作非为难道还能瞒过天下人的耳目？况且达西要是那样的人，他又如何能跟像彬格莱先生这样的好人结成亲密无间的朋友呢？

伊丽莎白越想越为自己感到羞愧。不论是想起达西，还是想起威科汉姆，她都不能不觉得自己是盲目、荒唐、存有偏见和不公正的了。

“是我自己做得多么不好啊！”她不禁喊了出来，“我，一个自诩为善于甄别是非好坏的人！我，一个一向看重自己能力的人！常常看不起姐姐的那种宽大胸怀，每每操着一种对一切都不信任的眼光，以满足自己的虚荣心！这一发现多让人丢脸！可是这一丢脸又丢得应该！即便是我真的坠入了情网，我也不可能做得比这更糊涂了。然而，是虚荣而不是爱情，使我变得如此愚蠢。在刚认识这两个男人时，我便为一个人喜欢我感到得意，为另一个冷落我感到气恼，在对待他们两个人的态度上，我与偏见和无知为盟，驱赶跑了理智。到现在，我才恍然大悟。”

从她自己想到吉英，从吉英想到了彬格莱，顺着这样一条思路，让伊丽莎白很快记起了达西先生对这件事的解释还显得理由不太充分。于是，她又把信读了一遍。这第二遍的细读，效果有很大的不同。既然她在第二件事情上不得不相信了人家，又怎么能在第一件事上不相信人家的陈述呢？达西声称他自己完全没有看出她姐姐对彬格莱的感情，这使她不由得想起卡洛蒂对她姐姐的一贯看法。她不能否认，达西对吉英的描述并没有错。她认为吉英的感情虽然炽烈，却很少表露出来，她举止神态中常有的那种娴适恬静，每每让人很难看出她的真实情感。

当伊丽莎白读到关于她家人的那一段时，其中措辞固然伤人，然而批评得却很中肯，于是她越发感到了羞愧。那一切入肌肤的有理有据的指责让她否认不得，达西特意提到的在尼塞费尔德舞会上她家里人的种种表现（是达西起初反对这门亲事的原因），不仅使他难以忘怀，而且伊丽莎白也同样难以忘记。

信中对她自己和姐姐的赞扬，伊丽莎白当然体会到了。这使她感到些许的安慰，但却拂不去她为家人不争气而招来别人小看的羞辱。当她考虑到吉英的失意事实上是由她自己的亲人一手造成的，想到她们姐妹俩的优点，由于家人行为的不检点受到多大的损害，她感到一种从未有过的沮丧。

伊丽莎白沿着小路徘徊了两个钟头，她前思后想，脑子里重新过着这些事情，判定着它们的可能性和合理性，尽可能地说服自己去适应这么一个巨大、突然的变化。最后，她的身子感到疲惫了，又想到自己出来已久，便往家走。她进到屋里时，努力装出像平常一样高兴的样子，极力抑制着自己的情绪，免得谈起话来露出不自然的神情。

伊丽莎白回来后立刻有人告诉她说，在她出去的这段时间里，罗新斯的两位先生分别来看过她了。达西先生只待了几分钟说是来辞行的，费茨威廉上校则至少跟她们坐了一个钟头，希望等到她回来，有一会儿他甚至决定非要出去找她不可了。伊丽莎白对没有见到费茨威廉装出了一副惋惜的样子。实际上她却为此感到庆幸。费茨威廉上校不再是她向往的一个目标，她脑子里装着的只有这封信。

第十四章

那两位先生第二天早晨就离开了罗新斯。科林斯先生一直在房门附近等着行他的送别之礼。礼毕回到家来高兴地告诉她们，两位贵宾虽说刚刚从罗新斯那儿出来受了离别之苦，可看上去身体健康，精神状态也不错。说完他又急忙赶到罗新斯去安慰凯瑟琳夫人和她的女儿。归来时他洋洋得意地带回了夫人的口信，说是夫人觉得烦闷，非常想让他们全家人一起去同她吃顿饭。

伊丽莎白在见到凯瑟琳夫人时不由得想，要是她愿意的话，这个时候已经是作为夫人将来的侄媳妇出现在她面前了。她也不由得想到这位贵夫人该会怎样的气恼。“她会说些什么呢？——她将会如何发作呢？”这些问题倒让伊丽莎白觉得不无乐趣。

宾主们见面后的第一个话题便是，罗新斯少了几位贵人。“说实话，我真为此感到十分难过，”凯瑟琳夫人说，“我相信谁也不会像我这样强烈地感受到他们的离去。我特别喜欢这两位年轻人，他们也都喜欢我！他们离开时非常难过！每次离开都是这样。那位可爱的上校到最后总算打起了精神。可达西似乎一直很痛苦，我觉得他比去年走时痛苦得多。他对罗新斯的感情无疑是一年比一年深了。”

科林斯先生这时插进一句恭维话，母女俩听了都中意地笑了。

吃过午饭以后，凯瑟琳夫人发现班纳特小姐的心情似乎也不太好，她以为伊丽莎白是不乐意这么快就回家才显得这样，于是她说：

“如果你不想这么快回去，就给你母亲写封信，请求她让你再住些日子。我相信科林斯夫人会很高兴的。”

“对你的盛情挽留我非常感激，”伊丽莎白说，“可我无法接受。我必须在下星期六赶回伦敦。”

“哎哟，这么说来，你在这儿只能停留六个星期。我本来希望你能住上两个月，在你没来以前我就跟科林斯太太这样说过。你不必这么快就回去。班纳特太太肯定会同意你再住上两个星期的。”

“可是我父亲不同意。他上个星期就来信催了。”

“噢！只要你母亲同意，你父亲肯定不会有什么意见。女儿对父亲从来也不会有那么重要。如果你能再待上一个月，我就可以把你们中的一个顺便捎回伦敦，六月初我也要到那里待上一个星期。道森（驾车人——译者注）既然不反对驾四轮马车，那带上你们中的一个是很宽裕的。而且，如果天气凉爽，我愿意把你们两个都捎上，好在你们俩个头儿都不大。”

“你太好了，夫人。不过，我们还是要按原来的计划赶回去的。”

凯瑟琳夫人似乎不愿再挽留了。

“科林斯夫人，你要派个仆人去送送她们。你知道我是想到什么就说什么的，我不能容忍让两个年轻姑娘自己赶这么远的路。这样显得太不好了。你一定要想办法打发个人送送她们，我最看不惯的就是这样的事。年轻小姐们总是应该根据她们的身份给予适当的照顾和护卫。去年夏天，当我的姨侄女儿乔治安娜要到拉姆斯盖时，我非让她有两个男仆陪着不可。这位达西小姐，她身为彭伯利达西先生和安娜夫人的千金，如果不这样做倒要显得有失体面了。我对于这类事情是特别注意的。你一定得派约翰送两位小姐，科林斯太太。我很高兴我想到并告诉了你这件事，如果让她们两个自己走了，那于你来说是很丢面子的。”

“我舅舅会差人来接我们的。”

“噢，你的舅舅！他有男仆吗？我很高兴你能有人替你想到这些事情。你们打算在哪儿换马呢？喂！当然是在布罗姆莱。你们只要在贝尔驿站提提我的名字，便会得到关照。”

凯瑟琳夫人还提到了与她们旅途有关的其他事项，因为并不是所有的问题都是她能自问自答的，这就需要你用心去听，对这一点伊丽莎白倒是觉得庆幸。否则的话，她老是想着心事，难免会走神的。这些心事必须留到她一个人时再想。每逢独自时，她就翻来覆去地把它们想个痛快。在每天散步时，她也让自己一味地沉浸在这些不愉快的思绪当中。

伊丽莎白很快把达西的这封信熟记于心了。她仔细琢磨着信中的每一句话。她对这位写信人的感情变化很大。当她记起他的笔调口吻时，她仍是义愤填膺。可想到自己对他的谴责和訾议是多么不公正时，她的愤怒便转向了自己。他求婚受挫的失望情绪倒变成了她同情的对象。他的爱情引起了她的感激，他的人格唤起了她的尊重。不过，让她爱慕他却不可能。对拒绝他的求爱，也不曾有一刻后悔过，她也从未萌发过想再见到他的愿望。对自己过去的行为，她常常感到苦恼和悔恨。她家人的种种令人懊丧的表现，更是使她感到深深的愧疚。他们的毛病无可救药，她的父亲只是满足于对这些过失嘲笑一通，从来也懒得去管一管这几个小女儿的轻佻。她母亲自己身上的缺点就不少，对坏的习气全然毫无察觉。伊丽莎白常常和吉英一起想努力遏止吉蒂和丽迪雅的冒失无礼，可有母亲对她们的纵容，要她们改进谈何容易。吉蒂性情懦弱，容易焦躁，完全受丽迪雅的支配，一听到两位姐姐的劝告，就觉得受到了冒犯，丽迪雅则是任性放纵，对她俩的话更是听也不听。这两个妹妹懒惰、无知，又爱虚荣。只要麦里屯来了军官，她们就去跟人家调情。只要麦里屯和浪博恩相隔不远，她们就不会停止往那边跑。

为吉英担忧，是伊丽莎白的另一大心事，达西先生的解释使她恢复了她以前对彬格莱的看法，却也使她更深刻地认识到了吉英损失的巨大。彬格莱的感情证明是真诚的，他的行为不应该受到任何指责，除非是有人说他对自己的朋友过分信任了一点儿。一想到是由于她自己家人的愚昧和有失检点，从而断送了吉英的这么一桩从各方面来说都是如此理想、如此优越、如此有望获得幸福的婚约，伊丽莎白就痛心万分！

当这些思绪中又加进关于威科汉姆这个人的人品问题时，伊丽莎白那一向很少有过阴霾的快乐心境，现在会受到多大的影响（以致使她不能保持表面上的一种欢乐）就可想而知了。

在伊丽莎白临走前的一个星期里，她们到罗新斯的赴约还像初来时那么频繁。连最后的那个晚上也是在罗新斯度过的。这位贵夫人再一次详细地询问了她们旅程中的种种细节，指示她们应该如何打点行李，尤其是衣服必须怎样放置才对，这些命令似的叮嘱，让玛丽亚回来后又把早晨已整理好的箱子打开，重新整理了一遍。

她们告别的时候，凯瑟琳夫人不惜纡尊降贵，祝愿她们旅途愉快，请她们明年再来汉斯福德，德·包尔小姐甚至还向她们行了屈膝礼，并且和她们两个一一握了手。

第十五章

星期六早晨，伊丽莎白和科林斯先生早几分钟来到了早餐厅。那时别的人都还没到，他赶紧抓住这个机会，向她行他认为是绝对必要的道别之仪。

“伊丽莎白小姐，”他说，“我不知道科林斯太太是否已经对你来看我们的一片好意表达了她的感激，不过我确信她是不会不向你表示一番谢意就让你离开这所房子的。说实在的，你的到来使寒舍蓬荜生辉，我们自知舍下寒碜，无人乐意下榻。我们简朴的生活方式，我们的斗室陋屋，寥若晨星的侍仆，再加上我们的孤陋寡闻，一定使像你这样的一位小姐感到汉斯福德这地方非常的乏味了。我希望你能相信我们对你这次赏脸心怀感激，我们是竭尽绵薄之力，想让你过得稍稍愉快点儿的。”

伊丽莎白连声地表示感谢，说她这六个星期过得非常愉快，与卡洛蒂一起度过的快乐时光以及她所受到的热情款待，的确使她觉得非常美好。科林斯先生大为满意，他的笑容里添了几分庄严，回答道：

“听到你说你过得并没有不称心，真使我感到万分高兴。我们总算尽到了心意。而且最幸运的是我们能够将你介绍进了上流社会，由于我们跟罗新斯家的关系，使你经常能跟凯瑟琳夫人往来，改换一下这简陋的环境，凭此我想我们可以欣慰地说，你的这趟汉斯福德之行不会令你完全失望的。我们与凯瑟琳夫人家的关系的确使我们处于非常优越的位置，这一福分是很少人有的。你可以看出我们是处于什么样的地位，我们到那边的做客是何等的频繁。老实说，尽管我们这寒酸的牧师住宅有诸多的不便，我可不认为来这屋里住的人就是倒霉，只要他们能跟我们分享罗新斯那边的盛情美意。”

语言还不足以表达他那激奋高昂的情绪。他不住地在屋子里来回踱着步，接着又对伊丽莎白说了几句既是出于礼貌又是出于真情的话：

“我亲爱的表妹，你的确可以把我们的好运气带到哈福德郡那边宣传宣传，我想你会这样做的。凯瑟琳夫人对科林斯太太的关怀备至，你是天天亲眼看见。我完全相信你朋友的婚姻看起来是幸运的。不过对这一点还是不说为好。我要告诉你的是，我亲爱的伊丽莎白小姐，我从心底里诚挚地祝愿你将来的婚姻也能同样幸福。我的卡洛蒂和我真是情投意合。在每一件事情上，我们的思想和性情都表现出惊人的一致。我们似乎是天造地设的一对。”

伊丽莎白只能恭维地说，他们夫妻如此相处真是幸福无边，进而诚恳地说道，她完全相信他的家庭生活过得非常舒心，她很为此感到高兴。不过，当被他们说到的这位太太走进来从而打断了她的话时，伊丽莎白并不觉得遗憾。可怜的卡洛蒂！让她跟这样的一个男人相厮守，好不令人悲哀！可这毕竟是她自己睁着眼睛挑选的道路。虽然为客人们的离去卡洛蒂也不免感到难过，她却似乎不要人怜悯。她的安乐窝，她的家务活，她的家禽以及这儿教区的生活，凡此种种，都还没有失去对她的吸引力呢。

马车终于到了，箱子都捆在了车顶，包裹都放进车厢里，一切都准备好了。在朋友们之间进行了一番亲热的道别之后，伊丽莎白由科林斯先生陪着走出来，在他们经过花园的时候，他要伊丽莎白代他向她全家人问好，同时也没有忘了感谢他去年冬天在浪博恩时所受到的款待，没忘了让她代问嘉丁纳夫妇好，其实他根本就没有和他们照过面。随后他扶她上了马车，玛丽亚跟着也上去了，正待车门关上的当儿，他脸上突然出现一阵惊慌，提醒她们说，她们忘了给罗新斯的太太小姐们留言告别了。

“不过，”他接着说，“你们当然希望让我把你们谦恭的问候转达给她们，并对这些日子她们对你们的热心款待表示感谢啰。”

伊丽莎白没有反对，门这才被关上了，马车出发了。

“天啊！”在一会儿的沉默后玛丽亚喊道，“我们来这儿好像只住了一两天似的！可是有多少的事情发生过了呀！”

“的确是不少。”伊丽莎白叹息着说。

“我们到罗新斯赴过九次宴，另外还喝过两次茶！我回去有多少的东西可以讲啊！”

伊丽莎白心中暗暗地说：“我有多少事情须埋在心底啊。”

她们一路上各想各的心事，谁也没多说，也没受到什么惊吓。在离开汉斯福德四个小时后她们到了嘉丁纳先生的住宅。在这里她们将要留住几日。吉英的身体看上去不错，好心的舅妈为她们的到来安排了各种各样的活动，伊丽莎白无暇去仔细观察吉英的情绪。好在吉英就要和她一同回家了，到了浪博恩有的是时间来做这种观察。同时，要耐住性子，等回到浪博恩后再告诉姐姐达西先生向她求婚的事，也不是那么容易做到的。知道自己能说出让吉英不胜惊讶的事情，知道说出之后将能多大地满足她那理智迄今还不能克服掉的虚荣心，那一叫她开口的诱惑力真是太大了，只是由于一时还定不下来，她应该把秘密透露到何种程度，担心一旦谈起来，难免牵扯到彬格莱，会让姐姐更加伤心，她才守住了口。

第十六章

在五月里的第二个星期，三位年轻的小姐从天恩寺街一起出发了，先到哈福德郡的某某镇上的一个小旅店。班纳特先生接她们的马车会等在那里，当她们抵达客栈时，她们就看到吉蒂和丽迪雅从楼上的餐厅里望了出来，这表明车夫已经准时到达了。这两位姑娘已经在客店待了一个多钟头，高高兴兴地逛了一回对面的帽子商店，看了看站岗的哨兵，又调制了一些胡瓜色拉。

在欢迎了两位姐姐后，她们便一面洋洋得意地摆出一桌小客栈里通常所能提供的冷盘来，一面嚷着："这些菜怎么样呢？你们想也没想到吧？"

"我们俩本想着请你们吃饭的，"丽迪雅说，"不过，你们必须先借给我们点钱，刚刚在对面的商店里我们把带的钱都花光了，"说着拿出了买下的东西。"瞧，我买了一顶帽子。我并不觉得它好看，只是我想买一顶也好。我回去就把它拆开重新缝制一下，看看能不能弄得比现在好。"

姐姐们都说这顶帽子难看，丽迪雅却毫不在乎地说："噢！那家店里还有两三顶更难看的呢。待我买上一点儿颜色漂亮的缎子，把它重新装饰一下，我想就能看得过去了。何况，今年夏天我们姑娘家们就是怎样地穿衣打扮，也无所谓了，我们郡的民团在两星期之内就要开拔啦。”

“真是这样吗？”伊丽莎白大声地问，感到了一种极大的解脱。

“他们要开拔到布利屯地区。我真想叫爸爸带我们一起到那儿度夏！这将是一个很好的安排，或许也花不了多少钱。妈妈也非常愿意去！不然的话，我们这个夏天将会过得多么苦闷难熬啊！”

“是的，”伊丽莎白想，“这可真是个好安排，马上就会要我们的好看。天啊！布利屯和它那整营整营的官兵，我们怎能消受得了！只是麦里屯的一个小小民团和每个月的几次舞会，就已经把我们搞得晕头转向了。”

“嗨，我现在有条消息要告诉你们，”当她们在桌子前坐下来后，丽迪雅说，“你们猜猜看是什么？这是一条好消息，说的是我们大家都喜欢的一个人。”

吉英和伊丽莎白相互看了看对方，吩咐那个侍者退下了。丽迪雅见此笑着说：

“哎呀，你们也真是太谨慎太讲规矩了。你们以为一定不能让这个跑堂的听，好像人家在乎这条消息似的！我敢说，他平常听到的要比我这儿说的粗鲁得多呢。不过，他长得太丑啦！走开了也好，我生平还没见过他那么长的下巴。喂，现在我来讲了。是关于亲爱的威科汉姆。这样好的消息不该叫跑堂的听，不是吗？这里再也没有威科汉姆要娶金小姐的危险了。这一回该轮上你了，丽萃！金小姐已经上利物浦她叔叔那儿去住了。威科汉姆现在安全了。”

“金小姐也安全了！”伊丽莎白补充说，“摆脱了一桩只为钱财的鲁莽婚姻。”

“如果她喜欢他，那她走开可真是太傻了。”

“我希望他们双方都还没有太深的感情。”吉英说。

“我相信，在威科汉姆这方面肯定没有，我敢担保他从来也没有把她放在过心上，谁会看得上这么一个令人讨厌的满脸雀斑的小东西呢？”

尽管伊丽莎白自己怎么也不会说出这么粗鲁的话来，可是这种粗鲁的想法在她心中却是有过的，想到这一点，她不禁吃了一惊。

吃过了饭，姐姐付了账，马车便准备好了。经过了一番安排，所有的人，连同她们的箱子、针线包、包裹，以及吉蒂和丽迪雅刚买的那些不受欢迎的小东西，总算都放进到车子里。

“我们大家挤在一起多好啊！”丽迪雅嚷着，“我现在真高兴我买了那顶帽子，不为别的，就是为多一个盒子再挤一点，也觉得好玩呀，喂，让我们大家舒舒服服地依偎在一起，一路谈笑着回家吧。首先，还是让我们听听你们离家以后遇到的事情吧。你们碰到过中意的男人吗？你们和他们调情了吗？我满心希望着你们这次回来，至少有一个已经找到丈夫了。吉英很快就会变成老姑娘啦，我敢说。她已经二十三岁！天啊，我要是到了二十三岁还没结婚，我会羞愧死的！菲利浦姨妈要你们赶快找丈夫，你们没想到吧。她说丽萃还不如找了科林斯先生。不过，我可不认为那有多好。天啊！我真想赶在你们前面结了婚，那样的话我就可以领着你们去参加各种舞会了。哎哟！我们那天在弗斯特上校家里才过得有意思呢。吉蒂和我那天都准备在那儿玩上一整天，弗斯特太太答应晚上开个小型舞会。哦，我和弗斯特太太是极要好的朋友呢！她请了哈林顿家的两位来参加，可是海丽特病了，所以佩恩小姐只得自个儿来了。你们猜我们怎么来着，我们给伯莱恩穿上女人的衣服，把他打扮成了一个女的，想想这有多开心！除了上校、弗斯特太太、吉蒂和我以及姨妈外，谁也不知道。说到姨妈，那也是我们不得不开口跟她借衣服时她才知道的。你简直想象不出他穿上女人衣服有多漂亮！当丹尼、威科汉姆、普拉特和另外两三个男人们进来时，他们一点儿也没能认出他来。天啊！我笑得都前仰后合了！弗斯特太太也是如此。我简直笑得透不过气来。这才叫男人们起了疑心，不久他们便发现是怎么一回事了。”

谈着这样的一些晚会上的故事和别的笑话，再加上吉蒂的从中插科打诨，丽迪雅一路上让大家很开心。伊丽莎白尽量地不去听它，可是常常提到的威科汉姆的名字总是往她耳朵里钻。

她们在家里受到了最热情的欢迎。班纳特太太看到吉英的美貌丝毫未减，感到格外高兴。在吃午饭的时候，班纳特先生有好几次不由自主地跟伊丽莎白说：

“你回来了我真高兴，丽萃。”

在餐厅吃饭的人可真不少，几乎所有鲁卡斯家的人都来看玛丽亚和打探消息了。她们要问的问题真是各种各样。鲁卡斯太太正在问桌子对面的玛丽亚，她的大女儿生活得可好，鸡鸭养得多不多。班纳特太太则是两头忙乎，向坐在她这一边的吉英打听到了伦敦现在的时尚，便又赶忙把它们告诉了坐在她那一边的鲁卡斯家的小女儿们。丽迪雅的嗓门比谁的都大，正在把今天早晨的乐事儿一一讲给任何一个想听的人。

“噢，玛丽！”丽迪雅说，“你要是也跟我们一块儿去就好了，我们玩得可痛快了！在我们去的路上，吉蒂和我放下了车里的窗帘，假装车上没有坐人。要不是吉蒂后来晕车，我们一路上都会这样。在我们到了乔治客店以后，我以为我们做得也相当漂亮，因为我们用世界上最美味的冷盘招待了她们三个。要是你去了，我们当然也会招待你的。我们回来时就更热闹啦！我原想这么一辆车怎么也坐不下我们的。我真要笑死了。然后是回家的一路上我们的快乐！我们大声地喊，尽情地笑，人们在十里之外也能听得到我们！”

对这一席话，玛丽非常严肃地回答道：“我的好妹妹，不是我故意扫你们的兴。这些快乐也许会让一般的女孩喜欢。可坦率地说，它们对我却没有一点儿的吸引力。我觉得读书要比这有趣和有意义得多。”

不过，丽迪雅却并没听到这个回答。她听谁说话也听不到一分钟。对玛丽的话她更是从来也没有听过。

到了下午，丽迪雅跟其他的几个女孩便急着要上麦里屯去看那边的朋友，伊丽莎白坚决反对。她不愿意听到别人的飞短流长，说班纳特家的姑娘们回了家还不到半天，便去追军官们了。她的反对还有另外一个原因，她害怕再见到威科汉姆，决心尽可能地避免和他见面，民团将要开拔的消息对她是个极大的安慰。不出两个星期，民团就要走了，她希望再不会因威科汉姆的事而受到折磨。

刚到家不久，伊丽莎白便发现丽迪雅在小客店里曾提到过的那个布利屯之行，在她的父母中间经常被提起。伊丽莎白看到她的父亲丝毫也没有让步的意思，可他的回答同时又是含糊不清的，所以她的母亲虽然几次碰了钉子，却始终没有放弃这一打算。

第十七章

伊丽莎白再也抑制不住她渴望告诉吉英的心情了。在她决定对有关姐姐的一切细节避而不谈后，于第二天早晨向吉英讲述了她和达西之间发生的事情，想着吉英肯定会吃惊的。

班纳特小姐听后感到的惊奇很快就被她对妹妹的那颗强烈的爱心给减弱了，这种偏爱使她觉得无论别人对伊丽莎白有怎样的爱慕之情都是非常自然的。接着其他的感情便代替了惊奇。她替达西先生惋惜，觉得他不该用一种与求爱极不相合的方式倾诉衷情。但更使她难过的是，妹妹的拒绝会给达西带来多大的痛苦。

“他那么理所当然地认为你会接受他，当然不对，”吉英说，“他无疑是不应该表现出这种态度来的。可也正因为此，他的失望会更大！”

“是的，”伊丽莎白回答说，“我心里很替他难过。不过，其他的各种感情很快便会把他对我的爱给冲淡的。你总不会怪我拒绝了他吧。”

“怪你？噢，当然不会。”

“可是，你一定会责怪我那样卖力地替威科汉姆说话。”

“不会，我觉得你的话没有什么错。”

“可待我把第二天发生的事告诉你以后，你就不会这么说了。”

于是她讲了达西的那封信，把有关乔治·威科汉姆的部分都一五一十地说了一遍。对善良的吉英来说，这是多么残酷的打击啊！她这一生决不愿意相信，在我们人类中间会存在着像集于现在这个人身上的那么多的邪恶。虽然给达西先生的昭雪使她感到了一些慰藉，却抚平不了知道世上竟有这样的邪恶而给她带来的痛苦，她尽力想证明这里面可能是有了误会，极力想为一个人开脱，又不牵扯到另一个人。

“这不可能，”伊丽莎白说，“你不能说他们两人都是清白的。进行选择吧，只选出一个你较为满意的。在他们俩中间仅有这么多的优点，只刚刚够一个人的。这一段时间以来，这些优点一直在他们两个人身上变来换去。我现在是倾向于相信达西先生是对的。不过，你可以有你自己的选择。”

只是过了好一阵子后，吉英的脸上才勉强露出了一点儿笑容。

“这是我平生感到最为震惊的一次。”吉英说。

“威科汉姆原来这么坏！这几乎叫人不敢相信。可怜的达西先生！亲爱的丽萃，你且想一想他会多么痛苦。他经受了多么大的失望！知道了你是这么看不起他！而且不得不把他妹妹的隐私说了出来！这的确有点儿太煎熬他了。我相信你也一定感觉到这一点了吧。”

“啊，不！看到你这样地替他们两个考虑，我的懊恼和同情都没有了。我知道你会多多地给达西说公道话，所以我倒变得越来越不太关心和无所谓了。你的四溢的同情心省下了我的。要是你再这样为达西叹息下去，我的心就会轻快得像羽毛一样飞起来啦。”

“可怜的威科汉姆，他看上去那么善良！那么开朗、和蔼和温雅！”

“在这两个年轻人的教育上，一定是出了什么大的差错。一个是所有的优点都藏在内里，另一个则是都表现在了面上。”

“以前你认为达西先生在仪表风度上欠缺，我可从来也没有这么想过。”

“我以为我以前无缘由地那么不喜欢他，是想表现出一种非同一般的聪明。这样地不喜欢一个人，可以激发一个人的才分，开启一个人的心智。一个人不停地谩骂当然说不出什么公正的话来。可是在你对一个人总是抱取笑态度时，你却有可能碰上一两句切中利弊的话。”

“丽萃，在你第一次读那封信时，我相信你一定不能像现在这样对待。”

“的确，我不能。我当时的心情就够不好受得了。可以说是非常的不快活。我心里有许多感触。可是找不到人倾诉，没有吉英来安慰我，说我并不像我自己所想象的那样懦弱、虚荣和荒唐。啊，我当时多么想让你在我身边啊！”

“你跟达西先生说到威科汉姆时，使用了那么多激烈的言辞，这有多不好啊！这些话现在看起来都是完全不应该说的。”

“的确如此。我当时说话那么伤人，是我一直对头脑中的偏见进行纵容的最自然的结果。这里有一点，我想听听你的意见。你说我该不该把威科汉姆的品行告诉给我们的朋友们呢？”

班纳特小姐想了一会儿后说道：“这里无疑没有那种非要暴露出他来的理由。你怎么认为？”

“我也觉得这样做不妥。达西先生并没有允许我把他的话公布于众。相反，有关他妹妹的事情，他叮嘱我丝毫也不要吐露出去。如果我只讲威科汉姆其他方面的品行来说服众人，谁又会相信我呢？

大家对达西先生的偏见太深了，你要叫人们对他改变看法，恐怕麦里屯有一半人不会同意。我没有办法说服众人。何况，威科汉姆很快就要走了。他到底是个什么样的人，与这儿的任何人也没有什么关系了。过些时候，一切都会真相大白，到那时我们就可以取笑人们在事先毫无察觉。眼下我宁愿只字不提。”

“你说得对，把他的错误公开，会毁了他的一生的。现在，他或许已经对他所做的事后悔了，渴望要去重新做人呢。我们不必弄得他太绝望。”

伊丽莎白烦乱的心绪，经过这次谈话渐渐地平静下来。她已经去掉了这两个星期以来一直压在她心头的秘密，而且她确信只要她再想谈到这两个话题，吉英一定会愿意听的。可是她心里还有一件事，为了慎重起见，还不敢说出来。她还不敢提到信的另一半内容，也不敢向姐姐解释，达西的那位朋友对她有多么看重，这是不能跟任何人分享的秘密。她觉得除非是当事人各方之间达成了完全的谅解，她才能甩掉了这最后的包袱。“到那时，”伊丽莎白想，“如果是那件不大可能发生的事（指吉英和彬格莱的婚事——译者注）竟然变成了现实，我便可以把这个秘密说出来了，不过到那时让彬格莱自己说出来也许更动听。在这一隐情未失去它的效用之前，我绝不能轻易地把它透露出去。”

既然已经到家，伊丽莎白便有时间来观察姐姐了。吉英并不快活，她对彬格莱仍然怀有情意。因为她以前从未品尝过恋爱的滋味，她的感情更具有初恋时的炽烈，又由于她的年龄和性格关系，她比别人的初恋有着更大的执着性。她常常沉湎于对彬格莱的怀念之中，她把他看得比天下的任何一个男人都好，因此她需要用她全部的理智，用她对朋友感情的最大尊重，才能遏制住她那惆怅心情的泛滥，这一全身心的抑制，一定对她的健康和恬静心情有所损害。

“哦，丽萃，”班纳特太太有一天说，“你对吉英的这件伤心事怎么看？在我这方面，我是绝不会跟任何人再提起这件事。几天前我也这样告诉了你姨妈。我知道吉英在伦敦连彬格莱的影子也没见着。唉，他是个没品行的年轻人。我想吉英这辈子再没指望嫁给他了。也没有人谈起他夏天会回到尼塞费尔德。我已经跟可能知道内情的人都打听过了。”

“我看他无论如何是再也不会回到尼塞费尔德了。”

“噢，随他去吧！没有人想叫他回来。不过，我还是要说，他太对不起我的女儿啦。要是我是吉英，我就跟他没完。唉，现在能给我点安慰的只有：吉英如果心碎而死，他到时就会后悔他现在做的事啦。”

可是，伊丽莎白却不能从母亲的这种期望里得到安慰，所以她没有吭声。

“喂，丽萃，”她的母亲又接着说，“科林斯夫妇这两口子的日子过得不错，是吗？我但愿他们永远不错。他们每天的饭菜怎么样？我敢说，卡洛蒂是很会持家的。如果她有她妈妈一半的精明，她就能有点儿积蓄啦。我想，他们家里没有什么太贵的消费吧。”

“不，一点也没有。”

“肯定是兢兢业业地持家。没错，准是这样。小心翼翼地不让他们的支出超过收入。永远不会因为没钱花而烦恼。我想，他们一定常常提到等你父亲死后，他们要收回浪博恩的财产。要是这一天来了，我敢说，他们会把它据为己有的。”

“这个话题，妈妈，他们在我面前没有提起过。”

“是的。要是他们提到，那倒叫人觉得奇怪了。不过，我一点也不怀疑，他们在私下里一定常常谈起这件事。唔，如果他们有了这笔非法的财产还能心安理得，那就让他们去占有吧。要是有这样的一笔财产给我，我才耻于接受呢。”

第十八章

姐妹俩回来的头一个星期就这样很快地过去了。第二个星期开始了。这是民团在麦里屯停留的最后日子，邻近的姑娘们一个个都变得垂头丧气。这种沮丧几乎到处可见。唯有班纳特家的两位大小姐还仍然能够照常饮食起居，做她们平常爱做的事。她们俩的这一无动于衷常常受到吉蒂和丽迪雅的责备，她们自己已经伤心到了极点，不能容忍家里任何成员的这种铁石心肠。

“天啊！我们这一下可完了！我们以后该怎么办呢？”吉蒂和丽迪雅常常在她们无尽的懊恼中发出这样的感叹，“丽萃，你现在怎么还能笑得出来呢？”

多愁善感的班纳特太太同情她的两个小女儿，记得二十五年前她自己就曾遭受过一回类似的痛苦。

“那一次，”班纳特太太说，“当米勒上校的那个团调离的时候，我整整哭了两天两夜。我想我就要哭得心碎了。”

“我相信我会痛苦得心碎的。”丽迪雅说。

“要是能去布利屯就好啦！”班纳特太太说。

“噢，是的！如果能去布利屯就好啦！但爸爸一直不同意。”

“一个海水澡就能叫我的精神永远好起来。”

“菲利浦姨妈也说，海水浴对我的身体很有好处。”吉蒂接着说。

在浪博恩家里整天长吁短叹的就是这样的一些话题。伊丽莎白想从心里对她们取笑一番，可是所有的愉悦之情都被羞耻感给淹没了。她重新觉得达西先生对她家人的反对是有道理的，她现在第一次能原谅他对他朋友婚事上的干涉了。

不过，丽迪雅的忧虑很快就消失了。她接到民团上校的妻子弗斯特太太的邀请，要丽迪雅陪她到布利屯。这位丽迪雅的要好的朋友是个非常年轻的女子，最近刚结了婚。性情和精神上的酷似，使她和丽迪雅很投缘，经过三个月的相识，她们早已是一对密友了。

丽迪雅此时的狂喜，她对弗斯特太太的赞美，班纳特太太的喜悦以及吉蒂的沮丧，自然是谁都可以想见的。丝毫不顾及吉蒂的心情，丽迪雅在屋子里高兴得乱蹦乱跳，让大家都来向她祝贺，谈笑的劲头比以往任何时候都大。而倒霉的吉蒂则一直在客厅里怨天尤人，发着脾气。

“我不明白弗斯特太太为什么不能邀请我也去，”吉蒂说，“虽说我不是她的好朋友，我也一样有权利受到邀请，更何况我比丽迪雅还大两岁呢。”

伊丽莎白给吉蒂讲道理，吉英劝她不必生气，可吉蒂理也不理。至于伊丽莎白自己，这一邀请在她心中激起的感情可跟她母亲和丽迪雅的完全不同，她担心丽迪雅这一去会把她还有的一点儿德行全给毁了；尽管丽迪雅知道了她这么做一定会恨她，她还是禁不住暗

地里劝说父亲阻止丽迪雅。她跟父亲讲了丽迪雅行为举止中许多有失检点的地方，说明跟像弗斯特太太这样的女人交朋友毫无益处，而且让这样的一个朋友陪着，在诱惑力比家里大得多的布利屯，真不知道丽迪雅会干出什么样的蠢事。班纳特先生在认真地听完她的话以后说：

“丽迪雅不让自己在这样或那样的公众场合下露露脸、亮亮相，是永远不会安生的。她这次出去露脸，既不用家里的什么开销，也不会给家里带来什么不便，这正是我们所求之不得的呢。”

“你要是知道，”伊丽莎白说，“丽迪雅惹人注目的冒失、轻佻行为会给全家带来多大的损害——其实我们已经受到了影响，我相信你对待这件事的态度就会不同了。”

“已经受到了影响！”班纳特先生重复道，“哦，是不是她已经吓跑了你们的恋人？我的可怜的小丽萃！你不必沮丧。那些一点儿也不能容忍与谬误沾边的脆弱公子哥儿，可不值得你惋惜。来，告诉我由于丽迪雅的愚蠢行为，已经有几个可怜的小伙子打了退堂鼓。”

“你的确是误会了，爸爸，我并没有这样的损害要抱怨。我现在只是就一般而言，没有特别的所指。我们在世人面前的尊严以及我们的社会地位，都必定会由于丽迪雅的这种我行我素、放荡不羁和轻佻乖戾的性格受到影响。请原谅我的率直。如果你，我亲爱的父亲，不及早想法遏止她的这种狂野性情，不开导她，说她目前的胡乱调情不该是她一生的追求，她很快就会变得无可挽救。她的性格很快会成型，她会在十六岁就成为一个十足的放荡女孩，弄得她自己和家人遭人耻笑。她的调情是趣味最低级的那一种。除了年轻和长得像个人样儿外，将一无可取。由于她的愚昧无知和头脑空空，她疯狂地追求别人的爱慕，结果招来的只能是众人的鄙视。吉蒂也有这种危险，她紧紧追随丽迪雅，爱慕虚荣、无知、怠惰、恣肆放纵！噢，我亲爱的父亲！难道你认为有这样的可能：她们走到哪里也不会受到众人的谴责和蔑视，她们的姐姐也不会为此常常丢脸吗？”

班纳特先生看得出来，伊丽莎白的整个身心都放到这个问题上了。他慈祥地握着她的手说：

“不要为这件事不安，我的好女儿。你和吉英无论走到哪里都会受到尊敬。你们不会因为有两三个不争气的妹妹，便减少了你们的光彩。如果不让丽迪雅去布利屯，我们浪博恩就会无安宁之日，就叫她去吧。弗斯特上校是个明理识体的人，不会让她搞出什么恶作剧来的。幸好，丽迪雅又这么穷，不会成为别人追逐的对象。到了布利屯，她的调情会比这儿更不起什么作用。那里的军官们会找到更中意的女人。所以让我们希望，她的这次布利屯之行，或许能让她认识到自己在各方面的不足。她再坏，能坏到哪里去呢，我们总不能一辈子把她关在家里吧。”

听了这样的回答，伊丽莎白只能作罢了。父亲并没能使她改变看法，她失望地怏怏不悦地走开了。不过，再去想这些问题来增添她的烦恼，也不是她的性格。她自信她已经尽到了责任，去为无法避免的危害担忧，或是用过分的焦虑去浇灌它们，可不是她的天性。

假如丽迪雅和班纳特太太得知了伊丽莎白和班纳特先生之间的这场谈话，她们母女俩的愤慨一定小不了，就是一块儿骂上一顿也难以解气。在丽迪雅看来，这次布利屯之行囊括了人世间可能有的一切幸福。她幻想着在那快乐的浴场和一条条的街道上到处都是军官们。她好像看见几十个素不相识的军官在向她大献殷勤。她仿佛看到了军营的宏伟壮观，一排排整齐美观的营帐一直延伸向远方，那儿全是年轻快活的军人们，穿着耀眼的大红军服。她遐想着她就坐在这样的一个帐篷里，至少和六个军官在同时柔情蜜意地调情。

要是丽迪雅知道了伊丽莎白硬是要把她从这般美好的憧憬和现实当中拉拽回来，那她真不知道会怎样地发作呢。只有母亲能体会她的这种心情，也许差不多还会跟她有同感吧。班纳特太太已经知道丈夫不同意这趟旅行，有点儿郁郁不乐，丽迪雅的布利屯之行是对她唯一的安慰。

不过，这母女俩根本不知道那场谈话。她们俩的欢喜一直不间断地持续到丽迪雅动身的那一天。

伊丽莎白现在该和威科汉姆先生见最后一面了。她这次回来以后已跟他见过许多次面，因此不安的情绪早已消失。她为以前对他有过情意而感到的懊恼也完全没有了。她甚至学会了从他最初讨得她欢心的文雅外表下面，看出他的矫揉造作和类似于令人厌恶的品性。从他最近的态度中，伊丽莎白又感到一种新的不愉快，他现在好像又在对她献殷勤了，经过了一番波折之后，这只能更激起她的反感。伊丽莎白一旦发觉自己成了这样一个游手好闲的浪荡公子的追逐对象，便丧失掉了对他的一切兴趣。在她克制着这种感情不让它表露出来的同时，却不能不感觉到一种对自己的谴责：威科汉姆以为他随时可以把她抛弃，可无论什么时候他想重修旧好，又可以再得到她的青睐，她的虚荣心便可再得到满足。

民团离开麦里屯的前一天，威科汉姆和几个军官来浪博恩吃饭。伊丽莎白可不愿意这么好声好气地就送他走了，所以在威科汉姆问到有关她在汉斯福德的情况时，她便提起了也在那里待了三个星期之久的费茨威廉上校和达西先生，并且问他认识不认识费茨威廉上校。

威科汉姆的脸上露出惊愕、慌乱和不悦。可在稍做镇定之后，他的脸上又现出了笑容，他回答说他从前常常见到费茨威廉上校。在称赞了上校是个很有绅士风度的人之后，他问伊丽莎白是否喜欢这个人。她热情地回答说，她很喜欢。接着他带着一副满不在乎的神气问道：“你刚刚说他在罗新斯待了多久？”

“将近三个星期。”

“你们常见面吗？”

“是的，几乎天天都见。”

“他的风度和他表兄的大不相同。”

“是的，非常不同。不过，认识久了，我觉得达西先生也在改变。”

“真是这样吗?！”威科汉姆喊道，他诧异的神情并没有逃过伊丽莎白的眼睛。“可以问一下吗?”说到这里，他止住了，然后换了一种愉快的声调说，“达西是不是在谈吐方面有所改变了，他是不是出于礼貌改进了他平时的做派? 因为我不敢奢望，”威科汉姆用一种更为严肃的语调小声说，“他能从本质上变好。”

“噢，不会！”伊丽莎白说，“在本质上，我相信，他还是跟从前完全一样。”

在她说话的当子，他似乎不知道是该对她的话高兴，还是不去相信。从她的表情上，他好像看出一种叫他担心和焦虑的东西，只听伊丽莎白继续说道：

“我刚才说认识久了他也在改变，并不是指他的思想或是言谈举止改变了，而是随着对他了解的加深，他的性格也就被更好地了解了。”

威科汉姆此时的慌乱，从他涨红了的脸和不安的神色中表现出来。有几分钟他一声不吭，直到他平复了他的那副窘相，才又转过身，用极其温柔的语调对伊丽莎白说：

“你很了解我对达西先生是怎样的感情，所以你也很容易理解，听到他居然能够明智到在言谈举止上有所改进，我真为他高兴。他的骄傲朝着这个方向发展，即便对自己无益，也可对别人有好处，这一定能让他不敢轻易做出那种已使我深受其害的过失。只是我担心他的这一收敛，我想你刚才也是暗示的这个意思吧，仅仅是做给他姨妈看的，他很看重他姨妈对他的看法。我知道，每当他们姨侄二人在一起时，他都有这种敬畏感。这在很大的程度上是因为他将来希望和德·包尔小姐联姻，我敢说，这是他心上的一件大事。”

伊丽莎白听到这里，忍不住一笑，不过，她只是稍稍地点了点头作为回答，她明白他想让她再提起他的那件伤心事，好能再发发牢骚，可她却没有那样的兴致去怂恿他。在以后的时间里，虽然威科汉姆这方面还是操着往日的那副快活神情，却也没有再试着去恭维伊丽莎白。最后他们客客气气地道了别，也许双方心里都想着，但愿这是他们两人的最后一面。

晚宴散了后，丽迪雅随着弗斯特太太一起到了麦里屯，从那里她们打算明天一大早动身。丽迪雅和她家人的告别是一番喧闹，而鲜有离愁。只是吉蒂流了几滴眼泪，而这泪也是出于妒忌和恼怒流的。班纳特太太这边又是没完没了的祝女儿幸福的话，又是让女儿好好行乐的千叮万嘱。对这番叮嘱，我们有千万个理由相信，丽迪雅自然会照办不误喽。她兴高采烈地向家人大声道别，至于姐姐们温柔的告别话儿，她压根就没有去听。

第十九章

如果伊丽莎白的婚姻观全部都取自她自己的家庭，她脑子里就不会形成一幅婚姻幸福、家庭和美的悦人画面了。她的父亲因为当年迷恋青春美貌，以及青春美貌上常常附着的表面情韵，娶了一位智力低弱、思想狭隘的女人，婚后不久他对她满腔真挚的爱便消失了，夫妻之间的互敬互爱和推心置腹，以及他对家庭幸福的期盼，全都不复存在了。可班纳特先生不是那种遭受到由自己的鲁莽而造成的失望便去淫逸享乐来聊以自慰的人。他喜欢乡村，喜欢书籍，并从这些嗜好中获得了乐趣。对他的妻子，要说感激的话，只是因为她的无知和愚昧有时可用来供他作取笑开心之用。照常理，一个男人准不愿意从自己的老婆身上寻得这种快乐。不过在别的愉悦都缺少的情况下，一个真正的贤人能从所给予他的任何东西中获得裨益。

伊丽莎白对父亲没有尽到做丈夫的责任，并非没有觉察。她看到这种情形时总是很痛苦。只是因为尊重他的能力，感激他对自己的疼爱，才极力去忘掉那些不顺心的事和不愉快的思想。她知道，父亲常常不履行丈夫的职责，没有夫妻间应有的尊重，让他的妻子每每在自己的孩子们中间丢人现眼，这本是应该受到谴责的。不过，说到不美满的婚姻给孩子们带来的不利影响，她从未像现在这样感受得强烈。而且对父亲才能的误用所造成的伤害，也从未像现在这样认识得深刻。这些才能如果使用得当，至少也许能顾全了女儿们的体面，即便不能拓宽了他妻子的思想。

在伊丽莎白为威科汉姆的离去感到庆幸时，却也发现民团的开拔在别的方面并没有什么好处。她们外出的活动比以前单调得多了。在家里，则是有个总在因生活乏味而发牢骚的母亲和妹妹，使得家庭氛围显得越发沉郁。至于吉蒂，虽说闹得她心慌意乱的那个人走了，她慢慢会安静下来，可是她的另外那个妹妹，现在身处兵营和浴场双重危险的环境中，再加上她那成事不足、败事有余的性格，很可能会更加任性胡来。处在这样的环境中，伊丽莎白觉得她眼巴巴地盼望着到来的一件事，等真正到来时，并不像她预想得那么满意。于是，她不得不再找到一个能真正开启她幸福的憧憬，为她的幸福找到另一个支点，通过陶醉在期待的心情中安慰眼下的自己，也准备着迎接另一个到来的失望。到湖区的旅行是她现在心里最值得高兴的一件事。在母亲和吉蒂不断发着牢骚的这段不快乐的日子里，这一期待中的旅行是她最大的慰藉。如若她能让吉英也参加进来，那么这趟湖区之行就十全十美了。

"不管怎么说，"伊丽莎白思忖着，"我现在还有一件事值得期盼，等到一切准备就绪要动身的时候，我的失望便肯定又会回来啦。不过，因为姐姐不能同行，我存着这份无尽的遗憾上路，我就又有理由去希望和期待。一个全是预示着美好的计划，永远不可能实现。只有稍许带上几分特别的苦恼，才可以大体上防止失望。"

丽迪雅临走时，曾答应母亲和吉蒂会常常写信，详细地告知她在那儿的情况。可她的信总是姗姗来迟，而且写得很简短。她给母亲的信上总是写着一些什么她们刚从图书馆回来，有许多军官一起陪着她们去啦，什么她在那儿看到许多漂亮的装饰品，使她很眼红啦；

或者是她刚买了一件新衣服、一把洋伞，她本想给她们好好描述一番，只是因为弗斯特太太叫她去军营，所以只好作罢啦。从她给吉蒂的信中，能得知的情况就更少了，因为这些信虽然很长，可是句子下面尽是那些画了长线不让公开的内容。

在丽迪雅走了两三个星期以后，浪博恩重新恢复了愉快欢乐的气氛。到伦敦过冬的人都陆续返回，人们穿起了夏日的靓衣，到处又是夏日的约会。班纳特太太又像往常那样好动和随和了，到六月中旬的时候，吉蒂的心情也好了起来，到麦里屯时能不再掉下眼泪。伊丽莎白看到了真高兴，她希望到了圣诞节时，吉蒂会变得理智起来，不至于还是天天都要几次提到军官们，除非是司令部不管这一切，又不怀好意地另出花样，再派出一团人驻扎到麦里屯。

他们定好的北上旅行的时间眼看就要到了。正在这个时候，嘉丁纳舅妈来了一封信，把行期拖后，旅行的地点也得往近处挪。信上说，因为嘉丁纳先生有事，必须推后两个星期，到七月份才能动身，而且必须在一个月内又得赶回伦敦。因为旅行的时间缩短不能走得太远，不能像他们开始计划的那样，看那么多的名胜，或者至少不能那样悠闲从容地游览湖区了，所以他们不得不放弃湖区，找一个较为接近的地方，照目前的安排，朝北最多走到德比郡。其实在那块地方，便有许多的东西值得一看，足够消遣掉他们三个星期的时间。而且对嘉丁纳舅妈来说，那个地方还有着一种特别的吸引力。那个她曾经住过几年、现在又要用几日重游的城镇，勾起了她极大的好奇心，她甚至觉得那些著名的旅游胜地马特洛克、恰兹华斯、鸽谷和秀皐也不过如此罢了。

伊丽莎白失望极了。她一心想的是往湖区去的，现在她仍然认为有足够的时间旅行到那里。不过，她只能客随主便。再说她天生的一副乐天的性格。不一会儿也就觉得没事了。

提到德比郡，就免不了引起伊丽莎白的许多联想。只要她听到这个名字就不可能不想到彭伯利和它的主人。“当然啦，”她想，“我可以大摇大摆地走进他的镇子，不让他知晓地拿走几块透明的晶石[①]。”

现在，等待的时间又延长了一倍。她的舅舅和舅妈还有四个星期才能到来。不过日子总算打发了过去，嘉丁纳夫妇和他们的四个孩子终于出现在了在浪博恩。这四个孩子中有两个女孩，一个六岁，一个八岁，有两个男孩，他们都将留在这儿由他们的表姐吉英给予特别的关照，这位表姐深得他们的喜爱，她的耐心和温和的性情又使她很适合对他们进行各方面的照顾——教他们识字，跟他们做游戏以及疼爱他们等等。

嘉丁纳夫妇只在浪博恩住了一夜，第二天早晨便带着伊丽莎白开始了他们的探奇寻乐的旅行。至少，这样的一种乐趣是他们这次旅行中肯定有的——那就是旅伴选得合适，大家都身体健康、性情随和，无论遇到什么不便也能忍受。大家都天性乐观，碰上乐事更能叫它乐中有乐——大家都聪慧互爱，有这些共同点，即便外面发生了什么不愉快的事，他们相互之间仍然可以自得其乐。

本书不打算描写德比郡的风光，也不打算描述他们一路上所经过的一些著名的景区，譬如大家都熟悉的牛津、布愣恩、沃里克、凯尼尔沃恩、伯明翰等。德比郡的一个小镇是本书现在所要讲的。这个小镇名叫兰姆屯，是嘉丁纳太太从前居住过的地方，她最近听说这里的一些旧人还健在，于是在览毕了乡间的一切主要景点之后便绕道来到了这座小城。伊丽莎白从舅妈这里听说，彭伯利就位于兰姆屯的五英里地开外。彭伯利不是他们的必经之地，可是要去的话，绕道也不过一二英里路。在前一个晚上讨论旅程时，嘉丁纳太太就说想再次到彭伯利看看。嘉丁纳先生完全赞同，于是他们来征求伊丽莎白的意见。

“亲爱的，你愿意去看看你早已听说过的一个地方吗？”她的舅妈问，“你的许多朋友都和那个地方有着关联。你也知道，威科汉姆

---

① 是德比郡此地的一种著名矿石。

就是在那里长大的。”

伊丽莎白感到为难了，她觉得她跟彭伯利毫无瓜葛，没有理由到人家那儿，因此只得推诿说她不想去看那个地方。她说高楼巨宅她已经看得够多啦。在游遍了这么多的地方之后，她对锦毡绣幔实在已经没有什么兴趣。

嘉丁纳太太说她真傻，如果仅仅是座漂亮的房子和靓丽的摆设，她说：“我自己也不会把它放在心上。可是那里的山水景致实在可爱。那里的林木有许多是国内最知名的。”

伊丽莎白不再吭声——尽管她心里没有赞同。她蓦然想到在那里观赏风景时很有可能碰到达西先生。那该有多么难堪啊！想到这里她不由得脸红了，她想最好还是跟舅妈把事情讲清楚，免得去冒这个险。可是这样做也有诸多的不便，最后她决定，先私下打听一下达西先生在家不在，要是在家，再走这一步也不迟。

在晚上就寝时，伊丽莎白向侍女打听彭伯利这个地方好不好，它的主人是谁，然后不免有点儿心跳地问道，它的主人是否去度夏了，她这最后一问竟然得到了求之不得的回答——她的担心消失了，安下心来后，她倒产生了极大的好奇心，想去亲眼看看这所房子。当第二天早晨他们又谈起这个话题并问到伊丽莎白时，她便从容地、带着一副满不在乎的神情回答说，她对这个计划没有什么不赞成的。

于是，他们一行三人向彭伯利进发了。

第三卷

第一章

当他们一行三人乘车快要抵达那里的时候，彭伯利的林木映入他们的眼帘，此时，伊丽莎白的心情不免有些忐忑起来。等到进了庄园，她的心神更是有些不定了。

庄园很大，其地势高低错落有致。他们从一个最低的地方走了进去，在一片颇为辽阔美丽的树林里坐车行进了一阵子。

伊丽莎白满腹的心事，很少说话，可是在看到这一处处的美景时，她还是打心眼儿里不住地赞叹。他们沿着坡道慢慢走了半英里路的光景，随后来到了一片高地上，林子在这里戛然而止，他们看到彭伯利的巨宅就坐落在对面的山坡上，有一条相当陡峭的路弯弯曲曲地通到那里。这是一幢很大很漂亮的石头建筑，耸立在高垄上，房子后面衬着连绵起伏、树木繁茂的山冈。房前一条颇具天然情趣的小溪正在流淌着汇入河流，毫无人工斧凿的痕迹。河堰上的点缀既不呆板，也不造作。伊丽莎白高兴起来。她从来没有看到过比这里更富于自然情趣的地方，也没有见过哪一地的自然之美能够像这里一样没有受到人为情趣的损害。大家都是热烈地赞不绝口，伊丽莎白突然觉得，能做彭伯利的主妇也蛮不赖呢！

他们下了山坡，过了一座桥，到了房子的门口。在欣赏着屋前景致的同时，伊丽莎白怕遇见房主人的担心又回来了。她怕旅馆侍女的消息不准确。他们请求进去看看，家仆们立刻把他们引进了客厅。

在等女管家来的时候，伊丽莎白的心里不禁感到一阵诧异，她竟然会来到了达西先生的家里。

女管家来了，她是一位端庄富态的老妇人，不像伊丽莎白所想的那么光彩照人，可比她想象中的更加礼貌周到。他们随她一起进了餐厅。这是一间宽敞舒适的屋子，布置得也很精美，在大致观看了一下这屋子以后，伊丽莎白便走到一个窗户前，去欣赏窗外的景致。他们刚才经过的那座密布着林木的山冈，从远处望去显得更加陡峭，构成一个美丽的景观。处处都收拾配置得很得当。伊丽莎白眺望着这一片风景，只见一弯河道，两岸上青树葱茏，山谷蜿蜒曲折，一直伸向远方，真让人看得心旷神怡。再到了别的房间时，凭窗眺望，景色总会有所不同。从每一个窗户望出去，都有秀色可饱眼福。这些房间都宽敞、美观，家具陈设与主人的身份相符，很是上乘，既不俗丽又不过分奢华，比起罗新斯的陈设来，具有真正的典雅之美，伊丽莎白看了不免佩服起主人的情趣。

“就是这个地方，”伊丽莎白心里想，“我差点儿做了它的主妇！要不是的话，对这些屋子，我现在早已是很熟悉了！那样我就不是作为一个陌生人来参观景致，而是作为主人来享用这一切，把舅舅、舅母当作贵宾来款待。但是不行，”她突然想了起来，“这永远不可能，我舅舅、舅母到那时候就见不着我了，达西绝不会允许我邀他们到这儿来的。”

亏得她突然想到了这一点——免去了她为拒绝这门亲事而可能会有的遗憾。

伊丽莎白真想问问这位女管家，她的主人是不是真的不在家，可是她鼓不起这个勇气。最后，是她舅舅问了一句，只听见雷诺尔德夫人回答说他不在家，并说：“可是他明天就回来了，而且有许多的朋友也要来。”伊丽莎白听到这话一阵心跳，赶紧转过去了身子。同时她又感到庆幸，亏得他们没有再晚一天来这里！

伊丽莎白的舅妈叫她去看一副画像。她走上前去，看见那是威科汉姆的肖像，和另外的几张小型的画像一起挂在壁炉架的上方。舅妈笑着问她喜欢不喜欢这幅画像。女管家走上前来，告诉她们说像上的这位年轻人是老主人账房先生的儿子，是老主人一手抚养大的。“他现在到了部队，”她接着说，“不过，我觉得他已经变得很放荡了。”

嘉丁纳太太笑着看了看她的外甥女，可是伊丽莎白却实在是笑不出来。

“这一幅，”雷诺尔德夫人指着画像说，“是我家小主人的画像。跟那一张差不多是同一时期画的，大约有八年了。”

“对你主人的堂堂仪表我早有耳闻，”嘉丁纳太太看着画像说，“这是一张很英俊的脸。不过，伊丽莎白，你能告诉我这张画像画得像达西先生吗？”

雷诺尔德夫人听到伊丽莎白跟她主人认识，便显得对伊丽莎白越发尊重了：“这位小姐原来认识达西先生。”

伊丽莎白不觉红了脸，说：“只认识一点儿。”

“你说他长得好看吗，小姐？”

“很好看。”

“我敢说，我没有见过比他更帅气的年轻人啦。在楼上的陈列室里还有一张比这个更大更精致的呢。这间屋子是老主人生前喜欢待的一个地方，这些画像还是那个时候留下来的。老主人喜欢这些小幅画像。”

从这话里，伊丽莎白听出了威科汉姆先生的画像也会一起挂在这里的原因。

雷诺尔德夫人接着请他们看一幅达西小姐的画像，这是在她八岁那年请人画的。

“达西小姐也像她哥哥一样漂亮吗？”嘉丁纳先生问。

“噢，是的——是我见过的最漂亮、最有才情的姑娘！她整天弹琴唱歌。在隔壁房间，有一架刚刚为她买的钢琴——我主人给她的礼物。她明天就跟她哥哥一起回来了。”

嘉丁纳先生的举止随和怡人，雷诺尔德夫人很愿意回答他的问话。再则她本人抑或是出于自豪或是出于深厚的感情，也非常乐意谈到他们兄妹二人。

“你的主人一年中间在彭伯里待的时间长吗？”

“没有我希望的那么长，先生。不过，我敢说他每年都有一半的时间是待在家里的。达西小姐总是在这里度过夏天。”

伊丽莎白心里想：“除了她到拉姆斯去消夏的时间。”

“等你的主人成了家，你就能更多地见到他啦。”

“是的，先生。可是我不知道这一天什么时候才会到来。我不知道世上的哪一位姑娘能配得上他。”

嘉丁纳太太听着笑了，伊丽莎白忍不住说：“你能这样想，足见你对他有多么赞赏了。”

“我说的只是实情而已，每一个了解他的人都会这样讲的。”女管家回答说。伊丽莎白觉得这话讲得未免有些过分。在女管家提到“我一辈子没听他说过一句重话，从他四岁起，我就跟他在一起了”，伊丽莎白更是感到惊讶了。

这番夸赞，比起其他的那些褒奖之词来，更是和伊丽莎白的看法完全背道而驰。达西脾气不好，这是她一贯的认为。现在她的强烈的好奇心被勾了起来，她很想再多听到一些，所以当她舅舅说了下面这番话时，她心里很是感激。

“能够担当得起这样夸赞的人，实在太少了。你真是好福气，有这样的一位主人。”

“是的，先生，我也深知这一点。就是我走遍天下，也不会碰上一个更好的主人啦。我常说，孩子时候就心地善良，长大了也一定是善心肠的。达西先生从小就是那种脾气最好、肚量最大的孩子。”

伊丽莎白几乎是瞪大了眼睛望着雷诺尔德夫人。“这可能是达西先生吗？”她私下想。

“他的父亲是一位德高望重的人。”嘉丁纳太太说。

“是的，夫人，他的确是个大好人。他的儿子也正像他一样——对穷人体恤关照。”

伊丽莎白聆听着、诧异着，进而又疑虑着，渴望再多听到一些。雷诺尔德夫人提到的别的东西都引不起她的兴趣。她谈到画像、房间的规格、家具的价钱，伊丽莎白都听不进去。嘉丁纳先生对女管家这样盛赞和偏爱她自家的主人，觉得很有趣，不久便又谈到了这个话题上。雷诺尔德夫人一面颇有兴致地谈着达西的许多优点，一面领着他们走上一段较长的楼梯。

“他是一位最好的庄园主，也是一位最好的主人，”雷诺尔德夫人说，“完全不像现在那些放荡的年轻人，除了自己谁也不顾。没有一个佃户或用人，不对他交口称赞的。有些人说他骄傲，可是我敢说我从来没见过他身上有这种东西。照我看，他只是不愿意像别的年轻人那样夸夸其谈罢了。”

“这么一说，这倒成为他的另一个优点了！”伊丽莎白心里想。

“这番对达西的夸赞，”她舅母一边走，一边轻轻地说，“可与他对我们那位可怜的朋友的行为不相符。”

“也许是我们受了蒙蔽。”

“这不可能，我们的朋友不像是那种人。”

他们走到楼上那个宽敞的过堂后，便被带进了一间非常漂亮的起居间，它比楼下的房间还要精美怡人，据说那是刚刚收恰好要给达西小姐用的，去年在彭伯利她就看中了这间屋子。

“他真是个好兄长，”伊丽莎白说着，一边向屋里的一个窗户跟前走去。

雷诺尔德夫人说等达西小姐进到这间屋子时一定会感到惊喜的。“他一向都是这样，”她补充说，“只要是能叫他妹妹高兴的事，他总是马上去办的，世界上没有什么事情是他不愿意为妹妹做的。”

再剩下要看的便只有画室和两三间主要的卧室了。画室里陈列着许多优美的油画。可是伊丽莎白一点儿也不懂艺术。只觉得这些画和楼下的也没有什么两样，于是她宁愿掉过头去看达西小姐用粉笔画的几张画，因为这些画的题材倒更容易懂，也更叫她觉得有趣。

画室里也有许多他们家族成员的画像，可是这对一个陌生人来说实在不可能有什么兴趣。伊丽莎白在这其中寻找着她唯一熟悉的那张面孔。最后她终于看到了有张画像非常酷似达西先生本人，只见他脸上的笑容，正跟他打量她时所流露出的一样。她伫立在这张画像前仔细地端详了好几分钟，在临离开画室前她又踅回来看了一眼。雷诺尔德夫人告诉他们说，少爷的这张像还是他父亲在世时画的。

刹那间，在伊丽莎白的心里不禁滋生了一种对画上这个人的亲切之感。这种感情是在他们以前的相识中从来没有过的。雷诺尔德夫人对他的赞扬不可小视。什么样的称颂会比一个明达事理的下人的称颂更加可贵呢？作为一个兄长、一个庄园主、一个主人，伊丽莎白心想，有多少人的幸福掌握在他手中！他手中的权力能使多少人快乐，又能使多少人痛苦！他可以行多少的善，也可以作多少的恶啊！女管家提到的每一件事，都足以说明他品格的优秀。她站在这个人的画像前，望着他那双盯视着她的眼睛，对他的钟情于她不由得产生了一种从未有过的感激之情。她回味着他那炽烈的情感，便宽宥了他在表达他的这份情意时表现出的无礼。

当所有能看的房间都参观完了以后，他们又走下楼来，告别了女管家，由候在大厅门口的园丁带他们出去。

他们穿过草地走向河边，伊丽莎白这时又掉过头来眺望，舅舅、舅妈也停了下来，哪知道就在她舅舅正推测着这房子的建筑年代的当子，忽然房主人从一条通向马厩的路走过来。

他们之间相隔不过二十码，达西的出现又那么突然，不可能有躲避的时间。他们两个的目光立刻相遇了，两人的脸颊顿时都涨得通红。达西先生吃惊不小，有片刻的工夫竟然愣在了那里。不过，他很快定下心来，走过来和伊丽莎白搭了话，语气之间即便不能说是十分镇定，至少表现得非常有礼。

伊丽莎白一看见达西便不由自主地往回走，只是见人家走过来了，才不好意思地停住了脚步，无比尴尬地接受了人家的问候。至于舅舅和舅妈，如果说与达西先生的初次见面，或是达西与他们刚刚看过的画像的相似，还不足以叫他们相信面前这一位就是达西先生的话，他们从园丁见到主人时的惊讶表情上，也可以立刻断定了。在他和他们的外甥女说话的时候，舅舅、舅妈稍稍站开了一点。伊丽莎白慌乱得连眼睛也不敢抬，对人家客客气气地问候她家人的话，她也不知道自己回答了些什么。为上一次分手后他态度上的变化感到吃惊，他所说的每一句话都更加叫她感到局促不安。伊丽莎白满脑子想着的都是，自己闯到这里来被人家看到的这种不体面，他们俩在一起的这一会儿竟成了她生平最难熬的几分钟。达西先生的情况也好不了多少。在他说话的时候，他的语调里也少了平日的镇定。他把她是什么时候离开浪博恩的和她在德比郡已待了多长时间的问话，重复了好几遍，而且问得那么急促，这都说明他是怎样的心慌意乱了。

最后，达西好像已经无话可说，在一声不吭地站了一会儿后，他定了定神，突然离去了。

舅舅、舅母这才走上前来，夸赞达西先生真是仪表堂堂。可是伊丽莎白什么也没有听见，完全沉浸在自己的心事里，跟在后面默默地走着。她现在感到的，除了羞愧就是懊恼。她来这里，是她做出的最倒霉、最失策的事情了！这会叫人家觉得有多么奇怪啊！以他这样一个性格高傲的人，会如何瞧不起她的这一行为呀！这似乎是她有意要把自己送到人家门上来的！啊，为什么她要来！或者说，他为什么竟要早一天回来呢？如果他们再早走十分钟，达西先生就不会看到他们了，他显然是刚刚回来，刚跳下了马背或是刚下了马车。想到这次倒霉的会见，伊丽莎白的脸真是红了一次又一次。达西的举止转变得如此明显，这能意味着什么呢？在那样地拒绝了人家以后，他竟然还会跟她说话！而且是这样彬彬有礼地询问她家人的情况！这次碰巧相遇，她怎么也不会料到他的态度会这么诚恳，谈吐这么温雅，与上次在罗新斯庄园他把信递到她手中时的态度相比，真是天壤之别！对此，伊丽莎白真不知该如何作想，也不知该如何解释。

现在他们走到了一条秀色可餐、挨着河边的小径上，这里的地面逐渐地低了下去，再前面便是一片青葱的树林了。有好一阵子，伊丽莎白对这里的景致竟然毫无感知。尽管她也随口答应着舅舅和舅母的一再招呼，也似乎把眼睛转向了他们指给她看的景物，可她却好像什么也没有看见。她的思想全都放在了彭伯利住宅中的这位主人达西先生的身上。伊丽莎白渴望知道此时此刻达西在想什么，他如何看她，在发生了这么多的事情之后，他是否仍然爱她。或许他能礼貌待她，只是因为他心里已经完全放下了这件事；可是，从他的声音里她能听出明显的忐忑和不安。伊丽莎白不知道，达西见到她是高兴还是痛苦，她只知道达西见到她时内心并不平静。

直到后来，舅舅、舅妈问伊丽莎白为何心不在焉时，这才惊醒了她，她觉得她有必要使自己保持常态，以免引起他们的怀疑。

他们走进了林子，暂时离开河道，踏上了较高的地势。从树木的空隙之间望出去，可以看到山谷中迷人的景色，对面的山坡上长满整片整片的树林，又有蜿蜒的河流时而映入眼帘。嘉丁纳先生说他希望能把整个庄园游个遍，可又担心走不过来。园丁得意地笑着告诉他们，这方圆有十多英里呢，所以也只好作罢了。他们在林子里转悠了一会儿后，便又回到一片靠近河流的低地，这是河道最窄的一处。他们从一座简陋的小桥上过了河，只见这小桥和周围的景致很是和谐。这一处的景观是最少整饬过的，山谷到了这里也变成了一条很窄的峡道，只能容纳下这条溪流和一条灌木夹道的崎岖小径。伊丽莎白很想循着这条小路去探幽猎胜。可是一过了桥，眼见离得住宅越来越远，不擅长走路的嘉丁纳太太就走不动了，只想赶快回到他们车子停靠的地方。她的外甥女只好依从，于是，他们便在河对岸抄了一条最近的小道往回走。嘉丁纳先生很爱钓鱼，平时却难得有空，现在看见水面上有鳟鱼游动，便动了兴致，和园丁起劲地谈论起鱼儿来，于是脚步就怎么也迈不动了。在这样慢悠悠地溜达着的当子，不料又让他们吃了一惊，尤其是伊丽莎白，她惊讶的程度几乎和刚才的那一回一样，原来他们又看到了达西先生的身影。这一边的小路不像对岸那样被森林遮掩得严实，所以在较远的地方便看到了他。不管伊丽莎白感到如何的惊讶，毕竟比刚才那一次的不期而遇有了点儿准备，决心要平静地面对达西并与他搭话，如果他真是想要来见他们的话。有一会儿工夫，她真的以为达西可能要拐到另一条道上去了，因为在这条小路的转弯处，他的身影从他们的视线中消失了一会儿。可等弯道一过，他便出现在了他们面前。伊丽莎白见达西还像刚才那么客气有礼，于是她也很有礼貌地开始赞扬起这地方的美丽景致。谁知她刚说出景色“姣好”“迷人”这样的一些普通字眼，心里便涌出些倒霉的想法，她思忖着她对彭伯利的赞扬会不会被人家曲解了，以为她是另有所图呢，她的脸唰地红了，不再言语了。

嘉丁纳太太就站在稍后一点的地方，在伊丽莎白默不作声的时候，达西请求她是否可以赏光把他介绍给她的朋友们。他的这一礼貌之举是她所没有料及的。想到达西现在要求相识的人，正是在向她求爱时他曾傲慢地反对过的，她忍不住笑了笑。“他会如何的惊讶啊，”伊丽莎白想，“待他知道了他们是谁时！他眼下还以为他们是上等人呢。”

不过，伊丽莎白还是立刻给达西介绍了。在她说出他们和她的关系时，她偷偷地瞥了达西一眼，看他如何反应。她觉得他也许会马上逃之夭夭，躲开这些不体面的朋友们了。达西听了他们之间的这种亲戚关系后，显然觉得有些意外。不过，他还算挺过了这一关，没有被吓跑，反而陪他们一起往回走，并且与嘉丁纳先生攀谈起来。伊丽莎白不禁觉得一阵得意，叫达西知道她竟然也有一些可以值得骄傲的亲戚，很是令人快慰。她专心地听着他们之间的谈话，舅舅谈到的每一点都表示出他的颇有见地，他的高雅情趣和风范，让伊丽莎白真为舅舅感到自豪。

谈话很快就转到了钓鱼上面，伊丽莎白听到达西先生非常客气地对舅舅说，只要他还住在这邻近的地方，他随时都可以来钓鱼，同时又答应借渔具给他，并且指给他看通常河里鱼儿最多的地方，在跟伊丽莎白挽着手臂走着的嘉丁纳太太，此时向伊丽莎白使了个眼色，眼神里表现出她感到的惊奇。伊丽莎白虽然没说什么，心里却是美滋滋的，尽管此时的她也是诧异不已。她心里反复问着自己："达西为什么有了这么大的转变？是因为我的缘故，他的态度变得如此平易随和了吗？我在汉斯福德对他的指责难道会给他带来这么大的变化吗？他现在还会爱着我吗？"

他们就这样，两个女人在前，两个男人在后走了一阵子，后来他们来到河边观看一些珍奇的水生植物，他们前后次序有了些改变。原来嘉丁纳太太被这一上午的跋涉已经累得体力不支，觉得伊丽莎白的臂膀已经支撑不住她了，还是宁愿挽着丈夫的手臂走。于是，达西先生代替嘉丁纳太太，挽住了她外甥女的胳膊，他们两人走到了一起。在稍稍的沉默之后，还是小姐先开了尊口。她希望达西知道，她是确实以为他不在庄园，才进来的，接着便很自然地说到他的到来真是出乎她的预料之外——"因为你的管家，"伊丽莎白补充说，"告诉我们，你明天才回来。在我们离开巴克威尔时，我们就打听到你不会一下子回到乡下。"达西先生承认这一切都是事实，又说他因为找账房有事，便比那些一同来的人早到了几个小时。"他们明天一早便能抵达，"达西继续说道，"在这些人中间有几个是你认识的——彬格莱先生和他的姐妹们。"

伊丽莎白只是微微地点了点头表示回答。她的思绪立刻回到了他们俩上一次最后提到彬格莱的时候。这时要是她抬眼看看达西的表情，她就知道他现在想着的也是这件事。

“他们中间还有一个人，”达西停了一下后接着说，“她特别希望跟你认识，在兰姆布逗留期间，你愿意让我把你介绍给我妹妹吗？我的这一要求不算过分吧？”

听到达西这样说伊丽莎白很是惊讶，她有点不知道怎么回答了。她当时马上想到的是，达西小姐之所以希望和她认识，一定是他这个做哥哥的鼓动的，仅想到这一点，也够叫她满意的了。知道达西并没有因此对她心存怨恨，心里觉得很是宽慰。

他们俩默默地走着，各人想着自己的心事。要说伊丽莎白现在的心情很舒坦，那也不太可能；不过，她却感到了一丝得意和快活。达西希望把他的妹妹介绍给她，这便是对她最高的赞赏了。他们两人很快就超过了她的舅父母，在他们到达车子那里时，嘉丁纳夫妇还在半英里地之外哩。

达西先生请伊丽莎白到屋里坐坐，可她说她不累，于是他们便一块站在草坪上等着。在这种时候，双方本来都有很多的话题可谈，沉默是最难堪的。她想找话说，可又觉得说什么，似乎都难以启齿。最后她想到了她正在旅游，于是他们便谈起了马特洛克和鸽谷。然而时间和她舅妈的挪动几乎都慢得要死，还没待这一瞎聊收场，她的耐心和心智就快要耗尽了。等到嘉丁纳夫妇赶来的时候，达西先生再三请大家进屋休息一下，可都被谢绝了。末了，大家极有礼貌地相互告别。达西先生把女士们扶进了车子，在马车起动了以后，伊丽莎白看到他才缓缓地走回屋里。

伊丽莎白的舅父母这时打开了话匣子。他们都说，达西先生的人品不知要比他们所想象的好上多少倍。“他的举止得体，待人有礼，又没有造作。”她的舅舅说。

“在他身上真有些类似于高贵威严的东西，”她的舅妈说，“不过，那仅仅是在他的风度上，而且也不能说是不得体。我现在赞同女管家的看法了。虽然有些人说他骄傲，可我却一点也看不到它的影子。”

“达西那样热情地对待我们，真是万万也没有想到。这不仅是礼貌了，简直可以说是对我们的关照。其实，他给我们这样的关照没有必要。他和伊丽莎白只是泛泛之交。”

“说实话，丽萃，”她的舅妈说，“他不如威科汉姆长得漂亮，或者毋宁说他没有威科汉姆的那种亲昵的表情，可他的五官长得也是无可挑剔。不过，你怎么会告诉我们，他是那么的讨人厌呢？”

伊丽莎白尽力地为自己开脱。说她在肯特碰到他时就比从前对他有些好感了，又说她觉得他今天上午的表现，还真是有点儿讨人喜欢呢。

“不过，他的那些殷勤客气也许有点儿靠不住吧，”她的舅舅说，“这些达官贵人们大都这样。所以我也并不打算把他请我钓鱼的话当真，他很可能再一天就改变了主意，不许我走进他的庄园了。”

伊丽莎白觉得他们完全误解了他的性格，不过也没有再去解释。

“从我们刚才对达西的印象来看，”嘉丁纳太太继续说，“我真的不敢相信他会那么残酷地对待一个人，就像他对可怜的威科汉姆的行为。他这人看长相心地不坏。而且在他说话的时候，他嘴角的表情很让人喜欢。他的神情中透出一股尊严，叫人不会对他产生不好的看法。不过，那个好心领我们参观的女管家，对达西的人格无疑是吹捧得有些过了！有的时候，我几乎都憋不住要笑出来了。我想，他一定是一个慷慨施舍的主人，在用人们眼里，这里面就包含了一切美德。”

伊丽莎白觉得，她自己这时应该站出来，在达西先生对威科汉姆的态度上说几句公道话了。于是，她便小心翼翼地把在肯特时达西先生对威科汉姆的描述讲给他们听，向他们说明达西先生在这件事情上的做法完全可能会有另外的一种解释。他的人格绝没有哈福德郡的人们所说的那么虚伪，威科汉姆也绝没有人们所认为的那么善良。为了证实这一点，她把他们两人在这桩有关钱财交易上的原委细节一一地道了出来，虽然并没有说出她消息的来源，却也声明说她的话是靠得住的。

嘉丁纳太太感到奇怪了，同时也对伊丽莎白此时的情感关切起来。只是他们已经走到了从前曾给予她许多快乐的地方，使她沉浸在了美好的回忆当中，其他的一切都顾不上想了。嘉丁纳太太把周围一切有趣的地方指给丈夫看，再无暇顾及别的事情。虽然一上午的步行已让她感到疲惫，可是一吃过饭，她又动身去访问故友，整个傍晚她都是在重叙旧情的满足中度过的。

这一天里所发生的事情，对伊丽莎白来说，简直是太重要了，使她无心再去交结任何新的朋友。她只是一味地在想，充满好奇地在想，达西先生这般彬彬有礼，到底是因为什么，尤其是他为什么希望她能认识他的妹妹呢。

第二章

伊丽莎白断定达西先生会在他妹妹到达彭伯利的当天，就领她前来拜访，所以决定整个上午都待在旅店里。可她还是没有猜对，因为在他们来到兰姆屯的当天早晨，这兄妹两人便来造访了。伊丽莎白的舅父母刚刚与他们的一些新朋友在外面转悠完了回到旅店，正准备换了衣服，跟这些朋友们一块吃饭，忽然听到一阵马车声，他们走到窗口去瞧，只见一男一女乘着一辆双轮马车，沿着街道驶来。伊丽莎白立刻就认出了那个马车夫的制服，猜到是怎么回事了，并把这一有贵客莅临的消息告诉了舅母。他们听了都非常惊讶。伊丽莎白说话时的吞吞吐吐，再加之眼前发生的这件事以及前一天的种种情形，让她的舅父母蓦然想到了这其中的缘由。以前他们可从未曾想到这一层关系上去，他们觉得达西先生很可能是爱上他们的外甥女了，否则的话，他这样地关照就无法解释了。在他们脑子里转着这些新念头的时候，伊丽莎白的情绪也变得越来越紧张。她对自己会有这样的不安感到吃惊。她担心达西先生因为爱她已在他妹妹面前把她捧到了天上，这也是她坐立不安的原因之一。她现在越是特别想要来讨他妹妹的欢心，便越是觉得自己心里没底了。

担心怕人家瞧见了，伊丽莎白离开了窗户。她在屋子里来回地踱着步，极力想使自己平静下来，可是看到舅舅、舅妈脸上流露出的探询似的诧异神情，只能叫她变得更加不安了。

达西小姐和她的哥哥走了进来，这场尴尬的介绍也就开始了。伊丽莎白惊奇地发现，她的这位新相识也像她自己一样局促不安。她到了兰姆屯后便听人说过，达西小姐非常高傲。可是几分钟的观察告诉她，达西小姐只是过分地羞怯而已。达西小姐除了简单地回答一两个字外，很难再从她那里套出一句话来。

达西小姐个子很高，比伊丽莎白高出了许多。尽管她才只有十六岁，可是已经发育成熟，外表体态俨然像个大人，很是优雅。虽说她长得不如哥哥漂亮，她面部的表情却很丰富，举止也谦和温雅。伊丽莎白原以为达西小姐也会像她哥哥那样，看起人来犀利而不留情面，现在看到情形并非如此，便大大地松了一口气。

他们坐了不久，达西先生就对伊丽莎白说，彬格莱也要来拜访她。还没待伊丽莎白对此说上几句感谢的话，彬格莱急促的脚步声已经传来，一刹那的工夫他已进到屋里。伊丽莎白对彬格莱的所有怨气早就消失了，即便还有，看到他这次来访情意恳切、毫无造作，也会使她的气消失得无影无踪了。彬格莱亲切地（虽然是泛泛地）询问她家人的情况，表情谈吐依然像从前一样洒脱自如。

和伊丽莎白一样，嘉丁纳夫妇也觉得彬格莱这个人饶有风趣。他们早就想着能见到其人。在他们面前的这些年轻人的确引起了他们探询的兴趣。对达西先生和他们外甥女之间关系的猜疑，叫他们开始偷偷地仔细观察双方的情形。不久，他们便从这一观察中得出了结论：这两个人中间至少有一个已经尝到了恋爱的滋味。对女方的感情，他们一时还不能判定。可男方满怀爱慕之情，却是显而易见的。

而伊丽莎白此时也有许多事情要做。她想弄清楚这几位客人各是怀着怎样的感情，另外还想把自己的情绪稳定下来，友好热情地接待每一个人。这最后一件事是她最担心自己做不好的。结果却唯有这一件她做得最好，因为她努力想讨好的这些人对她都早有偏爱。彬格莱是乐意，乔治安娜是急切，达西先生是决心已定，要让他们自己显得高兴和满意。

看到彬格莱，伊丽莎白的思想便自然地转到了姐姐身上。噢，她现在多么急切地想知道，彬格莱是不是也和她一样惦记着她的姐姐呢！有时候她能觉出，彬格莱的话没有从前多了，有一两次她甚至高兴地发现，在彬格莱注视着她的当子，他似乎是在她身上寻找着姐姐的影子。这些也许只是她的想象而已，不过有一点她看得很清楚：他对所谓的吉英情场上的对手达西小姐并无恋情。在他们两人之间，一点也看不出彬格莱小姐所希望的能结为姻缘的那层关系。在他们告辞之前又发生了两三件小事，以爱姐姐心切的伊丽莎白解释，它们都表现出彬格莱对吉英的思念，和想要更多地谈到她的愿望，若他敢提到吉英的话。他趁着在别人谈话的时候，用一种十分遗憾的语调跟伊丽莎白说："他已经有好长时间没有见到吉英啦。"还没等她回答，他又说："有八个月之久了。自从去年十一月二十六日我们在尼塞费尔德一起跳了舞以后，我们就再也没有见过面了。"

伊丽莎白看到他把日子记得这么确切，心里很是高兴。在她没有招呼别人的当子，他又抓住机会问她，她的姐妹们现在是不是都在浪博恩。他的这一询问和他前面提到的，都不是什么重要的事，可是他的表情神态却赋予了它们一种意味。

伊丽莎白的目光不能经常地扫到达西这边。不过，无论她什么时候朝那边瞥上一眼，她看到他脸上都是一副亲切诚恳的表情，而且从他所说的话里，她听出的不再是那种高傲或是对别人看不起的语调，这一切都叫她觉得昨天从他身上发现出的言谈举止上的改变，不管其存在会多么短暂，至少已经保持到了今天。她看到达西对几个月前他要与之交谈都会觉得丢脸的人们（这里指伊丽莎白的舅父母——译者注），现在却这样地乐于结交而且想博得他们的好感了。达西不仅对她自己礼貌周全，而且对在汉斯福德牧师家中他曾经公开蔑视过的她的亲戚们也是如此，这种前后判若两人的巨大变化强烈地打动了伊丽莎白的心，使她情不自禁地把内心感到的惊奇流露到了脸上。她从未见过达西这样愿意讨好别人，在尼赛费尔德他的朋友们中间，或是在罗新斯他的那些高贵亲戚中间，他也没有像现在这样完全丢开自我的尊严，丢开他一贯摆出的那副架子，更何况他的这一殷勤即便献得成功，也不会给他带来什么好处，即便他和这些人攀上了交情，也只会落得让尼塞费尔德和罗新斯的小姐们嘲笑和訾议。

这些客人们大约坐了半个钟头，在起身告辞的时候，达西先生唤上他妹妹一起和他表达了他们的愿望：请嘉丁纳夫妇和班纳特小姐在他们离开之前，务必到彭伯利去吃顿便饭。达西小姐虽然显得腼腆一点儿，也不习惯邀请人，却还是立即照哥哥的吩咐做了。嘉丁纳太太此刻瞧着她的外甥女，想知道她的意见，因为这一邀请主要是冲着她发出的，可伊丽莎白在这之前已把头扭了过去。嘉丁纳太太猜想伊丽莎白是有意回避，可能是出于一时的羞怯，而不是不愿赴约，又看到一向喜好社交的丈夫那么乐意地想要接受，所以便大胆地替他们答应下来，日期定在了后天。

彬格莱因为还有好多话要跟伊丽莎白说，对哈福德郡的所有朋友们的情况有好多话要问，所以为能再见到她表示了他极大的喜悦。伊丽莎白认为彬格莱这是想要再听她谈到姐姐，心里也十分高兴。凡此种种，使得她在客人们走了以后，能较为满意地考虑上一阵子了，尽管在当时她还无暇感受这欣悦。此刻，她很想独自待一会儿，另外又担心舅舅、舅妈会诘问她些什么，所以在听完他们对彬格莱的一番赞扬之后，便匆匆地离开去更衣了。

其实，她大可不必担心嘉丁纳夫妇在这件事情上抱有的好奇心。因为他们并不想硬从她那儿套出什么话来。很显然，她和达西先生会这么熟悉，是他们所没有料到的。达西先生显然是爱上他们的外甥女了。他们饶有兴味地看着这一事态的发展，可同时又觉得没有要去过问的理由。

关于达西先生，嘉丁纳夫妇现在只想到人家的好处。从这一天多来的相处中，看不出人家有任何的不足。他那样友好礼貌地待人，使他们不能不受感动，要是凭着他们自己的印象，凭着他的仆人们对他的称道，来评价他的为人，不去参考其他方面的意见，那么，从他们俩讲的话里，哈福德郡的人就会认不出这位达西先生了。现在，他们倒愿意相信那位女管家的话了。因为他们很快便意识到，一个从他四岁时来到他家，而且本人的行为举止也值得尊敬的女管家的话，是不能不予考虑的。况且从他们的兰姆屯朋友那里，也并没有听到与这位女仆的话相抵牾的地方。人们能指责达西的，只有他的高傲，说到高傲，他也许真有一些。就是即便没有，这个小镇上的居民们见他终年足迹不至，也自然会给他添加上去。不过，人们都承认他是个大方慷慨的人，常常救贫济穷。

至于威科汉姆，嘉丁纳夫妇很快发现他在这里的名声并不见得有多好。尽管人们不太清楚他与他恩人的儿子之间的主要纠葛是什么，可有一件事实却是尽人皆知的：在他离开德比郡时，他曾欠下了一屁股的债，这债都是达西先生后来替他还上的。

说到伊丽莎白，她今晚的心思则比昨晚更多地放在了彭伯利上。这一晚虽然显得很漫长，可还是不够她用来理清她对庄园里的那个人的感情。她就这样醒着躺了两个钟头，极力想弄明白她的这些感情。毫无疑问她不再恨他了。这恨在老早以前就已经消失了，她也早为那种所谓的对他厌恶的情绪而感到羞愧了。认为人家有许多好的品性而随之产生的尊敬，虽然在一开始时她不愿承认，可对他不再反感也有些时候了。这种尊敬，经过了这么多有利于达西的证据，已经升华得更具有一种亲切的性质，正如昨天所证明了的那样，也使他的性格变得可亲可爱了。在尊敬和钦佩之外，于她的心底还有一种情愫也不容忽视。那就是感激之情——不仅仅是因为曾经爱过她而对他感激，也因为他能原谅她在拒绝他时表现出的偏颇和尖刻态度，原谅她对他的一切不公正的谴责，而且至今仍然能够爱着她。伊丽莎白本以为见了她会像仇人一样唯恐避之而不及的达西先生，结果在这次碰巧相遇时却似乎还是那么愿意与她交谈，在他们两人的那件事情上，他虽然旧情难忘，却没有任何不妥和过分的行为，反而是努力博得她的朋友们的好感，而且执意要她和他的妹妹相识。在这么一个骄傲的人身上发生的这样大的变化，不仅仅是叫她惊奇，而且引起了她的感激——这种变化一定是由于爱情，炽烈的爱情使然，她饶有兴致地回味着这一切在她脑子里激起的波澜，心里很是快活，尽管还不能确定她自己现在是一种什么样的感情。她尊重他，敬佩他，感激他，她对他的幸福和前途也产生了一种真正的兴趣。她现在只是想要知道，她希望在多大程度上左右他的幸福，想要知道为了他们两人的幸福，她应该在多大的程度上来使用她认为她仍然具有的那种力量，以重新点燃他求爱的欲念。

在这天晚上，舅妈和外甥女之间商量了一下，觉得达西小姐在抵达彭伯利时已经快要过了吃早饭的时分，可还在当天一早来看望了她们，这殷勤的礼节他们也应该加以效仿，尽管在程度上不能和人家的相比。她们认为最好是在第二天早晨就做回访。在这样定下后，伊丽莎白心里格外高兴，虽然要问为什么，她自己也回答不出。

嘉丁纳先生第二天吃过早饭就走了。原来昨天又重新提起钓鱼的事，约定好了今天中午在彭伯利与几位先生碰头。

第三章

既然伊丽莎白现在认为彬格莱小姐不喜欢她是出于妒忌，她便不由得想到，对她出现在彭伯利，彬格莱小姐会是多么的不欢迎了。不过，她倒很想看看再度相遇后，这位小姐能拿出多少礼貌来。

到了彭伯利住宅后，伊丽莎白和舅妈便从穿堂被带进了客厅，面朝北开的窗户使客厅在现在的夏日里显得很凉爽。窗子外边是一片空地，屋后树林繁茂，重峦叠嶂，草地上有美丽的橡树和西班牙栗树点缀其间。

在客厅里，达西小姐接待了她们，和达西小姐一起的还有赫斯特太太、彬格莱小姐以及陪达西小姐在伦敦住着的那位太太。乔治安娜对待伊丽莎白和她舅妈非常客气。只是因为害羞和生怕失礼，态度显得有些拘谨，这要是让那些自认为身份比她低的人看了，就会以为达西小姐是高傲和矜持了。嘉丁纳太太和她的外甥女倒是能慧眼识人，觉得达西小姐值得同情。

赫斯特太太和彬格莱小姐只对她俩行了屈膝礼。随后的几分钟大家都尴尬地坐着，没有说话。首先打破沉默的是安涅斯雷太太，她是一个文静和蔼的女人，你只要瞧她竭力想找个话题来谈的样子，就知道她比另外那两位要有教养得多。全靠她同嘉丁纳太太之间的攀谈，再加上伊丽莎白不时地插话，大家才算没有冷场。达西小姐也想鼓起勇气说点什么，在她觉得不会有人听到时，也的确讲了一两句简短的话。

不久，伊丽莎白发现彬格莱小姐的眼睛在盯着她，只要她一张口，尤其是只要跟达西小姐一说话，都每每要引起她的注意。这一发现本来并不能阻止她跟达西小姐说话，只是因为她俩离得较远，伊丽莎白才没去多说，不过，对此她倒并不感到遗憾。她有许多心事要想，盼望着会有几位男客进来。在这中间，她希望有达西，可又害怕有他。究竟是希望还是害怕，连她自己也搞不清楚。伊丽莎白就这样地坐了一刻钟，没有听到来自彬格莱小姐那边的一句话，后来忽然之间彬格莱小姐冷冰冰地问起她的家人。她也同样冷淡地回答了一句，便又沉默了。

改变了这一情势的是几位用人的到来，她们端来了冷肉、点心以及各种色鲜味美的时令水果。就是这一着也是经安涅斯雷太太几次地使眼色给达西小姐，才叫她想起了她应尽的主人之责。这一下大家都有事做了。虽然话不投机，可大家都会吃。一堆堆的葡萄、油桃和桃子使大家很快地聚拢到了桌子旁边。

在这样咀嚼着的当子，伊丽莎白还在问着自己，她到底是希望还是不希望达西先生出现呢，最后她觉得还是希望他来到这里。可待达西先生不一会儿进来时，她却又认为他还是不来的好了，尽管在一分钟前她相信她还是想见到他的。

达西和两三位先生本来是在河边陪着嘉丁纳先生钓鱼的，后来听说嘉丁纳太太和她外甥女要在今早来回访乔治安娜，便赶了回来，在他进来时，伊丽莎白就已经想好了，要表现得跟没事儿一样。为了掩人耳目，这也是必要的，只可惜做起来却并不像想得那么容易，因为到这时她才发现在场的人都对他俩起了疑心，达西进来时，大家的眼睛都看向了他。不过，谁脸上的好奇和专注神情都不如彬格莱小姐的那么明显，尽管她跟他们两个说起话来，还能带出满脸的笑容。彬格莱小姐还能笑得出来，是因为她的嫉妒还没有叫她绝望，她对达西先生还远远没有死心。达西小姐见哥哥来了，便尽可能地想多说些话。伊丽莎白看出达西先生很想叫他妹妹和她亲近，他尽可能地创造机会，让她们两人多交交心。这些情形彬格莱小姐当然看在了眼里。一气之下也就顾不得礼貌，很快找了一个机会，对伊丽莎白冷嘲热讽起来：

“请问，伊丽莎白小姐，某郡的民团是不是已经离开麦里屯了，他们的离开可是你家的一大损失吧。”

在达西面前，彬格莱小姐没敢提威科汉姆的名字。可是伊丽莎白马上意识到了她主要指的就是这位先生。刹那间有关威科汉姆的各种回忆涌上心头，让伊丽莎白感到了片刻的不自在。不过，她还是极力保持着平静，对这一不怀好意的攻击，用一种不太在乎的语气给予了回答。在她开口作答时，伊丽莎白不自觉地扫了达西一眼，只见达西的脸红了，正急切地望着她，而他的妹妹更是显得局促不安，连眼睛也不敢抬起了。要是彬格莱小姐事先知道她现在会给她爱着的这个人带来多大的痛苦，她无疑就不会给出这个暗示了。她一心想让伊丽莎白难堪，想着提到她以为伊丽莎白在爱那个人，让她暴露出她的感情，叫达西先生看不起她，甚至还可以让达西联想到她的几个妹妹曾经为了那个民团闹出的笑话。彬格莱小姐哪里知道达西小姐受骗私奔的事。除了伊丽莎白，达西先生一向保守秘密，没有告诉过任何人。尤其是对彬格莱的亲友们，达西更是只字未提过，因为他想叫妹妹将来和彬格莱家攀亲，这也是伊丽莎白早已猜到的。达西的确早有这样的一个打算，可这并不是他要千方百计地拆散彬格莱和班纳特小姐的原因，或许他只是因为有这个意思便对他朋友的幸福更加关心罢了。

伊丽莎白镇定自若的神情不久便使达西的心情也平静下来。由于彬格莱小姐也自感到了没趣，没有再去提威科汉姆，乔治安娜也渐渐地恢复了常态，尽管再也没有鼓起谈话的勇气。达西倒是没有想到妹妹也牵涉在了里面，虽然她这时很怕碰到哥哥的目光。本来是想离间达西和伊丽莎白之间的关系，结果倒是叫达西对伊丽莎白想得更多，想得更动情了。

在上面提到的这一问一答以后不久，伊丽莎白和舅母便起身告辞。在达西先生陪着她们走向车子的路上，彬格莱小姐对伊丽莎白的相貌、举止和衣饰不断地评头论足，可是乔治安娜并没有帮着她说话。她哥哥的推荐已足能使她对伊丽莎白产生好感了：哥哥的判断是不会错的，他说了伊丽莎白的那么多好话，乔治安娜对她感到的除了亲切、可爱，再没有别的了。达西先生回到客厅后，彬格莱小姐忍不住又把跟乔治安娜说过的话重复了一遍。

“今天伊丽莎白·班纳特有多么难看啊，达西先生，”她大声地说，“我还没见过有谁像她那样，在一个冬天就有了这么大的变化。她的皮肤变得又黑又粗糙！露易莎和我都觉得，我们这一次本不该再跟她认识的。”

尽管达西先生听了这番话觉得很不顺耳，他还是极为平静冷淡地回答她说，除了晒得黑了一点儿外，他看不出伊丽莎白有什么别的变化。况且，这也不足为奇，是夏天旅行的自然结果。

“我觉得，”彬格莱小姐回答说，“我根本看不出她有任何美的地方。她的脸太消瘦，皮肤没有光泽，她的五官一点儿也不漂亮，她的鼻子长得缺少特征，线条很模糊。她的牙齿还算说过得去，可也只是一般而已。至于她的眼睛，有时候人们把它说得那么美，我可没看出它们有任何特别动人的地方。在她的这双眼睛里透着尖刻和狡黠，我一点儿也不喜欢。至于她的风度，完全是一种自命不凡，毫无风雅可言，简直叫人难以忍受。”

虽然彬格莱小姐也明白，达西先生爱慕伊丽莎白，她这样做并不能博得他多少好感。可是人在气头上，往往就不是那么精明了。看到达西终于露出了些许的烦恼，她便以为她大功告成了。不过，达西还是极力保持了沉默。为了非叫他开口不可，彬格莱小姐继续说道：

“我记得，我们当初在哈福德郡认识她时，我们大家都感到不解，她怎么会是一个人人称道的美人儿。我特别记得，有一天晚上当她们在尼塞费尔德吃过晚饭以后，你曾说‘如果她是个美人儿，那么我就该称她妈妈是个小天才啦’。不过从那以后，你对她的看法似乎改变了。我觉得你有一个时期甚至都认为她长得十分漂亮了。”

“是的，”达西回答。他再也抑制不住自己了，“我那样说只是在我第一次认识她的时候，在这以后的许多个月里，我早就认为她是我所认识的女子当中最漂亮的一个了。”

说完他便走开了，留下彬格莱小姐独自一人，品味着她硬逼着人家说出的只会给她自己带来痛苦的话。

嘉丁纳太太和伊丽莎白回来后，谈论起了她们这次做客中所发生的一切，除了那件叫她们俩都特别感兴趣的事情。她们在那里所见到的每一个人的举止神态，也都议论到了，除了她们最最关心的那一个人。她们谈到他的妹妹，他的朋友，他的房屋，他的水果，一切的一切，只是没有谈及他本人。然而，伊丽莎白却渴望知道舅母的看法，而嘉丁纳太太因此也将会得到极大的满足，如果是她的外甥女先扯到这个话题上来的话。

第四章

伊丽莎白刚到达兰姆屯时没有接到吉英的来信，便觉得有点儿沮丧，这种沮丧的心情一直持续了好几天。到了第三天早晨，她不再发牢骚，也不再生姐姐的气了，她一下子收到姐姐的两封信，一封信上还标有曾误投到其他地方的字样。伊丽莎白看到姐姐把地址写得这么潦草，所以信件投错也不足为怪了。

信送来时，他们正准备出去散步。于是她的舅父母留下她一个人安安静静地看信，他们自个儿出去了。那封误投的信自然应该先读，它是五天前写的。信的开始写的是一些小型的晚会和约会之类的事，还有一些乡下的小道新闻，信的后半部分是隔了一天写的，能看出写信人当时的心情很乱，给出的消息也很重要，下面便是信的主要内容：

最最亲爱的丽萃，自从写了上面的内容后，发生了一件最为出乎人的预料的严重事情。可是我又怕吓着了你——放心吧，家里的人都好。我这里要说的是可怜的丽迪雅。昨天晚上十二点钟正在我们要去睡觉的时候，从弗斯特上校那里寄来一封快件，上面说丽迪雅和他部下的一个军官一起跑到苏格兰去了。老实说吧，就是跟威科汉姆！你可以想见我们当时的惊讶。吉蒂对这件事倒似乎并不完全感到意外。我真是难过极了。这两个男女就这样鲁莽地走到了一块儿！可我还是愿意往最好的方面想，希望威科汉姆的人品并不像人们所想的那么坏。我当然认为他是轻率和冒失的，不过，但愿这一步（让我们这样希望吧）不是他心有所谋而搞出来的。他选择了丽迪雅，至少不是为了有利可图，因为他当然知道父亲没有任何的东西给丽迪雅。可怜的母亲伤心得要命，父亲总算还挺得住。我真庆幸，我们没有告诉父母达西先生说威科汉姆的那些话。我们自己也必须忘掉它。据人们猜测，他们俩是在星期六晚上十二点左右动身的，可是直到昨天早晨八点才发现这两个人失踪了。特快专递随即便寄来了。亲爱的丽萃，他们经过的地方一定离我们不到十英里。弗斯特上校说威科汉姆很快便会来到这里。丽迪雅给弗斯特太太留了几行字，说明了他们的意图。我必须打住了，我不忍心丢下可怜的母亲这个时候一个人待着。我担心你看了我的信也不明白是怎么回事，我自己也不知道我写了些什么。

伊丽莎白在读完了这封信后，容不得让自己考虑，也没去体会她现在的心绪，便急忙拿起另一封信，迫不及待地打开了它，这封信比上一封的日期晚了一天。

我最亲爱的妹妹，到这个时候，你一定收到我那封急急忙忙写成的信了吧？我希望这一封能把事情说得较为清楚一些。不过，虽然时间充裕了，可是我的脑子里仍然很乱，恐怕很难写得有条理。最最亲爱的丽莘，我简直不知道该给你写些什么，除了把倒霉的消息告诉你，并且还得事不宜迟。尽管威科汉姆和我们可怜的丽迪雅之间的婚姻是太莽撞了，可我们现在还是急切地希望这门婚事已经成了，因为有许多的理由让我们担心，他们俩并没有去苏格兰。弗斯特上校在寄出这封快件后没有几个小时就离开了布利屯，于昨天抵达了这里。虽然丽迪雅给弗斯特太太的短笺上说，他们是准备去格利那草原的，可是丹尼来透露说，他相信威科汉姆绝没有去那里的意思，也没有要与丽迪雅结婚的念头，我们把这一情况即刻告诉了弗斯特上校，他感到很吃惊，便马上从布利屯那里出发去追踪他们。他很容易地找到了他们两个去到克拉普汗的踪迹，可是线索到此也就断了。因为在抵达那儿后，他们把从艾普桑雇来的车子打发掉了，换乘了一辆出租马车。再以后的情况就是，有人看见他们继续朝伦敦的方向去了。我自己一筹莫展，不知该如何作想。弗斯特上校在伦敦竭力地打听了一番以后，便来到哈福德郡，在沿途的关卡和巴纳特和汉特费尔德所有的旅馆里寻找了一遍，也没有结果，谁也没有看到有这样的一对男女打这里经过。出于深切的关心，他来到浪博恩，把他的担心诚心诚意地告诉了我们。我真心为他和他的太太难过，可谁又能责怪他们夫妇俩呢。我亲爱的丽莘，我们真是痛苦极了。父亲和母亲都觉得糟透了，不过我还不认为威科汉姆会那么坏。也许出于种种原因，他们觉得在城里私下结了婚，比执行他们的第一个方案更为可行。即便他对丽迪雅不存好心，欺负她没有显贵亲戚（这是不大可能的），我也不相信丽迪雅会全然不顾及一切的，这是不可能的。可是我却遗憾地发现，弗斯特上校并不相信他们会结婚。当我说出我的这一希望时，他摇了摇头说，威科汉姆并不是那种可信赖的男人。可怜的母亲真的给气病了，整天待在屋子里。如果她稍稍出去活动活动，会好一点儿的，可是谁也劝不动她。至于父亲，我一生中还从来没有见到他这样难受过。可怜的吉蒂也很气自己没有能把他们两个的关系告诉家人。可是既然这是姊妹们之间的心腹话儿，家人也不能怪吉蒂。亲爱的丽萃，我真高兴你没有见到这些痛苦的场景。不过，既然最初的风波已经过去，我能坦率地告诉你，我很想叫你回来吗？如果你不方便，我也没有那么自私，非催促你回来不可。再见吧！请恕我又提起笔来做我刚刚告诉你我不愿做的事了，可情势是这么严重，我禁不住要恳求你尽可能快地回到家中来吧。我对舅舅和舅妈太了解了，我知道他们不会怪我叫你回来的，另外，我还有别的事情请舅舅帮忙呢。父亲计划和弗斯特上校马上到伦敦去寻找丽迪雅了。他到底想做什么，我也不大清楚。不过，父亲那痛苦万分的样子让他一定难以最明智、最妥当地处理这件事情。而且弗斯特上校必须在明天晚上赶回布利屯。在这样紧急的情况下，我们睿智的舅舅的建议和帮助便是最为重要的了。他一定能理解我现在的心情，我真诚地信赖他的品格。

"哦，舅舅，我的舅舅现在在哪儿呢？"伊丽莎白在读完了信后一边喊着，一边从椅子上跳起来向外面跑，她渴望找到舅舅，不耽误这一分一秒的宝贵时间。可就在她到了门口的当子，一个侍者把门打开了，达西先生出现在门口。她苍白的脸色和焦躁的举止让达西吃了一惊，还没待他反应过来该如何应答，满脑子里都装着丽迪雅糟糕处境的伊丽莎白着急地大声说："请原谅，我现在必须离开一下。我得马上找到嘉丁纳先生，有一件紧急的事情要办。我一刻也不能耽搁。”

“天哪！发生什么事了？”达西喊着，担心之中便忘记了礼貌。随后他镇静下来说，“我一分钟也不愿意耽搁你，只是让我或是那位侍者去找嘉丁纳夫妇吧。你身体不适，不要自己去了。”

伊丽莎白迟疑了一下，这时她的双膝已经在战栗，她觉得她想要找回舅父母来怕是力不从心了。于是，她叫回了侍者，让他赶快把他的主人和主妇带回来。她说话时上气不接下气，几乎叫人家听不清楚了。

等仆人走了以后，她坐下来，见她这样的体力不支，脸色这么难看，达西不放心离开，他用一种温和体贴的声音说：“让我去把你的女用唤来吧。你能不能喝点儿什么，让自己恢复一下？一杯酒？我去给你倒一杯吧？你好像病得很厉害。”

“不用，谢谢你，”伊丽莎白回答说，极力想使自己平静下来，“我没有病，我身体很好。只是从浪博恩刚刚传来一个可怕的消息，让我心里一下子很乱。”

伊丽莎白说到这里，禁不住哭了，有好几分钟再也说不出一句话。达西心里焦急可又弄不清楚是怎么回事，只能说些泛泛的安慰话儿，默默地望着她很是同情。末了，伊丽莎白说：“我刚收到吉英的一封信，告诉我一件非常不幸的消息。这件事是瞒不过任何人的。我最小的妹妹丽迪雅丢弃了她所有的朋友，已经私奔了。她将自己投进了威科汉姆的怀抱。他们俩从布利屯一块儿逃了。你对他那么了解，当然清楚这后果会是什么。她没有钱财，没有显贵亲戚，没有任何能够吸引住他的东西——丽迪雅完了。”

达西听了惊得目瞪口呆。“我事后想，”伊丽莎白用一种更为忧烦的声音说，“我本来能够防止这件事情发生！因为我知道他的底细，只要我把我知道的一部分告诉家人！如若他的为人让人们知道了，这件事就不会发生了。但是，现在一切都晚了。”

“我听了真的很痛心。”达西激动地说，“痛心，震惊。可这消息绝对可靠吗？”

“是的！他俩在星期天晚上离开布利屯，有人追踪他们的线索，一直到伦敦，可是无法再追下去，他俩一定没有去苏格兰。”

“那么，有没有想办法去找丽迪雅呢？”

“我父亲已经在伦敦了，吉英来信敦请我舅舅立刻回去帮助寻找，我希望再有半个小时我们便能动身返回。但是，这于此事又有何帮助呢。我知道得很清楚，做什么也没有用。对这样的一个人，你能叫他悔过自新吗？又怎么能找得到他们呢？我一点儿也不抱希望。从哪一方面想，都太可怕了。”

达西摇了摇头，表示默认。

“我当初已看清了他的本性。噢，如果那时我知道该怎么做并大胆地去做就好了！可是我不知道——我害怕做得太过。结果犯了这无可挽回的错误！”

达西没有吭声。他似乎都没有听见伊丽莎白的话，在屋子里来回踱着步，专注地思考着。他的眉头紧锁着，神情显得很沉郁。伊丽莎白很快察觉了他的这种情绪，立即明白他有了心事。她的力量从她身上退去，生长在这样一个脆弱家庭的屋檐下，面对这羞愧难当的耻辱，一切的力量都会失去的。她既不感到诧异，也不愿去责备，即便她相信他愿意委曲求全，也丝毫不能给她带来安慰，无法减轻她的痛苦。恰恰相反，这倒使她更加确切地弄清楚了她自己的心愿，在现在万千恩爱都必会落空的时候，伊丽莎白却真挚地感觉到了她对达西的一种从未有过的爱意。

不过，对自己的考虑并未能占据伊丽莎白的身心。丽迪雅——以及她给全家人带来的耻辱和痛苦，不久便吞噬了她对个人的考虑。她用手帕捂住了脸，便什么也不理不问了。过了好一会儿，听到同伴的声音，她方才清醒过来。只听得达西用一种同情而又拘谨的口气说：“我觉得，你恐怕早就想让我离开了，我也没有再待下去的理由了，只是对你真挚而又于事无补的关心叫我不忍离去。天哪，我要是能说点儿什么或做点儿什么，能减轻你的一点儿痛苦就好了！我不再用这些徒劳的愿望来折磨你了，这样显得我是有意要讨你的感激似的。我担心，这一不幸的事件将使我妹妹今天不能有幸在彭伯利见到你了。”

“哦，是的。务请你代我们跟达西小姐道个歉。就说有件紧急的事要我们立即回去。最好不要把这件不愉快的事情告诉她。不过，我也知道这瞒不了多久。”

达西即刻答应替伊丽莎白保守秘密，又一次为她的痛苦表示了难过，衷心希望能有一个圆满的结局，不至于像现在所想的这么糟糕，末了，请她代问她家里人好，最后又郑重地望了她一眼离去了。

达西走了以后，伊丽莎白思忖着，他们俩竟然会在德比郡有好几次坦诚相见的机会，这真是出乎她的意料。当她回想起他们俩这曲折多舛的相识经过时，禁不住叹息了一声：没料到从前那么巴望中断他们这种关系的那些感情，现在反倒想要延续和加深他们之间的相处了。

如果说感激和尊敬是爱慕的基础的话，那么伊丽莎白感情上的变化就情有可原、无可指摘了。总而言之，世上有所谓一见钟情甚至三言两语还没说完就倾心相许的爱情，如果与此相比，因感激和尊敬产生的爱情显得不近人情或是不自然的话，我们也无法为伊丽莎白辩解，除了说在对威科汉姆的情意上，她也曾尝试过这一见倾心的方法，只是效果不好，她才无奈而求其次，用了这另一种较为乏味的恋爱方式。尽管如此，看见他走了，伊丽莎白还是不胜的遗憾。丽迪雅的放荡行为在一开始就产生了这样的后果，使她不能不感到痛苦。自从读了吉英的第二封信以后，她就再也不认为威科汉姆会娶丽迪雅了。除了吉英，没有人再会用这样的想法来安慰自己。对这件事的发展她不再感到惊奇了。当她脑子里转着第一封信上的内容时，她惊讶之至——很是纳闷威科汉姆为什么竟会娶一个没有钱的姑娘。而且对丽迪雅怎么会爱上他，也觉得不可理解。可是现在这一切都是再自然不过的了。像这一类的苟合，有丽迪雅的风流妩媚也许就足够了。尽管伊丽莎白也不相信，丽迪雅会不存结婚的念头就心甘情愿地跟威科汉姆私奔，可她也不难相信，丽迪雅的品行和见解都使她很容易落入人家的圈套。

在民团驻扎哈福德郡期间，伊丽莎白并不曾看出丽迪雅对威科汉姆有爱意，不过，她倒是确信只要有人勾引，丽迪雅就会上钩。平日里不是这个军官，就是那个军官成了她的意中人，只要你向她献殷勤，她就看得上你。她的感情总是在变化中，可是从来都没有缺少了谈情说爱的对象。对这样的一个女孩，父母不施家教，一味地娇惯，结果落得了现在的下场。啊！对这悲剧她现在体会得太深了。

伊丽莎白渴望马上回到家中，去亲眼看见、亲身体会，在这样一个乱糟糟的家里，她要回去，为吉英分担现在全压在了姐姐身上的重担，父亲去伦敦了，母亲毫无应对的办法，还得需要别人的照顾。虽然她认为丽迪雅的事几乎已经没有办法可想，可是舅舅的参与仍然显得至关重要，她现在等舅舅真是等得心急如焚。嘉丁纳夫妇慌慌张张地赶了回来，听仆人的讲述以为外甥女得了急病。看到不是这么回事，才顿时放下心来。伊丽莎白把叫回舅父母的原因急促地说了一遍，大声地读完了这两封信，又将后面补写的那一部分用力给予了强调。虽然嘉丁纳夫妇从来没有喜欢过丽迪雅，却也为此事感到深切的忧虑。岂止是丽迪雅，家人亲戚都与此事相关。嘉丁纳先生在开始时也大为惊骇，连声地感叹，随后便一口答应尽他的力量给予帮助。虽然这是预料之中的事，伊丽莎白仍然感激涕零地向舅舅表示了感谢。三人一齐动手，上路的一切准备工作很快就绪。“可是，彭伯利那边怎么办呢？”嘉丁纳太太问，“约翰（指仆人——译者注）跟我们说，当你打发他来找我们时，达西先生曾在这里，真是这样吗？”

“是的，我已经告诉他，我们不能赴约了。一切都已经决定了。”

“一切都已经决定了。”嘉丁纳太太念叨着跑进她的房间去准备了。“难道他们两人之间已经好到这样的程度，能让她把这件事的真相都告诉给他了吗？噢，要是知道他们俩之间真实的关系就好了！”

可愿望总归是愿望，或者说最多也不过是在后来一个小时的忙乱中，让嘉丁纳太太有一个聊以自娱的念头罢了。如果是在闲暇之时可以放任懒散，以伊丽莎白现在这副可怜的样子，她一定会认为自己什么事也干不了；可是像舅妈一样，她也有自己的一份事情要做，这其中也包括给他们在兰姆屯所有的朋友们写信，为他们的突然离去编造出各种理由。只用了一个小时，一切便准备就绪了；嘉丁纳先生此时也和旅店结清了账目，剩下要做的就是动身了；在经受了一上午的痛苦之后，伊丽莎白没有料到，在这么短的时间内，她就坐上了马车，向浪博恩进发了。

第五章

“我还在想这件事，伊丽莎白，”从伦敦出来的路上，她的舅舅说，“真的，经过认真的考虑，我现在倒觉得你姐姐的判断是有道理的了。叫我看，任何一个年轻人都不敢对一个有亲朋好友保护，尤其是就留住在他的上校家里的姑娘存坏心眼儿，因此我愿意从最好的方面想。难道他不怕她的朋友们前来救助？难道在这样冒犯了他的上司弗斯特上校以后，他还可能再回到部队？丽迪雅对他的诱惑不值得他冒这样的险。”

“你真是这样想的吗，舅舅？”伊丽莎白激动地说，脸上有了片刻的喜色。

“说实话，”嘉丁纳太太说，“我也开始像你舅舅这样想了。如此不顾廉耻，丢弃一切名誉和利益，他会这么做吗？我认为威科汉姆没有那么坏。丽萃，难道你自己对他已经完全绝望，相信他会做出这种事吗？”

“为了顾全他个人的利益，他也许不会。除此之外，我相信他就没有什么可顾忌的了。如果真像你们说的就好了！我不敢存这样的奢望。如果真是如此，他们为什么没有去往苏格兰呢？”

“首先，”嘉丁纳先生回答道，“这里并没有确凿的证据，说明他们没有前往苏格兰。”

“噢，可是他们把原来的马车打发掉，换上了出租马车，显然是用心良苦！更何况，在前往巴纳特的路上，也找不到他们的任何踪迹。”

“呃，那么就假定他们是去了伦敦。他们到那儿也许只是为了临时躲藏一下，并不见得就有什么别的企图。他们两人身上都不可能有许多的钱。也许他们觉得，在伦敦结婚比到苏格兰更省钱，尽管不如那里方便。”

“可是，为什么要这么神神秘秘？为什么要怕人家发现呢？他们结婚干吗要偷偷摸摸的呢，啊，不，不，这绝对不可能！吉英在信上说，连威科汉姆最要好的朋友都不相信他会娶丽迪雅。威科汉姆绝不会跟一个没有钱的女孩结婚，他做不到。丽迪雅有什么本钱，有什么诱惑力（除了她的年轻、健康和活泼的性情），能够让威科汉姆为她放弃攀上一门富贵姻缘的机会。我现在不能断定的只是，他会不会因为担心这次不名誉的私奔影响到他在部队的声誉，从而把行为变得收敛一点。你再提到的其他理由，我觉得都很难站得住脚。丽迪雅没有兄弟站出来撑腰，而且从我父亲平时的行为里，从他对家里发生的事情采取的那种既似纵容又似不予过问的态度中，威科汉姆也许认为他在这件事情上，像有些做父亲的一样，也不肯去多想、不肯去多管的。”

“可是，你认为丽迪雅会只为爱他，没有结婚就同意跟他住在一起吗？”

“这似乎是，而且的确是令人震惊的，”伊丽莎白的眼睛里浸着泪水，“一个人竟会在这样一点上怀疑自己妹妹的道德和贞操。可是，我的确不知道怎么说好了。或许我对她的看法有片面性。可是她太年轻了，又从来没有人告诉过她如何去思考这些严肃的问题。最近半年，不，最近一年来，她一味地沉溺于追求快感和虚荣。家里纵容她过那种最为无聊轻浮的生活，随意听从别人的教唆。自从民团驻扎到麦里屯，她脑子里整天想着的就是和军官们调情说爱，日子一长，使她的感情——怎么说呢？——更加容易受到诱惑了；本来她天生就足够多情的了。而且我们都知道，威科汉姆有着能迷住一个女人的堂堂仪表和优美谈吐，他的魅力是很难抵挡的。”

“可是，你也看得出，”她的舅母说，“吉英并不认为威科汉姆有那么坏，会干出这种事。”

“吉英什么时候认为过哪一个人不好呢？在一件事没有得到证实之前，不管这个人以前的行为如何，吉英多会儿相信过人家会干出坏事来呢？可是，吉英像我一样地清楚威科汉姆的真实面目。我俩都知道他行为上的放荡。他既不诚实，又无节操，他虚伪造作，又善于奉迎。”

“你真的都了解吗？”嘉丁纳太太大声问，显然她对伊丽莎白是怎么知道这些情况感到好奇了。

“我的确了解，”伊丽莎白回答说，随之脸也红了，“那一天我已经把他如何不名誉地对待达西先生的行为告诉你了，而且，你上次在浪博恩的时候，也亲耳听到了他是怎么谈到对他既宽宏大量又慷慨解囊的达西先生的。还有些事情，我现在不能公开，也不值得提起。不过，他给彭伯利一家所造的谣言真是多得不胜枚举。以他对达西小姐的描述，我看到的该是一个骄傲、矜持、令人生厌的女孩了。然而，他自己也知道事实恰恰相反。他当然清楚，达西小姐和蔼可亲，毫无造作，正像我们所看到的那样。”

“难道丽迪雅不知道这些吗？你和吉英这么了解的事情，难道她就一点儿也不知晓吗？”

“噢，真是这样！——事情糟就糟在这里。我自己也是到了肯特以后，由于常常跟达西先生和他的表弟费茨威廉上校见面，才知道了事情的真相。在我从肯特回来时，麦里屯的民团已经准备在一两个星期内开拔了。既然如此，吉英（我都已经告诉她了）和我都觉得再没有必要把威科汉姆的事情向外声张。何必无端去触犯邻居们对他的好感呢？甚至就在丽迪雅已经定下来要跟弗斯特太太一起走的时候，我也没意识到，有必要让丽迪雅认清威科汉姆的本性。我真的没想到丽迪雅竟会上当受骗。你可以相信，我万万没有料到会是这样一个后果。”

“这么说来，在丽迪雅和弗斯特夫妇一块去到布利屯时，我想你根本不认为他们两人已经相好了。”

“没有一点察觉。我回忆不起双方之间有过任何相互爱慕的迹象，只要有这样的事情，你也知道在像我们这样的家庭里是不可能被轻易忽略的。威科汉姆刚进到部队时，丽迪雅倒是倾慕过他。可是，当时有哪一个姑娘不是这样呢。麦里屯以及麦里屯附近的女孩在头两个月里都迷恋上了他，不过，威科汉姆可不曾给过丽迪雅特别的青睐，随后，在一段不算长的神魂颠倒的爱慕以后，丽迪雅对威科汉姆的喜欢就渐渐淡了，向她献殷勤的其他军官们又成了她的意中人。”

我们不难想象，在这几天的旅途中，尽管他们三人对这件事的翻来覆去的讨论，不能再给他们现在的担心、希望和揣测添进去什么新意了，可是无论扯到别的什么话题，他们不久又会谈起这件事情。它总是萦绕在伊丽莎白的脑子里，令她痛苦、自责，一路上没有过一刻轻松舒坦的时候。

他们急匆匆地赶路，日夜兼程，终于在第二天中午到达了浪博恩。想到吉英不必再为整天的等待焦急了，伊丽莎白感到一阵宽慰。

他们一进到围场，嘉丁纳舅舅的孩子们就看见了，纷纷站到了房门前的台阶上。当马车在门前停下时，惊喜之情洋溢在孩子们的脸上、身上，他们乐得又蹦又跳，这便是这一行三人刚刚到家时受到的热忱愉快的欢迎了。

伊丽莎白跳下马车，匆匆地吻过了每个小表弟和小表妹，便快步走进了门廊，刚巧吉英正从她母亲的房间奔下楼来，在这里相遇了。

伊丽莎白紧紧地拥抱姐姐，两人的眼睛里都浸满了泪水，与此同时，伊丽莎白一刻也没有耽搁地问起那两个失踪了的男女。

“还没有听到什么消息，”吉英回答，“不过，亲爱的舅舅现在回来了，我想一切都会好起来的。”

“父亲还在城里吗？”

“是的，我信中告诉过你，他星期二就走了。”

“父亲那儿常有信吗？”

“只收到过一封。他在星期三给我写来短短的几句话，说他已平安到达，告诉了我他的地址，这是我在他临走前特意请求他做的。另外，他只说等到有重要线索的时候再来信。”

“母亲呢，她好吗？家里人都好吗？”

“母亲的情况还算不错，我想，尽管她在精神上受到不小的刺激。她正在楼上，看到你们她会高兴的。她还待在她的梳妆间里。玛丽和吉蒂嘛，感谢上帝，她们都很好。”

“但是你——你怎么样呢？”伊丽莎白着急地问，“你脸色很苍白，你经受了多少痛苦啊！”

不过，姐姐却告诉她，她的精神和身体都很好。趁着嘉丁纳夫妇和他们的孩子们亲热的时候，姐妹俩说了这么几句，待大家都进来时，吉英走到舅舅和舅母面前，又是眼泪又是笑容地向他们两个表示欢迎和感谢。

大家都来到客厅后，伊丽莎白问过的话儿自然又被舅父母重新提起，他们很快发现吉英并没有什么消息可以提供。吉英那宽厚的心地里还存着能有个美好结局的愿望。她觉得每个早晨都可能会收到丽迪雅或是父亲的来信，信上会把事情进展的情况解释一番，或许还会有结婚的喜讯传来。

这样聊过了几分钟后，他们来到班纳特太太的房间，班纳特太太对他们的接待正如他们所能料想到的那样，她泪流满面地哀叹，痛骂威科汉姆的卑劣行为，抱怨自己所受的痛苦和委曲。她把每一个人都数落到了，除了纵容女儿铸成大错的自己。

“要是能照我的想法办，”班纳特太太说，“全家人一块儿去布利屯，就不会发生这样的事啦。结果弄得可怜的丽迪雅没人照顾，为什么弗斯特夫妇要让她一个人瞎跑呢？我敢说他们两个一定没有尽到责任，因为只要好好管着一点儿，丽迪雅可不是能做出这种事情的姑娘。我早就认为弗斯特夫妇照管不了她。可我的话总是没人听。班纳特先生也走了，我知道他只要见着威科汉姆就一定会打起来的，他一定会被打死，那可叫我们这一家老小怎么活啊？他尸骨未寒，科林斯夫妇就会找上门来赶我们走了。弟弟呀，如果你不帮忙，我可真不知道我们这一家人会怎么样了。”

大家对班纳特太太的这些可怕的想法都极力反对，嘉丁纳先生告诉她，无论是对她本人还是她的家人，他都会尽心照顾，然后又说他明天就赶往伦敦，竭尽全力，帮助班纳特先生找回丽迪雅。

“你不必过分着急，”嘉丁纳先生接着说，“尽管要想到最坏的方面，可是没有理由就把它当成肯定的结果。他们两个离开布利屯还不到一个星期，再过几天，我们可能就会得到他们的一些消息，只有当我们得知他们并没有结婚，也没有任何结婚的打算时，那才是真的失望。我一进城就会找到姐夫，请他到天恩寺街我们家里去住，然后我们便着手商量该怎么办。”

“噢，我的好兄弟！”班纳特太太回答说，“你说的正合我的心意。你到了城里后，不管他们可能会在哪里，一定要把他们找到。如果他俩还没有结婚，就让他们结了。别让他们等结婚礼服，你告诉丽迪雅，一旦他们成婚，她想买多少钱的礼服都行。最要紧的是，不要让班纳特先生动手。告诉他我现在的情形糟透了。我已经被吓得魂不附体啦。不停地浑身发抖，打哆嗦，腰背抽搐，头痛心跳，白天夜里都睡不着觉。再告诉丽迪雅，在没有见到我以前，不要购置礼服，因为她不知道哪一家的衣料最好。噢，弟弟，你真好！我知道你会把这一切都办妥的。”

尽管嘉丁纳先生又一次对班纳特太太说，他在这件事情上一定会竭尽全力，可也忍不住地劝诫她要她的希望像她的担心一样，还是适中一些为好。大家跟她一直谈到吃饭时分才离开，此后班纳特太太又继续向她的女管家发泄情绪，女儿们不在时，这位女管家便陪她在屋里。

尽管嘉丁纳夫妇并不认为非要把班纳特太太隔离起来不可，可他们也没有表示反对，他们知道如果让她和大家一起吃饭，在用人们上菜的时候她若管不住自己的嘴，出言不慎，会惹下人笑话的。他们在桌前坐定，一致同意还是让这位他们最信任的女管家陪伴着她，让班纳特太太把所有的担心和焦虑都诉说给这一个人听好了。

玛丽和吉蒂不久也来到餐厅，在这之前她们两个都各自在自己的房间里忙着，还没顾上露面。一个是刚从书堆里钻出来，另一个是刚刚化完妆。这两人的脸上都很平静，两个人都没有什么明显的变化，只是吉蒂讲话的声调比平常显得焦躁些。这或许是因为她失去了一个心爱的妹妹而伤心，或是为此而感到气恼。至于玛丽，俨然还是她平时的那副样子，刚刚在桌前坐定，她便若有所思、一本正经地跟伊丽莎白小声说道：

“这真是一件最不幸的事了，很可能会遭到众人议论的。我们必须顶住流言蜚语的侵袭，把姐妹间的体恤之情倾注到我们彼此受伤的心灵中去。”

她看到伊丽莎白不愿答话，便接着说：“这件事情对丽迪雅来说固然不幸，可是我们却能从这中间获得有益的教训。一个女子的贞操一旦失去，便无法挽回——一步迈错便有无尽的毁灭接踵而来。她美好的声誉很可能毁于一旦，对异性的轻薄负义，她如何防范也不会过分。”

伊丽莎白禁不住诧异地抬起了眼睛，只是觉得心头压抑才没有吭声。玛丽却继续用那些从书本中读来的道德训条宽慰着自己。

到下午时分，班纳特家的这两位大小姐才好不容易有了半个钟头的时间来说说话。伊丽莎白立刻抓住这个机会问了吉英许多问题，吉英也同样急切地一一做了回答。姐妹两人先就这件事情的可怕后果共同叹息了一番，伊丽莎白认为可怕的结局已在所难免，班纳特小姐也认为这不是完全没有可能。接着伊丽莎白说道："告诉我一切有关的细节，只要是我还没听过的。弗斯特上校是怎么说的？在他们私奔之前，他就一点儿也没有察觉吗，他一定常常看见他们俩在一起了。"

"弗斯特上校的确承认，他曾怀疑过他们之间有些特别，尤其是丽迪雅这一方，可是却没有发现出任何值得他警惕的地方。我也为他很难过。他对这件事非常关心，也很乐意帮忙。在他还未想到他们会不会去苏格兰的时候，他就打算来告诉我们情况的。等到想到了这一层，他立即就赶来了。"

"丹尼认为威科汉姆不会跟丽迪雅结婚，是吗？他事先知道他们有私奔的打算吗？弗斯特上校见过丹尼了吗？"

"见过了，不过当弗斯特上校问他时，丹尼矢口否认他知道他们的计划，也不愿说出他对这件事的真实想法。丹尼没有再提起他认为他们不会结婚的话。我由此希望，以前他的意思也许是被人误解了。"

"我想，在弗斯特上校到来之前，家里人都不曾怀疑过他们会不结婚吧？"

"这样的一个想法怎么可能在我们的头脑中产生呢！我曾感到有点儿不安——担心小妹跟他的婚姻不会幸福。因为我早就知道他品行不太端正。父母亲也全然没有想到，他们只是觉得这桩婚姻太草率了。吉蒂承认，在丽迪雅给她的最后一封信中曾谈到她准备走这一步，因为知道得比我们多，吉蒂当时还颇为得意。她好像在几个星期前就知道他们在相爱了。"

“不过，总不会是在他们到布利屯之前吧？”

“不，我想不会。”

“弗斯特上校有没有看不起威科汉姆？他了解威科汉姆的真实面目了吗？”

“我不得不承认，弗斯特上校对威科汉姆的评价不像从前那样好了。他觉得他行事鲁莽，生活放荡。自从这件不幸的事件发生后，人们都说起他在离开麦里屯时曾欠下许多的债。不过，我希望这些都是谣传。”

“噢，吉英，要是我们俩不保守这个秘密，而是说出实情，就不会有今天的事情发生啦。”

“或许，那样做会好一些，”她的姐姐回答，“可是在不了解一个人眼下品行的情况下，便去揭露人家以前所犯的错误，似乎总是不太好。我们这么做是出于最好的动机。”

“弗斯特上校把丽迪雅给他妻子的留言告诉你们了吗？”

“他带来这封短笺给我们看了。”

吉英说着从她的夹子里取出那封信，递给了伊丽莎白。信是这样写的：

亲爱的海丽特：

当你知道我去了哪儿的时候你一定会大笑起来的，想到明天早晨你会为我的离开感到如何的惊讶，我自己也忍不住笑出了声。我打算到格利那草原去，如果你猜不出我是和谁一起走，那你简直就太傻了，因为在这个世界上我只爱一个男人，他是我的天使。没有他我永远不会幸福，所以不要为我的离去大惊小怪。如果你不愿意的话，你就不必写信把我走的事告诉我浪博恩的家人，因为当我给他们写信，下面署上丽迪雅·威科汉姆的时候，我家人的惊奇会来得更大。这个玩笑开得多有趣啊！我笑得几乎写不下去了。请替我向普拉特道歉，说我今天晚上不能赴约同他跳舞了。告诉他我希望他知道了这一切情形后能够原谅我，告诉他在我们相遇的下一次舞会上，我会尽兴地和他跳。在我到了浪博恩后，我便派人来取我的衣服。我希望你能告诉夏丽一声，我那件细洋纱的长裙上划了一道长口子，在打包以前让她帮着缝一下。再见。代我问候弗斯特上校，愿你为我们的一路顺风干杯。

你的好朋友丽迪雅·班纳特

“啊，好个没脑子的丽迪雅！”在她读完信的时候伊丽莎白喊道，“在这样的时候还能写出这种信来。不过，这封信至少说明，她对这趟旅行的目的看的是很严肃的。不管威科汉姆在以后会引诱她做出什么丢脸的事，在她这方面都不是有意的。我们可怜的父亲！他看到这封信时一定气坏了吧。”

“我从来没见过有谁惊骇成那个样子的。他当时一句话也说不出来。母亲马上就病倒了，全家是一团糟！”

“噢，吉英，”伊丽莎白激动地大声说，“是不是家里所有的用人在当天就知道了这件事情？”

“我不太清楚。但愿不是这样。不过，在现在的情况下要让人家不知道也不太容易。母亲那歇斯底里的毛病又犯了，尽管我全力地劝慰，恐怕还是做得不尽如人意。想到将来可能会发生的事情，我都不知道该怎么办了。”

“在这种情况下让你照顾母亲，真是太难为你了。你的脸色不好。噢，要是我也在家就好了！样样事情都得你一个人操劳，太辛苦你啦。”

“玛丽和吉蒂都表现得很好，我想她们本来是会帮我分担这辛劳的，只是我觉得不该让她们受累。吉蒂身体纤弱，玛丽学习那么用功，不应该再打扰了她们休息的时间。好在星期二父亲一走，菲利浦姨妈就来到浪博恩，跟我在这儿一起待到了星期四。她的到来对我们全家是个极大的安慰，同时也帮了我们不少的忙，鲁卡斯太太待我们也很好。她星期三早晨来安慰我们，并且说只要用得着，她和她女儿们都愿意效劳。”

“她还是待在她自己家里的好，”伊丽莎白大声说，“也许她是出于好意，可是发生了这样不幸的事情，邻居们还是越少来越好。帮忙不可能，劝慰叫人受不了。还是让他们离得远一点儿去幸灾乐祸吧。”

伊丽莎白接着问起了父亲去到城里后打算采取的步骤。

“我想，”吉英回答说，“父亲计划先去艾普桑，因为他们俩是在那里换的马车，他想找找那些马车夫，看看能不能从他们的嘴里探听出一点儿消息。他的主要目的一定是想查出他们在克拉普汗所搭乘的那辆出租马车的号码。因为他认为一男一女从一辆马车换上另一辆，也许会引起人们的注意，所以他想在克拉普汗做点儿调查。他要查出那个马车夫是在哪家门口让他的客人们下的车，决定去到那里打探一下，也许能够查问出那辆马车的号码和停车的地点。我不知道父亲还有没有别的打算。他走得那么匆忙，他的心情又是那么不好，我能打听出这么多已经不容易了。”

第六章

全家人都盼望着在第二天早晨能收到班纳特先生的一封信，可是等到邮差来了，却没有他那边带来的任何消息。他的家人都晓得，他一向疏于动笔，懒得写信，不过在这样一个非常时期，他们本希望他能够勤勉一些的。家人只得认为，班纳特先生现在还没有好消息可报告，可是就是这一点他们也希望能得到证实。嘉丁纳先生也想在动身之前多看到几封来信。

在嘉丁纳先生也赶往伦敦后，大家放心了一点儿，至少他们可以经常听到事情的进展了。他临走时还答应，将劝说班纳特先生，要他尽可能早地回到浪博恩，这给他的妹妹是一个极大的安慰，因为班纳特太太认为只有这样才能避免她丈夫死于决斗。

嘉丁纳太太和孩子们将继续留在哈福德郡待上几日，她觉得她在这里对外甥女们是个帮手。她和她们一起照料班纳特太太，待她们闲暇下来时，又能给她们一些安慰。她们的姨妈也常常来看她们。她说她来是想让她们高兴振作一点儿，可是由于每次来都能说出些威科汉姆奢华放荡的新事实，当她走了以后，反而让她们觉得更加沮丧。

整个麦里屯的人们似乎都在大肆宣扬威科汉姆的劣迹了，仅仅三个月前，这个人几乎还是一个光明的天使呢。人们传说他欠着当地每一个商人的债，又说他诱骗妇女，把他的魔爪伸进了每一个商人的家庭。人人都说他是天下最坏的年轻人了，人人都开始觉得他们对他外表上的美好从来都抱着不信任的态度。虽然伊丽莎白对这些传闻并不全信，不过却也让她认为，她妹妹会毁在这样一个人的手里是无疑的了。甚至对这些传闻更少相信的吉英现在也几乎变得绝望，因为时间已过了这么久，如果他们两人真的去了苏格兰（对这一点，她从来也没有完全放弃过希望），现在也应该听到他们的一些消息了。

嘉丁纳先生是星期天离开浪博恩的。星期二的时候，他的太太收到了他的一封来信，信上说他一到伦敦便找到了班纳特先生，劝他住到了天恩寺街这边。班纳特先生曾到过艾普桑和克拉普汗，可惜没有打听到任何有用的消息。他现在决心找遍城里所有的主要旅店，因为他猜想在他们俩刚刚到达伦敦没有找到住房之前，可能会住过某一家旅店。嘉丁纳先生不相信这个办法会奏效，可是因为他的姐夫一味坚持，他也打算帮着实行这个计划。嘉丁纳先生最后说，班纳特先生似乎一点也没有要离开伦敦的意思，嘉丁纳先生还答应很快再写一封信来，信的后面还有这样一段附言：

“我已经给弗斯特上校写信，希望他尽可能找到一些威科汉姆在部队里的好朋友，向他们打听一下威科汉姆是否在城里有亲戚或是朋友，这些人也许知道他藏在城里的哪一个地方。要是我们有这样的人可以询问，从中得到一些线索，那事情就好办多了。目前我们还无从下手。我敢说，弗斯特上校会竭尽所能，为我们办这件事的。但是，我又想了一下，也许丽萃比别的人更了解威科汉姆现在还有什么亲戚。”

伊丽莎白当然清楚她为什么会受到这样的抬举，可无奈的她却没有任何令人满意的消息可以配得上对她的这一恭维。

她从未听说过威科汉姆有什么亲戚，除了他多年前已经逝世的父母亲。不过他部队上的朋友却可能提供出一些线索。她虽说对此并不存奢望，去试一试倒也是应该的。

现在浪博恩家的每一天都是在焦虑中度过的，而一天中最焦急的时刻则是邮差快要来临的时候。信件的到达是他们每天早晨急切盼望的第一件大事。不管是好消息还是坏消息，总得通过信件才能传递过来，他们总在期待着下一天能带来一些重要的信息。

在嘉丁纳先生的第二封信到来之前，他们从另外一个不同的地方，从科林斯先生那里，收到了他给班纳特先生的一封信。知道他的信总是写得怪里怪气的伊丽莎白，也站到了姐姐身后。信是这样写的：

亲爱的先生：

由于我们之间的亲戚关系和我的职业关系，我觉得对你现在正受到的巨大伤痛——这是我昨天从哈福德郡的一封来信中得知的——表示慰问，是我所义不容辞的。你可以相信，亲爱的先生，科林斯太太和我对你及你尊敬的家人目前所经受的痛苦，是深表同情的，这种痛苦一定是刻骨铭心的，因为它源于一种时间不能洗涤掉的东西。我真心希望我能说点什么，以减轻这一不幸所带来的后果，或者能让你得到一些安慰。我知道在这类情形下最受打击的莫过于父母的精神了。早知如此，你女儿若能死去也是比较幸运的了。更为可叹的是，这里有理由认为（正像我的亲爱的卡洛蒂告诉我的），你女儿的淫逸放纵行为是因为家里大人的错误纵容，尽管为了安慰你和班纳特太太，我愿意认为丽迪雅的性情生来就是邪恶的，否则她便不可能在这么小小的年纪就犯下这么严重的错误。即便如此，你的悲痛我也是同情的，而且不仅是科林斯太太，还有凯瑟琳夫人和她的女儿（我将此事告诉了她们）也跟我有同感。我们一致认为，一个女儿的失足会损害到其他所有女儿的命运，因为正如凯瑟琳夫人自己不吝赐教的那样，有谁还会愿意和这样的一家人攀亲呢。这一考虑令我颇为得意地想起去年十一月我向令爱求婚的事，幸亏没有成功，否则的话我现在也必定卷入到你们的伤痛和耻辱之中去了。愿先生能尽可能地擅自宽慰，摒弃掉对这一冤孽女儿的一切爱心，让她去自食她的恶果。祝好，下略。

嘉丁纳先生直到接到弗斯特上校的回信后，才写来了他的第二封信，信上并没有传来什么可喜的消息。谁也不知道威科汉姆有什么亲戚还与他保持着联系，而且他确实是没有一个至亲在世了。他从前的朋友的确很多，可是自从进入部队以后，他和他们之间好像便不再有任何较为亲密的来往了。所以很难找出一个人告知他的任何消息。除了担心会被丽迪雅的家人发现，威科汉姆糟糕的经济状况，也使他非得隐藏得深一点儿不可，因为刚刚有消息透露说，他临走时欠下了一大笔赌债。弗斯特上校估计，他在布利屯的债务需要一千多英镑才能还清。在伦敦他也欠了不少的钱，他在那里的负债名声让人听了更是惊讶。嘉丁纳先生并不想把这些细节向浪博恩家隐瞒。吉英读了心惊肉跳。“好一个赌徒！”她喊着，“太出乎我们的意料了。我一点儿也没有想到会是这样。”

嘉丁纳先生在信中接着写道，她们可以在第二天即星期六便能看到她们的父亲了。由于所有的努力都毫无结果，她们的父亲也变得心灰意冷，终于同意了小舅子的请求，返回家中，留下他一个人相机行事。班纳特太太得知这些情况后，并未像女儿们所想的那样感到宽慰，尽管几天前她对丈夫的生命安全还是那么担心。

“没有可怜的丽迪雅，他一个人回来干什么！”班纳特太太愤愤地嚷着，“在找到他们俩之前，他怎么能离开伦敦？如果他走了，谁去跟威科汉姆较量，逼他娶了咱们的女儿呢？”

嘉丁纳太太也开始想回家了，于是决定在班纳特先生离开伦敦的时候，她和孩子们动身回去。在派车子把他们母子送到第一站时，顺便接回来浪博恩的主人。

嘉丁纳太太走了，把自德比郡起就一直搁在她心里的那个谜（关于伊丽莎白和达西之间的关系）也带走了。她的外甥女从来没有主动在他们面前提起过达西的名字。嘉丁纳太太原以为他们回来后随即会收到达西先生的来信，结果这一希望也落空了。伊丽莎白没有收到从彭伯利寄来的任何信件。

家里现在这一摊子倒霉事，已经够叫伊丽莎白沮丧的了，再无须找其他的理由来解释她精神上的不振。所以从这里嘉丁纳太太也无从看出伊丽莎白的一丁点儿底细。尽管伊丽莎白到现在已经理清自己的思绪：要是根本不认识达西先生，她倒比较能够忍受丽迪雅的这件丢脸面的事情，那样的话，她想她的不眠之夜至少也可以减少一半了。

班纳特先生回到家里时，脸上仍然保持着他惯有的哲人式的镇静。还像从前那样很少说话。只字没提他这次的外出，女儿们也是过了好一阵子后才敢在他面前说起这件事。

那是到了下午他跟女儿们一块儿喝茶时，伊丽莎白才大着胆子谈到了这件事。她刚刚提到她为他这次吃了不少的苦很是难过，她的父亲便接过了话茬儿："甭说这样的话了，这份罪就应该是我受的。这是我自己造成的后果，我理应去承受。"

"你千万不要过于自责。"伊丽莎白说。

"你曾给过我忠告，我本来可以避免这场不幸。可是人的本性多么容易落入旧习中去呢！不要劝我，丽萃，让我这一生也尝上一次这样的滋味吧。我并不担心我会积郁成疾。这痛苦很快就会过去的。"

"你认为他们会在伦敦吗？"

"是的，还有什么别的地方能让他们藏得这么隐秘呢？"

"丽迪雅以前老是想着要去伦敦。"吉蒂加了一句。

"那么，这正合她的心意了。"班纳特先生有点无精打采地说，"她在那儿也许会住上一阵子的。"

在沉默了一会儿以后，班纳特先生接着说："丽萃，你在五月间劝我的那些话都是对的，我一点儿也不怪你，从现在发生的事情看，说明你是很有见解的。"

他们的谈话被班纳特小姐中断了一下，她进来端茶给母亲送去。

“你母亲的这种做法，也可谓是一种摆架子啦。”班纳特先生大声说，“这倒也不无好处，为家门的不幸增添一种别样的情趣！哪一天我也要这么做，我将身穿罩衣、头戴睡帽坐在我的书房里，叫你们一个个地来伺候我，哦，也许我会等到吉蒂也私奔以后再这么做。”

“我才不离家出走呢，爸爸，”吉蒂气恼地说，“我要是去了布利屯，一定会比丽迪雅规矩得多。”

“你到布利屯！就是到伊斯特本这么近的地方，我也不敢叫你去了！不行，吉蒂，至少我已经学得谨慎一些了，你会看到它的效果的。家里再也不许有军官们来，甚至到我们的村子里来也不行。跳舞以后也绝对禁止，除非是你们几个姐妹互相跳跳。也不许你走出家门，除非你能保证每天在家里规规矩矩地待上十分钟。”

吉蒂将这些吓唬她的话信以为真，不禁哭了起来。

“哦，好了。”她的父亲说，“不要不高兴啦。如果你在以后的十年里成了一个好姑娘，到十年头上，我一定带你去看阅兵式。”

第七章

在班纳特先生回家后的第三天，吉英和伊丽莎白正在屋后的矮树林里散步，突然看见女管家朝她们这边走来，以为她来是叫她们回母亲那儿去的，两人便向她走了过去。到了跟前才发觉事出意外，原来她并不是来叫她们回去的。她对吉英说：“小姐，请原谅我打断了你们的谈话，只是我真的想知道你们从城里那方面得到的好消息，于是大胆地来问一下。”

“你怎么啦，希尔？我并没有听说城里来了消息呀。”

“唷，亲爱的小姐，”希尔太太吃惊地问，“难道你们还不知道嘉丁纳先生差人给主人送来一封快件吗？这人来了已有半个多钟头了，信在主人手里。”

这姐妹两个拔腿就跑，急匆匆往回赶，连话也顾不上说了。她们从穿堂那儿跑进早餐厅，从那里又到了书房。

——可是都不见父亲的影子。她们正要上楼去看看是不是在母亲的房间里，恰好碰上厨子告诉她们说：

“你们是找主人吧，小姐，他正往小树林那边散步去了。”

听到这话，她们又从门厅跑了出来，穿过一片草地去追赶父亲，只见父亲正若有所思地向围场旁边的林子里走。

吉英没有伊丽莎白那么轻巧，也不像妹妹那样跑得动，很快便落在了后面，只见妹妹喘着气追上了父亲，着急地喊：

“噢，爸爸，是什么样的消息，是不是从舅舅那儿来的？”

“是的，我收到了从他那里来的一封快件。”

“哦，信上说了些什么，是好消息还是坏消息？”

“从哪里来好消息呢？”他说着从衣袋里掏出一封信，“或许，你是想看一看吧。”

伊丽莎白性急地从父亲手里抓过信。吉英这时也赶了上来。

“大声地读一读吧，”班纳特先生说，“我几乎还没弄明白它的意思呢。”

亲爱的姐夫：

我现在终于能告诉你一些关于丽迪雅的消息了，希望这个消息大体上能叫你满意。星期六你走后不久，我就很幸运地发现了他们在伦敦的住址。具体的细节等我们见了面再告诉你。现在知道他们已经被找到就够了，我见到了他们两个人——

“那么，正如我所希望的，”吉英激动地说，“他们俩已经结婚了。”

伊丽莎白接着往下读：

我见到了他们两个。他们并没有结婚，我也看不出他们有任何结婚的打算。但是，如果你愿意履行我大胆为你讲妥的条件的话，我想他们不久便可以结婚了。要求你做到的只有一点，那就是保证你的小女儿在你和我姐姐死后能得到五千英镑遗产中的她的那一份；而且订一个契约，答应在你生前每年给她一百英镑。这些条件我以为我可以代你做主，毫不迟疑地应承下来了。我之所以寄快件，就是为能尽快得到你的答复。你了解了这些详情以后就会明白，威科汉姆的处境并不像人们认为的那么糟糕。一般人在这点上是被蒙蔽了。我可以高兴地告诉你甚至在还清他的所有债务以后，在我外甥女的名下还能剩下一些钱（不包括她自己的财产）。你要是愿意根据我说的情况，委托我以你的名义全权处理这件事情，我将马上吩咐哈格斯顿去办理相关的手续。你没有必要再跑到城里。安心地待在浪博恩，相信我的勤勉和慎重。尽快地传回你的意见，注意写得清楚一些。我们觉得外甥女还是从我们这里出嫁的好，当然这也要征得你的同意。丽迪雅今天来看我们。若再有什么事情我会尽快写信给你的。再见。

爱德华·嘉丁纳
八月二日写于天恩寺街

“这可能吗?！”伊丽莎白喊，“威科汉姆真的会娶丽迪雅?”

“看来威科汉姆并不像我们想的那么坏，”吉英说，“我向你祝贺，亲爱的父亲。”

“你回信了吗?”伊丽莎白问。

“没有。不过，得马上写。”

于是，伊丽莎白极其恳切地请求父亲马上回去写信，不要耽搁。

“噢，亲爱的父亲！”她大声央求着，“快去动手写吧。要知道，这种事情是一分一秒也不能耽搁的。”

“不然让我代你写吧，”吉英说，“如果你嫌麻烦的话。”

“我很不愿意写这种信，”父亲回答说，“可是又必须得做。”

这样说着，他和她们一块儿踅了回来，朝屋子里走去。

“我可以问一下吗？”伊丽莎白说，“我想父亲一定会同意这些条件的吧。”

“当然同意！他要求得这么少，让我都觉得不好意思啦。”

“他们必须得结婚！然而，他却是这样的一个人。”

“是的，他们必须结婚！再也没有别的选择。只是有两件事我很想弄清楚：第一件是你舅舅到底垫进去多少钱，才办成了这件事；第二件是我如何才能还上他的这笔钱。”

“垫钱！我舅舅！”吉英喊，“父亲，你这是什么意思？”

“我想说，一个头脑正常的男人，绝不会为了我生前每年给她的一百英镑，死后给她的五十英镑而娶她的。”

“父亲讲得很有道理，”伊丽莎白说，“虽然在这之前我没想到这一点。他的债务还清以后，钱还能有剩余！噢，这一定是舅舅为他做的！我们的舅舅多么善良，多么慷慨，只是我担心这会苦了舅舅。这得需要一大笔钱的。”

“是的，”班纳特先生说，“威科汉姆不是傻瓜，他要是拿不到一万英镑，娶她才怪呢。在我们刚刚要成为亲人的时候，我就把他看得这么坏，令我很难过。”

“一万英镑！天呀！就是这一半的数目也难以还得上。”

班纳特先生没有吭声，三个人就这样心事重重、默不作声地走了回来。父亲随后到书房去写信了，女儿们走进了早餐厅。

“他们真的要结婚了！”待只剩下她们两个人的时候，伊丽莎白大声地说，“太不可思议了！而且，为此我们还得打心眼儿里感激。尽管他们的婚姻不会有什么幸福可言，尽管威科汉姆的人品卑劣，可我们还得强装高兴！啊，丽迪雅！”

“我这样想就会感到安慰了，”吉英说，“威科汉姆如果不爱丽迪雅，就肯定不会娶她。我们好心的舅舅帮助威科汉姆还债一定做了不少，可我不信会有一万英镑已经垫付了。舅舅自己有好几个孩子，也许还会再生出几个来。就是只要五千英镑，他又如何能拿得出？”

“如果我们知道威科汉姆到底欠了多少债，”伊丽莎白说，“靠我们的小妹又还了多少，我们就能确切地算出，舅舅为他们两个垫进去多少钱了，因为威科汉姆自己是身无分文的。舅舅和舅妈的恩情我们这辈子也报答不了。他们把丽迪雅接到自己家里，给了她保护和体面，为了她的利益做出了这么大的牺牲，这样的情意我们几时才能还上。到现在，丽迪雅已经和舅父母在一起了，如果对她这般慈爱，也不能使她觉得内疚和感动，她就永远都不配得到幸福！在她第一眼看到舅妈的时候，她会如何作想呢?！”

“我们应该尽力忘掉他们两人以前的过失，”吉英说，“我衷心希望并确信他们仍会幸福的。我相信，威科汉姆既然同意娶丽迪雅，就证明他已经在改过，他们相互的感情会使他们变得成熟起来。我愿乐观地设想，他们以后将会安安生生、规规矩矩地过日子，他们从前的放荡行为也会很快被人们忘记啦。”

伊丽莎白说：“他俩的行为是这样令人发指，无论是你我，还是其他人都永远不会忘记的。我们不必再说了。”

姐妹俩这时蓦然想到，她们的母亲很可能还完全不知道这消息呢。于是她们来到书房，向父亲请示这件事是不是可以告诉母亲。他正在写信，连头也没抬，只冷冷地说了句：

“随你们的便好了。”

“我们可以拿走舅舅的信念给母亲听吗？”

“尽管拿走你们想要的东西，只是赶快离开这里。”

伊丽莎白从书桌上拿起信，随即姐妹俩一块儿到了楼上。玛丽和吉蒂正跟班纳特太太在一起，因此一次传达便全家知晓了。在先将好消息稍稍透露了一些后，吉英读起了信。班纳特太太听得喜不自禁。在吉英念到丽迪雅不久就可能结婚的字句时，她喜上眉梢，以后的每句话更是令她喜出望外。由于欣喜，她的情绪变得激动起来，正如她前些时候由于惊吓和苦恼而变得烦躁不安一样。知道她的女儿就要成亲，这在她来说已经足够了。至于女儿是否能幸福，她并未去多想，女儿行为的失检和丢人，她也很快便忘在脑后了。

“我的心爱的丽迪雅！”班纳特太太大声喊着：“这太让人高兴啦！她就要结婚啦！我又能见到她啦！十六岁就能嫁人！我善良的好心肠的弟弟！我早就知道事情会是这样。我知道我那兄弟会把一切都办妥当的。我希望马上见到丽迪雅，见到威科汉姆！可是衣服呢？结婚的衣服呢？我要立刻写信跟弟妹谈这件事。丽萃，我的女儿，快下楼找你父亲，问他将给她多少陪嫁。哦，不用啦，不用啦，还是我亲自去吧。吉蒂，按下门铃，叫希尔来。我这就穿衣服。我的宝贝女儿丽迪雅！我们见面后，该有多么快乐啊！”

吉英见她欣喜成这个样子，便想把话引到如何感激嘉丁纳先生为她们全家所做的这件事情上，好让母亲能冷静下来。

“我们必须把这圆满的结局，”她说，“在很大程度上都归功于舅舅的竭诚帮助。我们都认为是他答应拿出钱来替威科汉姆还上债务的。”

“哦，这就对啦，”她的母亲大声说，“除了自己的舅舅谁还会这么做呢？若是你舅舅没有成家，他挣的钱不就是给我和我的女儿们花的吗？除了他以前送的几件礼物外，这还是我们第一次从他那儿得到好处呢。啊，我真是太幸福啦！马上就有一个女儿要出嫁啦。威科汉姆太太！这叫起来多好听。她六月份刚满了十六岁。吉英呀，妈妈太激动了，一定写不出信来，所以我口述，你帮妈妈写吧。关于钱的事，以后再跟你父亲商量。可是所需的嫁妆马上就该置办了。”

班纳特太太接着便数落出一大堆的名目，什么细洋纱啦、印花布啦，本来还会说出一大套的订单来的，要不是吉英好不容易地劝住了她，要她等到父亲有空的时候商量了再说。吉英劝她说，迟上一两天什么也不会耽误的，好在母亲由于高兴也不像平时那么执拗了。随即其他的念头又涌进她的脑子里。

“我这就穿好衣服，到麦里屯走一趟，”她说，“把这好消息告诉我的妹妹菲利浦太太。等我从那儿回来，我将去拜访鲁卡斯太太和郎格太太。吉蒂，快下楼去，吩咐他们给我套好马车。我敢说户外的空气一定对我大有好处。姑娘们，你们在麦里屯有什么要买的吗？噢，希尔来了！亲爱的希尔，你听说这好消息了吗？丽迪雅小姐就要结婚了，给她举办婚礼那天，你们大家都可以喝到一碗混合调制的甜饮料，一起庆贺一番。”

希尔太太即刻表达了她的喜悦之情。伊丽莎白也像别人一样接受了她的祝贺，但后来，她实在忍受不了这荒唐的一幕，便躲回到自己的房里，独自沉思默想去了。

即便可怜的丽迪雅的事情能够解决，也实在是够糟糕了。不过，因为还不是太糟，伊丽莎白还得感谢上苍。她也确实感到些许的庆幸，尽管瞻望将来，她觉得妹妹既不能够得到精神上的幸福，也不可能享受世俗的荣华；她又回想起仅仅两个小时前她们的那份担心，便不由得觉得，能有这样一个结局也实在是不幸中的万幸了。

第八章

过去，班纳特先生常常希望每年都能存上一笔钱，好让女儿和妻子（如果她能活得比他长的话）将来能衣食无忧，最好不要年年都吃尽花光。现在，他的这一愿望更为迫切了。倘若他以前在这方面做得好一些，丽迪雅就不必为了赎回名誉或是面子而让她的舅舅给予资助了。也不必让舅舅费心地去说服一个全英国最差劲的年轻人做她的丈夫了。

班纳特先生心里非常的不安：为办成这件几乎对谁都没有什么好处的事情，竟然让内弟独自破费，做出了那么大的牺牲，他决定要尽可能打听出人家到底给垫付了多少钱，以便能尽快还上这笔人情债。

在班纳特先生刚结婚时，节俭被认为是完全没有必要的。因为他们夫妇自然会生出一个儿子。儿子一旦成年，外人继承财产的事便可取消。寡妇孺子也就可以不愁吃穿了。五个女儿接连来到这个世界，可儿子还有待出世。在生了丽迪雅以后，班纳特太太一直认定就会有个儿子生出来了。最后，这儿子梦终于成了泡影，而这时再攒钱已为时太晚。班纳特太太不会节省，好在她的丈夫喜爱节俭，才算没有入不敷出。

当年他们的结婚条约上规定了班纳特太太和她的孩子们一共享有五千英镑的遗产。至于这份遗产将怎样分给孩子们，再由父母在遗书上规定。但是现在，至少是关于丽迪雅的那一部分必须马上决定了，班纳特先生毫不犹豫地同意了嘉丁纳先生提出的建议。在信中他对内弟的帮助表示了真诚的感谢，尽管措辞相当简洁。他对一切既成的事实都十二分地赞同，对要让他做的事情他都非常乐意去完成。他无论如何也没想到，威科汉姆能被说服娶他的女儿，而照现在的安排，几乎没给他这方面造成任何的不便。虽说他每年要给丽迪雅一百英镑，可他每年实际损失的还不到十英镑。就是以前丽迪雅待在家里时，吃用开销再加上她母亲常常塞给她的零用钱，算起来也快是这个数目了。

这桩事情的解决竟会无须班纳特先生这方面花什么力气，这也让他感到又惊又喜。现在他最大的心愿，就是在这件事情上越能落得个清静越好。在激起他去寻找女儿时的一阵愤怒和冲动过后，他又回到了从前那种懒散的状态。他写的信很快寄出了。虽然做事前喜欢一拖再拖，可是一旦做起来班纳特先生倒也很快。他在信上请内弟把一切代劳之处详细地告诉他。可对丽迪雅还是气愤不已，没有给她写一句话。

好消息立刻在全家传开了，而且也很快传到了左邻右舍。邻居们对这件事抱着一种体面的哲人态度。当然，丽迪雅·班纳特小姐要是做了妓女，那他们在街头巷尾闲聊的内容会丰富得多。或者她远离尘世，住到一幢偏僻的农舍里去，那聊起来也会饶有兴味。尽管现在等来的结果只是要结婚了，还是有许多的话题可谈。那些尖酸刻薄的麦里屯的妇人们，先前是假惺惺地祝愿丽迪雅不遭厄运，现在这一情势的改变也并没有减少她们的兴致，因为找了这样一个丈夫，她将来受罪是无疑的了。

班纳特太太已经有两个星期没有下楼吃饭，在今天这样的喜庆日子，她又坐在了饭桌的首席，显得神采飞扬。她那洋洋得意的神情里，没有半点儿羞愧的影子。自从吉英满了十六岁，班纳特太太最大的心愿就是看到女儿出嫁。现在这一愿望就要成为现实，她心里想的、嘴上说的，全是婚礼的排场讲究啦，上好的细纱棉布啦，崭新的车子和众多的男仆女用啦。她在附近一带到处奔走，要为女儿找一所体面的住宅，丝毫也不考虑他们自己有多少收入，不是嫌这所房子规格太小，就是嫌那所房子不够气派。

“要是戈尔丁一家能搬走，”班纳特太太说，“海叶花园倒还不错。或者若是客厅再大一点儿的话，斯托克的那幢大宅院也可以；阿西渥斯就有点远了！丽迪雅就是离开我十英里，我也不愿意；至于说到帕尔维斯住宅，它的顶楼实在是太糟糕了。”

仆人在的时候，班纳特先生没有打断妻子的谈话。等仆人一走，班纳特先生便对她说：“我的夫人，在你给女儿女婿找房子之前，先让我们把一件事谈清楚。他们绝对不可以住进邻近地区的任何一所房子。他们也休想指望我在浪博恩接待他们。”

这番宣告立即引来一场持久的争执。班纳特先生寸步不让，结果很快又导致了另一场争吵。班纳特太太发现丈夫不愿拿出一分钱给女儿置办嫁妆，不禁大为惊骇。他声明说在这件事情上，丽迪雅甭想得到一丁点儿的父爱。班纳特太太对此简直无法理解。他对女儿的愤怒和怨恨竟会到了这样不通情理的地步，连她出嫁也不肯管了，而没有嫁妆，女儿的婚礼成何体统，这确实太出乎她的预料了。丽迪雅在婚礼上没有新衣服穿，这给班纳特太太带来的羞辱，比之于两个星期前女儿与威科汉姆私奔和同居的耻辱，更叫她难以忍受。

伊丽莎白在这个时候才感到了真正的懊恼。她当时实在不该因为一时的痛苦，便把对她妹妹的担心告诉了达西先生。既然丽迪雅的婚礼马上就要举行，她私奔的那一幕就要过去，他们自然希望那段不光彩的过去尽可能少地被外人知道了。

当然，伊丽莎白并不担心这件事会通过达西传布出去。说到保守秘密，达西先生是那种最可信赖的人。与此同时，在这个世界上，谁知道了她妹妹的这件丑事，也不像让达西知道了更伤她的心。这倒不是怕对她本人有任何的不利，反正她和达西先生之间似乎也存在着一条不可逾越的鸿沟。即使丽迪雅的婚礼能够体面地进行，达西也不可能跟这样的一个人家攀亲，这家人本来缺陷就多，现在又添上一个一向为他所不齿的人（指威科汉姆——译者注）做他的至亲，那他当然更不会愿意了。

伊丽莎白并不会怪达西在这门亲事上望而却步。在德比郡时达西想博得她的好感，她自然是知道的，可是经过这么一个打击，他还可能不改初衷吗？她变得有些自卑了，她悲伤，她悔恨，尽管她也不知道自己在悔恨些什么。她开始妒忌他显要的身份，当她再不能从中得到裨益的时候。她想听到有关他的消息，在她的机会似乎都已失去的时候。她确信她和他在一起是能够幸福的，当他们相遇的可能几乎已不复存在的时候。

她常常想，要是达西知道了对于四个月前她那么高傲地拒绝了的求婚，她现在会多么快乐、多么感激地接受下来，他一定会得意的。她并不怀疑达西是那种最大度、最豁达的人。可只要他不是超凡脱俗的圣人，当然免不了会感到得意的。

她开始认识到，达西无论在性情还是才能方面，都是最适合于她的那种男人。他的理解力和性格，尽管和她自己的不同，却能叫她感到百分之百的称心如意。这样的一桩婚姻肯定会使双方都受益匪浅。她平易活泼，可以把他的心境陶冶得柔和，举止变得温雅；他的真知灼见，阅历颇深，也一定会使她得到莫大的教益。

但是，这样的一桩能告诉众多情侣什么才是幸福婚姻的美事，现在已经不可能实现。一桩不同性质的联姻很快会在他们家举行，将另一桩可能的姻缘冲跑了。

伊丽莎白简直不敢想象，威科汉姆和丽迪雅能在生活上勉强做到自立。她也无法揣测，这对仅凭炽热的感情而非良好的德操品行凑到一起的男女，会有长久的幸福。

嘉丁纳先生很快给姐夫写来回信，在信中他先对班纳特先生那些感激的话客套了几句，并说促成他们家里任何一个成员的幸福是他一贯的心愿。末了，还恳请班纳特先生再也不要提这件事了。嘉丁纳先生这封信的主要目的是告诉他们，威科汉姆已决定离开民团了。

> 我非常希望，在他的婚事一定下来后就这么办。我认为无论是为他自己还是为外甥女着想，离开民团都是明智之举，我想你定会同意我的看法。威科汉姆先生想参加正规军，在他以前的朋友中间有人能够而且愿意为他帮忙。驻扎在北方的某将军麾下的一个团，已答应让他当旗手。离开这个地方，这一点对谁都有好处。他的前途还有指望，我希望他们到了人地生疏的地方以后能够争点气，变得稳重成熟起来。我已经给弗斯特上校写了信，告诉了他我们目前的安排，请求他在布利屯及其附近地区通知一下威科汉姆的所有债主，就说我一定信守诺言，会尽快还清

所有债务。请你也代劳一下将同样的诺言通知给威科汉姆在麦里屯的债主，我信后附着一份他列出的债主名单。威科汉姆将他欠的全部债务都说出来了，但愿他至少没有欺骗我们。哈格斯顿已经接受了我们的指示，所有手续在一个星期内就可以办好。届时威科汉姆和丽迪雅便可以直接去到他的部队，如果你不愿让他们在浪博恩那边停留的话；我从我太太那里得知，在临离开南方之前，丽迪雅非常想见见家里的人。她很好，还请我代她向你和她的母亲问安。

忠实于你们的爱德华·嘉丁纳

班纳特先生和他的女儿们像嘉丁纳先生一样清楚，威科汉姆离开民团是最最上策。可班纳特太太心里却老大地不高兴。正当她兴冲冲地在哈福德郡为他们物色房子，期望有女儿女婿陪着能风光炫耀一番的时候，丽迪雅却要住到北部去了，这怎能不让她感到莫大的失望。况且，丽迪雅已经和民团里的人混得那么熟，又有那么多人喜欢她，这一走岂不是太可惜了吗？

“丽迪雅和弗斯特太太很要好，”班纳特太太说，“让她离开这儿，她会很伤心的！民团里还有好几个年轻军官，丽迪雅也非常喜欢。可某某将军麾下的那个团的军官们就未必能这样的可人意啦。”

丽迪雅想在动身到北部之前回家看看，对此班纳特先生起初坚决反对。吉英和伊丽莎白考虑到妹妹的情绪和她的脸面，一致希望她的婚姻能得到父母的亲自关照，所以非常恳切然而又婉转地敦请父亲在他们一举行了婚礼后，邀请他们回浪博恩一趟，父亲终于被说动了，同意照她们的想法和意愿去办。班纳特太太在得知女儿被逐到北部之前，仍然有机会领着出嫁了的女儿在街坊四邻中夸耀夸耀，气也就消了许多。后来，班纳特先生又给他的内弟写信时，便提起让他们俩回来的事。讲定婚礼的仪式一完，他们就返回浪博恩。

不过，威科汉姆竟然有脸同意了，还是让伊丽莎白吃惊不小，如果不考虑其他，只问她的本心，与他见面是她最不情愿的事了。

第九章

丽迪雅的婚期到了。吉英和伊丽莎白或许比丽迪雅自己还要紧张。家里派了一部马车去某地迎接新婚夫妇，到午饭时分，他们便能乘马车赶回来了。两位姐姐都为他们的到来感到不安，尤其是吉英，她设身处地为妹妹想，如果是她自己做了这样不光彩的事情，她得忍受多少的羞辱，一想到这，她就为妹妹感到难过。

威科汉姆和丽迪雅回来了，家里人都聚集到早餐厅里迎接他们。马车来到门口时，班纳特太太的脸上绽开了笑容，班纳特先生的表情却是异常严肃，他们的女儿们则是心里忐忑而不知所措。

丽迪雅的声音从门廊传来，接着房门被撞开了，丽迪雅冲了进来。她的母亲走上前去，狂喜地拥抱她，临了把手笑眯眯地递给了后面走进来的威科汉姆，祝愿他们夫妇新婚快乐，铿锵响亮的话音表明了她毫不怀疑他们会幸福。

随后，威科汉姆夫妇转身来到班纳特先生这里，他可没有那么好声好气地待他们。他的神情似乎显得更严肃了，几乎连口也没有张一下。这对年轻夫妻满不在乎的样子刺恼了他。伊丽莎白感到厌恶，甚至连吉英也感到吃惊。丽迪雅还是从前的那个丽迪雅，桀骜不驯，不知廉耻，撒娇任性，无所顾忌。她走过每一个姐姐的跟前，要她们向她道贺，在大家坐定以后，她的眼光又急切地扫过屋子，数说着这儿的一些小小的变化，临了大声笑着说，她离开家真是有一段时间了。

威科汉姆也像丽迪雅一样，没有一点不自在。他的举止一向讨人喜欢，要是他的婚姻和他的人品都来得堂堂正正的话，现在拜见岳父岳母时脸上挂着的笑容和轻快的谈吐，就会叫全家人喜欢了。伊丽莎白在这以前还不相信威科汉姆竟会这样厚颜无耻。她坐下来，心里暗暗下着决心，以后对这样一个无耻的人再也不能存任何幻想。她不禁脸红了，吉英也脸红了。可是令她们俩脸红的那对男女却毫无羞愧之色。

即便是在这样的一种情形下，也不乏有话可聊。新娘子和她的母亲都抢着要说出各自满肚子的话。威科汉姆正巧坐在伊丽莎白旁边，便向她问起他这一带熟人的情况，其神态的安详让伊丽莎白觉得她无论如何也难以企及。留在这一男一女脑子里的似乎都是世界上最美好的回忆。提起过去的任何事情都不会使他们难为情。丽迪雅主动地谈到了许多事情，这些话她的姐姐们是怎么也说不出口的。

"且想想看，"丽迪雅嚷着，"我离开家已经有三个月啦。在我看好像才只有两个星期；然而，在这段日子里发生了多少事情啊！天啊，我走的时候，可没料到我会结了婚再回来的！虽然我也想到了，要是真的能结了婚回来，那该有多好。"

班纳特先生抬起了眼睛。吉英感到不安。伊丽莎白瞪了丽迪雅一眼。一向我行我素的丽迪雅却毫不在意地继续说："噢，妈妈，这儿的人们知道我今天结婚吗？我刚才还担心他们不知道呢。我们在路上追上了威廉·戈尔丁的马车，我为了让他知道这个消息，把我车子上的一扇玻璃放下来，脱了手套，把手放在窗框上，好让他看见我的结婚戒指，还向他点头不停地笑。"

伊丽莎白再也忍不住了。她站起来，跑出了房间，一直等到他们穿过大厅走向餐厅的时候，才又回来。这时她正巧看到丽迪雅几步跨到了母亲的右边，一面对姐姐说："嗨，吉英，我现在要取代你的位置了，你必须靠后，因为我已是出了嫁的姑娘啦。"

时间和她这几个月的经历，并没有使丽迪雅任性不羁的性子有一点改变，她非但没有变得知趣起来，那兴冲冲的劲头反而更足了。她渴望见到菲利浦太太、鲁卡斯一家人和所有的邻居们，听到他们称呼她“威科汉姆太太”。刚吃过饭，她便将她的戒指亮给希尔太太和两个女用人看，向大家夸示她已经结婚了。

“喂，妈妈，”在他们又都回到起居间以后丽迪雅说，“你看我的丈夫怎么样？他是不是挺可爱呢？我敢说，我的姐姐们一定都很嫉妒我。但愿她们有我一半的运气就好啦。她们都应该到布利屯去。那儿是个找丈夫的好地方。妈妈，你们没有去，可太遗憾啦。”

“唉，可不是。如果依我，早就去了。不过，丽迪雅，我的宝贝女儿，妈可不想让你走上那么远。难道非这样不可吗？”

“噢，天啊！当然是这样啦。我觉得这没什么，我愿意。你和父亲，还有我的姐姐们一定要来看我。我们整个冬天都将待在纽卡斯尔，那儿一定会有很多的舞会。我将尽心为每个姐姐找到合适的舞伴。”

“那太好啦！”她的母亲说。

“等你们住够要回去时，你可以把一两个姐姐留在我这儿。我敢说，没过完冬天，我就能为她们找到丈夫了。”

“我谢谢你了，”伊丽莎白说，“不过，我可不喜欢你那种找丈夫的方式。”

这对新婚夫妇在家里只能待十天。威科汉姆在离开伦敦时便接受了委任，必须在两个星期内赶到团部报到。

只有班纳特太太为他们不能多住些日子感到遗憾。她充分利用这段时间，带着她的小女儿走亲访友，在家里频频宴请宾客。这种宴会倒是人人欢迎。没有心思的人愿意出来凑凑热闹，有心思的人更愿意出来解解闷。

威科汉姆对丽迪雅的感情，正如伊丽莎白事先所料到的那样，比不上丽迪雅对威科汉姆的。从事理上推断，他们的私奔多是出自丽迪雅而不是威科汉姆，这一点对伊丽莎白来说是显而易见的。要不是伊丽莎白断定威科汉姆逃走是为债务所逼，她还真不明白对丽迪雅并不十分钟情的威科汉姆怎么会与她一块儿私奔了。如果是出于情势所逼，他当然不会反对在逃跑中有个伴相随了。

丽迪雅对威科汉姆是百般的喜爱。他什么时候都是她的亲爱的威科汉姆，谁也不能和他相媲美。他干每一件事情都干得最好。她相信到了九月一日那一天，他射到的鸟一定会超过全英国的任何一个男人。

在他们刚回来不久的一个早晨，当她与两个姐姐一起坐着时，丽迪雅跟伊丽莎白说：

“丽萃，我想我还没跟你讲过我婚礼的场面呢。我告诉妈妈和其他人的时候，你不在场。你想听听这件喜事是怎么举办的吗？”

“真的不想听，”伊丽莎白说，“我以为这件事越少提越好。”

“啊，你这个人太奇怪了！不过，我还是得从头到尾地告诉你。你知道，我们是在圣克利门特教堂行的结婚典礼，威科汉姆的住所属于那一教区。说好我们所有人在十一点以前到达那里。舅舅、舅妈和我一块儿去。其他人将在教堂那儿等候。哦，到了星期一早晨，我突然变得慌乱起来！我担心会发生什么意外的事，把婚期推后，那我该有多沮丧啊！在我梳妆打扮的时候，舅母像是布道似的，不住地唠叨着。她说的话我几乎一句也没听进去，你可以想见，因为我心里正想着我的心上人威科汉姆。我渴望知道他是不是穿上了那件漂亮的蓝色外衣。”

“唔，那一天我们照常是在十点钟吃早饭。我当时觉得这顿早饭怕是永远也吃不完了。你们应该知道，舅父母在我和他们待着的这些天里，对我看管得很严。我在那儿住了两个星期，没走出过家门一步。没有参加过一个晚会，没有过一点消遣。老实说，伦敦虽然并不太热闹，可是那个雷特剧院还是在演出的。哦，话说回来，当接我们去教堂的车子到了门口时，舅舅被唤去和那个叫斯登先生的讨厌家伙谈事。你知道，只要两个人凑在一块儿，总是有没完没了的话。唉，我当时真是吓得六神无主了，因为我觉得舅舅就要弃我而不顾了。如果我们耽误了时间，那一天就不可能结婚了。万幸的是，舅舅在十分钟以后回来啦，随后我们就马上出发了。不过，我后来记起，就是舅舅来不了，婚礼也不必延期，因为达西先生照样可以主持。”

“达西先生！”伊丽莎白非常惊讶地重复道。

“噢，是的！他将和威科汉姆一块儿去教堂。可是，天呀！我竟然忘记了！这话我是一点儿也不应该透露的。我曾那么诚恳地向他们保证过！威科汉姆会怎么说我呢？这本是一个应该严格保守的秘密！”

“既然是秘密，”吉英说，“就别再提一个字啦。你可以相信我决不会再追问。”

“哦，这是当然啦！”伊丽莎白尽管想问个清楚，嘴上也只能这么说了，“我们不会再向你问任何问题的。”

“那真得谢谢你们，”丽迪雅说，“你们要是问我，我一定会把一切都告诉你们的，到那时，威科汉姆就该生气了。”

伊丽莎白经不住这怂恿她问下去的诱惑，便跑开了，好让自己无从问起。

然而，在这样一件事情上让自己蒙在鼓里，简直是不可能的，或者说至少不去试着探听清楚是不可能的。达西先生竟然参加了她妹妹的婚礼。他竟然去到了他显然是最不愿意接近、对他最少吸引力的人们中间，这可真是一件奇怪的事。与此相关的种种猜测急速纷乱地涌入她的脑中，可却没有一个能使她满意的。那些把达西先生往好处想、往崇高想也是最能合她心意的想法，都觉得不太可能。她受不住这无端揣测的煎熬，匆匆地拿过一张纸，给舅妈写了一封短笺，请求她把丽迪雅说漏了嘴的事情解释一下，如果这并不有悖于守密原则的话。

“你很容易理解我现在的心情，”伊丽莎白接着写道，“一个与我们家的任何人都不相关，一个（比较而言）我们家的陌路人，竟然在这样的一种时刻加入进了你们中间，这怎能让我不感到好奇呢。请即刻回信，告诉我真情——倘若此事并不像丽迪雅所认为的那样，非要保守秘密的话。如果非要保密不可，那我也只好蒙在鼓里了。”

“当然我是不会罢手的，”她把信写完了的时候自言自语道，“我亲爱的舅妈，如果你不光明正大地告诉我，我不得已肯定会不择手段地去探听清楚的。”

吉英的自尊和正义感，使她不可能在私下里跟伊丽莎白再谈起丽迪雅说漏了嘴的这件事，伊丽莎白倒也高兴这样。在她的询问没有得到满意的答复之前，她宁愿一个人等待而不找知己倾诉。

第十章

伊丽莎白很快收到了舅母的回信。她一拿到信就急匆匆地去到小树林里，坐在一条长凳上，好安安静静地读个痛快。因为这封长信叫她确信，回答不会是否定的。

亲爱的外甥女：

刚刚收到你的来信，我将用这整个上午的时间给你回复，因为我感到一封短笺容纳不下我要告诉你的话。我不得不承认，你向我问起这件事叫我感到很惊讶，我没想到这一问会是来自你这方面。不过，你不要以为我生气了，我之所以这么说是想让你知道，我实在想象不到你居然还要来问我。如果你不愿意听我说这话，那就原谅我的冒昧好了。你舅舅也跟我一样地诧异——我们都认为，只因为你也是当事人，达西先生才会这么做的。可是，如果你当真与这件事没有一点儿牵连，而且一点儿也不知情，那就容我细细地道来吧。就在我刚刚从浪博恩回来的那天，你舅舅接待了一位意想不到的客人。达西先生来访了，并与你舅舅密谈了几个小时。在我回来时，这事已经发生过了，所以我当时的好奇心并不像你现在的这么强烈。他来是告诉嘉丁纳先生，他已经发现了你妹妹和威科汉姆先生在什么地方，他已经跟他们俩见面谈过话了，与丽迪雅谈了一次，与威科汉姆谈了多次。据我看，他在我们走后的第二天便离开了德比郡来到伦敦，决心寻找他们两个。他说他之所以这么做是他认为这件事的发生与他有关，是他没能及时将威科汉姆的不端品行揭露出来，以使正派的姑娘再不可能会把他当作知己而爱上他。他全然把责任都归咎于自己不该有的骄傲上，他承认他以前不齿于做这种把威科汉姆的私生活公布于众的事，认为他的恶行自会大白于天下。因此他说，站出来极力对这一因他的疏忽所造成的罪过给予补救，实是他义不容辞的责任。如果他还有另外一个动机的话，我想那一点儿也不会减少了他的光彩。达西在城里待了好几天才找到他们。不过他并不像我们那么茫茫然，他有线索可寻。他的这一考虑是他决心紧跟在我们后面来到伦敦的又一原因。好像是有一位叫作杨吉太太的女人住在城里，她以前当过达西小姐的家庭教师，由于犯了某种过失被解雇，什么过失他并没有说。这位杨吉太太和威科汉姆混得很熟。因此他一到城里后就去她那里打听威科汉姆的消息。他费了两三天的时间，才从她嘴里得到他想知道的东西。我想，杨吉太太不愿意在没有得到任何贿赂和好处之前就轻易背叛她的朋友，因为她是明确知道她朋友的住处的。威科汉姆他们刚到伦敦时就找过杨吉太太，要是她能够留他们住，他们早就住在她那儿了。我们这位好心的朋友最后总算打听清楚了他们的方位。他们住在某街。他先是见到了威科汉姆，然后坚持要见丽迪雅。达西承认说，他最初的打算是想说服丽迪雅摆脱她现在的这种不体面的处境，再说通她的亲友们尽快地让她回到他们中间，为此他答应极尽一切所能给予她帮助。可是，他发现丽迪雅坚决要留在她现在待着的地方。她并不在乎她的朋友们，也不想得到他的帮助，更不要离开威科汉姆。她相信他俩总归是要结婚的，至于多会儿结婚那并不重要。她的感情既然如此固执，他想接下来的办法就只有让他们能尽快地结婚，从他跟威科汉姆的初次谈话中，他很容易地听出，威科汉姆可从来不曾有过这种念头。威科汉姆承认，由于债务所逼，他不得不离开民团，并且毫不踌躇地将与丽迪雅这次私奔造成的不良后果完全归咎于她自己的愚蠢。他想马上辞掉民团的职务，对于他的将来，他几乎毫无打算。他必须有个地方去，但是要到哪里他也不得而知，他知道他就要无法维持他的生计了。达西先生问他为什么不马上和你的妹妹结婚，尽管班纳特先生不是那么太富有，可他总能为他做点什么，而且结婚会使他摆脱目前的窘境。他发现威科汉姆在回答他的话时，还是希望能到另外一个地方去攀门富亲，得笔财产。不过，他目前状况既是如此，他对眼下有急救的办法，不可能不有所动心。他们碰了几次面，商讨了许多事情。威科汉姆当然想要讨得个高价。最后总算减少到了一个较为合理的数目。在一切都谈妥以后，达西先生随后的一步便是将这一切情况通知你的舅舅，他第一次来天恩寺街是在我回来的前一天晚上。不过他没能见着嘉丁纳先生，经过进一步的探问，他得知了你父亲还住在这儿，明天早晨动身返回。达西先生觉得找你父亲商量这件事不如找你舅舅稳妥，便决定等你父亲走后再来。他走时没留下姓名，家里人只知道有位先生来过。直到星期六他又造访才知道那天来的就是达西。那时你父亲已经走了，你舅舅正巧在家，于是他们进行了一次长谈。星期日他们又会晤了一次，这次我也见到他了。事情直到星期一才算完全谈妥。一经谈定，就即刻派了专人到浪博恩送信。不过，我们的这位客人可真是有点太固执了。我想，丽萃，这执拗才是他性格上的真正缺点吧。人们不断地指责过他的许多缺点，但是唯有这一点才是他真正的缺陷。一切事情都要由他自己亲自来办不可，尽管我相信（我这样说可不是为了得到感谢，所以你也无须跟别人提起）你舅舅会很乐意地全部承揽下来的。他们为此相互争执了好长时间，其实这对男女也许就不配受到他们这样的对待。最后是你舅舅不得不让步，使他非但不能替外甥女出点力，反而要无功而受美名了，这并不合他的心愿。我真的相信你今天早晨的这封信会让他非常高兴，因为我应你之求做的这一番解释，很快就会剥去他身上借来的美丽羽毛，使其物归原主了。不过，丽萃，这件事只能是你自己知道，或者最多告诉吉英。我想你也很清楚，为那一对男女需要尽多大的力。我相信，达西先生为他还上了数目高达一千多英镑的债务，而且除了给他名下留下了一千英镑以外，另外又给了他一千镑，还给他买了个官职。达西先生之所以独自包揽这一切的原因，我在上面已经提到过了。这都是由于他，因为他的考虑不周和没有及时地揭露，好多人才没能看清威科汉姆的真实品性，结果错把他当成了好人。也许在他的这些话里有几分真实。虽然我怀疑他的这种保留态度，或任何一个人的保留态度，应该对这件事负责。尽管达西先生说了这些好听的理由，我亲爱的丽萃，你也可以完全相信，你舅舅是绝对不会依从他的，如果不是考虑到他在这件事情上也许另有用意的话。在这一切都谈妥之后，达西便回到彭伯利他的朋友们那里去了。大家同时说定，等到婚礼举行的那天，他将再次来到伦敦，办理有关金钱方面的手续。现在我把所有的情况都讲给你听了。

你说我的叙述将会令你感到莫大的惊奇。我希望我的这番话至少不会给你带来任何的不悦。丽迪雅住到了我们这里。威科汉姆也经常来。他还是从前的那副样子，一点儿也没有变。丽迪雅在这儿的行为也叫人一点儿不能满意，如果不是从吉英上星期三的来信中得知她在家的表现也是如此，因而我现在告诉你也不会给你带来新的苦恼的话，我就不会对你说了。我非常严肃地跟丽迪雅谈了好多次，反复向她说明她的这些所作所为的危害性，以及她给全家人带来的不幸。如若她要是听进去了我的话那就是万幸了，可是我敢肯定她根本就没有在听。有几次我真的生气了，可是一想起我的伊丽莎白和吉英，就是为了她们将来的名誉，我也得耐住性子。达西先生准时回到了伦敦，并且正如丽迪雅告诉你的，参加了他们的结婚典礼。第二天达西跟我们一块儿吃了饭，计划在星期三四离开城里。我亲爱的丽莘，如果我在这里说（以前我从来不曾敢提起过）我是多么喜欢达西，你会生我的气吗？他对待我们还像是在德比郡时一样，处处讨人喜爱。他的见解和聪颖也让我感到很惬意。他唯一美中不足的地方，是性情稍欠活泼，如果他伴侣找得合适，这一点他的妻子是可以带给他的。我想他非常害羞，他几乎没有提到过你的名字。不过怕羞似乎已成为现在的时尚。如果我说得太冒昧了一点儿还请你原谅，或者，至少不要用将来不让我们到彭伯利的办法来惩罚我。在没有游遍那整个庄园之前，我是不会觉得尽兴的。一辆轻便的双轮小马车，驾上两匹漂亮的小马，便足矣。现在我必须搁笔了。孩子们已经嚷着要我有半个钟头了。

你的舅母M．嘉丁纳

九月六日写于天恩寺街

这封信使伊丽莎白陷入一种百感交集的境地中，她理不清是喜悦还是痛苦在她感情中占据着上风。对达西先生在促成妹妹的这桩婚事中所起的作用，她曾产生过种种模糊不定的想法，她既不敢怂恿这些猜测，担心他不可能好到那样的程度，同时又害怕这都是真的，因为那样，她会报答不了人家的恩情，如今这些怀疑却证明是千真万确的事实！达西曾有意地追随舅父母来到城里，把在寻觅这对男女中所遇到的麻烦和羞辱都一股脑儿地承担下来。他不得不向一个他一贯讨厌和鄙视的女人去求情，他必须一而再再而三地与他最不愿意见面的人（连他的名字也耻于听到）会晤，据理说服他，甚至到后来用金钱贿赂他。他做这一切只是为了一个对他既无好感又不尊重的姑娘。伊丽莎白的心里在轻轻地说，他做这一切都是为了她自己。可是这一想法很快就被其他的考虑给打消了，不久便觉得她把自己未免估计得太高了，她岂能指望达西对她（一个曾经拒绝过他的女人）的感情，能够战胜了他那种憎厌与威科汉姆连襟的本能情绪。做威科汉姆的姐夫！他的全部自尊都一定会反对这种关系的。他无疑是出了许多的力。她都羞于去想他究竟出了多大的力。不过他为他自己干预这件事已经给出了一个理由，这个理由完全合情合理。他怪他当初做事欠妥当，这当然讲得通。他慷慨地拿出了不少的钱，他有条件这么做。尽管伊丽莎白不再愿意认为她自己是达西之所以要这样做的主要动因，她却或许相信，他对她还有的情意会促使他在这样一件影响到她心境之平和的事情上，去尽他的努力。一想到他们全家对一个永远不可能给予回报的人欠下了这么大的人情，伊丽莎白就感到十分痛苦。丽迪雅的平安归来，她的人格和全家名誉的保全，所有这一切都要归功于达西。啊，可她曾经对他是那样厌恶、对他说话是那般出言不逊，这真是令她追悔莫及！她替自己感到羞愧，却为他感到骄傲。他能够本着同情之心和崇高之义，自己做出牺牲。她一遍又一遍地读着她舅母赞扬达西的话，虽然觉得还不够劲儿，可足以让她高兴了。舅父母两人都认为在她和达西之间有着情意，这也使她感到了一丝得意，尽管这得意中又夹杂着懊恼。

听到有人走近的声音，她从长凳上站起来，打断了自己的思绪。她还没来得及走到另一条小径上，就被威科汉姆追了上来。

“我是不是打搅了你这自个儿散步的清静了？我亲爱的姐姐。”威科汉姆走到她身边时说道。

“是的，”伊丽莎白笑着回答，“不过打扰了，也未必就一定不受欢迎。”

“要是这样，我真感到抱歉了。我们从前一直是好朋友，现在我们更是亲上加亲了。”

“你说的对。别人也出来了吗？”

“我不知道。班纳特太太和丽迪雅乘着马车去麦里屯了。喂，我亲爱的姐姐，我从我们的舅父母那儿听说，你们当真拜访过彭伯利了。”

伊丽莎白表示肯定。

“我为此都快要嫉妒你了，可我怕是享不上这份福了。否则的话，我到纽卡斯尔时就可以顺路去看看了。我想你见到那位老管家奶奶了吧？可怜的雷诺尔德太太，她一直都是那么喜欢我。当然她不会向你提到我了。”

“不，她提到了。”

“她怎么说我呢？”

“她说你离开家以后就进了部队，她担心你在部队上的情况并不太好。不过，这你也知道，路途隔得远了，事情难免会有些走样。”

“说的是。”威科汉姆咬着嘴唇回答。伊丽莎白想这下该叫他住口了吧。可是不多一会儿他又开口了：

“上个月我在城里意外地碰到了达西。我们照了几次面。我不知道他在那里会有什么事。”

“或许是在准备他与德·包尔小姐的婚事吧，”伊丽莎白说，“他一年中的这个季节到那里，一定是有什么特别的事情要办。”

“说得一点儿也不错。你在兰姆屯时见到达西先生了吗？我从嘉丁纳夫妇的口中得知，你似乎见过他了。”

“是的。他还把我们介绍给了他妹妹。”

“你喜欢他妹妹吗？”

“非常喜欢。”

“我听说，她在这一两年里长进了很多。我上次见到她的时候，她还不怎么样呢。我很高兴你喜欢她。我希望她将来能有出息。”

“我敢说她会的。她已经度过了困惑她的那个年龄。”

“你们路过基姆普屯村了吗？”

“我不记得啦。”

“我之所以提它，是因为当初应该得到的那份牧师职位就在那里。一个非常怡人的地方！那么棒的牧师住宅！对我真是再合适不过了。”

“你竟然会喜欢布道？”

“非常喜欢。我会把它作为我的职责的一部分，即便开始时费点劲，不久也就习惯了。一个人不应该发牢骚——不过，这对我来说的确是件美差事！那种恬静幽雅的生活，完全合乎我对幸福的憧憬！但是这一切都成了泡影。你在肯特时，达西跟你提起过这件事吗？”

“提到过的，而且很具权威性；那个位置留给你是有条件的，而且可以由现在的庇护人自由处置。”

“你都听说了。是的，这话说得有些根据。你还记得吧，我一开始就是这样告诉你的嘛。”

“我也听说，曾有一个时期，布道这份职业并不像现在这样合你的口味。听说你曾宣布你决心永远不再当牧师了，于是这件事就折中解决了。”

“这你也听说了！这话并非是完全没有根据。你或许记得我们俩第一次谈到这件事的时候，我也提到过的。”

他们现在快要走到家门口了，为了摆脱威科汉姆，伊丽莎白走得很快。为了她妹妹的缘故，她不愿意得罪他，于是她只是笑了笑回答说：

“威科汉姆，我们现在已是兄弟姐妹了。让我们不要再为过去的事争吵了。我希望在以后的日子里，我们能想到一块儿去。”

第十一章

威科汉姆对这次谈话已经领教了，他以后再也不愿提起这个话题，使自己尴尬或是使他亲爱的姐姐伊丽莎白生气。伊丽莎白同时也高兴地发现，她方才说的话已足以叫他保持沉默了。

威科汉姆和丽迪雅动身的那一天快到了，班纳特太太不得不忍受这分别的痛苦，这一别至少要长达一年之久，因为班纳特先生坚决不同意丽迪雅要全家人去纽卡斯尔一住的计划。

“噢，我亲爱的丽迪雅！”母亲喊道，“你这一走，我们什么时候才能见面呢？”

“天哪！我哪儿知道？也许得两三年以后吧。”

“亲爱的，要经常给妈妈写信。”

“我尽力而为吧。你也知道，结了婚的女子就腾不出许多的时间写信了。我的姐姐们可以给我写嘛。她们反正也没有什么事情做。”

威科汉姆的道别要比他妻子的显得亲热得多。他笑容满面，倜傥风流，说了许多动听的话。

“他真一个机巧圆滑的年轻人，”他们刚一离家，班纳特先生就说道，“他会假笑、傻笑，会奉迎我们每一个人。我为他感到莫大的骄傲。我找到了一个更为宝贝的女婿，甚至胜过威廉·鲁卡斯爵士家的那一位。”

女儿的离去使得班纳特太太好几天闷闷不乐。

“我常常想，”班纳特太太说，“世上再没有和亲友离别更叫人感伤的事了，没有了亲友，一个人显得多么冷清啊。”

“你看到了吗？妈妈，这就是让女儿出嫁的后果，”伊丽莎白说，“你另外的四个姑娘好在还没有主儿，一定能让你好过一些。”

“我不是为这难过，丽迪雅离开我不是因为她已经出嫁。只是她丈夫的部队碰巧远在他乡。如果离得近一点儿，她就不会这么快离开了。”

不过，班纳特太太由于这件事引起的苦恼很快便消除了，因为外界正传布着一条新闻，使她的心里又燃起希望。尼塞费尔德的女管家接到旨令，说她的主人在一两天内便要回来，在这里计划打几个星期的猎，让她收拾准备。班纳特太太听了这条消息，简直有点儿坐卧不安了。她打量着吉英，一会儿笑，一会儿摇头。

“呃，这么说，彬格莱先生就要来了，妹妹。”班纳特太太跟菲利浦太太说，“哦，这自然是好极了。不过，我对此也不太在乎了。你知道彬格莱和我们家已经断了往来，我敢说我再也不想见到他了。可是，话说回来，如果他愿意回到尼塞费尔德，他仍然受欢迎。谁知道以后的事情会怎么发展呢？不过这和我们家已经没有关系了。你知道，妹妹，我们老早以前就商定再也不提这件事了。彬格莱一定会来吗？”

“这一点你可以相信，”对方说，“昨天晚上尼利尔斯太太到了麦里屯。我看见她走在街上，便特意跑出去向她打听。她对我说没错，彬格莱先生最晚星期四抵达，很可能是星期三。她正打算到肉店订购些肉，准备星期三食用，她已经买好六只鸭子，只等宰杀了。”

班纳特小姐一听彬格莱要来，不禁脸红了。她已经几个月没再和伊丽莎白提到过他的名字。而这一次，一剩下她们姐妹两人的时候，班纳特小姐就说：

“丽萃，今天姨妈告诉我们这条消息时，我注意到你在看我，我知道我有点儿局促不安了。不过，不要以为我还有任何愚蠢的想法。

我只是一时间有些心慌，因为感觉到大家都在盯着我。我向你保证，这个消息既不会叫我痛苦也不会叫我欣喜。我只为一件事感到高兴，那就是彬格莱这次是一个人来；我们不必与他多见面了。并不是我害怕和他见面，而是担心别人的闲言碎语。”

伊丽莎白对这件事不知如何想才好。要是她在德比郡不曾见到彬格莱，她或许会认为他这次回来没有别的意图，而只是为了打猎；但在德比郡的相见让她知道彬格莱对吉英仍然怀有情意，现在她无法断定的只是，他这次是得到了他的朋友的许可，还是大胆做主自己来的。

有时候她不由得想：“这个可怜的人儿来到自己租赁的房子，还要被人们议论纷纷，也真够难为他的了！我还是不去管他吧。”

尽管吉英对彬格莱的到来是这样的宣称和认为她自己的感情的，伊丽莎白依然不难看出，姐姐的情绪还是为此受到了很大影响。她比平时更加心神不定，更加忐忑不安了。

这个一年以前曾在班纳特夫妇之间谈到的话题，现在又重新提起了。

“只要彬格莱先生一到，亲爱的，”班纳特太太说，“你当然会去访问他啰。”

他的妻子向他说明，在彬格莱重返尼塞费尔德的时候，作为他的邻居，这样的拜访是绝对必要的。

“这种献殷勤的做法正是我所厌恶的，”班纳特先生说，“如果彬格莱想和我们交往，那他来就是了。他知道我们住的地方。邻居走的时候送行，邻居回来的时候欢迎，我可不愿意把时间都花在这个上面。”

“唔，我可不管你那一套，我只知道如果你不去拜访人家，那真是太失礼了。不过，这并不妨碍我邀请他来家里吃饭，我主意已定。我们必须早些请到郎格太太和戈尔丁一家，加上我们家的人，一共是十三人，正好留给彬格莱一个位置。”

决心下定后班纳特太太觉得心情好多了，对她丈夫的无礼也不那么去计较了。尽管当她想到由于丈夫的失礼，邻居们都要抢在他们的前面见到彬格莱先生时，她还是有点儿不太甘心。

彬格莱先生抵达的日子临近了。“他的到来开始让我觉得有些不安了，”吉英对伊丽莎白说，“这与我本来不相干了，见了他我也能够坦然应对的，只是我忍受不了人们没完没了的飞短流长。母亲是好意，可是她哪儿知道，她说的那些话叫我得蒙受多大的痛苦。当彬格莱不再住在尼塞费尔德时，我就会快活啦！”

“我很想说些什么安慰你，”伊丽莎白说，“可又完全无能为力。你一定也感觉到了，我平时劝说一个遇到难处的人要有点儿耐心的话，现在都不起作用了，因为你总是很有忍耐力的。”

彬格莱先生终于来了。班纳特太太在仆人们帮助下，设法一早就打探到了这个消息，可这样一来，她焦急等待的时间似乎更长了。她计算着在请柬送出去之前还得耽搁的日子。为不能在这之前见到他有些沮丧。谁知在彬格莱抵达哈福德郡的第三天早晨，她从梳妆室的窗台上便看见彬格莱骑着马走进围场，向她家走来。

她很快唤来了女儿们，让她们分享这一喜悦。吉英坐在桌子那儿没有动。伊丽莎白为了讨母亲欢喜，走到窗前去张望，可当她看到有达西先生陪着彬格莱时，便又坐回到姐姐那里去了。

“还有一个人跟着彬格莱先生，妈妈，”吉蒂说，“那会是谁呢？”

“我想是他的朋友吧，亲爱的，我自己也不太清楚。”

“啊！”吉蒂喊起来，“很像是以前总跟彬格莱在一块儿的那个人。他的名字叫什么来着。就是那个非常傲慢的高个子。”

“天呀，是达西先生！——我敢肯定。哦，毫无疑问，彬格莱先生的任何一位朋友都会在这儿受到欢迎。不然的话，我就该说我讨厌见到这个人啦。”

吉英这时用惊讶和关切的神情注视着伊丽莎白。她还不知道他们在德比郡会面的情形，以为这是妹妹在收到达西那封解释的信以后与他的第一次见面，不免为妹妹可能会遇到的尴尬担心。总之，姐妹俩都够不好受的了。她们每个人都考虑到了对方，当然也想到了她们自己。她的母亲仍在唠叨个没完，说她讨厌达西先生，她之所以决定要礼貌地接待他，只因为他是彬格莱先生的朋友，当然她这话只是在私下里说说，不会让他们两个人听到。伊丽莎白心里还藏着吉英根本不知道的隐情，这使她感到惴惴不安，她还不曾有勇气把嘉丁纳太太的信给吉英看过，也没有向吉英吐露过她对达西先生感情上的变化。在吉英看来，达西先生只是一位被伊丽莎白拒绝过的男人，他的优点曾被她低估过。可是对知情的伊丽莎白来说，达西是他们全家的大恩人，她自己也深深地景仰他，如果说她的这份情意不如吉英的那么温馨，至少也像吉英的一样合理。达西竟会到尼塞费尔德，到浪博恩来主动地看望她，这一点让她感到的惊奇，几乎不亚于她在德比郡最初看到发生在他身上的变化时的惊讶。

当她想到经过了这么久的时间，达西对她的感情和心意依然如故，她刚才变得苍白的脸上又放出了光彩，绽开的笑颜也为她的双眸注入了一种愉快的光芒。不过，伊丽莎白还是有些放心不下。

“且让我先看看他如何表现，”她说，“然后再存指望也不迟。”

伊丽莎白坐在那里专心地做着活计，努力想使自己平静下来，连眼皮也不敢抬起，只是后来仆人走到门前的时候，她才出于担心和好奇，把眼睛落在了姐姐身上。吉英的脸色比平常显得略为苍白，不过她的镇静倒出乎伊丽莎白的预料。在两位贵客走进来时，吉英的脸涨红了，可接待他们的举止还是挺自然、挺有礼的，没有表现出任何的怨恨或是不必要的殷勤。

伊丽莎白只说了几句礼数上的应酬话，便坐下来做着活计不再吭声了。她那股专心劲儿是她平时少有的。有一次她抬眼看了看达西，只见他还是平常的那副严肃神情。她想，比以前在哈福德郡和她在彭伯利看到他时还要严肃。不过，这许是达西在她母亲面前的缘故，使他不像跟舅父母在一起时那么随便。这一猜测使她痛苦，可又不是没有可能。

伊丽莎白也望了彬格莱先生一眼，看到他既高兴又有点儿不好意思。班纳特太太对他周到有礼，可对他的那位朋友却是既冷淡又拿腔拿调，相形之下使她的两个大女儿觉得很是过意不去。

对于知道内情、知道她母亲的宝贝女儿全靠达西先生才保全了名誉的伊丽莎白来说，母亲待人的这一轻重倒置，尤其使她感到无比难过和痛苦。

达西向伊丽莎白问起嘉丁纳夫妇的情况，她慌乱地回答了几句，这以后达西便几乎没再说什么。他没坐在伊丽莎白的旁边，或许这就是他沉默的原因。然而在德比郡时情形可不是这样。几分钟过去了，没有听到达西吭一声。有时候她忍不住好奇地抬眼望他，常常看到他不是瞧着吉英就是瞧着自己，要不就是什么也不看，只盯着地板。比起他们上一次见面，达西的心事显然加重了，也不像以前急于博得人家的好感了。伊丽莎白感到失望，可又因此而生着自己的气。

“这一切不都是在我的意料之中吗？”伊丽莎白想，“可他为什么又要来呢？”

除了达西本人，伊丽莎白现在没有心情和任何人交谈。可是跟他说话，她又几乎没有勇气。

她询问了他妹妹的近况后，便再也找不出话说了。

“彬格莱先生，你这次离开可有不少的日子啦。”班纳特太太说。

彬格莱先生赶忙表示赞同。

“起初我还担心你这一走再也不会回来了。人们都说，你打算一过了米迦勒节就把房子退掉。不过，我希望这只是谣传。自从你走了以后，邻里又发生了许多事情。鲁卡斯小姐嫁走了，我自己的一个女儿也出了嫁。我想你一定知道，想必你在报纸上看到了。我知道，这条消息在《泰晤士报》和《快报》上都登了，不过写得不够劲儿。上面只说‘乔治·威科汉姆先生与丽迪雅·班纳特小姐近期结婚'，一个字儿也没提她的父亲和她住的地方。这是我兄弟嘉丁纳起草的，我真纳闷他怎么会写得这么简单。你看到了吗？"

彬格莱回答说他看到了，并且向她表示祝贺。伊丽莎白连眼皮也没敢抬。因此达西先生是怎样的表情，她就不得而知了。

"我敢说，把一个女儿快快乐乐地嫁出去，真是件令人高兴的事，"班纳特太太继续说道，"可是，彬格莱先生，女儿离开我那么远，又叫我很难过。他俩去了纽卡斯尔，一个紧靠北边的城市，他们似乎就得在那儿待下去了，我不知道得待多久。威科汉姆的部队在那里驻扎。我想你也听说他离开民团进到正规军的消息了。谢天谢地！多亏他还有一些帮忙的朋友，尽管凭他的人品，他该有更多的朋友才是。"

伊丽莎白知道，母亲这话是说给达西先生听的，此时的她真是难为情得要命，几乎连坐也坐不住了。不过，这番话倒是比什么东西都管用，逼得她开口说话了，她问彬格莱这回打算在乡下待多久。彬格莱说，可能要住上几个星期。

"等你那边的鸟儿打光了以后，彬格莱先生，"她的母亲说，"我恳请你到我丈夫的庄园来，在这儿你可以尽情地射猎。我相信班纳特先生也会非常乐意的，而且会把最好的鹧鸪都留给你。"

伊丽莎白为母亲如此殷勤讨好、曲意逢迎，感到羞愧难当！她觉得，即便眼下会有一年前的那种好事（指吉英和彬格莱相好之事——译者注），也会转眼之间再度落空的。刹那间，她觉得就算是用吉英或她自己多年的幸福生活，也抵偿不了这几分钟的难堪和痛苦。

"我的第一个心愿，"伊丽莎白暗暗对自己说，"就是永远不要再见到他们两个。跟他们在一起的愉悦怎能抵消了我现在所受的羞辱！让我再也不要见到他们中间的任何一个！"

然而，许多年的幸福也抵偿不了的痛苦，不久便被大大地减轻了，伊丽莎白看到姐姐的美貌又燃起她先前那位情人的极大热情。

彬格莱刚进来时几乎没跟吉英说什么，但后来的每一分钟都让他对吉英越来越关注。他发现她还和去年一样漂亮，一样温馨、纯真，尽管不如从前健谈了。吉英一心只希望人家看不出她跟以前有什么两样，也真的以为自己说得很多呢。她心事重重，连自己时常的沉默，也没有察觉出来。

当客人们起身离开时，班纳特太太没有忘记她早就想好了的邀请，和这两位贵客约好，几天之后请他们在浪博恩吃饭。

“你还欠着一次对我们的拜访呢，彬格莱先生，”班纳特太太补充说，“去年冬天进城前你曾答应过我们，一回到这儿便与我的家人吃顿便饭。你瞧，我还没有忘记。老实说，上次你没回来赴约还真叫我非常失望呢。”

彬格莱听到这话，不由得脸上有了羞色，抱歉地说上次是有生意给耽搁了。随后他们便离去了。

班纳特太太本来很想当天就留他们吃饭，只是想到虽然她家的饭食不错，要请一个一年有一万英镑进项的人，不添上两道正菜怎么能说得过去，更何况她还对彬格莱娶吉英抱着殷切的期望呢。

第十二章

待客人们一走，伊丽莎白也溜达了出来，好让自己的精神恢复一下；或者，换句话说，好不受搅扰地去想想那些只会使她的心情变得更加沮丧的事情。达西先生的行为使她不解，也使她烦恼。

“如果他来只是为了摆出那副不言不语、一本正经、冷若冰霜的样子，”伊丽莎白想，“那他何必要来呢？”

无论她怎么想这件事，都觉得不快活。

“在城里时，他对舅舅、舅妈依然是很亲切，很悦人的，可待我为什么就是这样呢？如果害怕我，为什么要来呢？如果不再喜欢我了，为什么连话都不好意思说了呢？真烦人，真烦人，这个达西！我再也不愿去想他的事了。”

伊丽莎白的这个决心，因为姐姐走上前来倒真的管用了一会儿，看见姐姐喜悦的神情，她知道这两位客人虽使自己感到失意，却让姐姐感到满意。

“现在，”吉英说，“经过这一次的见面，我的心情完全平静啦，我知道我能应付得很好，再也不会为彬格莱的到来感到别扭了。我很高兴他星期二要在这儿吃饭，到那个时候，人们会发现，我和他不过作为关系很淡的普通朋友相见罢了。”

“是的，关系的确很淡，”伊丽莎白笑着说，“哦，吉英，还是当心点儿吧。”

“亲爱的丽萃，你可别认为我那么脆弱，到现在还会旧情复燃。”

“我看你很有可能会让彬格莱再一往情深地爱上你的。”

到了星期二，她们再一次见到了这两位客人。班纳特太太因为上次看到彬格莱在半个小时的访问中，竟然兴致极高，礼貌又好，便又来了精神，打起诸多的如意算盘。

星期二这天，浪博恩来了许多客人；那两位叫主人家殷切盼望的贵客很守信用，准时赶来赴饭局了。当他们走进饭厅时，伊丽莎白留意注视着彬格莱，看他会不会坐到吉英身边。从前每逢有宴请，他都是坐在那个位子上的。她的母亲事先也想到了这一层，很明智地没有把彬格莱让到她自己这边。彬格莱刚一进来时似乎有些犹豫，可正巧这时吉英转过头朝他这边笑了笑，便把这事给决定了，他坐到了吉英身旁。

伊丽莎白顿时感到一阵快意，跟着去瞧他的朋友，看他做何反应。达西看上去倒是雍容大度，对此毫不在意；要不是这时看见彬格莱也又惊又喜地望了达西一眼，她还以为他这么做是事先得到了达西先生的恩准呢。

吃饭的时候，彬格莱先生对姐姐的态度尽管显得较以前拘谨了些，可仍然流露出不少的爱意，伊丽莎白觉得如果让彬格莱自己做主的话，他和吉英的幸福便指日可待了。虽然她对事情的结局还不敢完全断定，可看到彬格莱是那样的态度还是感到了由衷的高兴。这使她的精神一下子有了生气和活力，因为此刻的她本来并不快活。达西先生和伊丽莎白之间的距离真是隔得不能再远了，他和母亲坐在一起。伊丽莎白当然清楚这种情势对于他们哪一方都毫无愉悦可言。由于离得远，伊丽莎白听不清楚他们俩的谈话，不过，她看得出他们之间很少说话。而且一旦说起点什么，双方也都显得拘谨和冷淡。每当母亲对人家的怠慢让她想起他们一家对达西所欠的情时，伊丽莎白就觉得难过；她有好几次真想不顾一切地告诉达西，他的恩情她家里并不是没人知晓，也并非没人感激。

伊丽莎白希望到傍晚时他们俩能有机会待在一起，希望整个来访不至于只是在达西进来时打个招呼，连话也没有谈上几句就草草收场。在男客们还没进来她等在客厅里的这段时间，伊丽莎白觉得又烦躁又无聊，几乎都有点耐不住性子了。她期待着男客们的到来，她知道她这个晚上能否过得愉快就全看这一回了。

“如果他进来后不跟我说话，”伊丽莎白说，“那么，我将永远地放弃他了。”

男客们走进了客厅，她觉得达西似乎就要做她所期望的事了；可是，真倒霉！女客们全都聚到了桌子旁边，班纳特小姐斟着茶，伊丽莎白忙着倒咖啡，大家挤得如此亲密，连摆一张椅子的空地儿也腾不出来。就在先生们进来时，有个姑娘向伊丽莎白这边更紧地靠了靠，跟她低声说：

“不能让这两位男士把我们俩隔开。我们根本不需要他们，不是吗？”

达西走到了屋子另一头。伊丽莎白的眼睛一直跟着他，随便看到他和什么人说话，她都妒忌，连给别人倒咖啡的心思也没有了；随后她又恨自己不该这样愚蠢。

“对一个被我拒绝过的男人，我怎么能妄想人家再爱上自己呢？哪一个男人会这样低三下四，第二次向同一个女人求婚呢？他们的感情岂能忍受得了这样的羞辱！”

可是，看到达西拿着咖啡朝这边走过来，伊丽莎白又恢复了一点信心，她抓住这个机会对达西说：

“你妹妹还在彭伯利吗？”

“是的，她在彭伯利一直要住到圣诞节。”

“是她自己一个人吗？她的朋友们是不是都走了？”

“安涅斯雷太太跟她在一起。其他的人都上斯卡巴勒去了。他们要在那儿待上三个星期。”

伊丽莎白再想不出别的什么来说，不过，如果达西愿意的话，本不愁没有话说的。可是，他在她旁边站了几分钟却没有吭声；后来，那个姑娘又跟伊丽莎白嘀咕起了什么，达西便走开了。

等到茶具撤走、牌桌都摆好以后，女客们都站起身子，伊丽莎白这个时候又希望达西能很快走到自己身边；但见她母亲在四处拉人打牌，达西也不好推却，几分钟后便与其他客人一同坐上牌桌。于是，伊丽莎白的一切希望都落空了。现在她满心希望到来的快乐都化为了泡影。他们只能各自坐在自己的那一桌上，伊丽莎白已经完全没有了指望，达西的眼睛不停地扫向她这边，因此像她自己一样，他的牌也没有打好。

班纳特太太想让尼塞费尔德的两位朋友吃了晚饭再走，不幸的是，他们的马车比别的任何客人的都来得早，她没有机会能留住他们。

“女儿们，”待客人们走后班纳特太太说，“你们觉得今天过得快活吗？我敢说一切都做得非常漂亮。菜肴的味道从来没有像今天这么好过。鹿肉烧得恰到火候——大家都说从没有吃过这么肥的腰腿肉。说到汤，比起我们上星期在鲁卡斯家吃的要好上一百倍；甚至连达西先生也说鹧鸪肉烧得好吃；我想他至少有两三个法国厨子吧。而且，我的好女儿吉英，我从没见你比今天更漂亮过。当我问郎格太太的意见时她也这么说。你们猜她还说了什么？她说，班纳特太太，吉英总归会嫁到尼塞费尔德的，她就是这么说的。我也确实认为郎格太太是个大好人——她的侄女们都是些端庄得体的姑娘，只是长得稍为逊色一点。我非常喜欢她们。”

总之，班纳特太太的心情现在好极了；她把彬格莱对吉英的一举一动都看在眼里，相信吉英到最后准会得到他的；她在一时高兴之下便对这桩美事想入非非起来，乃至到第二天没见到人家前来求婚，便变得颇为沮丧。

“这是过得很愉快的一天。”吉英事后对伊丽莎白说，“客人们都请得很好，彼此之间非常融洽。我希望我们能常常这样聚到一起。”

伊丽莎白会心地笑了。

“丽萃，你不应该这样。你不应该不相信我。这很伤我的自尊心。老实说，我现在已经学会与这样一位明理可爱的年轻人愉快地聊天，而不存任何其他的非分之想。我很满意彬格莱现在的行为举止，他从不曾想着要笼络我的感情。只不过是，他的谈吐比别人来得美妙，他更希望博得人们的好感。”

“你真狠心！”她的妹妹说，“你不让我笑，可又总在逗我发笑。”

“在一些事情上，叫人相信自己是多么难啊！”

“而有些事情简直不可能叫人相信！”

“你为什么非想要说服我，让我承认我没说出心里话呢？”

“对你的这个问题，我简直也不知道该怎么回答好了。我们每个人都喜欢劝导别人，尽管我们说出来的话儿都不中听。请原谅我的率直，如果你一味地摆出一副若无其事的样子，那就不要想让我做你的知己了。”

第十三章

几天以后，彬格莱先生又来做客，这一次是他一个人。他的朋友那天早晨已动身去伦敦了，要走十天的时间。彬格莱与班纳特先生家的人很有兴致地聊了一个多钟头。班纳特太太留他跟他们一起用饭，他说了许多道歉的话，因为他在别处已先有了约会。

“等你下次再来时，”班纳特太太说，“希望我们能有幸请你吃饭了。”

他说，他非常高兴在任何时间光临，如果班纳特太太这边方便，他愿意尽早地过来吃饭。

“明天你能来吗？”

可以，他明天没有任何约会。于是，班纳特太太的这一邀请便被爽快地接受下来。

第二天一大早彬格莱先生就到了。太太小姐们都还没打扮好呢。班纳特太太穿着晨衣，头发还没来得及梳好，便跑进女儿房间里喊：“吉英快点儿弄好下楼去。他来了——彬格莱先生来了——这是真的。赶紧点儿。喂，莎雷，到班纳特小姐那边，帮她穿一下衣服。这个时候，丽萃的头发你就甭去管了。”

“我们马上就下去，”吉英说，“不过，我敢说吉蒂比我们两个都快，因为她在半个钟头前就下楼了。”

“噢！你提吉蒂干吗？这关她的什么事？赶快！赶快！你的腰带放在哪儿啦，亲爱的？”

然而，在母亲出去后，吉英没有妹妹们陪着，却怎么也不愿意一个人下楼。

到了傍晚时分，班纳特太太想让吉英和彬格莱两人单独待上一会儿。喝过茶后，班纳特先生像往常一样到了书房，玛丽上楼去弹琴了。五个障碍就这样去掉了两个。班纳特太太坐在那儿朝伊丽莎白和凯瑟琳使了好一阵子眼色，可没得到她们两个的响应。伊丽莎白装作没看见，吉蒂后来觉察到了，却不解其意地天真地追问：“妈妈，你怎么啦？刚才老对我眨巴眼睛干什么？你想让我做什么呀？”

“没事，没事，孩子。我没有朝你眨眼睛。”就这样他们又坐了五分钟的光景，班纳特太太实在不忍心让这样一个大好的机会错过了，于是，她突然站起来对吉蒂说：

“来，宝贝，跟妈妈走，我想跟你说件事。”说着领着吉蒂出了屋子。吉英立刻向伊丽莎白望了一眼，示意她不要离开，因为她对母亲的这一做法已经感到有点儿不好意思了。可没过几分钟，班纳特太太又半拉开门喊道：

“丽萃，亲爱的，妈妈有话要跟你说。”

伊丽莎白不得不走了出去。

“我们还是不要打搅他们两个人，”伊丽莎白走进穿堂的时候，母亲说，“吉蒂和我要上楼到我的梳妆间里坐了。”

伊丽莎白没有和母亲争辩，在穿堂里静静地待着，看到母亲和吉蒂上了楼以后，又转回到客厅里。

班纳特太太那一天的计划没有奏效。彬格莱浑身上下都是可爱之处，可却没有表明他对吉英的爱意。他的随和，快乐风趣，为他们家的夜晚增添了格外的欢乐，他能很好地忍耐这位母亲的不合时宜的过分殷勤，听着她母亲讲许多的蠢话而能耐住性子，不表示出厌烦，这让吉英尤为感激。

几乎没要主人家邀请，彬格莱便留下来吃了晚饭；临走前，经他自己和班纳特太太极力撮合，约好了翌日清晨与她的丈夫去一同打猎。

从这一天以后，吉英再也不提坦然处之的话了。姐妹俩之间也没再谈起彬格莱。只不过伊丽莎白在晚上睡觉的时候，心里高兴地想着只要达西先生不在这几天赶回来，这件事很快就能成功了。可她又认真地转念一想，觉得事情之所以这样发展一定是事先有了达西先生的参与。

彬格莱准时前来赴约。他和班纳特先生像事先说好的那样，一起消磨了一个上午。班纳特先生待他友好热情，实在出乎彬格莱的预料。在彬格莱身上找不到半点傲慢跋扈或愚蠢的地方，让班纳特先生去嘲笑，或叫他厌恶得不愿意开口；他健谈，而又少了他平时的那种怪癖，彬格莱还不曾见过他这样热情待人。不用说，彬格莱和他一块儿回来吃了午饭；下午的时候，班纳特太太又想法把别人支开，留下彬格莱和吉英两个人。伊丽莎白有封信要写，喝过茶以后就去早餐厅了；因为她看到别人都躲开去打牌，她也不愿意再和母亲的安排作对。

伊丽莎白写完信回到客厅里时，不胜惊讶地看到母亲的做法在起作用了。她拉开门的当儿，瞥见姐姐和彬格莱挨着站在壁炉前，好像正沉浸在一场热烈的谈话中。如果这还不够引起她的怀疑的话，在他俩急忙转过头相互站开来时脸上流露出的表情，却也把一切都告诉她了。他们两个都显出了羞涩。可伊丽莎白觉得她自己的情形也许更糟。那两个人谁也没有吭声。伊丽莎白正待走开时，彬格莱（他和吉英刚才都已坐下了）突然立起身子，跟吉英悄悄地说了些什么，跑出屋子去了。

只要这贴心的话儿能带来快乐，吉英从来也不会向伊丽莎白保守秘密的；她即刻上前去抱住了妹妹，无比快乐地说，她现在已经是世界上最幸福的人了。

“这幸福我得到的太多啦！”吉英接着说，“实在是太多了。我不配享有这么多的幸福。噢！为什么不是所有的人都像我这么幸福呢？”

伊丽莎白连连地向姐姐道贺。那种真挚、热烈和喜悦的心情实在是语言难以表达的。她的每一句祝贺，都让吉英觉得是一份新的快乐。可是此时的吉英不愿意只让她们两个人享受这份幸福，或者说她要把还没说完的话儿留着跟别的人去倾吐。

“我现在去妈妈那儿，”吉英大声说，“我无论如何也不愿意让她那份爱心还悬在半空里；我要亲自告诉她，不要她从别人那儿听到。噢，丽萃！且想象一下我要说的话将会给我们的家人带来多少欢乐呀！我如何能消受得了这样的幸福！”

说着她便匆匆去了母亲那里，只见母亲已经有意提前散了牌局，在楼上和吉蒂坐着说话。

伊丽莎白这时独自留了下来，微笑着，思忖着。没想到几个月来一直困扰和焦虑着她家人的这件大事，竟一下子顺利地解决了。

她自言自语道：“这也宣布了他的朋友处心积虑加以阻挠的完结！宣布了他妹妹百般欺瞒、从中作梗的完结！这是最幸福、最圆满、最合理的结局。”

几分钟后，彬格莱已经征得班纳特先生的同意，回到了伊丽莎白这里。

“你姐姐去哪儿了？”他一打开门便急切地问。

“上楼找我母亲了，我敢说，她很快就回来了。”

彬格莱关上门到了伊丽莎白跟前，得到了她这个做妹妹的良好亲切的祝愿，伊丽莎白真心诚意地说，她为他和姐姐的姻缘感到欣喜。两人亲切地握了手，她倾听着彬格莱诉说自己的快乐和对吉英的赞美，直到姐姐进来。尽管这些话是出自一个热恋中的情人之口，伊丽莎白却真诚地相信，他那对幸福的期盼是有把握的，因为他们彼此非常了解，吉英的性情又是那么温柔善良，她和彬格莱之间的感情和情趣那么相合。

对他们全家来说，这都是一个不同寻常的欢欣的夜晚；吉英内心的喜悦把她的面庞映衬得更加娇艳，更加美丽。吉蒂哧哧地笑着，希望她的机会不久也会到来。班纳特太太喜形于色，什么热烈的话儿也不足以表达她对这门亲事的赞同，尽管有半个钟头她和彬格莱除了这件事就没有谈过别的；班纳特先生吃晚饭时的谈吐和举止，也表明他心里是如何高兴了。

不过，班纳特先生在客人离开前，对这件事却只字未提。待客人一走，他便转身对大女儿说：

“吉英，爸爸祝福你。你会成为一个非常幸福的女人！”

吉英立即走上前去，吻了父亲，感谢他的这番美意。

“你是一个好姑娘，”父亲说，“我为你有这样一个幸福的归宿感到高兴。我完全相信你们俩会过得十分美满。你们的性情相似。你们两个性情都那么和顺，结果会弄得样样事情都拿不定主意；你们又都那么随和，每个仆人都会欺骗你们；那么大方，所以每每会入不敷出的。”

“但愿不是这样，父亲。要在料理钱财上粗心马虎，我是不会原谅自己的。”

“入不敷出！我亲爱的老头子，”他的妻子喊，“你这是说到哪里去了？哦，彬格莱一年有四五千英镑的收入，很可能比这更多。”末了，她又对吉英说，“噢，我亲爱的女儿啊！我真是太高兴啦！我想我今晚是肯定睡不着了。我早就知道事情会这样。我总是说，到最后会是这样的。我相信你这样的美貌是不会白白地没有用场的！我记得，去年彬格莱刚来到哈福德郡时，我第一眼看到他，便觉得你们俩将来可能会走到一块儿。啊，我这辈子还没见过比他更漂亮的男人呢！”

威科汉姆、丽迪雅，这时候都被班纳特太太忘到了九霄云外。吉英成了她最心爱的女儿，别人她都不放在心上了。妹妹们很快都簇拥到吉英身边，要她答应将来尽她的可能给她们以种种的优待。

玛丽请求能使用尼塞费尔德的图书馆，吉蒂恳求姐姐在每个冬天的时候能举办几场舞会。

从这以后，彬格莱自然成了浪博恩府上的常客。几乎天天都是早饭前来，留到吃过晚饭后走；除非有的时候，一些不知趣的邻居还没能完全死心，邀他去家中吃饭，出于礼貌，彬格莱不得不去应酬一下。

伊丽莎白现在很少有时间能和姐姐谈心，因为彬格莱先生在的时候，吉英便谁也顾不上理会了。不过，当她发现这对情人不得不分开一会儿的时候，她自己倒对他们两个都还蛮有用的。在吉英不在的当子，彬格莱总是找伊丽莎白，很有兴味地和她谈她的姐姐；彬格莱走了以后，吉英就跟她来交心。

“彬格莱对我说，”一天晚上，吉英告诉伊丽莎白，“他一点儿也不知道我去年春天住在城里的消息，听了这话我心里真高兴！我可从不曾想到过这一点。”

“我也不曾想到，”伊丽莎白回答说，“那么，彬格莱对此是怎么解释的呢？”

“他说那一定是他妹妹干的。对我和他的相识，他的姐妹们肯定是不满意的，就这一点而言，我丝毫也不感到有什么奇怪，因为他本可以找到一个各方面都更为理想的意中人。不过，我相信当她们看到他跟我在一起很幸福时，慢慢会转变态度的。我们之间又会和好起来，尽管再像从前那样的亲密无间是绝不可能了。”

“我这还是第一次听你讲不宽宥的话。我的好姐姐！看到你又得面对彬格莱小姐的假仁假义，我就感到难过。”

“你能相信吗，丽萃？去年十一月彬格莱到了城里时，他心里还是真正爱着我的，就是几句我这方面感情不热烈的劝说，竟然使他当时没有再回到乡下来。”

“在这里面，也确实有彬格莱的不是，不过，这都是由于他太谦逊的缘故。”

这话自然又引起吉英对彬格莱的赞美，说他谦虚，虽然有那么多好的品质，却并不自以为是。

伊丽莎白很高兴地发现，彬格莱并没有透露他朋友对这件事的干预。因为她知道虽然吉英是那种最善良、最宽厚的心肠，在这种事情上也很难不对达西产生出偏见来。

“我无疑是世上最幸运的人啦！”吉英大声说，“噢，丽萃！为什么是我得到这样多的爱，成了全家最幸福的人呢！要是我能看到你这样幸福，要是也有一个这样好的男人爱上了你，那该多好啊！”

“即便你给我找到几十个这样的男人，我也绝不会像你这么幸福的。除非我也有你那样的性情，你那样的善良，否则的话，我永远不会有你那样的幸福。不，不，还是让我随缘吧；也许，假如运气好的话，我会碰上另一个科林斯先生的。”

浪博恩家的好消息不可能对外人瞒得太久。班纳特太太得到允准，悄悄地将它告诉了菲利浦太太，菲利浦太太可无须经过谁的允许，就把这消息传遍了麦里屯的街坊四邻。

班纳特府上很快被左邻右舍们称颂为是天下最有福气的一家人了，尽管在几个星期前，大家还以为他们一家是倒尽了霉的。

第十四章

在彬格莱和吉英订婚一个星期后的一个早晨，他和这家的太太小姐们正在客厅里坐着，突然听到一阵马车声。大家走到窗前去看，只见一辆四马大车驶进了草坪。邻里人一般不会这么早来访，况且，看那辆车的配置也不像是这附近一带的马，是驿站上的马，马车和赶车人的制服他们也都不熟悉。不过，可以肯定的是，有人要来了，于是彬格莱即刻劝说班纳特小姐躲开这来人的侵扰，跟他到矮树林里。他们两人走了，留下这母女三个还在无端地猜测着。直到门被推开，客人进来，她们才发现是凯瑟琳·德·包尔夫人。

母女三人当然会觉得奇怪，这完全出乎她们的意料。尽管班纳特太太和吉蒂根本不认识这位夫人，可她们甚至比伊丽莎白更觉得受到了宠幸。

凯瑟琳夫人旁若无人地走进屋子里，对伊丽莎白的行礼只是稍稍地倾了倾头，然后一声不吭地坐下了。凯瑟琳在这里也不愿行介绍之礼，不过，伊丽莎白还是在凯瑟琳夫人进来时，把她的名字告诉了母亲。

班纳特太太虽然为这样一位地位显耀的客人登门造访而不胜荣幸，却也感到十分纳闷，她极其礼貌地接待人家。但凯瑟琳夫人却置若罔闻。坐了一会儿后，只是朝着伊丽莎白冷冷地说：

“你一切都好吧，班纳特小姐。我想那位太太就是你的母亲吧。”

伊丽莎白简短地回答道：“是的。”

“这一位我想是你的妹妹了。”

“是的，夫人。”班纳特太太说，她为能跟这样一位贵夫人搭话而颇感得意，“她是我的四女儿。我最小的姑娘丽迪雅最近已经出嫁了。我的大女儿正在什么地方和她的心上人散步呢，相信这个年轻人很快也会成为我们家的一员啦。”

“你家的园子可不大。”在片刻的沉默后凯瑟琳夫人说。

“我敢说，若跟夫人罗新斯的花园比，它就什么也不是啦，可老实说，它比威廉·鲁卡斯爵士家的园子还大得多呢。”

“这间屋子在夏天做起居室一定不合适。窗子都是朝西面开的。”

班纳特太太说他们吃过午饭以后从来也不在这里坐的，最后又补充说：

“我可以冒昧地问夫人一句，你离开时科林斯夫妇好吗？”

“是的，很好。我在前天晚上还见过他们。”

伊丽莎白此刻想，凯瑟琳夫人接着就该从口袋里掏出一封卡洛蒂托她捎的信了，这似乎是她来造访的唯一可能的缘由。然而，却并不见夫人拿出信来，伊丽莎白完全弄不明白了。

班纳特太太极为客气地恳请这位尊贵的夫人用点儿点心，却被凯瑟琳夫人毫不客气地一口拒绝了。随后，她站了起来，对伊丽莎白说道：

“班纳特小姐，在你家草地那边很有一些郊野的气息。如果你能陪陪我的话，我倒很乐意去看一看。”

“去吧，我亲爱的女儿，”她母亲大声说，“带夫人到各条小径上走一走。我想她会喜欢我们这里的幽静的。”

伊丽莎白听从了母亲的话，跑进自己房间里拿了一把阳伞，然后陪着这位贵客下了楼。两人走过穿堂，凯瑟琳夫人边走边打开饭厅和客厅的门观看，称赞房间布置得好。

凯瑟琳夫人的马车还停在门口，伊丽莎白瞧见她的女儿还在车里。她们俩沿着鹅卵石铺道走向小树林，伊丽莎白决定不去劳神和这样的一个女人攀谈，因为她现在的态度比平时更加傲慢和无礼。

“我以前怎么竟会认为她和她的姨侄有相似之处呢？”在望着凯瑟琳夫人的脸时，伊丽莎白暗自说。

她们一走进小树林，凯瑟琳夫人便用下面的方式开始了她的谈话：

“班纳特小姐，你一定知道我来到这里的原因。你的良心都会告诉你，我为什么要来。”

伊丽莎白并不想掩饰她所感到的惊奇：

“不，你是弄错了，夫人。会在这里看到你的原因，我一点也解释不出。”

“班纳特小姐，”这位贵夫人生气地说，“你应该知道，我是不允许别人来捉弄我的。不管你想怎样狡辩，你将发现我是不会让你得逞的。我的性格一向是以真诚和率直著称的，在这样一件举足轻重的大事上，我当然更会恪守我的这一品性了。两天以前，我听到了一则惊世骇俗的新闻。说是不只你姐姐就要攀上一门富亲了，就是你，班纳特·伊丽莎白小姐，也会很快跟我的姨侄达西先生缔结姻缘了。尽管我知道这一定是狂妄的谣传，尽管我相信达西绝不可能这么做，我还是决定马上赶到这里，把我的想法告知于你。”

“如果你相信这条传闻不可能是真的，”伊丽莎白既惊讶又厌恶，脸不由得涨红了，“那么，我真不明白，你为何不辞辛劳地这么大老远跑来呢。请问夫人对此有何见教呢？”

“我要求你立即向大家说明这都是谣传。”

“你来到浪博恩，来看我和我的家人，”伊丽莎白冷冷地说，“这本身便是对这条传闻的一种肯定，假如真有这么一条传闻存在的话。”

“‘假如’，那么你是在装作不知道有这么回事啦？这消息难道不是你自己拼力传布出去的吗？难道你不知道这条消息已经是弄得满城风雨了吗？”

“我从不曾听说过。”

“你能不能起誓说，这消息没有一点儿的依据呢？”

“我并没有声称，我也具备夫人你那样的率直。你尽可以问，至于我是否愿意回答，那就在于我了。”

“我不能容忍你这样的一种态度，班纳特小姐，我坚持要得到一个满意的回答。我的姨侄他到底向你求过婚没有。”

“夫人，你已经说过这是根本不可能的了。”

“照理说应该是这样。只要达西还没有失去理智，就一定不会这么做的。可是你的各种手腕和百般的引诱，也可能会使他一时痴迷，从而忘掉了他对自己和他的家人应负的责任。你或许已经把他给迷住了。”

“如果真是这样，我也不会向你承认的。”

“班纳特小姐，你知道你是在和谁讲话吗？我可不习惯你这样的语气。我几乎是他在这个世界上最亲的亲人了，我有权利了解他的终身大事。”

“可是你没有权利知道我的。而且你用这种蛮横的态度，更是休想叫我说出真情。”

“请你把我的话听明白。你妄想攀附的这门亲事，是绝对不可能成功的。不，绝对不会。达西先生已经与我的女儿订婚了。现在，你还有什么要说的吗？”

“只有这一点：如果他已经订婚，你就没有理由怀疑他会向我求婚了。”

凯瑟琳夫人犹豫了一下，然后回答说：

“他们之间的订婚比较特别。从孩提时起，他们就相互倾心，这是他母亲的心愿，也是我的心愿。他们还睡在摇篮里的时候，我们便计划好了这门亲事。现在当这老姐妹两个的心愿即将因他们的完婚而实现的时候，竟然有一个出身低微、与达西家族毫无关系的丫头要来从中作梗了！难道你丝毫也不顾及他的亲友们的愿望？不顾及他跟德·包尔小姐默许的婚姻？难道你竟然毫无羞耻体面之心？难道你没有听我说过，达西很小就已经和他表妹的命运联系在一起了吗？”

“是的，我以前听你说过。不过那跟我又有什么关系呢？如果没有别的理由反对我嫁你的姨侄，仅是凭他的母亲和姨妈想让他娶德·包尔小姐的心愿，我肯定是不会放弃的。你们姐妹两个在盘算他俩的婚姻上尽了你们的努力，可到底以后怎么发展，则要看他们自己了。如果达西先生没有义务也不情愿和他的表妹结婚，那他为什么不可以另做选择呢？如果他选中的是我，那我为什么不可以接受呢？”

"因为名誉、礼节、谨言慎行和利益关系都不允许你这么做。是的，班纳特小姐，利益的关系。如果你要一味地一意孤行得罪所有人的话，你就别指望他的家人和他的朋友们会看得起你。凡是和他有关系的人都会指责你、鄙视你。你的婚姻将成为你的耻辱。你的名字将永远不会被他的亲友们提起。"

"这真是些大大的不幸，"伊丽莎白回答道，"不过，作为达西先生的妻子，与她这一身份俱来的，必然还有许多莫大的幸福，所以整个来看，她没有抱怨的必要。"

"你这个冥顽不化的丫头！我真为你感到羞耻！这就是你对我今年春天招待了你一番的报答吗？你为此不应该对我有所感激吗？让我们坐下来谈吧。班纳特小姐，你应该明白，我到这里来是下了决心的。不达到目的，我是决不肯罢手的。我从未对任何人的妄想屈服过。也从未令自己失望过。"

"这只会使夫人你现在的处境更加难堪，对我可没有丝毫的影响。"

"不许你打断我的话。安静地听我讲。我的女儿和我的姨侄是天生的一对。他们的母系都是高贵的血统，父系虽然没有爵位，可也都是极受尊敬、极为荣耀的名门世家。他们两家的财产都极为可观。两家的亲戚都一致认为，他们是前世注定的姻缘。世上有什么能把他们俩拆散呢？难道是一个出身低贱、没有显贵亲戚、没有财产的痴心妄想的丫头不成？这还成什么体统！这是绝对不能容忍的。你要是为自己着想，脑子放明白一点儿，就不会想着要跳出你成长的这个环境啦。"

"我并不认为跟你的姨侄成亲，我就脱离了我现在的环境。他是一位绅士，我是一位绅士的女儿。在这一点上我们是平等的。"

"说得不错。你是一位绅士的女儿。可你的母亲是什么样的人呢，你的姨父、舅父和舅母又是什么样的人呢？不要以为我不知道他们的情况。"

“不管我的亲戚们怎么样，”伊丽莎白说，“只要你的姨侄他自己不反对他们，他们与你又有什么关系呢。”

“请你实话告诉我。你到底与达西订婚了没有？”

尽管伊丽莎白不愿意只是为了顺从凯瑟琳夫人而回答这个问题，不过，在斟酌了片刻之后，她还是说了实话：

“没有。”

凯瑟琳夫人似乎大大地松了一口气。

“你愿意答应我，永远不跟达西订婚吗？”

“我不愿做任何这样的承诺。”

“班纳特小姐，你真让我感到震惊了。我原以为你是一个明理的姑娘。不过，你也不要打错了算盘，以为我会妥协。如果你不给予我所要的保证，我是不会离开这里的。”

“我永远也不会给予你什么保证。我是不会被你这样一种完全无理的要求吓住的。你想叫达西先生娶你的女儿，难道你认为只要我答应了你的要求，他们的婚姻就有实现的可能了吗？如果他真的爱上了我，就是我现在拒绝了他，他就会去找他的表妹了吗？请允许我冒昧地说，凯瑟琳夫人，你向我提出这一非常之请求的理由，就是既无聊浅薄又没有道理的。你大大地错看了我的人格，如果你认为你能让我屈服的话。你的姨侄会在多大程度上赞同你对他的干涉，我不知道；不过你显然没有权利来过问我的。所以我请求你不要再在这件事情上继续纠缠了。”

“请你耐着性子。我的话还没讲完呢。除了我刚才提到的那些个反对的理由，我还要再加上一条。有关你最小的妹妹跟人私奔的那桩不名誉的事，我并不是不知情。我知道所有的细节，那位年轻人跟她结婚，完全是你爸爸和舅舅花钱买来的，是一桩凑合成的婚姻。这样的姑娘也配做我姨侄的小姨吗？她的丈夫，达西父亲生前的管家的儿子，也配和达西做连襟吗？真是天理不容！——你究竟打的什么主意？彭伯利的门第难道能被这样的践踏吗？”

“现在，你不会有什么再可拿来指责我的了，”伊丽莎白愤愤地回答，“对我，你已经极尽了能事进行侮辱。现在我必须回家去了。”

说着她站起身来。凯瑟琳夫人随后也站了起来，一块儿往回走。这位贵夫人可真是有点儿气急败坏了。

“那么，你对我姨侄的名誉和体面根本不顾及啦！好一个不通人情、自私自利的丫头！你难道不懂得一旦与你结合，他会在所有人的眼里都名誉扫地吗？”

“凯瑟琳夫人，我没有什么再要说的了。我的意思你都已经明白了。”

“那么，你是非嫁达西不可了？”

“我并没有这么说，我只是决心要按我自己的意愿和方式建立起我的幸福，而不去考虑你或是任何一个与我毫无关系的人的意愿。”

“好啊。你是坚决不肯依从我啦。你是坚决不愿意遵循责任、荣誉和知恩图报的信条啦。你是决心要让达西所有的朋友都看不起他，让世人都取笑他啦。”

“责任和荣誉感，还有知恩图报，”伊丽莎白回答说，“在现在这件事情上，都跟我沾不上边。我和达西先生的婚姻不会违反这里的任何一个信条。至于他家人的不满或是世人的义愤，如果前者是由于我嫁给他而引起的，我根本不会在乎——至于世人，则还是明理识义的多，所以一般来说是不会帮着去嘲讽的。”

“啊，这就是你的真实想法！这就是你最后下定的决心！很好！现在我知道该如何行动了。不要以为，伊丽莎白小姐，你的妄想和野心能够得逞。我刚才只是在试探你。我本希望发现你是明晓事理的。等着瞧吧，我说得出，便做得到。”

凯瑟琳夫人这样说着，和伊丽莎白走到了她的车子门前，临上车时她又匆匆地掉转头来说：

“恕我不向你告辞，班纳特小姐。我也不问候你的母亲。你们都不配得到这样的对待。我真是太生气啦。”

伊丽莎白没有搭话，也没有想着再请这位贵夫人到屋里坐坐，只是独自默默地走回去。她上楼的时候听到了马车走远的声音。班纳特太太在梳妆室的门前性急地拦住了伊丽莎白，问凯瑟琳夫人为什么不再进来坐坐。

“她自己不愿意，”伊丽莎白说，“她想要走嘛。”

“她长得真漂亮！她能来这儿真是太客气，太给我们家面子啦！我想她来不外乎是告诉我们科林斯夫妇一切都好吧。我敢说，她或许是到别的什么地方，路过麦里屯，想起了顺便来看看你。我想她不会有什么特别的事情跟你说吧，丽萃。”

伊丽莎白不得不就势撒了个谎，因为她实在不可能把这次谈话的内容告诉母亲。

第十五章

这一不同寻常的造访给伊丽莎白心里带来的不安，并不是那么容易就能克服掉的，在很长的一段时间里，她都不能不想着这件事。凯瑟琳夫人这次不辞辛苦从罗新斯赶来，似乎全是为了拆散她和达西先生的这桩只是存在于想象中的姻缘。毫无疑问，凯瑟琳夫人的此举不能说是不明智！可是，关于他们订婚的谣言是从什么地方传出去的，这却让伊丽莎白无从想象；后来她才想起达西是彬格莱的好朋友，她是吉英的妹妹。现在既然已有一桩婚姻可望成功，人们当然也就企望着另一桩接踵而至。她自己不也早就想到姐姐结婚以后，她和达西见面的机会也就更多了吗？她的邻居鲁卡斯一家（通过他们和科林斯夫妇的通信，伊丽莎白断定，这个消息才传到了凯瑟琳夫人的耳朵里）竟把这件事看得十拿九稳，而她自己只不过认为，这件事将来也许有几分希望罢了。

然而，在翻来覆去地想着凯瑟琳夫人的那些话时，伊丽莎白对她一味进行干涉的后果还是感到了一些担心。从凯瑟琳夫人说她要坚决阻止这门亲事的那番话中，伊丽莎白想到她一定在盘算着如何劝说她的姨侄了；至于达西会不会像他姨妈那样来看待与她结合的这些不利，她可不敢妄下断言。伊丽莎白不清楚达西对他姨妈到底喜欢到什么程度，或者说他在多大程度上听凭于她的判断，不过，有一点自然是肯定的，那就是达西一定比她更加看重凯瑟琳夫人的意见。在列举跟一个门第远低于自己的女人缔结姻缘的种种不幸中，他的姨妈无疑会击中他的软肋的。达西有那么多的体面感和尊严感，在伊丽莎白看来不值一驳的荒唐话，他也许会觉得就是理由充分、很有道理的训诫了。

如果达西以前在这个问题上曾经有过动摇，那么他的这位至亲的劝导和恳求可能会把他的疑虑全都打消，会使他下定决心，去高高兴兴地追求他的尊严不受玷污。如果真是这样，他就再也不会回到这里来了。凯瑟琳夫人很可能在城里见到达西。达西答应彬格莱再回到尼塞费尔德的事，恐怕也就落空了。

“如果在这几天之内，一旦有达西不再前来践约的托词传给他的朋友，”伊丽莎白心想，“我就知道是怎么回事了。那时我就该放弃一切期盼，放弃他会继续爱我的一切希望了。如果在他可以得到我的感情和我本人时，他却只满足于为我感到惋惜，那么，很快我连惋惜他的心情也会没有了。”

伊丽莎白家里的人听说是谁前来拜访后，都不胜惊讶。不过，他们也只是用班纳特太太那样的猜测去满足他们的好奇心罢了。因此伊丽莎白在这件事情上倒并没有受到过多的诘问。

第二天早晨，在伊丽莎白走下楼来的时候，碰上了父亲，见他拿着一封信从书房里出来。

“丽萃，”班纳特先生说，“我正要去找你，你来一下我的房间。”

伊丽莎白跟着父亲走进书房，她想知道父亲要告诉她什么事儿，由于猜测到一定与他手中的那封信有关，所以她的好奇心变得越发强烈了。她突然想到这封信也许是凯瑟琳夫人写来的，于是，她不无烦恼地预想到了她为此需要做出的种种解释。

她跟父亲到了壁炉前，两人一起坐下了。临了，父亲说道：

“我今天早晨收到一封信，叫我大大地吃了一惊。因为这封信主要跟你有关，你应该知道信的内容。在此之前，我真的不知道我有两个女儿快要成亲了。让我祝贺你，你竟然得到了这样重大的胜利。”

断定这封信是达西而不是他的姨妈写来的，伊丽莎白脸上立刻泛起了红晕。正在她不知道对达西终于表白了他自己的感情是应该感到高兴，还是对他的信不直接寄给她而感到气恼的时候，她的父亲说话了：

“你好像有预感似的，年轻姑娘在这类事情上总是看得很透彻的。不过，我想你纵使聪明，也猜不到爱慕你的人是谁。这封信是科林斯先生写来的。”

“科林斯先生！他能有什么话要说？”

“当然是一些非常重要的话啰。在信的一开始他表达了对我的大女儿快要婚娶的祝贺，这消息似乎是鲁卡斯家的某个爱管闲事的好心人告诉他的。我也不打算把他的这一段祝词读出来，叫你更心急。跟你自己有关的内容是这样写的：‘在这样向你道贺了一番科林斯夫人和我自己对这门亲事的诚挚的祝福以后，我现在想就另一件事略提一二。这件事我们也是听鲁卡斯家的人说的。你的女儿伊丽莎白，据说在她姐姐出嫁以后，也会很快嫁出去。她的如意郎君可能是这块地盘上最负盛名的名流显贵之一。’”

“你能猜得到，丽萃，科林斯指的是谁吗？”

“‘这位年轻人福星高照，拥有世人梦寐以求的一切——巨大的财富，世袭的高贵门第，众多受其荫庇的人们。虽然这一切的诱惑力如此大，不过，我还是要告诫我的表妹伊丽莎白和你自己，当这位先生到府上求婚时，切不可见利眼红，遽尔应承，否则会招来种种祸患。’”

“丽萃，你知道这位先生是谁吗？下面就要提到了。”

“‘我之所以要告诫你们，是因为我们有理由认为，他的姨妈凯瑟琳·德·包尔夫人对这门亲事是很有看法的。’”

“现在你明白了，这个人就是达西先生！丽萃，我想你感到意外了吧。科林斯先生，或者说鲁卡斯一家人，难道还能从我们认识的人里找出一个人，比此人更能证明他们的话是无稽之谈的吗？达西先生在任何一个女人身上看到的都是瑕疵，他这一生也许就没正眼瞧过你一回！他们的想象力实在也太丰富啦！”

伊丽莎白尽力想跟父亲一起调笑打诨，却只勉强挤出一个极不自然的笑来。父亲的机智幽默从来没像今天这样不合她的口味。

“难道你不觉得有趣吗？”

“噢，很有趣！请再往下读吧。”

“‘当昨天晚上我们向她提及了这桩可能的姻缘时，凯瑟琳夫人立即表达了她对这件事情的看法。很显然，由于我表妹家庭方面的种种缺陷，她坚决反对她称之为极不光彩的这一婚姻。因此我想我有责任尽快地将这一情况告诉我的表妹，以便能引起她和倾慕她的贵人的警觉，以免没有经得至亲的同意便草率婚娶。’科林斯先生还说：‘得知我表妹丽迪雅的不贞之事得到了悄然的解决，我真为你们高兴，我唯一的担心只是他们没有结婚就住在一起的行为，日后总会被人知晓。不过，在听到你在他们刚刚成亲后便邀他们回家去住的消息，我还是感到了极大的困惑，我的身份和职责都要求我必须就此说上几句。你这是对邪恶秽行的一种怂恿。如果我是浪博恩的牧师，我一定会拼力反对这种做法的。作为一个基督教徒，你当然应该宽恕他们的行为，但却永远不该再见到他们，或是允许别人再在你面前提到他们的名字。’”

“这就是科林斯关于基督教徒应该对人宽宥的见解！”班纳特先生说，“这封信的其他部分都是关于卡洛蒂现在的情况，以及他们将喜得贵子的消息。喂，丽萃，你好像听得并不高兴。我想，你不至于也变得故作正经起来，一听到这种闲话便装出受到触犯的样子。我们活着，难道不就是做邻居的笑料，反过来也对他们进行取笑吗？”

“噢，”伊丽莎白喊道，“我听得津津有味呢！不过，这事还是有点太奇怪啦。”

第十六章

事情并没有像伊丽莎白揣测的那样发展，彬格莱先生非但没有收到他朋友不能践约的道歉信，反而在凯瑟琳夫人来过后不几天，带着达西一起到了浪博恩。两位贵客来得很早，伊丽莎白坐在那儿很是担心，怕母亲把他姨妈造访的事告诉达西，好在彬格莱想要和吉英单独在一块，所以提议大家都出去散步，许多人同意了。班纳特太太没有散步的习惯，玛丽又从来不肯浪费时间，因此一同出去的只有五个人。彬格莱和吉英很快便让别人超过了他们。他俩在后面慢腾腾地走着，伊丽莎白、吉蒂、达西三人走在了前面。三个人谁也很少说话。吉蒂很怕达西，不敢吭声。伊丽莎白这时在心里暗暗下着最后的决心，达西或许也是这样。

因为吉蒂想去看望玛利亚，他们便朝鲁卡斯家的方向走。伊丽莎白觉得没必要大家都去，吉蒂就独自离开了，于是她大着胆子跟达西继续往前走。现在是她将决心变为行动的时候了，趁着她还有足够的勇气，她即刻说道：

“达西先生，我是一个非常自私的人。为了使自己的情绪得到解脱，我便顾不上想这会如何伤害到你的感情了。你对我那可怜的妹妹情义太重，我再也不能不说点什么了。自从我知道了这件事以后，我一直急切地盼望着能有一天向你表示我的感激。如果我的家人知道了，现在对你表示感谢的就不单单是我一个人啦。”

“我很抱歉，非常抱歉，”达西用一种吃惊又充满感情的语调说，

"我担心你知道了这件事后，会想到别的地方，会令你无谓地感到不安。我并不曾料到，嘉丁纳太太未能保守秘密。"

"你不该怪我舅妈。是丽迪雅不小心最先向我透露出了你也搅在了这件事中间。当然我不弄清楚是不肯罢休的。让我以全家人的名义再次感谢你，感激你的宽宏大量、你的同情怜悯之心，为了找到他们，你不怕麻烦，忍受了那么多的羞辱。"

"如果你要感谢我，"达西说，"那你就为你自己感谢我好了。我不愿意否认，除了其他的原因外，能叫你幸福是我要这样做的主要动因。你家里的人不用感谢我。我虽然也尊重他们，可我当时想到的却只是你一个人。"

伊丽莎白羞涩得一句话也说不出来。在短暂的沉默之后，她的朋友又说："你是个有度量、有涵养的人，是不会与我计较的。如果你的感情还和四月份一样，请你能告诉我。我的感情和心愿依然如故，不过，只要你说一个不字，我就永远不再提起那件事了。"

伊丽莎白自然能体味到她的情人此刻那种尴尬和焦急的心情，因而觉得她现在不能再不说话了。她有些腼腆地告诉达西，自从彭伯利一别，她的感情已发生了很大的变化，现在她愿意以非常高兴和感激的心情来接受他的这番美意了。这一回答给达西带来的喜悦，是他以前从未曾体味过的。他顿时成了一个热恋中的情人，热烈而又温柔地诉说着自己的情意。若伊丽莎白此时能抬头瞧瞧达西的眼睛，她就会看到，那从心底涌出的喜悦之情，洋溢在达西的脸上，把他映衬得有多美了；尽管不敢抬眼看，她却能听，听达西将他蓄积的感情倾诉出来，表明她在他的心目中有多么重要，使她越听越觉得他情感的可贵。

他们俩继续走着，也不知道在往哪儿走。他们之间有多少心思、多少感情需要述说，再也没有心力去注意别的事情。伊丽莎白很快就知道了，他们俩之所以能这样了解对方的心意，还多亏了他姨妈的帮忙。这位姨妈的确在她返回的途中去过伦敦，告诉了达西她的浪博恩之行，她这样做的动机以及她跟伊丽莎白谈话的内容。而且着重地将伊丽莎白的一言一语详细地道了出来。以凯瑟琳夫人的理解，这些话都会特别地表现出伊丽莎白的乖张和自负，满以为这种讲述能够帮助她从姨侄口里，得到她从伊丽莎白那儿得不到的承诺。然而，事与愿违，实际的效果却和凯瑟琳夫人所想的恰恰相反。

“姨妈的这番话给了我希望，”达西说，“在这以前，我还没敢抱这种奢望。我早就了解你的性格，知道如果你当真是对我恨得要命，你就会向凯瑟琳夫人坦率地说出。”

伊丽莎白红着脸，笑着回答说：“是的，你对我坦诚的性格了解得很透彻，你知道我敢那样做。既然我能当着你的面深恶痛绝地骂你，那么，我也能在你所有的亲戚面前说你了。”

“你批评我的，都是我应该接受的。虽然你对我的指责没有根据，是听了别人的谣传，可是，我那时对待你的态度却是应该受到最严厉的谴责的。那是不可原谅的。我一想起它来，总是痛恨自己。”

“我们俩不要争着去抢在那天晚上谁该受到更多的指责了，”伊丽莎白说，“如果严格地审视一下，我们双方的态度都不好；不过，从那以后，我认为我们两个人都在礼貌待人上有了进步。”

“我还不能就这样轻易地宽恕我自己。我当时的行为举止，我的态度和我说的话都印在我的脑海里，几个月来，直到今天，都深深地刺痛着我的心。你对我中肯的批评，我永远也不会忘记：如果你表现得礼貌一些就好了，这是你当时说的话。你不知道，你也无从想象，这句话一直在怎样折磨着我——尽管只是过了一些时候，等我冷静下来以后，才认识到它的正确性的。”

“我万万没有料到，那些话会给你留下如此深刻的印象。我也一点儿不曾想到，它们会给你的内心带来这样的影响。”

“对这一点，我很容易相信。那时，你以为我已经丧失掉了一切应有的感情，我敢断定你当时是这样想的。我永远也忘不了，你当时沉下脸说，我的不恰当的求爱方式让你无论如何也不可能接受我。”

“噢，请别再提我当时的话啦。这些回忆一点儿也不能说明什么。老实说，很早以前我就为我说过的那些话感到羞愧了。”

达西提到了他的那封信：“我的那封信是不是很快就使你改变了一些对我的看法呢？在读的当子，你对信上的内容是相信还是不相信？”

伊丽莎白向达西解释了那封信对她的影响，告诉他她以往对他的一切偏见是如何逐渐消除的。

“我知道，”达西说，“我的信一定使你感到痛苦了，但这也是迫不得已。我希望你已经把这封信烧了。尤其是开始的那一部分，我都担心你是否能有勇气去重读。我至今还记着其中的一些句子，你看了它们很可能会恨我的。”

“如果你认为这对保留住我的爱情是必要的，那我当然一定要把它烧掉了。虽然我们俩都有理由认为，我的观点和想法不是完全不能改变的，可我还是希望它们不至于像这里所说的，那么容易被改变。”

“我写那封信的时候，”达西回答说，“满以为自己的心情是很冷静的，但是，自那以后我就意识到了，我的信是在一种极度的激愤心情下写的。”

“信在开始时也许有怨愤，不过到结尾时就并不是这样啦。那句收尾的话本身便是一种宽宥。我们还是不要再想那封信了。写信人和收信人现在的感情跟那时都大大地不同了，所以伴随着这封信而来的一切不愉快，都应该被忘掉了。你应该学学我的人生哲学。回忆过去时，只想那些给你留下美好印象的东西。”

“我不认为你有这一类的人生哲学。在你的反省里完全没有了指责的因素，从这样的回顾中得到的满足不是一种哲理，更恰当一点儿说，是一种纯真。可是对于我来说，情形就不是这样了。痛苦的回忆总是侵扰着我。它们不可能也不应该被拒之门外。我活了这么久，实际上是自私的，虽然在信条和原则上不是如此。从孩提时候起，大人们就开始给我讲什么是正确的，可从来也没有教导我去矫正我的性情。他们教给我好的信条，却任我以骄傲和自负的方式实行它们。由于家中只有我一个儿子（很多年来就我一个孩子），我被父母宠坏了。虽然他们自身很好（尤其是我父亲，待人非常仁厚、和蔼），但却允许和纵容我，甚至是教育我自私自利，高傲自大，不关心家庭以外的任何人，认为天下人都不好，希望或者至少是认为别人的见解、悟性、品格都不如我。就这样我从八岁活到了二十八岁。也许还会继续这样生活下去，要不是你，我最亲爱、最可爱的伊丽莎白！我哪一点不是多亏了你！你给我上了一课，尽管在开始时我很痛苦，却叫我受益匪浅。你对我的羞辱很有道理。我当初向你求婚时，根本没想到会被拒绝。是你让我懂得了在取悦一个值得自己爱的女子时，我的那种自命不凡有多么不好！"

"当时，你真的以为我会很高兴地接受你吗？"

"的确如此。你一定会笑我太自负了吧？我那时真的以为，你满心希望着，也期待着得到我的爱呢。"

"我当时的态度也一定欠妥，可是我向你保证，我绝不是有意的。我从没有想过要欺骗你的感情，但却往往凭着一时的兴致便弄出了错儿。从那天晚上以后，你一定非常恨我吧？"

"恨你？也许一开始我是有些生气，可我的气愤很快便开始导入到正确的方向。"

"我简直害怕问你，那次我们在彭伯利碰见时，你是怎么看我的？你是不是怪我进到你的庄园里了？"

"没有，我只是感到有点儿意外。"

"当我被你看到时，我的惊讶并不比你的小。我的良知告诉我，我并不配受到你那样殷勤的对待，我承认我没有料到你会那样对我。"

"我当时的用意，"达西回答说，"就是以我所拥有的一切礼貌告诉你，我并没有那么心胸狭隘，对过去还耿耿于怀。我希望得到你的谅解，减少你对我的坏印象，让你发现你指出的缺点我在留心改正了。至于别的念头是在哪一刻钻进我的脑子里的，我也说不太清楚了，不过，我想大概是在见到你的半个钟头里吧。”

随后，达西告诉了伊丽莎白，乔治安娜认识她有多么高兴，而在这种结识突然中断以后又是多么失望；接着便自然谈到了这一交情中断的原因，伊丽莎白这才明白，达西要从德比郡追随她去寻找她妹妹的决心早在离开旅店前就下定了，他当时在房间里的那种严肃专注的神情，就是由于内心正酝酿着这么一个想法。

伊丽莎白再次表达了她的谢意，不过双方都觉得这个话题太沉重了，所以没有再谈下去。

他们这样悠闲地走了好几里路，只顾着交谈，根本没有意识到他们走了多远，待最后想起看表时，才知道是该返回的时候了。

“彬格莱和吉英上哪儿去啦？”这一问又引出了他们俩对那一对情人的讨论。达西对他们俩的婚姻表示出由衷的喜悦。他的朋友彬格莱最早告诉了他这个消息。

“我要问你当时听了感到意外吗？”伊丽莎白说。

“一点儿也不。还在我离开的时候，就感到这件事快要成功了。”

“这就是说，你早就给了他许可。我已经猜到是这样。”虽然达西对她的用词表示反对，可她发现事实跟她猜想的差不多。

“在我动身去伦敦的前一天晚上，”达西说，“我对彬格莱交代了我觉得我早就该告诉他的话。我把过去对他做的事都跟他说了，使他明白我当初对他这件事情的干涉真是既荒唐又冒失。彬格莱非常惊讶。他一点儿也没想到事情会是这样。而且，我还告诉了他，我以前认为你姐姐对他没有情意的看法并不正确。我一眼便看出彬格莱对你姐姐依旧一片深情，所以我相信他们俩结合一定会幸福的。”

伊丽莎白对达西能够这样轻而易举地驾驭他的朋友，禁不住笑了。

“当你告诉彬格莱我姐姐是爱着他时，”伊丽莎白说，“你是出自你的观察，还是仅仅凭着我春天里对你的讲述呢？”

“凭我的观察。最近两次去你家时，我对你姐姐进行了仔细的观察，我确信了你姐姐是有真情的。”

“我想，你的这一确认立即给彬格莱带来了信心。”

“是的。彬格莱为人极其谦和。他的缺乏自信妨碍了他在这样一件颇费思量的事情上运用自己的判断力；他习惯于依赖我的，这就使一切事情都变得容易了。我不得不向他承认了一件事，他为那件事真的气了一段时间。我告诉他，你姐姐去年冬天有三个月曾住在城里，我知道此事，却故意隐瞒了他。他听了很生气。不过我相信，在他明白了你姐姐真实的感情时，气也就消了。现在，他已经真心诚意地原谅我了。”

伊丽莎白这时真想说，彬格莱先生实在是个讨人喜欢的朋友，这样容易受朋友的摆布，对他的朋友来说，他可真是个无价之宝。可是她抑制住了自己。她想到在这一方面达西还得有个适应的过程，现在开他的玩笑还为时过早。就这样，他们谈着彬格莱即将到来的幸福（这幸福仅次于他们自己的）走到了家门口。在门厅里，他们俩分了手。

第十七章

“亲爱的丽萃，你们到什么地方散步啦？”伊丽莎白一走进屋子，吉英便问她。随后在桌子旁边坐下来时，别人也这么问伊丽莎白。她只得回答说，他们两人只是随便走走，到后来她也不知道走到了什么地方。伊丽莎白说话时脸红了，可不管她神色如何，谁也没有怀疑到那件事情上去。

那个下午平静地过去了。什么特别的事儿也没有发生。已经公开了的那对恋人又说又笑，那对尚待公开的情人则是沉默不语。达西性格沉稳，内心的喜悦可以不流露到脸上；伊丽莎白感到焦躁不安，她还无暇体味这一幸福，只是知道她有了这件幸福的事情。因为除了眼下的这一尴尬之外，还有其他种种的麻烦等着她。她预想到当她说出她的恋情时，家里人会如何反应。她知道除了吉英，他们再没有谁喜欢达西先生了。她甚至担心，就是达西的财产和地位也抵消不了家人对他的厌恶。

晚上的时候，她向吉英吐露了真情。虽然多疑远远不是吉英的性格，对这件事还是无论如何也不敢相信。

“你在开玩笑吧，丽萃。这根本不可能的！跟达西先生订婚！不，不，你哄不了我。我知道这不可能！”

“事情一开始就这么难！我本是把希望都寄托在你身上的。如果你不相信，我敢肯定再也没有人会相信啦。可是，我真的不是在开玩笑。我说的都是实话。达西仍然爱着我，我们俩订婚了。”

吉英疑惑地打量着伊丽莎白，“噢，丽萃，这不可能。我知道你有多么讨厌他。”

“你对这件事毫不知情，你说的那些早该被忘掉了。或许，我以前并不总是像现在这么爱达西。不过，在这类事情上，我可不想有一个好记性。这是我最后一次再记起从前的这件事了。”

吉英仍然显得有点儿惶惑不解。伊丽莎白又一次一本正经地向她保证说，这是事实。

“天啊，这是真的吗?！不过我现在必须相信你了，”吉英大声说。“我亲爱的丽萃，我恭喜你啦。可是你真的已经想好了吗？请原谅我这样问，你能肯定你和他在一起会幸福吗？”

“这还用说。我们俩都认为我们是世界上最幸福的一对。你高兴吗，吉英？你喜欢有这样一个妹夫吗？”

“喜欢，喜欢极了。还有什么比这更让彬格莱和我高兴的呢？我们以前也考虑和谈论过这件事，都觉得不太可能。你真的那么爱达西吗？噢，丽萃！天下最大的悲哀莫过于没有爱情的婚姻。你敢肯定你真的愿意这样做吗？”

“噢，我愿意！等我告诉你事情的全部以后，你会认为我做得还不够呢。”

“你这话是什么意思？”

“哦，我必须得承认，我爱他要胜于我爱彬格莱。我怕你就要生气了。”

“亲爱的妹妹，你现在正经一点儿好吗？我想跟你严肃地谈一谈。赶快告诉我吧，我要知道有关的一切。你能讲讲你爱达西有多久了吗？”

“这爱是慢慢到来的，我几乎也说不清它是什么时候开始的。不过，我想一定是在我上次见到他彭伯利那个美丽庄园的时候吧。”

姐姐又叫她严肃些，这一次总算产生了效果。伊丽莎白郑重其事地把自己爱上达西的经过讲给吉英听。吉英这下满意了。对这件事信服以后，班纳特小姐便再没有什么放心不下的了。

“现在，我真的高兴啦，”吉英说，“你也会像我一样幸福了。我一向很看重达西。不为别的，就因为他还能爱你这一条，我就应该永远敬重他。作为彬格莱的朋友和你的丈夫，现在除了彬格莱和你之外，我最喜欢的就是他了。可是，丽萃，在这件事情上你可对我隐瞒了你的心事啦。关于彭伯利和兰姆屯的事，你几乎一点儿也没有给我透露过！我知道的一些情况都是别人而不是你告诉我的。”

伊丽莎白对吉英讲了她之所以要保密的原因。其一是她不愿意提起彬格莱；其二是她的感情还处在一种理不清的状态，这也叫她不愿意提起达西的名字。不过现在她再也不必对姐姐隐瞒了，她连同达西给丽迪雅帮忙的事也告诉了吉英。一切都和盘托出了，谈话一直进行到中夜。

“天啊，”第二天早晨，班纳特太太走到窗前时，不禁喊了起来，“这个讨厌的达西又跟着我们可爱的彬格莱一块来啦！他这样三番五次地跟着来，是怎么回事？我但愿他去打猎或者去干点别的什么，不要再来搅扰我们。我们拿他该怎么办呢？丽萃，还得让你再陪他出去走走。免得他碍彬格莱的事。”

对来得这么便当的一个建议，伊丽莎白几乎禁不住要笑出声了；不过，听到母亲每每称达西“讨厌”，她又确实觉得有些气恼。

两位贵客一进门，彬格莱便用满含意味的眼神瞧着伊丽莎白，并热烈地同她握手。说明他已经得知她的好消息了。临了，他大声地说：“班纳特太太，你们这附近还有什么幽静的小道吗？最好是让丽萃今天再一次迷了路。”

班纳特太太说：“今天早晨我要劝达西先生和丽萃、吉蒂到奥克汉山那边散步。这一段长路走起来挺有趣。达西先生还从来没有见过那样的景色呢。”

“这样的散步对别人也许很有好处，”彬格莱先生接过话茬儿说，“不过我想对吉蒂怕就有些吃不消了。是这样吗，吉蒂？”

吉蒂承认她宁愿待在家里。达西说他很想去看看山上的景致，伊丽莎白点头表示同意。在她上楼准备的时候，班纳特太太跟上来对她说：

“丽萃，是妈妈不好。逼你独自跟那个讨厌的人在一起。我希望你不要计较，这都是为了吉英，你也知道；你只消时而敷衍他几句就行了，没有必要去费神和他交谈。”

在散步中间，两人决定今晚就征得班纳特先生的同意。母亲那里则由伊丽莎白自己去告知。她不知道母亲会怎么看待这件事。她有时甚至怀疑，达西高贵的地位和万贯的家产怕也克服不掉母亲对他的厌恶感。然而，不管母亲对这门亲事是过分地反对，还是非常赞同，她的谈吐和举止总归不能表现得得体，会让人家觉得她见解平庸；伊丽莎白既不愿让达西见到母亲对此表现出欣喜若狂的样子，也不愿让他看到她激烈反对的样子。

当晚，在班纳特先生要回到书房时，伊丽莎白看见达西也站起来跟着他去了，见此情形，她的心一下子提到了嗓子眼上。她并不担心父亲会反对，只怕父亲为了这件事不愉快。要是由于她，父亲最宠爱的女儿，由于她的选择使父亲陷入苦恼之中，为她的出嫁而操心和惋惜，她心里会非常难过的。她惶惶不安地坐在那儿，直到达西先生出来，看到他面上带着笑容，她才稍稍舒了口气。达西走到她和吉蒂坐着的桌子旁边，装作看她做针线活儿，悄悄地说："快点儿去书房吧，你父亲在那里等着你呢。"伊丽莎白马上起身去了。

班纳特先生正在书房来回踱着步，他严肃的神情里略含着不安。"丽萃，"他说，"你这是怎么啦？你是不是糊涂了，竟然接受了这个人的求婚？你不是一直都在恨他吗？"

此时，伊丽莎白真恨不得她以前对达西的看法不是那么极端、她的言语不是那么苛刻就好了！那样就无须她去极为尴尬地解释和表白了。可现在她必须费这番口舌，她不免有些心慌意乱地跟父亲说，她是爱上达西先生了。

"或者，换句话说，你是非要嫁达西先生不可了。他非常富有，这是肯定的，你可以比吉英有更多的漂亮衣服和豪华车马。可是，仅有这些就能让你幸福了吗？"

伊丽莎白说："你现在反对我的，只是认为我和达西没有感情吗？"

"是的。我们大家都知道他是个骄傲、不易亲近的人。但是，只要你真的喜欢他。这些都算不了什么。"

"我真的，真的十分喜欢达西，"伊丽莎白眼里浸着泪水回答说，"我爱他。说实话，他一点儿也没有那种不恰当的骄傲。他待人非常可亲。你还不真正了解他的为人。所以，父亲，请不要用这样的话来谈论他。"

"丽萃，"班纳特先生说，"我已经答应了达西。的确，像他这种人，只要肯纡尊降贵提出请求，我岂有拒绝他的道理。我现在就表示我的同意，如果你已经下定决心要嫁他的话。不过，我劝你还是要好好地想一想。我深知你的性格，丽萃。我清楚除非你真正从心底里喜欢和尊重你的丈夫，否则，你既不会幸福也不会觉得体面。

如果婚姻不称心，你那诸多活泼的天性就会把你置于一种危险的境地。你难免会落得个悲苦丢人的下场。我的孩子，以后看到你不能尊重你终身的伴侣，我会伤心的。你不知道你这样做的后果。”

伊丽莎白听得更加感动了，她非常诚挚、非常严肃地向父亲讲述了全部的经过，解释了她对达西的看法所经历的变化，说她坚决相信他的感情不是来自一朝一夕，而是经过了许多挫折的考验，并列举了他的种种优点，来向父亲证明达西先生是她真爱的人。最后，伊丽莎白终于消除父亲的疑虑，使他完全赞同了这门婚事。

“唔，我亲爱的女儿，”当伊丽莎白停止讲述时，班纳特先生说，“我没有什么可说的了。如果真是这样，那他是值得你爱的。我的丽萃，爸爸可不愿意让你嫁给一个不如你的人。”

为了使父亲对达西更有好感，伊丽莎白说出了达西主动为丽迪雅所做的一切。父亲听了，大大地吃了一惊。

“这个晚上真是奇事迭出了！那么，是达西承担了这一切：他撮合了他们的婚姻，出钱为威科汉姆还清了债务，还给他在部队上弄到了职位！这太好啦！既为我省下了钱，又免去了我的许多麻烦。不过，现在这些热恋中的年轻人，怎么什么事情都喜欢自作主张。我明天就跟达西提出还他的钱。那么他一定会大谈特谈他是如何的爱你，于是，这件事情（指还钱的事——译者注）也就永远不了了之了。”

接着，班纳特先生想起了几天前在他读科林斯先生的那封信时，伊丽莎白脸上的难堪和羞涩。直待取笑了女儿一阵子以后，才让她离开。在她走出房门时，父亲说：“如果有找玛丽和吉蒂的小伙子来了。把他们带到这里来，因为我现在有的是闲工夫。”

伊丽莎白的心里此时轻松了许多。在她自己的房里安静地想了半个钟头以后，她又能神色较为坦然地和大家待在一起了。一切都发生得太快了，她还未来得及体味到喜悦，不过这个晚上总算是平平静静地过去了。这儿再也没有需要她担心的大事，安逸和舒适感很快就会回来的。

晚上当班纳特太太要上楼到梳妆间的时候，伊丽莎白也跟着去了，把这件重大的事情告诉了母亲。母亲的反应非常特别：在刚刚听到这件事时，班纳特太太坐在那儿一动也不动，没说出一个字。直到过了好一阵子，她才明白过来，尽管平时她在这类惠及全家的好事上（包括女儿们的婚事），反应可并不迟缓。待慢慢地恢复过来时，她开始在椅子上不安地扭动，一会儿站起，一会儿坐下，一会儿表示出诧异，一会儿又为自己祝福。

"天啊，上帝在赐福给我！谁想得到啊！哎哟，达西先生！这是真的吗？噢，我最最可爱的丽萃！你将会变得多么富有啊！你将有多少私房钱，多少珠宝，多少车马啊！吉英简直不能和你相比。我真是太高兴、太幸福啦。多么可爱的一个小伙子！多么英俊！多么高大！噢，我亲爱的女儿！请原谅妈妈以前对他的厌恶。我希望他不计前嫌。最最亲爱的丽萃，伦敦城里的豪华住宅！漂亮的东西一应俱全。我有三个女儿出嫁啦！一年一万英镑的收入！噢，天啊！我真是高兴得不知道怎么好了。"

这番话足以表明班纳特太太是非常赞同了，伊丽莎白不久便起身走了，一边暗自庆幸，这一感情的宣泄只是她一个人看到了。没待她回到自己的房间三分钟，班纳特太太就跟上来了。

"我亲爱的女儿啊，"她喊，"我只在想这件事啦！一年一万英镑的收入，很可能更多！这简直阔得像个皇亲国戚啦！而且还有特许结婚证，你自然要用特许证结婚了。喂，妈妈的心肝宝贝，告诉我达西先生最喜欢吃什么菜，明天我就做给他吃。"

这可不是个好兆头，母亲很可能会在那位先生面前出丑的。伊丽莎白此时感到，虽然她已经赢得达西的爱情，也征得了父母的同意，这里仍然有一些事情需要操心。不过，到了第二天，情形比她想象的要好得多。班纳特太太对她这位未来的女婿很是敬畏，不敢轻易跟他搭话，除非是遇到能向他表示她的关心或是对他的意见表示赞同的场合。

伊丽莎白看到父亲努力跟达西先生亲近，很是宽慰。班纳特先生不久便对她说，他对达西先生的钦佩正在与日俱增。

“我对我的三位女婿都很欣赏，”班纳特先生说。“威科汉姆，或许是我最宠爱的一个；不过，对你的丈夫，我想我会像对吉英的那位一样喜欢。”

第十八章

不久，伊丽莎白又变得活泼调皮起来，她想让达西把他最初是怎么爱上她的讲给她听。“你这爱是何时开始的？”她问，“一旦你心生爱念，我知道你就会好好地珍惜它了。不过，到底是什么使你最初动了这种心思的呢？”

“我也说不准具体是在什么时间、什么地点，你的那一颦那一笑，你的那一言那一语，开始叫我爱上了你。这是好久以前的事了。当我意识到的时候，我已在爱河中跋涉了一半的里程了。”

“我的容貌在开始时就打动不了你的心，至于说到我的举止态度嘛，我对你至少是不礼貌的，我跟你说话时，总是想刺伤你。现在你就老实说吧，你那时候是不是喜欢上了我对你的无礼呢？”

“说到它表现了你脑子的灵活和聪颖，是这样的。”

“你还不如直接把它称作唐突无礼。这样说一点儿也不过分。事实上是，你对多礼、毕恭毕敬、过分的殷勤已经厌恶了。你已经腻味了那样的女人，她们的谈吐、笑颜和思想都是为了讨得你的欢心。我之所以能撩动了你的心，令你感兴趣，是因为我和她们完全不同。如果你的心地不是真正美好的话，你早就会为此而恨上我了。尽管你表面上努力做出一副冷峻高傲的样子，你的感情始终是高尚和公正的，你非常鄙视那些阿谀奉承你的人们。这儿，我已经代劳为你做了解释。真的，经过通盘的考虑后，我开始觉得你的爱十分的合情合理了。可以肯定，你当时并不了解我的优点，不过，有谁是想到了这一点才去爱的呢。”

“吉英生病留在尼塞费尔德的时候，你对她体贴入微的照顾，不就表现出你的优点吗？”

“可爱的吉英！有谁不愿意为她多做一点儿呢？我们姑且把这看作我的一种好的德行吧。我的优点反正都在你的卵翼之下了，而且被你尽可能地夸大了。可是我却在不断地寻找机会与你争执和纠缠。闲话少说，还是让我来问你吧，为什么后来你不愿再提起你对我的爱了呢？你这次回来后第一次到我家，随后是第二次在我家吃晚饭，这两次来家，你为什么那么羞于见到我呢？尤其是在你来了以后，你为什么要显出一副完全不把我放在心上的样子呢？”

“因为你那板着的面孔和一声不语，使我不敢上前攀谈。”

“我那是难为情呀。”

“我也是呀。”

“当我们坐下来吃饭的时候，你本来有机会跟我多说上几句的。”

“如果我的感情不是那么充溢的话，我会的。”

“你竟然给出了一个合情合理的解释，而我呢，也竟然会这么通情达理地接受它。不过，我真不知道要是我也不理你，你自己会拖到什么时候。要不是我问你，我真不知道你什么时候才会开口。我决心要感谢你，感谢你为丽迪雅所做的一切，这一点一定起了很大的作用。我担心这一影响是太大了，我们的幸福若是来自对诺言的反悔，在道义上怎么说得过去呢？我当时就不应该提这件事。我这么做，无论怎么说也是不对的。”

“你不必自责。道义上完全说得过去。是凯瑟琳夫人那种不正当地企图拆散我们的努力，最终驱散了我的疑团。我并不认为我眼下的幸福，是来自你那急切想要对我表达感激之情的愿望，我并没有想着一切要等你开口。我姨妈的信息已经给了我希望，因此我立刻决定把事情弄个明白。”

“凯瑟琳夫人的作用可真是太大了，她该为此高兴才对。因为她一向喜欢对别人有用嘛。不过，请告诉我，你这次来尼塞费尔德是要干什么呢？难道只是为了骑着马来找难为情吗？还是有更重要的目的呢？”

“我真正的目的是来看你，如果可能的话，判定一下我是否还有希望让你爱上我。我对别人或是对自己说出来的理由，则是为了来看看你姐姐是否仍然对彬格莱有情，如果是，我就把事情的原委向彬格莱坦白。”

“你有勇气向凯瑟琳夫人宣布这件她自食其果的事情吗？”

“我现在更缺乏的是时间而不是勇气，伊丽莎白。不过，这件事总得来做，如果你给我一张纸，我现在马上就给她写信。”

“若不是我也有封信要写，我也许便会坐在你旁边，像另外那位年轻小姐曾经做过的那样，来赞赏你工整的笔体了。可是我也有个舅妈，再不能不回信给她啦。”

由于不情愿承认她和达西先生之间的关系是被舅妈过高地估计了，伊丽莎白一直没有答复嘉丁纳太太的那封长信。现在有了这个最为可喜的消息要告诉舅妈，她却有些不好意思地发现，她已经让舅父母多等了三天了。她要马上写信，好让他们分享这一幸福：

亲爱的舅妈，对你在信中所描述的那些亲切而又令人满意的详情细节，我本当早向你表示感谢才对。只是我当时的心情实在不好，无法写回信。你当时所想象的情况，超过了现实很远。可是现在，关于这件事，任凭你怎么想都不怕了，放开你的想象力，让你的想象力插上翅膀任意地去翱翔吧，只要你不认为我已经结婚了，便不会错到哪里去。你一定要马上给我回信，再把达西大大地赞扬一番，甚至要超过你的上一封信。我们没到湖区旅游，真是万幸。我怎么会那么傻，非要到湖区不可呢？你说要弄几匹小马游园，这个主意很好。以后我们每天都可以在彭伯利庄园里尽情地游玩了。我现在是世界上最幸福的人啦。这话以前或许有人说过，可是他们谁也没有我这么充分的理由。我甚至比吉英还要幸福。她只是微微地抿着嘴笑，而我是放声大笑。达西用他还剩有的爱问候你，希望你们都来彭伯利过圣诞节。

——你的外甥女

达西先生给凯瑟琳的信，则完全是用另外一种风格写的；与这两个人都不同的，是班纳特先生为答复科林斯先生而写的回信：

亲爱的先生：

我必须要劳驾你再恭维我一次。伊丽莎白很快就要做达西先生的妻子了。请尽你的可能去安慰凯瑟琳夫人吧。不过，如果我是你，我就会站在她侄子这一边。因为他能给予你更多。

彬格莱小姐在哥哥结婚前夕送来了祝福，虽说不胜亲切但却毫无诚意。她甚至还给吉英写了一封信，表示恭喜，又把她以前的那些对她有好感的话重复了一遍。吉英再不会受蒙骗了，不过她还是受到了感动；尽管跟彬格莱小姐已经没有了以前的情谊，吉英还是给她回了一封信，语气词句之亲切是彬格莱小姐所不配享有的。

达西小姐得知这一消息后来信所表达的喜悦，正像她哥哥给她的信中所表达的一样真挚。满满的四页纸也盛不下她的欣喜和她期盼嫂子会喜爱自己的殷切心情。

还没待从科林斯先生那儿传来任何音讯，或是从他妻子那儿传来对伊丽莎白的任何祝贺，浪博恩一家就听说科林斯夫妇自己要回鲁卡斯府上来了。这突然要回来的原因很快就清楚了。凯瑟琳夫人为她姨侄的信气得大动肝火，而为这门亲事真正感到欣喜的卡洛蒂则想赶快回娘家去，避开这场风暴。在这样的时刻，有朋友能来到身边，对伊丽莎白来说真是一件值得高兴的事，尽管她们每次见面时，伊丽莎白看到达西先生受到科林斯阿谀奉承的折磨，不免想到这一愉快也是要付出代价的。不过，达西先生倒是能非常平静地忍受。他甚至能够和颜悦色地听着威廉·鲁卡斯爵士的夸赞，说他摘走了他们这里最明亮的一颗珠宝，并希望他们以后常常在宫中碰面。如果看到达西先生在无奈地耸着肩膀，那也是在威廉爵士走开了以后。

菲利浦太太的粗俗是对达西先生忍耐力的另一大考验，虽然菲利浦太太跟她姐姐一样，也很敬畏达西，不敢跟他像跟彬格莱那样随便地交谈。可是只要她一张口，便让人觉得俗不可耐。她对他的敬畏也是如此，尽管照理说由于敬重，她开口少，举止该会变得文雅一点儿才是。伊丽莎白尽一切可能，使达西避开母亲和姨妈的纠缠，让他和自己还有她的其他家人待在一起。虽说由此引起的这些不适的情绪大大减少了他们热恋中的欢乐，却也增加了他们对未来的憧憬和期盼。伊丽莎白兴奋地盼望着那一天的到来，那时他们便会摆脱了这儿的无聊应酬，在彭伯利他们自己的家里优雅舒适地享受生活。

第十九章

作为母亲，班纳特太太最快活的一天，是她的两个备受称道的女儿出嫁的那一天。至于她以后是怀着怎样得意扬扬的心情去访问彬格莱夫人和谈论达西夫人的，读者自然不难猜想。在这里我想说，由于她的女儿们纷纷有了好的归宿，她平生的愿望得到了完美的实现，她的身上开始产生出一种可喜的变化，在她的后半生里，她成了个通情达理、和蔼可亲、颇有见识的女人。尽管有的时候她也难免有些神经质和大惊小怪，不过这倒仍合了班纳特先生的心意。因为对现在这种不同寻常的家庭和睦与幸福，班纳特先生或许还不太习惯呢。

班纳特先生非常想念他的二女儿。对她的疼爱使他常常离开他的家一段时间。这种现象在以前还很少有过。他喜欢去彭伯利，尤其是在女儿最最料想不到的时候去。

彬格莱先生和吉英在尼塞费尔德只住了一年。离她母亲和她麦里屯的亲戚这么近，甚至对于脾气随和的彬格莱和孝顺父母的吉英来说，都不是那么合心愿了。彬格莱姐妹们的美好希望于是如愿以偿了。他在邻近德比郡的一个镇上买了一幢住宅，吉英和伊丽莎白在她们诸多的幸福之中又加上了一个，她们彼此只相隔不到三十英里，姐妹的情谊可以常叙了。

吉蒂大部分时间都是和这两个姐姐住在一起，在那儿充分地享受生活。从此她所交往的人都比以往的高尚，她本人得到了长足的进步。她的脾气不像丽迪雅那么不可驯服，现在摆脱了丽迪雅的影响，又有人给她适当的关心和教导，她已不像从前那么轻狂、无知和庸俗了。当然家里也总是小心翼翼，不让她再受丽迪雅的坏影响。虽然丽迪雅常常写信来邀吉蒂到她那里去住，答应带她参加舞会，交结男朋友，可班纳特先生却从来也没有允准过。

只有玛丽一个女儿还留在家里，她不得不搁置下对书本的钻研，常常陪伴母亲以打发她的寂寞。玛丽和外界的接触多了起来。不过每次同母亲串门回来，她仍然能用道德的教条评价一番。由于她不再受到跟姐姐们在一起时那种相形见绌的羞辱，班纳特先生觉得，玛丽的这种适应于外界的变化在很大程度上恐怕是心甘情愿的。

至于威科汉姆和丽迪雅，姐姐们的婚姻并没有给他们的性格带来什么改变。威科汉姆能够很坦然地接受这一事实：伊丽莎白一定知道了他从前的种种忘恩负义和虚伪欺骗的行为。尽管如此，他还指望着说服达西给他找个差事。伊丽莎白结婚时从丽迪雅那儿收到的祝贺信，便说明了这一点：如果说不是威科汉姆本人，至少是他的妻子还抱有这种希望。信是这样写的：

亲爱的丽萃：

我祝愿你幸福。你爱达西先生只要能爱到我爱威科汉姆的一半，你就一定会非常幸福了。有这么一个阔绰的姐姐让人觉得是个极大的安慰，在你没事的时候，我希望你能想到我们。我敢说威科汉姆会很喜欢在宫廷中弄到个职位的，同时我也想，如果没有别人的接济，我们的钱是很难维持生计的。一年有三四百英镑进项的一个差使便足够了。不过如果你不愿意，那就不必跟达西先生提起。

忠实于你的丽迪雅

伊丽莎白对这样的事果然不愿意跟达西提起，于是她在回信中尽可能地打消丽迪雅在这方面的一切想法和请求。不过，伊丽莎白还是在力所能及的范围内，用自己省下的钱经常接济他们。她心里十分明白，像他们的那点收入，又加上这两口子大手大脚、不会节省，肯定不够维持他们的生活。每当他们改换住地，吉英或是伊丽莎白总会接到丽迪雅的请求，让她们帮他俩偿还债款。他们的生活，即便是在停战、威科汉姆转业以后，也是极不安定的。他们总是搬来搬去想找便宜的房子住，结果总是花掉了更多的钱。威科汉姆对她的爱不久便淡薄了；丽迪雅对他的感情较为持久一些。尽管她年轻莽撞，还是顾全了她婚后的名声。

虽然达西从来不让威科汉姆来彭伯利，可为了伊丽莎白的缘故，还是帮他另找了一份职业。丽迪雅在丈夫到伦敦和巴恩游玩的时候，也间或到彭伯利做客。至于彬格莱夫妇那里，他们小两口则常是一住下来就不想走了，弄得连彬格莱那样性格和顺的人，有时都耐不住在谈话中带有叫他们走的暗示。

彬格莱小姐在达西结婚时，觉得她的自尊受到了深深的伤害。可是为了仍能保留住她在彭伯利做客的权利，她把一切怨气都打消了。她对乔治安娜更加喜欢，对达西几乎还像从前那么关心，以前对伊丽莎白失礼的地方，她也尽量去加以弥补。

彭伯利现在成了乔治安娜真正的家。姑嫂之间的亲密相处，正像达西先生所希望看到的那样。她们互敬互爱，关系融洽无间。乔治安娜非常崇拜伊丽莎白，虽然起初她对嫂子和哥哥谈话时的那种斗嘴调笑，很是惊讶和担心。哥哥在她心目中激起的，总是那种几近于超过了兄妹感情的敬重。现在她却看到哥哥成了公开打诨的对象了，她的脑子里开始灌输进了她从前不知道的知识。经过伊丽莎白开导，她渐渐明白了，妻子可以跟丈夫逗趣撒娇。做哥哥的却不总能容忍一个比他小十岁的妹妹也这么做。

凯瑟琳夫人在姨侄成亲时真是气极了。她在给姨侄的回信中，直言不讳，把达西尤其是伊丽莎白大大辱骂了一番，以致双方在一个短时间内断绝了一切往来。到后来，经伊丽莎白的劝说，达西放弃了前嫌，写了一封和解的信。做姨妈的在又强拗了一阵子以后，怒气便也消了，一则是她疼爱她的姨侄，二则是她想看看达西的这位夫人是如何持家的。她放下架子来到了彭伯利，也顾不得这庄园由于接纳了这位主妇和经她舅父母的几次访问而变得污浊了的空气了。

这对新婚夫妇一直跟嘉丁纳夫妇保持着最亲密的往来。达西和伊丽莎白都真心地喜爱他们，心里充满了对舅父母最诚挚的感激之情，是他们把伊丽莎白带到了彭伯利，从而促成了他俩美好的姻缘。

经典文学名著

书名	作者
童年・在人间・我的大学	〔苏〕高尔基
巴黎圣母院	〔法〕雨果
昆虫记	〔法〕法布尔
格列佛游记	〔英〕斯威夫特
基督山伯爵	〔法〕大仲马
名人传	〔法〕罗曼・罗兰
简・爱	〔英〕夏洛蒂・勃朗特
飘	〔美〕玛格丽特・米切尔
莫泊桑短篇小说精选	〔法〕莫泊桑
汤姆・索亚历险记	〔美〕马克・吐温
泰戈尔诗选	〔印度〕泰戈尔
假如给我三天光明	〔美〕海伦・凯勒
希腊神话故事	〔德〕施瓦布
茶花女	〔法〕小仲马
瓦尔登湖	〔美〕梭罗
欧・亨利短篇小说精选	〔美〕欧・亨利
欧也妮・葛朗台	〔法〕巴尔扎克
契诃夫中短篇小说精选	〔俄〕契诃夫
爱的教育	〔意〕亚米契斯
呼啸山庄	〔英〕艾米莉・勃朗特
堂吉诃德	〔西〕塞万提斯
海底两万里	〔法〕儒勒・凡尔纳
复活	〔俄〕列夫・托尔斯泰

经典文学名著

书名	作者
大卫·科波菲尔	〔英〕狄更斯
培根随笔集	〔英〕弗兰西斯·培根
傲慢与偏见	〔英〕简·奥斯汀
神秘岛	〔法〕凡尔纳
红与黑	〔法〕司汤达
汤姆叔叔的小屋	〔美〕斯托夫人
钢铁是怎样炼成的	〔苏〕奥斯特洛夫斯基
三个火枪手	〔法〕大仲马
安娜·卡列尼娜	〔俄〕列夫·托尔斯泰
福尔摩斯探案集	〔英〕柯南·道尔
老人与海	〔美〕海明威
哈姆莱特	〔英〕莎士比亚
莎士比亚悲剧喜剧集	〔英〕莎士比亚
安妮日记	〔德〕安妮·弗兰克
百万英镑	〔美〕马克·吐温
战争与和平	〔俄〕托尔斯泰
悲惨世界	〔法〕雨果
源氏物语	〔日〕紫式部
猎人笔记	〔俄〕屠格涅夫
呼兰河传	萧　红
朝花夕拾·呐喊	鲁　迅
骆驼祥子	老　舍